BUENO EN LA CAMA

Jennifer Weiner

Bueno en la cama

Traducción de
Eduardo G. Murillo

Umbriel

Argentina - Chile - Colombia - España
Estados Unidos - México - Uruguay - Venezuela

Título original: *Good in Bed*
Editor original: Washington Square Press, New York
Traducción: Eduardo G. Murillo

© de la traducción, 2003 *by* Eduardo G. Murillo
© 2003 *by* Ediciones Urano, S.A.
  Aribau, 142, pral. – 08036 Barcelona
  www.umbrieleditores.com

ISBN: 84-95618-63-X
Depósito legal: B. 42.144 - 2003

Fotocomposición: Autoedición FD, S.L. – Muntaner, 217 - 08036 Barcelona
Impreso por Romanyà Valls, S.A. – Verdaguer, 1 – 08760 Capellades (Barcelona)

Impreso en España – *Printed in Spain*

Para mi familia

Qué triste es el hogar. Queda como lo dejamos,
dispuesto al gusto de los últimos en irse,
como conjurándolos a volver. En vez de eso,
sin nadie a quien gustar, languidece
sin ánimos para prescindir de lo que se llevaron
y retornar a como era todo, jubilosa
visión de cómo deberían ser las cosas
ahora desaparecidas hace tiempo.
Puedes ver ahora cómo era todo:
mira esos cuadros, esos enseres, la partitura
sobre el taburete del piano. Ese jarrón.

PHILIP LARKIN

El amor no tiene nada, nada, nada que ver
con lo que dicen que es.

LIZ PHAIR

PRIMERA PARTE
Bueno en la cama

1

—¿Lo has visto? —preguntó Samantha.

Me acerqué más al ordenador para que mi directora no se enterara de que era una llamada personal.

—¿Visto qué?

—Oh, nada. Da igual. Ya hablaremos cuando llegues a casa.

—¿Visto qué? —pregunté de nuevo.

—Nada —repitió Samantha.

—Samantha, nunca me has llamado por nada en pleno día. Venga, escupe.

Samantha suspiró.

—De acuerdo, pero recuerda: no dispares al mensajero.

Ahora ya estaba empezando a preocuparme.

—*Moxie*. El último número. Tienes que ir a comprarlo ahora mismo, Cannie.

—¿Por qué? ¿Qué ocurre? ¿Han descubierto que soy una hortera?

—Baja al vestíbulo y cómpralo. Esperaré.

Esto era importante. Samantha, además de mi mejor amiga, era socia de Lewis, Dommel y Fenick. Samantha hacía esperar a la gente, o su ayudante les decía que estaba reunida. Samantha no esperaba. «Es una señal de debilidad», me había dicho. Noté que una punzada de angustia recorría mi espina dorsal.

Bajé en ascensor al vestíbulo del *Philadelphia Examiner*, saludé al guardia de seguridad y me acerqué al pequeño quiosco, donde encontré *Moxie* al lado de sus publicaciones hermanas, *Cosmo*, *Glamour* y *Mademoiselle*. Era difícil no verla, con la supermodelo en lentejuelas

bajo un titular que proclamaba «Córrete otra vez: ¡cómo llegar al mul-
tiorgasmo con facilidad!» y «¡Ano-tástico! ¡Cuatro Butt Blasters[1] para
ponerte el trasero en forma!» Tras un rápido minuto de deliberación,
agarré una bolsita de chocolatinas M&M, pagué al cajero y volví
arriba.

Samantha continuaba esperando.

—Página ciento treinta y dos —dijo.

Me senté, me metí unas cuantas M&M en la boca y busqué la página 132, que resultó ser «Bueno en la cama», el artículo habitual de
Moxie escrito por un hombre, destinado a ayudar a la lectora media a
comprender qué estaba tramando su novio..., o qué no estaba tramando, según el caso. Al principio, mis ojos no extrajeron ningún sentido
de las letras. Por fin, descifré el mensaje. «Querer a una mujer rolliza
—rezaba el titular—, por Bruce Guberman.» Bruce Guberman había
sido mi novio durante algo más de tres años, hasta que decidimos to-
marnos un descanso hacía tres meses. Y sólo cabía suponer que la mujer rolliza era yo.

¿Sabéis cuando en las novelas de miedo un personaje dice: «Sentí
que mi corazón dejaba de latir»? Bien, pues eso fue lo que me pasó. De
veras. Después, sentí que empezaba a latir de nuevo, en mis muñecas,
en mi garganta, en las yemas de mis dedos. Se me erizó el vello de la
nuca. Sentí las manos heladas. Oí la sangre rugir en mis oídos, y leí la
primera línea del artículo: «Nunca olvidaré el día en que descubrí que
mi novia pesaba más que yo».

La voz de Samantha sonó como si llegara de muy lejos.

—¿Cannie? ¿Estás ahí, Cannie?

—¡Lo mataré! —dije con voz estrangulada.

—Respira hondo —aconsejó Samantha—. Inhala por la nariz y
expulsa por la boca.

Betsy, mi directora, echó una mirada de perplejidad desde la
mampara que separaba nuestras mesas. Con la boca, formó las palabras
«¿Te encuentras bien?» Cerré los ojos con fuerza. De alguna manera,
mis auriculares habían aterrizado en la alfombra.

---

1. Aparato gimnástico para tonificar los glúteos. *(N. del T.)*

—¡Respira! —oí que decía Samantha, su voz como un diminuto eco surgido del suelo.

Yo respiraba con dificultad y jadeaba. Noté chocolate y pedacitos de caramelo entre los dientes. Vi la cita que habían destacado, en negrita rosa, que gritaba desde el centro de la página. «Querer a una mujer rolliza —había escrito Bruce— es un acto de valentía en nuestro mundo.»

—¡No puedo creerlo! ¡No puedo creer que haya hecho esto! ¡Lo mataré!

Betsy ya se había acercado a mi escritorio y estaba tratando de echar un vistazo por encima de mi hombro a la revista posada sobre mi regazo, y Gabby, mi malvada compañera de trabajo, nos estaba observando, mientras sus pequeños ojos castaños buscaban indicios de problemas, los gruesos dedos suspendidos sobre el teclado con el propósito de enviar por correo electrónico al instante la mala noticia a sus amigas. Cerré la revista de un manotazo. Aspiré una triunfal bocanada de aire e indiqué a Betsy con un ademán que volviera a su asiento.

Samantha estaba esperando.

—¿No lo sabías?

—¿No sabía qué? ¿Que él pensaba que salir conmigo era un acto de valentía? —Forcé un resoplido sarcástico—. Debería intentar ponerse en *mi* lugar.

—¿No sabías que había conseguido trabajo en *Moxie*?

Volví al principio, donde había la lista de colaboradores con un breve resumen de sus antecedentes, bajo artísticas fotos en blanco y negro, y allí estaba Bruce, con el pelo largo hasta los hombros, agitado por lo que debía ser viento artificial. Se parecía a Yanni, ese músico «New Age», fue mi pensamiento poco misericordioso. «El columnista de "Bueno en la cama", Bruce Guberman, se une a nuestro equipo este mes. Escritor *freelance* de Nueva Jersey, Guberman está trabajando en su primera novela.»

—¿Su primera *novela*? —dije. Bueno, chillé. Varias cabezas se volvieron. Por encima de la mampara, Betsy parecía preocupada de nuevo, y Gabby se había puesto a teclear—. ¡Ese saco de mierda mentiroso!

—No sabía que estaba escribiendo una novela —dijo Samantha, sin duda desesperada por cambiar de tema.

—Apenas sabe escribir una nota de agradecimiento —dije, mientras volvía a la página 132.

«Nunca me he considerado un adicto a las obesitas —leí—, pero cuando conocí a C., me prendé de su ingenio, de su risa, de sus ojos brillantes. En cuanto a su cuerpo, decidí que aprendería a vivir con él.»

—¡LO MATARÉ!

—Pues mátalo ya y calla —masculló Gabby, al tiempo que se enderezaba sus gafas de gruesos cristales.

Betsy se había levantado de nuevo, y mis manos estaban temblando, y de repente las chocolatinas se habían desparramado sobre el suelo y crujían bajo las ruedecillas de mi silla.

—He de irme —dije a Samantha, y colgué—. Estoy bien —informé a Betsy. Me dirigió una mirada de preocupación, y luego retrocedió.

Me costó tres intentos marcar bien el número de Bruce, y cuando su buzón de voz me informó con toda calma de que no podía contestar a mi llamada, perdí los nervios, colgué y llamé a Samantha.

—Bueno en la cama, y una mierda —dije—. Tendría que llamar a su director. Es propaganda falaz. Quiero decir, ¿comprobaron sus referencias? Nadie me llamó.

—Es la ira la que habla —dijo Samantha. Desde que empezó a salir con su profesor de yoga, se ha vuelto muy filosófica.

—¿Adicto a las obesitas? —dije. Sentí que las lágrimas se agolpaban detrás de mis párpados—. ¿Cómo ha podido hacerme esto?

—¿Has leído todo el artículo?

—Sólo la primera frase.

—Tal vez será mejor que no sigas leyendo.

—¿Va a peor?

Samantha suspiró.

—¿De veras quieres saberlo?

—No. Sí. No. —Esperé. Samantha esperó—. Sí. Dímelo.

Samantha volvió a suspirar.

—Te llama... lewynskiana.

—¿En relación con mi cuerpo o con mis mamadas?

Intenté reír, pero sólo me salió un sollozo estrangulado.

—Y se explaya sobre tu... A ver si lo encuentro... Tu «amplitud».

—Oh, Dios.

—Dice que eras suculenta —intentó cooperar Samantha—. Y jugosa. No está mal la palabra, ¿verdad?

—Dios, en todo el tiempo que salimos, nunca dijo nada...

—Lo dejaste plantado. Está enfadado contigo —dijo Samantha.

—¡Yo no lo planté! —grité—. ¡Sólo quería que nos tomáramos un tiempo para pensar! ¡Y él admitió que era una buena idea!

—Bien, ¿qué iba a hacer? —preguntó Samantha—. Tú dices, «creo que necesitamos estar separados un tiempo», y o bien te da la razón y se marcha con los restos de dignidad que le quedan, o te suplica que no lo dejes, lo cual es patético. Eligió la dignidad.

Me pasé las manos por mi cabello castaño largo hasta la barbilla y traté de calibrar la enormidad de la devastación. ¿Quién más había visto esto? ¿Quién más sabía que C. era yo? ¿Se lo habría enseñado a todos sus amigos? ¿Lo había visto mi hermana? ¿Y mi madre, Dios no lo quisiera?

—He de irme —dije otra vez a Samantha. Dejé mis auriculares y me levanté, al tiempo que inspeccionaba la sala de redacción del *Philadelphia Examiner*: docenas de personas, la mayoría de edad madura, la mayoría blancas, tecleando en sus ordenadores o congregadas alrededor de los televisores para ver la CNN.

»¿Alguien sabe algo sobre la venta de armas en este Estado? —pregunté a la sala.

—Estamos trabajando en una serie —dijo Larry, el director de noticias locales, un hombre menudo con barba y de aspecto perplejo que se lo tomaba todo en serio—. Pero creo que las leyes son muy permisivas.

—Hay un período de espera de dos semanas —dijo un reportero de deportes.

—Sólo si eres menor de veinticinco años —añadió un subdirector.

—Te confundes con el alquiler de coches —dijo con desdén el tío de deportes.

—Enseguida estamos contigo, Cannie —dijo Larry—. ¿Tienes prisa?

—Más o menos. —Me senté, y volví a levantarme—. En Pennsylvania rige la pena de muerte, ¿verdad?

—Estamos trabajando en una serie —dijo Larry sin sonreír.

—Da igual —dije, me senté de nuevo y llamé a Samantha por segunda vez.

»¿Sabes una cosa? No voy a matarlo. La muerte es demasiado buena para él.

—Como quieras —dijo con lealtad Samantha.

—¿Me acompañas esta noche? Le prepararemos una emboscada en su aparcamiento.

—¿Para hacer qué?

—Lo decidiré entre ahora y entonces —contesté.

Había conocido a Bruce Guberman en una fiesta, en lo que se me antojó una escena de la vida de otra persona. Nunca había conocido a un tío en una reunión social que se encaprichara tanto de mí, hasta el punto de pedirme una cita en el acto. Mi *modus operandi* habitual es minar su resistencia con mi ingenio, mi encanto y, por lo general, una cena casera a base de pollo con ajo y romero como plato estrella. Con Bruce no hizo falta el pollo. Bruce fue fácil.

Estaba apostada en la esquina de la sala de estar, desde donde gozaba de una buena vista de la habitación, además de fácil acceso a la crema de alcachofa caliente. Estaba efectuando la mejor imitación de la compañera de vida de mi madre, Tanya, intentando comer una pata de cangrejo rey de Alaska con el brazo en cabestrillo. De este modo, la primera vez que vi a Bruce yo tenía un brazo apretado contra el pecho, como en cabestrillo, la boca abierta de par en par y el cuello torcido en un ángulo grotesco, mientras intentaba chupar la carne imaginaria de la pata imaginaria. Estaba llegando al punto en que me metía sin querer la pata en la fosa nasal derecha, y creo que hasta tal vez tenía un poco de crema de alcachofa en la mejilla, cuando Bruce se acercó. Era alto, y bronceado, con perilla y una coleta rubia, y dulces ojos castaños.

—Este, perdona —dijo—, ¿te encuentras bien?

Enarqué las cejas.

—Estupendamente.

—Es que parecías un poco...

Su voz (una bonita voz, aunque algo aguda) enmudeció.

—¿Rara?

—Una vez vi a alguien sufrir un ataque —me dijo—. Empezó así.

A estas alturas, mi amiga Brianna ya se había recuperado. Mientras se secaba los ojos, tomó su mano.

—Bruce, te presento a Cannie —dijo—. Cannie estaba haciendo una imitación.

—Oh —dijo Bruce, sin moverse. Debía sentirse como un idiota.

—No te preocupes —dije—. Hiciste bien en detenerme. Comenzaba a ser irrespetuosa.

—Oh —repitió Bruce.

Seguí hablando.

—Estoy intentando ser más agradable. Es mi decisión de Año Nuevo.

—Estamos en febrero —señaló.

—Soy lenta.

—Bien —dijo—, al menos lo intentas.

Sonrió y se alejó.

Pasé el resto de la velada recogiendo información. Había venido con un tío que Brianna conocía de la escuela universitaria de graduados. La buena noticia: era licenciado, lo cual significaba razonablemente inteligente, y judío, como yo. Tenía veintisiete años. Yo, veinticinco. Encajaba.

—Además, es divertido —dijo Brianna, antes de soltar la mala noticia.

Bruce había estado trabajando en su tesis durante tres años, tal vez más, y vivía en el centro de Nueva Jersey, a más de una hora de distancia, era escritor *freelance* y daba clases de vez en cuando a grupos de primero. Subsistía a base de estipendios, una pequeña beca y, sobre todo, el dinero de sus padres.

—Geográficamente indeseable —proclamó Brianna.

—Bonitas manos —repliqué—. Bonitos dientes.

—Es vegetariano —dijo.

Me encogí.

—¿Desde cuándo?

—Desde la universidad.

—Uf. Bien, tal vez pueda pulirlo.

—Es...

Brianna calló.

—¿Ex presidiario? —bromeé—. ¿Adicto a los calmantes?

—Un poco inmaduro —dijo, por fin.

—Es un tío. —Me encogí de hombros—. ¿Es que no lo son todos?

Brianna rió.

—Y es un buen tipo —dijo—. Habla con él. Ya lo verás.

Le observé durante toda la noche, y noté que él me observaba. Pero no dijo nada hasta después de la fiesta, y yo me fui a pie a casa, bastante más que decepcionada. Había pasado un tiempo desde la última vez que había visto a alguien apreciar mi ingenio, y Bruce, alto, de bonitas manos y bonitos dientes, parecía ser una posibilidad, al menos de puertas afuera.

Pero cuando oí pasos detrás de mí, no estaba pensando en él. Estaba pensando en lo que piensan todas las mujeres que viven en una ciudad cuando oyen pasos rápidos que se acercan por detrás, y es pasada la medianoche y te encuentras entre dos farolas de la calle. Eché una veloz mirada a la zona circundante, al tiempo que buscaba el aerosol de defensa personal sujeto a mi llavero. Había una farola en la esquina, un coche aparcado debajo. Planeé que dejaría temporalmente inmóvil con el aerosol al atacante, rompería una ventanilla del coche, con la esperanza de que la alarma se disparara, gritaría como una loca y correría.

—¿Cannie?

Giré en redondo. Y allí estaba él, sonriendo con timidez.

—Hola —dijo, y rió un poco de mi miedo evidente.

Me acompañó a casa. Le di mi número. Me llamó a la noche siguiente, y hablamos durante tres horas, de todo: la universidad, los padres, su tesis, el futuro del periodismo.

—Quiero verte —me dijo a la una de la mañana, cuando yo estaba pensando que, si seguíamos hablando, al día siguiente no serviría de nada en el trabajo.

—Pues quedemos —dije.

—No —dijo Bruce—. Ahora.

Y dos horas más tarde, después de un giro equivocado al salir del puente Ben Franklin, estaba en mi puerta de nuevo: más grande de lo que yo recordaba, con una camisa a cuadros y pantalones de deporte, cargado con un saco de dormir enrollado que olía a campamento de verano y una sonrisa tímida. Y así empezó todo.

Y ahora, más de tres años después de nuestro primer beso, tres meses después de nuestra charla de separación, y cuatro horas después de descubrir que había contado a todo el mundo que lee revistas que yo era una Mujer Rolliza, Bruce me miró en el aparcamiento situado frente a su apartamento, donde había accedido a encontrarse conmigo. Parpadeaba dos veces en cada ocasión, como hacía cuando estaba nervioso. Tenía los brazos llenos de cosas. El plato de plástico azul que yo había dejado en su apartamento para mi perro, *Nifkin*. En un marco de madera rojo, la foto de nosotros tomada en lo alto de un risco de Block Island. Un pendiente en forma de aro que había descansado durante meses sobre su mesita de noche. Tres calcetines, un frasco medio vacío de Chanel. Tampones. Un cepillo de dientes. Tres años de cachivaches, empujados de una patada bajo la cama, extraviados en una grieta del sofá. Era evidente que Bruce consideraba nuestra cita la oportunidad de matar dos pájaros de un tiro: soportar mi ira por la columna de «Bueno en la cama» y devolverme mis cosas. Y fue como un puñetazo en el pecho ver mis objetos amontonados en una caja de cartón de Chivas que debía de haber cogido en la licorería cuando volvía a casa de trabajar: la prueba palpable de que habíamos terminado para siempre.

—Cannie —dijo con frialdad, todavía parpadeando de una forma que se me antojó particularmente repulsiva.

—Bruce —dije, con cuidado de impedir que mi voz temblara—. ¿Cómo va esa novela? ¿También seré yo la protagonista?

Enarcó una ceja, pero no dijo nada.

—Refréscame la memoria —dije—. ¿En qué momento de nuestra relación accedí a permitir que airearas a unos cuantos millones de lectores detalles íntimos del tiempo que pasamos juntos?

Bruce se encogió de hombros.

—Ya no mantenemos una relación.

—Estábamos tomándonos un descanso —repliqué.

Bruce me dedicó una sonrisa condescendiente.

—Venga, Cannie. Ambos sabíamos lo que significaba eso.

—Yo hablaba en serio —dije, traspasándolo con la mirada—. Por lo visto, sólo lo hacía uno de los dos.

—Como quieras —dijo Bruce, mientras intentaba cargarme con la caja—. No sé por qué estás tan enfadada. No he dicho nada malo. —Enderezó los hombros—. De hecho, pensé que la columna era muy positiva.

En uno de los escasos momentos de mi vida adulta, me quedé sin habla, literalmente.

—¿Estás colocado?

Con Bruce, era algo más que una pregunta retórica.

—Me llamaste gorda en una revista. Me convertiste en un chiste. ¿Aún crees que no hiciste nada malo?

—Desengáñate, Cannie —dijo—. Eres gorda. —Inclinó la cabeza—. Pero eso no significa que no te quisiera.

La caja de tampones rebotó en su frente y se desparramó por el aparcamiento.

—Ah, muy amable —dijo Bruce.

—Eres un completo bastardo. —Me humedecí los labios y respiré hondo. Mis manos temblaban. Había perdido la puntería. La foto rozó su hombro y se hizo añicos en el suelo—. No puedo creer que pensara en serio casarme contigo ni un segundo.

Bruce se encogió de hombros, se agachó, recogió la protección femenina y los fragmentos de madera y cristal, y los dejó caer en la caja. Nuestra foto siguió tirada en el suelo.

—Es lo más mezquino que me han hecho jamás —dije, con la garganta agarrotada por las lágrimas—. Quiero que lo sepas.

Pero mientras las palabras surgían de mi boca, comprendí que no era cierto. En el esquema histórico global de las cosas, el que mi padre nos hubiera abandonado era mucho peor. Es una de las muchas cosas que me joden de mi padre: me robó para siempre la posibilidad de decir a otro hombre: «Esto es lo peor que me han hecho jamás», y además en serio.

Bruce volvió a encogerse de hombros.

—Ya no tengo que preocuparme por tus sentimientos. Lo dejaste bien claro. —Se enderezó. Había esperado enfurecerlo, incluso de forma apasionada, pero sólo obtenía esta calma enloquecedora y paternalista—. Fuiste tú la que quiso esto, ¿te acuerdas?

—Quería un descanso. Quería tiempo para pensar las cosas. Tendría que haberte plantado —dije—. Eres... —Me quedé sin habla otra vez, pensando en lo peor que podía decirle, la palabra que lo haría sentirse siquiera una fracción de lo horrible, furiosa y avergonzada que me sentía yo—. Eres pequeño —dije por fin, inyectando en esa palabra todos los matices detestables que me vinieron a la mente, para que se enterara de que quería decir pequeño de espíritu, y también de todo lo demás.

No dijo nada. Ni siquiera me miró. Dio media vuelta y se fue.

Samantha había mantenido el coche en marcha.

—¿Te encuentras bien? —preguntó, cuando me acomodé a su lado con la caja apretada contra mi pecho.

Asentí en silencio. Samantha debía de pensar que me portaba de una manera ridícula, pero en esta situación no esperaba que me compadeciera. Con un metro setenta y cinco, pelo negro como ala de cuervo, piel clara y pómulos altos y esculpidos, Samantha parece una Anjelica Huston en joven. Y es delgada. Sin el menor esfuerzo. Si le dieran a elegir cualquier plato del mundo, probablemente se decantaría por un melocotón perfecto y tostadas integrales. Si no fuera mi mejor amiga, la odiaría, y aunque es mi mejor amiga, a veces cuesta no envidiar a alguien capaz de tomar o dejar la comida, sobre todo porque yo casi siempre la tomo, y luego también la suya, cuando no quiere más. El único problema que le han causado su cara y su figura es un exceso de atención masculina. Nunca podrá comprender lo que es vivir en un cuerpo como el mío.

Me dirigió una mirada fugaz.

—Bien, eeeeh, supongo que todo ha terminado entre los dos, ¿verdad?

—Supones bien —contesté. Mi boca sabía a ceniza, mi piel, reflejada en la ventanilla de mi lado, se veía pálida y cerúlea. Eché un vistazo a la caja de cartón, mis pendientes, mis libros, el tubo de lápiz de labios MAC que creía haber perdido para siempre.

—¿Estás bien? —preguntó Samantha con dulzura.

—Estoy bien.

—¿Quieres tomar una copa? ¿Tal vez cenar? ¿Quieres ir al cine?

Aferré la caja con más fuerza y cerré los ojos para no tener que ver dónde estábamos, y seguir el avance del coche por las carreteras que antes me llevaban a él.

—Creo que sólo quiero ir a casa.

Mi contestador automático estaba parpadeando cuando volví a mi apartamento. No le hice caso. Me quité la ropa de trabajo, me puse el peto y una camiseta, y entré descalza en la cocina. Saqué del congelador un bote de limonada congelada Minute Maid. Del estante superior de la despensa rescaté una botella de tequila. Eché el contenido de ambas en la mezcladora, agarré una cuchara, respiré hondo, di un gran trago, me acomodé en mi sofá de algodón azul y me obligué a empezar a leer.

Querer a una mujer rolliza
por Bruce Guberman

Nunca olvidaré el día en que descubrí que mi novia pesaba más que yo.

Mi novia había salido a dar un paseo en bicicleta, y yo estaba en casa viendo un partido de fútbol americano, ojeando las revistas que había sobre la mesilla auxiliar, cuando encontré la agenda de los Weight Watchers en que anotaba lo que había comido y cuándo, y lo que pensaba comer después, y si se había bebido sus ocho vasos de agua diarios. Estaba su nombre. Su número de identificación. Y su peso, que no revelaré porque soy un caballero. Baste decir que la cifra me asombró.

Sabía que C. era una chica grande. Más grande que todas las mujeres que había visto en la tele, dando saltitos en traje de baño o deslizándose como cañas a través de comedias, de situaciones o dramas médicos. Más grande que cualquier mujer con la que hubiera salido.

¿Se refiere a las dos?, pensé con desdén.

Nunca me había considerado un adicto a las obesitas, pero cuando conocí a C., me prendé de su ingenio, su risa, sus ojos brillantes. En cuanto a su cuerpo, decidí que podría aprender a vivir con él.

Sus hombros eran tan anchos como los míos, sus manos casi tan grandes, y desde los pechos al estómago, desde las caderas a la pendiente de sus muslos, era toda curvas y cálida bienvenida. Abrazarla era como estar en el paraíso. Como volver a casa.

Pero no resultaba tan cómodo salir con ella. Tal vez era por la forma en que yo había asimilado las expectativas sociales, los dictados acerca de los deseos de los hombres y la apariencia de las mujeres. Lo más probable era que se debiera a su carácter. C. era un soldado entregado a las guerras del cuerpo. Con un metro setenta y ocho, la constitución de un defensa de fútbol americano y un peso ideal para formar parte de un equipo profesional, C. no podía hacerse invisible.

Pero sé que si hubiera sido posible, si toda su indolencia, pereza y pichis deformes la hubieran podido borrar del mundo físico, se habría marchado al instante. No obtenía placer de las cosas que a mí me gustaban, ni tampoco de su tamaño, su amplitud, su peso suculento y jugoso.

Aunque le repetí infinidad de veces que era hermosa, sé que nunca me creyó. Aunque le repetí infinidad de veces que daba igual, sé que a ella no. Yo sólo era una voz, y la voz del mundo era más fuerte. Podía sentir su vergüenza como algo palpable, que caminaba a nuestro lado en la calle, se acuclillaba entre nosotros en un cine, se enrollaba y esperaba a que alguien le dijera la palabra más sucia del mundo: *gorda*.

Y sé que no era paranoia. No paras de escuchar que la gordura es el último prejuicio aceptable, que los gordos son los únicos blancos posibles de nuestro mundo políticamente correcto. Sal con una mujer de talla XL y descubrirás si es cierto o no. Verás la forma en que la gente la mira, y te mira a ti por estar con ella. Intentarás comprarle ropa interior para el día de San Valentín, y te darás cuenta de que las tallas se acaban donde ella empieza. Cada vez que salgas a comer la verás agonizar, sopesar lo que desea contra lo que se permitirá, lo que se permitirá contra lo que verán que come en público.

Y lo que se permitirá pedir.

Recuerdo cuando salió a la luz la historia de Monica Lewinsky, y C., reportera de un periódico, escribió una apasionada defensa de la becaria de la Casa Blanca, que había sido traicionada por Linda Tripp en Washington, y todavía más traicionada por sus amigas de Beverly Hills, que estaban muy ocupadas vendiendo sus recuerdos de Monica de la época del instituto a *Inside Edition* y *People*. Después de que su artículo se imprimiera, C. recibió montones de correo del odio, incluyendo la carta de un tío que empezaba: «A juzgar por lo que escribes, deduzco que eres gorda y nadie te quiere». Y fue esa carta (esa palabra) lo que más la molestó de todos los improperios. Parecía que si lo de «gorda» era cierto, lo de «nadie te quiere» también tenía que serlo. Como si ser del tipo lewinskyana fuera peor que ser un traidor, o un idiota. Como si ser gorda fuera un crimen. Amar a una mujer rolliza es un acto de valentía en este mundo, y tal vez un acto inútil. Porque, al amar a C., yo sabía que estaba amando a alguien que se consideraba indigna de ser amada por nadie.

Y ahora que todo ha terminado, no sé hacia dónde dirigir mi ira y mi dolor. Hacia un mundo que la rebeló contra su cuerpo (no, contra sí misma) y contra la posibilidad de ser deseada. Hacia C., por no ser lo bastante fuerte para superar lo que el mundo le decía. O hacia mí, por no querer lo bastante a C. y animarla a creer en sí misma.

Lloré mientras me leía toda la parte de Bodas de Celebridades, me desplomé en el suelo delante del sofá, mientras las lágrimas resbalaban sobre mi barbilla, empapaban mi camisa y una supermodelo anoréxica tras otra decían «Sí, quiero». Lloré por Bruce, que me había comprendido más de lo que yo había sospechado, y tal vez amado más de lo que me merecía. Podría haber sido todo cuanto yo deseaba, todo cuanto yo esperaba. Podría haber sido mi marido. Y yo lo había plantado.

Y lo había perdido para siempre. A él y a su familia, una de las cosas que más me habían gustado de Bruce. Sus padres eran lo que June y Ward habrían sido, si fueran judíos y hubieran vivido en Nueva Jersey en los noventa. Su padre, que siempre llevaba barba de tres días y que tenía los ojos tan dulces como los de Bruce, era dermatólogo. Bruce adoraba a su familia. No sé expresarlo de otra manera, ni plasmar mi estupefacción. Teniendo en cuenta la experiencia con mi padre, observar a Bernard Guberman era como ver a un marciano. *¡Está a gusto con su hijo!* Me quedaba patidifusa. *¡Desea estar con él! ¡Recuerda cosas de la vida de Bruce!* El que diera la impresión de que yo le caía bien a Bernard Guberman tal vez estaba menos relacionado con sus sentimientos hacia mi persona que con el hecho de que yo fuera: *a)* judía, y por lo tanto una candidata al matrimonio en potencia; *b)* una profesional bien pagada, y no una explotadora de hombres; y *c)* una fuente de felicidad para su hijo. A mí me daba igual el motivo de que fuera tan amable conmigo. Me refocilaba en su amabilidad siempre que podía.

La madre de Bruce, Audrey, me había resultado algo intimidante, con las uñas muy cuidadas y pintadas del tono que vería en *Vogue* el mes siguiente, el pelo peinado a la perfección, y una casa repleta de objetos de cristal, alfombras blancas de pared a pared, y siete cuartos de baño, todos inmaculadamente limpios. La Siempre Elegante Audrey, decía a mis amigos. Pero en cuanto superabas lo de la manicura, Audrey también era un encanto. Había estudiado magisterio, pero cuando la conocí, Audrey ya había dejado atrás sus días de ganarse un sueldo, y ejercía las veinticuatro horas de esposa, madre y voluntaria, la sempiterna mami de la Asociación de Padres y Maestros, líder del Club Scout y presidenta del Hadassah, la organización sionista femenina, alguien con quien siempre se podría contar para organizar la campaña de recogida de alimentos anual de la sinagoga o el baile de invierno de la Hermandad.

La parte negativa de estos padres, pensaba yo, era que mataban tu ambición. Con mis padres divorciados y las deudas de la universidad, siempre me esforzaba por ascender el siguiente escalón, el siguiente trabajo, el siguiente encargo como *freelance*. Más dinero, más reconocimiento, más fama, suponiendo que pudieras ser famosa cuando tu trabajo consistía en escribir la historia de los demás. Cuando empecé en un pequeño periódico, en el culo del mundo, cubriendo accidentes de coche y reuniones de la junta de aguas fecales, estaba desesperada por conseguir algo más importante, y cuando por fin conseguí algo más importante, no habían pasado ni dos semanas cuando ya estaba pensando en cómo seguir escalando.

Bruce se había contentado con pasar con más pena que gloria por la escuela de graduados, aceptar un trabajo de enseñante aquí, un encargo de escritor *freelance* allí, ganando la mitad que yo, permitiendo que sus padres pagaran el seguro del coche (además del coche, por supuesto), y le «ayudaran» con su alquiler, y patrocinaran su estilo de vida con cien machacantes cada vez que iba a verlos, además de generosos cheques por su cumpleaños, por alguna festividad judía, y a veces por el morro. «Relájate —me decía, cuando me levantaba temprano para trabajar en un artículo breve, o iba a la oficina un sábado para enviar cartas solicitando un empleo a directores de revistas de Nueva York—. Te conviene disfrutar más de la vida, Cannie.»

A veces pensaba que le gustaba imaginarse como el protagonista de alguna de las primeras canciones de Springsteen, un romántico joven de diecinueve años, furioso y apasionado, encolerizado con el mundo y con su padre en particular, en busca de una chica que le salvara. El problema era que los padres de Bruce no le habían dado ningún motivo para rebelarse: nada de trabajos embrutecedores en una fábrica, ningún patriarca severo y autoritario, y nada de pobreza, desde luego. Además, una canción de Springsteen duraba sólo tres minutos, incluyendo el estribillo, el tema y el estrepitoso clímax guitarrero final, y nunca mencionaba los platos sucios, la colada sin lavar y la cama deshecha, los mil actos ínfimos de consideración y buena voluntad necesarios para mantener una relación. Mi Bruce prefería derivar por la vida, demorarse en el periódico del domingo, fumar hierba de la mejor calidad, soñar con periódicos y encargos mejores, sin hacer gran cosa por conseguirlos. En una ocasión, al principio de nuestra relación, había enviado sus recortes al *Examiner*, y recibido una postal con el conciso mensaje «envíenos otra prueba dentro de cinco años» a modo de respuesta. Metió la carta en una caja de zapatos y nunca más volvimos a hablar del asunto.

Pero era feliz. «La cabeza está vacía, pero me da igual», me cantaba, citando a los Grateful Dead, y yo forzaba una sonrisa, y pensaba que mi cabeza nunca estaba vacía, y que si alguna vez llegaba a estarlo, no me daría igual.

¿Y qué me había reportado tanta actividad?, medité, mientras bebía directamente del vaso mezclador. Qué más daba. Él ya no me quería.

Desperté después de medianoche en el sofá. Sentí golpes en mi cabeza. Entonces me di cuenta de que alguien daba golpes en la puerta.

—¿Cannie?

Me incorporé, y tardé un momento en localizar mis manos y pies.

—Cannie, abre la puerta ahora mismo. Estoy preocupada por ti.

Mi madre. Dios mío, no, por favor.

—¡Cannie!

Me aovillé en el sofá, recordé que me había llamado por la mañana, hacía un millón de años, para decirme que estaría en la ciudad por la noche para ir al Bingo Gay, y que Tanya y ella pasarían a verme cuando terminaran. Me puse en pie, apagué la lámpara halógena con el mayor sigilo posible, si bien no lo hice con mucho sigilo, considerando que logré tirar al suelo la lámpara. *Nifkin* aulló, saltó sobre la butaca y me miró con aire de reproche. Mi madre empezó a aporrear la puerta de nuevo.

—¡Cannie!

—Vete —grité con voz débil—. Estoy... desnuda.

—¡Ni hablar! Llevas puesto el pichi, estás bebiendo tequila y estás viendo *Sonrisas y lágrimas*.

Todo era cierto. ¿Qué puedo decir? Me gustan los musicales. Sobre todo *Sonrisas y lágrimas*, en especial la escena en que Maria acoge a los huérfanos Von Trapp en su cama durante la tormenta y canta *My Favorite Things*. Resultaba tan cuco, tan reconfortante, como había sido mi familia, por un momento, mucho tiempo atrás.

Oí que consultaban entre murmullos al otro lado de la puerta. La voz de mi madre, y luego otra, un registro más grave, como humo de Marlboro filtrado a través de grava. Tanya. La del cabestrillo y la pata de cangrejo.

—¡Abre, Cannie!

Me arrastré hasta el cuarto de baño, donde abrí la luz y me miré, analicé la situación, mi apariencia. La cara surcada de lágrimas, estupendo. El pelo, castaño claro con mechas rojizas, cortado muy corto y recogido detrás de las orejas, también presentes. Mejillas llenas, redondas, hombros caídos, pechos generosos, dedos regordetes, caderas fuertes, culo grande, muslos de músculos sólidos debajo de la capa temblorosa de grasa. Mis ojos parecían especialmente pequeños, como si intentaran esconderse en la piel de mi cara, y tenían un aspecto ávido, hambriento y desesperado. Los ojos del mismo color del mar en el puerto de Menemsha de Martha's Vineyard, un bonito verde uva. Mi mejor rasgo, pensé con pesar. Bonitos ojos verdes y una sonrisa irónica, torcida. «Qué cara tan bonita», decía mi abuela, al tiempo que cogía mi barbilla en la mano, y después meneaba la cabeza, sin molestarse en añadir el resto.

Y aquí estoy. Veintiocho años, con los treinta acechando en el horizonte. Borracha. Gorda. Sola. Sin amor. Y lo peor de todo, un tópico, como Ally McBeal y Bridget Jones combinadas, y eso debía de ser lo que pesaba, más dos decididas lesbianas aporreando mi puerta. Lo mejor que podía hacer, decidí, era encerrarme en la alacena y fingir que estaba muerta.

—Tengo una llave —amenazó mi madre.

Alejé el vaso de tequila de *Nifkin*.

—Espera —grité.

Recogí la lámpara y abrí la puerta unos centímetros. Mi madre y Tanya me miraron, con sudaderas de capucha L. L. Bean y expresión preocupada idénticas.

—Escucha —dije—, estoy bien. Lo único que pasa es que tengo sueño, así que me voy a dormir. Ya hablaremos de esto mañana.

—Hemos visto el artículo de *Moxie* —dijo mi madre—. Lucy lo trajo.

Gracias, Lucy, pensé.

—Estoy bien —repetí—. Bien, bien, bien, bien.

Mi madre, que aferraba su cartulina del bingo, me miró con escepticismo. Tanya, como de costumbre, tenía aspecto de desear un cigarrillo, una copa, y que ni yo ni mis hermanos hubiéramos nacido jamás, para poseer por completo a mi madre y poder mudarse ambas a una comuna de Northampton.

—¿Me llamarás mañana? —preguntó mi madre.

—Llamaré —prometí, y cerré la puerta.

Mi cama parecía un oasis en el desierto, como un banco de arena en el mar tormentoso. Me arrojé sobre ella, de espaldas, abierta de brazos y piernas, como una estrella de mar obesa clavada en la colcha. Me gustaba mi cama, la bonita colcha azul claro, las sábanas rosa pálido, la pila de almohadas, cada una con su funda de tonos alegres, una púrpura, una naranja, una amarilla y una crema. Me gustaba la funda con volantes de Laura Ashley y la manta de lana roja que tenía desde niña. La cama, pensé, era lo único que no me estaba fallando en este momento, cuando *Nifkin* saltó a mi lado, y miré el techo, que daba vueltas de una forma muy alarmante.

Ojalá no le hubiera dicho nunca a Bruce que deseaba un tiempo para pensar en lo nuestro. Ojalá no lo hubiera conocido nunca. Ojalá me hubiera puesto a correr aquella noche, sin mirar atrás en ningún momento.

Ojalá no fuera reportera. Ojalá mi trabajo consistiera en hornear bollos en una pastelería, donde sólo tendría que cascar huevos, calcular la cantidad de harina y dar el cambio, y nadie me chulearía, y ser gorda sería de lo más normal. Cada michelín y pliegue de celulitis documentaría la excelencia de mis productos.

Ojalá pudiera cambiarme por el hombre anuncio de SUSHI FRESCO, que se paseaba arriba y abajo de Pine Street a la hora de comer, entregando cupones de sushi para «World of Wabasi». Ojalá pudiera ser anónima e invisible. O estar muerta, tal vez.

Me imaginé en la bañera, pegando una nota con cinta adhesiva en el espejo y abriéndome las venas. Después, imaginé a *Nifkin*, que lloriqueaba con aspecto perplejo, rascaba con las uñas el borde de la bañera y se preguntaba por qué no me levantaba. Y también imaginé a mi madre cuando revisaba mis cosas y descubría aquel ejemplar sobado de *Best of Penthouse Letters* en el cajón superior de mi tocador, además de las esposas rosa forradas de piel que Bruce me había regalado un día de San Valentín. Por fin, imaginé a los paramédicos cuando intentaban bajar mi cuerpo muerto y mojado por la escalera. «Ésta sí que es gorda», decía uno.

De acuerdo. Suicidio descartado, pensé, mientras rodaba sobre la colcha y acomodaba las almohadas naranja bajo mi cabeza. La idea de la tienda de bollos, o de la mujer anuncio, eran tentadoras, pero improbables. No veía cómo colarla en la revista de los alumnos. Los graduados de Princeton que rebajaban sus aspiraciones solían ser los propietarios de tiendas de bollos, que transformaban a su vez en una cadena de tiendas de bollos, que luego salían a Bolsa y ganaban millones. Pero las tiendas de bollos eran sólo una diversión que duraba unos años, algo para entretenerse mientras criaban a sus hijos, que luego aparecerían invariablemente en la revista de los alumnos vestidos con los uniformes negro y naranja, y «¡Curso 2012!» escrito en sus precoces pechos.

Lo que yo deseaba, pensé, mientras apretaba la almohada contra la cara, era volver a ser una niña. Estar en la cama de la casa donde había crecido, abrigada bajo la colcha marrón y rojo, leyendo aunque ya era tarde, oír abrirse la puerta y a mi padre entrar, sentir que me observaba en silencio, sentir el peso de su orgullo y su amor como algo tangible, como agua caliente. Deseaba que apoyara la mano sobre mi cabeza como entonces, oír la sonrisa de su voz cuando decía: «¿Todavía leyendo, Cannie?» Ser pequeña, y querida. Y delgada. Eso era lo que deseaba.

Rodé sobre la cama, tanteé en mi mesita de noche, agarré pluma y papel. «Perder peso», escribí, luego paré y pensé. «Encontrar novio nuevo», añadí. «Vender guión. Comprar casa grande con jardín y patio vallado.» «Encontrar novia más presentable para mi madre.» Entre el momento de escribir «Hacerme un peinado elegante», y pensar «Hacérselo pagar a Bruce», me quedé dormida.

Bueno en la cama. ¡Ja! Vaya morro, firmar una columna sobre experiencia sexual, teniendo en cuenta la poca gente con la que había estado, y lo poco que sabía antes de conocerme.

Yo me había acostado con cuatro personas (tres novios duraderos y un polvo loco imprudente en el primer año de carrera) cuando Bruce y yo ligamos, y había follado con otra media docena. Tal vez era una chica rolliza, pero leía *Cosmopolitan* desde los trece años y me las sabía componer en los diversos apartados. Al menos, nunca he tenido quejas.

Yo tenía experiencia. Y Bruce..., no. Había sufrido varios rechazos despiadados en el instituto, cuando tenía una piel fatal y aún no había descubierto que un poco de hierba y una coleta eran susceptibles de atraer a cierto tipo de chicas.

Cuando apareció aquella primera noche, con el saco de dormir y la camisa a cuadros, no era virgen, pero nunca había vivido una relación de verdad, y nunca había estado enamorado. Por lo tanto, estaba buscando a la dama de sus sueños, y yo, aunque no desdeñaba la posibilidad de conocer al hombre perfecto, estaba buscando sobre todo..., bien, llamémoslo afecto, atención. En realidad, llamémoslo sexo.

Empezamos en el sofá, sentados uno al lado del otro. Cogí su mano. Estaba fría como el hielo y pegajosa. Y cuando le pasé el brazo sobre el hombro como si tal cosa, y luego apreté mi muslo contra el de él, sentí que temblaba. Lo cual me conmovió. Quería ser dulce con él. Quería ser amable. Cogí sus dos manos en la mía y le levanté del sofá.

—Vamos a tumbarnos —dije.

Fuimos a mi cuarto cogidos de la mano, y se tendió de espaldas en mi futón, con los ojos abiertos de par en par, que brillaban en la oscuridad, con el aspecto de un hombre en la silla del dentista. Me apoyé sobre el codo y dejé que las puntas de mi pelo rozaran su mejilla. Cuando besé el costado de su cuello lanzó una exclamación ahogada, como si le hubiera quemado, y cuando introduje una mano dentro de su camisa y tiré con suavidad del vello de su pecho, suspiró «Ay, Cannie», con la voz más tierna que yo había oído.

Pero sus besos eran horribles, cosas babosas, con una lengua como una cachiporra y unos labios que parecieron derrumbarse cuando se encontraron con los míos, de modo que tuve que elegir entre los dientes y el bigote. Sus manos eran rígidas y torpes.

—Estáte quieto —susurré.

—Lo siento mucho —susurró a su vez, abatido—. Soy un desastre, ¿verdad?

—Ssssh —jadeé, mis labios contra su cuello una vez más, la piel suave justo donde terminaba su barba. Deslicé una mano sobre su pecho y la posé sobre su entrepierna. Nada. Apreté mis pechos contra su costado, le besé la frente, los párpados, la punta de la nariz, y probé otra vez. Nada de nada. Bien, esto era curioso. Decidí enseñarle un truco, enseñarle a hacerme feliz tanto si se le ponía tiesa como si no. Me conmovía profundamente este tipo de un metro ochenta y tres, con coleta y una expresión como si fuera a electrocutarle en lugar de... esto. Rodeé una de sus piernas con las mías, tomé su mano y la metí dentro de mis bragas. Sus ojos se encontraron con los míos y sonrió al notar lo mojada que estaba. Puse sus dedos donde los necesitaba, con mi mano sobre la de él, apreté sus dedos contra mí, le enseñé lo que debía hacer y me moví contra él, dejé que notara mi sudor, respiré con fuerza y gemí cuando me corrí. Y después apreté mi cara contra su cuello otra vez y acerqué mis labios a su oído.

—Gracias —susurré. Noté un sabor salado. ¿Sudor? ¿Tal vez lágrimas? Pero estábamos a oscuras, y no miré.

Nos quedamos dormidos en esa postura: yo, con sólo una camiseta y bragas, arrollada en torno a él. Bruce, con la camisa desabotonada hasta la mitad, todavía en calzoncillos, pantalón de chándal y calcetines. Y cuando la luz se filtró por las ventanas, cuando abrimos los ojos y nos miramos, fue como si nos conociéramos desde hacía mucho tiempo. Como si nunca hubiéramos sido extraños.

—Buenos días —susurré.

—Eres hermosa —dijo.

Decidí que podría acostumbrarme a oír eso por las mañanas. Bruce decidió que estaba enamorado. Estuvimos juntos los tres años siguientes, y aprendimos cosas mutuamente. Al final, me contó toda la historia, lo de su experiencia limitada, lo de que siempre estaba borracho o colocado, y siempre había sido muy tímido, lo de que le habían dado calabazas a granel en su primer año de carrera, lo cual le había decidido a ser paciente.

—Sabía que algún día conocería a la chica adecuada —dijo, sonriente, mientras me acunaba en sus brazos. Lo descubrimos: las cosas que le gustaban, las cosas que me gustaban, las cosas que nos gustaban a los dos. Algunas eran normales. Otras eran lo bastante guarras para escandalizar incluso a *Moxie*, que publicaba regularmente artículos sobre «¡nuevos y tórridos secretos sexuales!»

Pero lo que me reconcomía, lo que más me cabreaba mientras daba vueltas en la cama, con la boca algodonosa por cortesía del tequila, era el título de la columna. «Bueno en la cama.» Era mentira. No se trataba de que hubiera sido una especie de sabio sexual, un prodigio bajo las sábanas... Era que nos habíamos querido. Habíamos sido buenos en la cama juntos.

2

El timbre del teléfono me despertó el sábado por la mañana. Tres timbrazos, después silencio. Una pausa de diez segundos, tres timbrazos más, seguidos de más silencio. A mi madre no le entusiasmaban los contestadores automáticos, de modo que si sabía o creía que yo estaba en casa, continuaría llamando hasta que yo descolgara. La resistencia era inútil.

—Esto es odioso —dije, en lugar de «hola».

—Muy propio de tu mamá —dijo mi madre.

—Estoy asombrada. ¿Podrías llamarme más tarde, por favor? Es muy temprano. Estoy muy cansada.

—Oh, deja de gimotear —dijo en tono displicente—. Es sólo la resaca. Recógeme dentro de una hora. Iremos a la demostración de cocina de Reading Terminal.

—No —dije—. De ninguna manera.

Mientras lo decía, sabía que ya podía protestar, quejarme y alegar diecisiete excusas diferentes, que a mediodía estaría en Reading Terminal, con la piel de gallina cada vez que mi madre criticara a voz en grito la selección de menús y las aptitudes culinarias del desventurado chef.

—Bebe un poco de agua. Tómate una aspirina —dijo—. Hasta dentro de una hora.

—Mamá, por favor...

—Imagino que has leído el artículo de Bruce —dijo. Mi madre nunca ha sido buena para las transiciones.

—Sí —dije, a sabiendas, sin necesidad de preguntar, de que ella también.

Mi hermana Lucy, suscriptora de *Moxie* y contumaz lectora de todo lo relacionado con la feminidad, aún recibía cada ejemplar en nuestra casa. Después de la debacle de anoche, sólo podía suponer que había informado a mi madre..., o tal vez lo había hecho el propio Bruce. Sólo pensar en esa conversación («Sólo llamo para informarle de que este mes me han publicado un artículo, y creo que a Cannie no le ha hecho maldita la gracia»), me daban ganas de esconderme debajo de la cama. Si aún cabía, claro. No quería pasear por un mundo en el que *Moxie* se exhibiera en los quioscos y los buzones. Me sentía tan avergonzada como si me hubieran marcado a fuego con una gigantesca C púrpura, como si todo el mundo que me viera supiera que yo era la chica de «Bueno en la cama», y que era gorda y había plantado a un tío que intentaba comprenderme y quererme.

—Bien, sé que estás enfadada...

—No estoy enfadada —repliqué—. Estoy bien.

—Oh —dijo. Sin duda, no era la respuesta que esperaba—. Yo diría que ha sido un poco rastrero por su parte.

—Es un tío rastrero.

—No era un tío rastrero. Por eso me ha sorprendido tanto.

Me derrumbé sobre mis almohadas. Me dolía la cabeza.

—¿Vamos a discutir de eso ahora?

—Tal vez más tarde —dijo mi madre—. Hasta luego.

Hay dos tipos de casas en el barrio donde crecí: las de los padres que siguieron casados, y las de los que no.

Si echas una mirada superficial, ambos tipos de casas parecen iguales, grandes edificios coloniales de cuatro y cinco dormitorios, bien apartados de las calles sin acera, cada uno sobre casi media hectárea de tierra. La mayoría están pintadas con colores conservadores, pese a ciertos contrastes: una casa gris con postigos azules, por ejemplo, o una casa beis claro con una puerta roja. La mayoría tienen largos caminos de entrada, de gravilla, y muchos cuentan con piscina en la parte trasera.

Pero si miras con atención o, aún mejor, te quedas un rato, empezarás a distinguir la diferencia.

Las casas de los divorciados son aquellas en que ya no para una camioneta de mantenimiento de jardines, aquellas frente a las que el cortador de césped pasa de largo las mañanas posteriores a tormentas invernales. Fíjate bien y verás, o bien un desfile de adolescentes hoscos, o en ocasiones hasta la señora de la casa, que salen para encargarse de rastrillar, cortar, cavar y podar sin ayuda de nadie. Son las casas donde el coche de mamá no cambia cada año, sino que envejece sin cesar, y donde el segundo coche, si existe, es más bien una pieza de cuarta mano localizada en los anuncios clasificados del *Examiner*, en lugar del Honda Civic sin accesorios pero nuevo de trinca. O si el chico es afortunado, el coche deportivo que compró papá cuando le dio la crisis de los cuarenta.

No hay jardines de diseño, ni grandes fiestas junto a la piscina en verano, ni cuadrillas de obreros que se presentan a las siete de la mañana para añadir un nuevo estudio o dormitorio principal a la casa. La pintura dura cuatro o cinco años en lugar de dos o tres, y ya ha empezado a desprenderse cuando llega el momento de dar la nueva capa.

Pero podrías distinguir la diferencia sobre todo los sábados por la mañana, cuando empezaba lo que mis amigos y yo bautizamos como el Desfile de Papás. A eso de las diez o las once de cada sábado, los caminos de entrada y las calles vecinas se llenaban de coches conducidos por los hombres que habían vivido en esas casas de cuatro y cinco dormitorios. Uno a uno, salían de sus coches, subían por el camino de acceso, tocaban el timbre de la casa donde antes dormían, y recogían a los críos para que pasaran el fin de semana con ellos. Esos días, decían mis amigos, estaban plagados de todo tipo de extravagancias: compras a porrillo, desplazamientos a las galerías comerciales, el zoo, el circo, comidas fuera, cenas fuera, una peli antes y otra después. Cualquier cosa con tal de que el tiempo pasara, con tal de llenar los minutos muertos entre hijos y padres que, de repente, tenían muy poco que decirse, una vez que habían intercambiado unas cuantas gracias (en los casos en que reinaba la cordialidad), o escupido vitriolo (en los casos controvertidos, esos en que los padres exhibían las mutuas deficiencias e infidelidades delante de un juez, y por extensión, ante un público chismoso, y a la postre, también ante sus hijos).

Todos mis amigos conocían el paño. Mi hermano, mi hermana y yo lo experimentamos algunas veces, al principio de la separación de mis padres, antes de que mi padre anunciara que quería ser más como un tío que como un padre, y que nuestras visitas de fin de semana no encajaban en sus planes. Pasábamos las noches de los sábados en un sofá-cama de su apartamento, situado al otro lado de la ciudad, un espacio reducido y polvoriento, abarrotado de un equipo estéreo demasiado caro y televisores de última generación, y demasiadas fotos de los niños, para acabar sin ninguna. En casa de mi padre, Lucy y yo nos apretujábamos en el estrecho colchón del sofácama, con el marco de metal clavado en la carne toda la noche, mientras Josh dormía a nuestro lado sobre el suelo, en un saco de dormir. Comíamos y cenábamos siempre en restaurantes. Pocos papás recién solteros sabían cocinar, ni deseaban aprender. La mayoría, tal como se descubría a la larga, sólo estaban esperando a que apareciera una nueva esposa o novia, que se encargara de llenar la nevera y le tuviera la cena preparada cada noche.

Y el domingo por la mañana, a tiempo de ir a la iglesia o a la escuela hebrea, el desfile volvía a empezar, sólo que al revés: los coches frenaban y vomitaban niños, que recorrían el camino de entrada con cuidado de no correr o transparentar excesivo alivio, y los padres procuraban no marcharse con demasiada rapidez, intentando recordar que, en teoría, se trataba de un placer, no de una obligación. Repetían la rutina durante dos, tres, cuatro años. Después, desaparecían. La mayoría se habían casado de nuevo, o vivían en otra parte.

En realidad, no era tan horrible como en el Tercer Mundo o en los Apalaches. Pese al descenso de la calidad de vida, en las afueras de Filadelfia todavía se vivía mejor que en casi cualquier parte del mundo, o de nuestro país. Aunque nuestros coches fueran más viejos y nuestras vacaciones menos lujosas y nuestras piscinas menos prístinas, aún teníamos coches, vacaciones, piscinas en los patios traseros y techos sobre nuestras cabezas.

Y las madres y los hijos aprendían a prestarse mutuo apoyo. El divorcio nos enseñó a enfrentarnos a la vida, aunque fuera en determinadas circunstancias, o a contestar cuando la líder de las Girl Scouts preguntaba qué te gustaría llevar al banquete de los padres («un padre» era la respuesta favorita). Mis amigas y yo aprendimos a ser impertinentes y groseras, incluso cínicas, y todo ello antes de cumplir los dieciséis.

No obstante, siempre me preguntaba qué sentían los padres cuando pasaban por la calle a la que antes volvían cada noche, y si veían en realidad sus ex casas, si se fijaban en el deterioro ahora que ya no residían en ellas. Me lo volví a preguntar cuando frené ante la casa donde había crecido. Observé que estaba más descuidada que nunca. Ni mi madre ni su temible compañera de vida, Tanya, eran muy proclives a adecentar el patio, de modo que el césped estaba sembrado de hojas marrones secas. La gravilla del camino de acceso era tan fina como el pelo de un hombre mayor peinado sobre una calva ya no incipiente, y cuando aparqué distinguí el tenue brillo del metal viejo detrás del cobertizo de las herramientas. Antes aparcábamos nuestras bicicletas allí. Tanya había «limpiado» el espacio a base de amontonar todas las bicis antiguas, desde triciclos a bicicletas de diez marchas, detrás del cobertizo, abandonándolas para que se oxidaran. «Consideradlo arte conceptual», nos había animado mi madre cuando Josh se quejó de que parecíamos chatarreros con tanta bicicleta amontonada. Me pregunté si mi padre se pasaba alguna vez por la calle, si estaba al corriente de la situación actual de mi madre, si alguna vez pensaba en nosotros, o si estaba satisfecho de tener a sus tres hijos desperdigados por el mundo, todos adultos, unos completos extraños.

Mi madre estaba esperando en el camino de entrada. Como yo, es alta y robusta (una Mujer Rolliza, repitió la voz de Bruce en mi cabeza). Pero mientras yo soy un reloj de arena (un reloj de arena muy lleno), mi madre tiene forma de manzana, una región abdominal redondeada aposentada sobre piernas musculosas y firmes. Jugadora destacada de tenis, baloncesto y hockey sobre hierba en el instituto, y actual estrella de las Switch Hitters (su inevitable equipo de softball lesbiano), Ann Goldblum Shapiro ha conservado el porte y la delicadeza de una atleta de otros tiempos, una mujer convencida de que no hay problema irresoluble ni situación desesperada si haces una buena caminata o unos cuantos largos de piscina.

Lleva el cabello corto, no se tiñe las canas y se viste con ropa cómoda, en tonos grises, beis y rosa pálido. Sus ojos son del mismo color verde que los míos, pero más grandes y menos ansiosos, y sonríe muchísimo. Es la clase de persona a la que no paran de abordar desconocidos, para pedirle una dirección, un consejo, una opinión sincera acerca de si el traje de baño consigue que el culo de la portadora parezca más grande en el vestidor comunal de Loehmann's.

Hoy iba vestida para nuestra salida con pantalones de chándal rosa pálido, jersey de cuello cisne azul, uno de sus catorce pares de zapatillas de deporte para actividades concretas, y una cazadora adornada con un pequeño broche triangular con los colores del arco iris. No llevaba maquillaje (nunca utiliza), y el pelo exhibía sus habituales púas secadas al aire. Parecía feliz cuando subió al coche. Para ella, las clases de cocina gratuitas en el principal mercado del centro de Filadelfia eran mejores que una comedia de éxito. No pretendían ser participativas, pero nadie se había molestado en decírselo.

—Sutil —dije, al tiempo que señalaba su broche.[2]

—¿Te gusta? —preguntó, indiferente—. Tanya y yo lo elegimos en New Hope el fin de semana pasado.

—¿Me compraste uno? —pregunté.

—No —dijo, negándose a morder el anzuelo—. Te compramos esto.

Me entregó un pequeño rectángulo envuelto en papel púrpura. Lo desenvolví al parar en un semáforo en rojo, y descubrí un imán que plasmaba a una chica de dibujo animado con el pelo rizado y gafas. «No soy gay, pero mi madre sí», rezaba. Perfecto.

Jugueteé con los mandos de la radio y guardé silencio durante la media hora de trayecto hasta la ciudad. Mi madre iba callada a mi lado, a la espera de que yo sacara a colación la última obra de Bruce. Ya dentro del mercado, entre el verdulero y la parada de pescado fresco, lo hice por fin.

—Bueno en la cama —resoplé—. ¡Ja!

Mi madre me miró de reojo.

—¿Debo suponer que no lo era?

—No quiero hablar de esto contigo —gruñí, mientras dejábamos atrás las pastelerías, los puestos de comida tailandesa y mexicana, y encontrábamos asientos delante de la cocina de demostración. El chef

2. La bandera con los colores del arco iris es el emblema del movimiento gay. *(N. del T.)*

(un semihabitual al que recordaba de la clase de «Favoritos del Sur» de tres semanas antes) palideció cuando mi madre se sentó.

Mi madre me miró, se encogió de hombros y clavó la vista en la pizarra. Esta semana tocaba «Clásicos norteamericanos con cinco ingredientes fáciles». El chef inició su parrafada. Uno de sus ayudantes, un chaval larguirucho y granujiento de la Escuela de Restauración, empezó a trocear un repollo.

—Se va a cortar un dedo —predijo mi madre.

—¡Ssssh! —dije, cuando los habituales de la primera fila, en su mayor parte ciudadanos de edad avanzada que se tomaban las lecciones muy en serio, nos miraron ceñudos.

—Bien, pues es verdad —siguió mi madre—. Sujeta mal el cuchillo. Volviendo a Bruce...

—No quiero hablar de eso —dije.

El chef fundió un gigantesco pedazo de mantequilla en una sartén. Después añadió beicon. Mi madre lanzó una exclamación ahogada, como si acabara de presenciar una degollina, y levantó la mano.

—¿Existe alguna modificación beneficiosa para el corazón en esta receta? —preguntó. El chef suspiró y empezó a hablar del aceite de oliva. Mi madre volvió la atención hacia mí—. Olvida a Bruce. Puedes conseguir cosas mejores.

—¡Madre!

—¡Ssssh! —sisearon los forofos de la primera fila. Mi madre meneó la cabeza.

—No puedo creerlo.

—¿El qué?

—¿Ves el tamaño de esa sartén? No es lo bastante grande.

En efecto, el chef estaba amontonando demasiado repollo mal troceado en una sartén estrecha. Mi madre levantó la mano. Se la bajé de un tirón.

—Olvídalo.

—¿Cómo va a aprender algo si nadie le dice que está cometiendo un error? —se quejó, mientras observaba el escenario con los ojos entornados.

—Tiene razón —admitió la mujer sentada a su lado.

—Y si va a espolvorear con harina ese pollo —continuó mi madre—, yo creo que antes hay que salpimentarlo.

—¿Ha probado alguna vez con pimienta de Cayena? —preguntó un viejo de la fila de delante—. No en exceso, claro, pero un pellizco le da muy buen sabor.

—El tomillo también va bien —dijo mi madre.

—De acuerdo, Julia Child.[3]

Cerré los ojos y me hundí todavía más en mi silla plegable, mientras el chef se extendía en explicaciones sobre batatas confitadas y buñuelos de manzana, y mi madre continuó interrogándole sobre sustituciones, modificaciones, técnicas que había aprendido en sus años de ama de casa, al tiempo que no cesaba de emitir comentarios, para estupefacción de la gente sentada cerca de ella, e indignación de toda la primera fila.

Más tarde, mientras tomábamos un capuchino y *pretzels* con mantequilla en la parada de los amish, me largó el discurso que sin duda había estado preparando desde anoche.

—Sé que ahora estás herida en tus sentimientos —empezó—, pero hay mucho tío suelto por ahí.

—Sí, claro —murmuré, con la vista clavada en mi taza.

—Y también mujeres —continuó mi madre, servicial.

—Mamá, ¿cuántas veces he de decírtelo? ¡No soy lesbiana! No me interesa.

Ella meneó la cabeza, con tristeza fingida.

—Había depositado tantas esperanzas en ti. —Simuló un suspiro y señaló uno de los puestos de pescado, donde había lucios y carpas amontonados unos sobre otros, con la boca abierta y los ojos saltones. Sus escamas proyectaban destellos plateados bajo la luz—. Eso es una lección práctica.

—Eso es un puesto de pescado —la corregí.

—Es para decirte que hay muchos peces en el mar —contestó. Se acercó y dio unos golpecitos con la uña sobre el acuario. La seguí a regañadientes—. ¿Ves eso? Piensa que cada uno de estos peces es un chico soltero.

---

3. La chef más popular y prestigiosa de Estados Unidos. *(N. del T.)*

Miré los peces. Los peces, amontonados en columnas de a seis sobre el hielo triturado, me miraron boqueantes.

—Tienen mejores modales —observé—. Es probable que algunos sean mejores conversadores.

—¿Quieren pescado? —preguntó una asiática menuda con un delantal de goma que le llegaba al suelo. Sujetaba un cuchillo de cortar en la mano. Por un momento pensé en pedírselo prestado, y en lo que sentiría si destripaba a Bruce—. Pescado bueno —nos animó.

—No, gracias —dije. Mi madre me llevó de vuelta a la mesa.

—No tendrías que estar tan disgustada —dijo—. El artículo servirá para forrar jaulas el mes que viene...

—Un pensamiento muy reconfortante para una periodista —dije.

—No seas sarcástica.

—No puedo ser de otra manera.

Suspiré.

Nos sentamos otra vez. Mi madre levantó su taza de café.

—¿Es porque consiguió un trabajo en una revista? —preguntó.

Respiré hondo.

—Quizá —reconocí. Y era verdad. Ver que la estrella de Bruce se elevaba mientras la mía seguía estancada me habría herido, aunque el artículo no hubiera versado sobre mí.

—Te va bien —dijo mi madre—. Ya llegará tu día.

—¿Y si no llega? —pregunté—. ¿Y si nunca consigo otro empleo, u otro novio...?

Mi madre desechó mis temores con un ademán, como si estuviera diciendo tonterías.

—Pero ¿y si no lo consigo? —repetí, desdichada—. Él tiene su columna, está escribiendo una novela...

—Dice que está escribiendo una novela —me corrigió—. Eso no significa que sea verdad.

—Nunca voy a conocer a nadie más —afirmé.

Mi madre suspiró.

—Creo que esto es en parte culpa mía —dijo, por fin.

Eso atrajo mi atención.

—Cuando tu padre decía cosas...

No me gustaba nada el giro que estaba tomando la conversación.

—Madre...

—No, Cannie, déjame terminar. —Respiró hondo—. Era espantoso. Mezquino y horrible, y dejé que se saliera demasiadas veces con la suya, y durante demasiado tiempo.

—Agua pasada —dije.

—Lo siento —dijo mi madre. Ya se lo había oído decir otras veces, por supuesto, pero me hacía daño cada vez, porque cada vez me obligaba a recordar de qué se estaba disculpando, y lo horrible que había sido—. Lo siento porque sé que eso te ha convertido en lo que eres.

Me levanté, agarré su taza y la mía, las servilletas usadas y los restos de los *pretzels* y me dirigí en busca de un cubo de basura. Ella me siguió.

—¿Convertirme en qué? —pregunté.

Pensó unos momentos.

—Bien, no aceptas muy bien las críticas.

—Dímelo.

—No pareces muy a gusto con tu aspecto.

—Enséñame a una mujer que lo esté —repliqué—. Lo que pasa es que no todas conseguimos que exploten nuestras inseguridades para millones de lectores de *Moxie*.

—Ojalá... —Miró apenada hacia las mesas del centro del mercado, donde había familias congregadas, tomando bocadillos o café, hojeando secciones del *Examiner*—. Ojalá creyeras algo más en ti. Como en... el rollo romántico.

Otra conversación que no quería sostener con mi madre reconvertida en lesbiana.

—Encontrarás al chico perfecto —dijo.

—De momento, estoy abrumada por el número de candidatos.

—Estuviste demasiado tiempo con Bruce...

—¡Mamá, por favor!

—Era un chico agradable, pero yo sabía que no le querías de esa manera.

—Pensaba que te habías retirado de dar consejos heterosexuales.

—Hago una aparición especial como estrella invitada cuando es necesario —dijo alegremente. Al llegar al coche me dio un brusco abrazo. Un gran paso para ella, sabía yo. Mi madre es una gran cocinera, una oyente amable y una buena analista de caracteres, pero nunca ha sido una especialista en sobos—. Te quiero —dijo, algo también desacostumbrado en ella, pero yo no iba a protestar. Necesitaba todo el amor que pudiera conseguir.

3

El lunes por la mañana estaba sentada en una sala de espera llena de mujeres demasiado grandes para cruzar las piernas, todas encajadas en butacas poco adecuadas, en el séptimo piso del Centro de Trastornos Alimentarios de la Universidad de Filadelfia, y pensé que si yo estuviera al frente del lugar pondría sofás.

—Unas cuantas preguntas —había dicho la sonriente y esquelética secretaria apostada detrás de la mesa, al tiempo que me daba un grueso fajo de formularios, una tablilla y un bolígrafo—. Allí está el desayuno —añadió con jovialidad, y señaló una pila de bollos disecados, un tubo de queso fresco desnatado y una jarra de zumo de naranja con una gruesa película de pulpa flotando encima. Cualquiera come algo aquí, pensé; huí de los bollos y me senté con los formularios bajo un cartel que rezaba: «¡Cambiar el rumbo... día a día!», con una modelo en mallas brincando a través de un campo lleno de flores, cosa que yo no haría por más esquelética que me quedara.

Nombre. Eso era fácil. Estatura. Ningún problema. Peso actual. Aj. Peso mínimo alcanzado en la edad adulta. ¿Catorce años colarían como adulta? Motivos para querer perder peso. Pensé un momento, y luego escribí: «He sido humillada en publicación nacional». Pensé un momento, y añadí: «Me gustaría sentirme más a gusto conmigo misma».

Siguiente página. Historial dietético. Pesos máximos, pesos mínimos, programas que había seguido, cuánto había perdido, cuánto tiempo había conservado ese peso mínimo. «Haga el favor de utilizar el reverso si necesita más espacio», decía el formulario. Lo necesitaba. De hecho, a juzgar por la rápida mirada que eché a la sala, todo el mundo lo necesitaba. Una mujer llegó a pedir más papel.

Página tres. Peso de los padres. Peso de los abuelos. Peso de los hermanos. Los calculé a ojo. No eran cosas de las que se hablara en la mesa cuando la familia se reunía. ¿Me purgaba, abusaba de los laxantes, hacía ejercicio compulsivamente? Si lo hiciera, pensé, ¿tendría este aspecto?

Haga la lista de sus cinco restaurantes favoritos. Bien, esto sería fácil. Bastaba con recorrer mi calle y pasar ante cinco fabulosos lugares donde comer, un poco de todo, desde rollos de primavera a tiramisú, en menos de tres manzanas. Filadelfia aún vivía a la sombra de Nueva York, y a menudo tenía el carácter de una resentida hermana menor que nunca había conseguido la matrícula de honor o el homenaje deseado, pero el renacimiento de nuestra restauración era real, y yo vivía en el barrio que albergaba la primera crepería, el primer japonés y el primer local de cenas con espectáculo de *drag queens* (travestís mediocres, calamares divinos). También contábamos con las dos cafeterías obligatorias por manzana, que me habían atrapado con capuchinos y magdalenas con virutas de chocolate. No era el desayuno de los campeones, lo sabía, pero ¿qué podía hacer una chica, excepto intentar compensar, esquivando los locales de filetes con queso de cada esquina? Para colmo, Andy, el único amigo de verdad que había hecho en el periódico, era el crítico de gastronomía, y le acompañaba a menudo cuando iba a hacer sus críticas, y comía foie gras, y *rillettes* de liebre, y buey, y venado, y lubina al horno, en los mejores restaurantes de la ciudad, mientras Andy murmuraba en el micrófono con el cable enrollado en el cuello.

Cinco platos favoritos. Esto se estaba poniendo difícil. Los postres, en mi opinión, constituían una categoría aparte de los platos principales, y el desayuno era otra cosa muy distinta, y las cinco cosas mejores que sabía cocinar no tenían nada que ver con las cinco cosas mejores que podía comprar. El puré de patatas y el pollo asado me salían bien, pero ¿podía compararlos con las tartas de chocolate y la *crème brûlée* de la pastelería parisina de Lombard Street? ¿O con las hojas de parra rellenas a la plancha de Vietnam, el pollo frito de Delilah's y los *brownies* de Le Bus? Escribí, taché, recordé el budín de chocolate de Silk City Dinner, al horno y con crema inglesa, y tuve que empezar de nuevo.

Siete páginas de historial médico. ¿Tenía soplo cardíaco, hipertensión, glaucoma? ¿Estaba embarazada? No, no y mil veces no. Seis páginas de historial emocional. ¿Comía cuando estaba disgustada? Sí. ¿Comía cuando estaba contenta? Sí. ¿Me arrojaría sobre aquellos bollos y el queso fresco de aspecto repugnante, de no ser por estar acompañada? Ya puedes apostar a que sí.

Páginas de psicología. ¿Me deprimía con frecuencia? Rodeé con un círculo «a veces». ¿Pensaba en el suicidio? Me encogí, y después rodeé con un círculo «muy poco». ¿Insomnio? No. ¿Sensación de inutilidad? Sí, aunque sabía que no era una inútil. ¿Fantaseaba en ocasiones con cortar partes carnosas o fofas de mi cuerpo? Caramba, ¿no le pasa a todo el mundo? Haga el favor de añadir alguna idea adicional. Escribí: «Soy feliz en todos los aspectos de mi vida, excepto en lo tocante a mi apariencia física». Y después añadí: «Y a mi vida amorosa».

Reí un poco. La mujer embutida en la butaca de al lado me dirigió una sonrisa vacilante. Llevaba uno de esos atuendos que siempre he considerado de gorda chic: mallas y blusa de un azul pálido, con margaritas bordadas sobre la pechera. Un atuendo bonito, aunque no barato, sino divertido y enrollado. Es como si los diseñadores de moda decidieran que, cuando la mujer alcanzaba cierto peso, ya no necesitaba trajes de chaqueta, faldas y blazers, sino chándales de fantasía, e intentaran disculparse por vestirnos como teletubis envejecidas a base de margaritas estarcidas en la pechera.

—Río para no llorar —expliqué.

—Lo he captado —dijo ella—. Soy Lily.

—Yo me llamo Candace. Cannie.

—¿Candy no?

—Creo que mis padres decidieron no darles más motivos de befa y mofa a los chicos del colegio[4] —dije. Ella sonrió. Llevaba el pelo, negro y lustroso, estirado hacia atrás y cargado de abalorios similares a palillos, y llevaba botones en forma de diamante, del tamaño de cacahuetes, en las orejas.

4. *«Candy»*, en inglés, significa «caramelo», «bombón». *(N. del T.)*

—¿Crees que esto funcionará? —pregunté. Encogió sus gruesos hombros.

—Seguía la dieta del phen-fen —contestó—. Esas píldoras para adelgazar. Perdí treinta y cinco kilos.

Introdujo la mano en su bolso. Yo sabía lo que se avecinaba. Las mujeres normales llevan fotos de sus hijos, sus maridos, sus segundas residencias. Las mujeres gordas llevan fotos de cuando eran más delgadas. Lily me enseñó una foto de cuerpo entero, con un vestido negro, y después de perfil, con minifalda y jersey. Tenía un aspecto tremendo.

—Phen-fen —suspiró. Su busto parecía algo gobernado por las mareas y la gravedad, ajeno a la voluntad humana—. Me iba tan bien —dijo. Una mirada nostálgica apareció en sus ojos—. Nunca tenía hambre. Era como volar.

—Las anfetas también obran esos efectos —comenté.

Lily no me escuchaba.

—El día que lo retiraron del mercado lloré. Me esforcé lo que pude, pero recuperé todo lo que había perdido en diez minutos, o al menos eso me pareció a mí. —Entornó los ojos—. Habría matado por conseguir más phen-fen.

—Pero... —empecé, vacilante—. ¿No provocaba problemas cardíacos?

Lily resopló.

—Si me dejaran elegir entre estar así de gorda y estar muerta, juro que me lo habría pensado. ¡Es ridículo! Me bastaría recorrer dos manzanas para comprar «crack», pero no puedo conseguir phen-fen de ninguna manera.

—Oh.

No se me ocurrió nada más que decir.

—¿Nunca has probado el phen-fen?

—No. Sólo Weight Watchers.

Mis palabras provocaron un coro de lamentos, y todas las mujeres que me rodeaban pusieron los ojos en blanco.

—¡Weight Watchers!

—Qué chorrada.

—Pero una chorrada cara.

—Ponerse en fila para que un ser esquelético te pese...

—Y las balanzas nunca estaban equilibradas —dijo Lily, jaleada por un coro de entusiastas seguidoras.

La flaca del escritorio compuso una expresión preocupada. ¡Las gordas se rebelaban! Sonreí, cuando imaginé que invadíamos la sala como un ejército de obesas con pantalones elásticos, derribábamos las básculas, la máquina de medir la tensión, arrancábamos de las paredes las gráficas que relacionaban la estatura con el peso, y obligábamos a todas las empleadas esqueléticas a comérselas, mientras nosotras devorábamos los bollos y el queso fresco desnatado.

—¿Candace Shapiro?

Un médico alto de voz muy profunda me estaba llamando. Lily estrechó mi mano.

—Buena suerte —susurró—. ¡Si guarda muestras de phen-fen, cógelas!

El médico era un cuarentón delgado (por supuesto), cuyas sienes empezaban a teñirse de gris, de grandes ojos castaños, que me estrechó la mano con energía. También era extremadamente alto. Incluso con mis Doc Martens de suela gruesa apenas le llegaba a los hombros, lo cual significaba que debía de medir cerca de dos metros. Su nombre sonaba como doctor Krushelevsky, sólo que con más sílabas.

—Puede llamarme doctor K. —dijo, con su voz tan absurdamente lenta y profunda.

Yo esperaba que renunciara a imitar a Barry White y hablara como una persona normal, pero no lo hizo, por lo cual deduje que aquella era su voz auténtica. Me senté, con el bolso apretado contra mi pecho, mientras él pasaba las páginas de mi formulario, se demoraba en algunas respuestas, reía sin disimulos de otras. Paseé la vista a mi alrededor, con el propósito de relajarme. Su despacho era encantador. Sofás de piel, un escritorio repleto de cosas, pero sin exagerar, una alfombra de aspecto oriental cubierta de columnas de libros, papeles, revistas, y un compacto de televisión y vídeo en una esquina, y una nevera pequeña con una cafetera encima en otra esquina. Me pregunté si alguna vez dormía aquí..., si el sofá se convertía en una cama. Era el tipo de lugar que te daba ganas de habitar.

—¿Humillada en una publicación nacional? —leyó en voz alta—. ¿Qué pasó?

—Huy —dije—. No querrá saberlo.

—Sí, de veras. Creo que nunca había leído una respuesta tan curiosa.

—Bien, mi novio —me encogí—. Ex novio. Perdón. Escribe una columna en *Moxie*...

—«¿Bueno en la cama?» —preguntó el médico.

—Pues sí. Me gusta pensar eso.

El médico se ruborizó.

—No... Quiero decir...

—Sí, es la columna que Bruce escribe. No me diga que la lee.

Si un dietista cuarentón la había leído, cabía suponer que todos mis conocidos también.

—De hecho, la recorté. Pensé que a nuestras pacientes les haría gracia.

—¿Cómo? ¿Por qué?

—Bien, se trata de un análisis bastante preciso de..., de...

—¿Una chica gorda?

El médico sonrió.

—No la llamaba así en ningún momento.

—Pero casi.

—¿Ha venido a causa del artículo?

—En parte.

El médico me miró.

—Bien, sobre todo por eso —continué—. Es que... Nunca me había considerado... así. Una mujer rolliza. O sea, sé que soy... rolliza..., y sé que debería adelgazar. O sea, no soy ciega, ni ajena a la cultura, ni a las expectativas de los norteamericanos respecto de sus mujeres...

—¿Ha venido a causa de las expectativas norteamericanas?

—Quiero estar delgada. —Me miró, expectante—. Bueno, más delgada, al menos.

Pasó las hojas del formulario.

—Sus padres son gordos —dijo.

—Bueno..., más o menos. Mi mamá está un poco entrada en carnes. A mi padre hace años que no le veo. Cuando se fue tenía un poco de barriga, pero... —Hice una pausa. La verdad era que no sabía dónde vivía mi padre, y cuando hablaban de él, nunca sabía qué decir—. No tengo ni idea de cuál será su aspecto en este momento.

El médico levantó la vista.

—¿No le ve?

—No.

Garrapateó una nota.

—¿Cómo son sus hermanos?

—Los dos delgados —suspiré—. Yo soy la única de los tres que salió obesita.

El médico rió.

—«Que salió obesita.» Nunca había oído esa expresión.

—Sí, bueno. Tengo un millón más.

Pasó más páginas.

—¿Es usted reportera?

Asentí. Volvió hacia atrás.

—Candace Shapiro... He visto su nombre.

—¿De veras?

Qué sorpresa. La mayoría de los civiles se saltaban los nombres de los autores de artículos.

—A veces escribe sobre televisión. —Asentí—. Es usted muy graciosa. ¿Le gusta su trabajo?

—Me encanta mi trabajo —contesté, y lo dije en serio. Cuando no estaba obsesionada por la tensión a la que me sentía sometida, el estar expuesta a la mirada pública por ser una reportera, la lucha entre camaradas por conseguir nuevos reportajes y soñar con la tienda de bollos, me lo pasaba de coña—. Es muy divertido. Interesante, fascinante..., todo eso.

Escribió algo en el expediente.

—¿Y usted cree que su peso afecta a la calidad de su trabajo..., al dinero que gana, a sus ascensos?

Pensé por un momento.

—No. Bien, a veces, algunas de las personas a las que entrevisto..., bueno, son delgadas, y yo no, y me pongo un poco celosa, o me pregunto si piensan que soy perezosa o algo por el estilo, y cuando escribo los artículos he de ir con cuidado, para que mis sentimientos no influyan en lo que digo sobre ellas. Pero soy una buena profesional. La gen-

te me respeta. Hay quien me teme incluso. Y es un periódico sindica-
do, de modo que no tengo problemas económicos.

El hombre rió, siguió pasando las hojas y se detuvo en la página
de psicología.

—¿Hizo terapia el año pasado?

—Unas ocho semanas.

—¿Puedo preguntar por qué?

Medité un momento. No es fácil confesar a alguien a quien aca-
bas de conocer que tu madre ha anunciado, a los cincuenta y seis años,
que es gay. Sobre todo a alguien que parecía un James Earl Jones delgado y blanco, y a quien le haría tanta gracia que lo repetiría en voz
alta. Incluso más de una vez.

—Asuntos familiares —dije, por fin.

Se limitó a mirarme.

—Mi madre había iniciado... una nueva relación, que avanzaba
muy deprisa, y yo me sentía un bicho raro.

—¿Ayudó la terapia?

Pensé en la mujer que me había asignado mi mutua, una mujer
tímida con rizos a lo Annie *la Huerfanita*, con gafas sujetas alrededor del cuello y que parecía un poco asustada de mí. Tal vez escuchar
lo de mi madre recién convertida al lesbianismo y lo de mi padre
ausente, antes de transcurridos cinco minutos de sesión, fue demasiado para ella. Siempre tenía ese aspecto de estar encogida, como si
temiera que en cualquier momento me precipitara sobre su mesa,
apartara de un manotazo la caja de Kleenex e intentara estrangu-
larla.

—Supongo que sí. El principal punto de la terapeuta era que
no puedo cambiar lo que otros miembros de mi familia hacen, pero sí
puedo cambiar la forma de reaccionar ante sus actos.

Garabateó algo en mi expediente. Probé una inclinación sutil
para verlo, pero tenía la página ladeada en un ángulo difícil.

—¿Fue un buen consejo?

Me estremecí por dentro, cuando recordé que Tanya se había mudado a las seis semanas de que mi madre y ella empezaran a salir, y su
primer acto de toma de posesión consistió en sacar todos los muebles
de lo que había sido mi dormitorio y sustituirlos por sus abigarrados

potingues bronceadores y libros de autoayuda, más su telar de dos toneladas. A modo de agradecimiento, tejió a *Nifkin* un pequeño jersey a rayas. *Nifkin* lo utilizó una vez, y luego lo devoró.

—Imagino que sí. O sea, la situación no es perfecta, pero digamos que me estoy acostumbrando.

—Bien, estupendo —dijo, y cerró mi expediente—. La cuestión es ésta, Candace.

—Cannie —rectifiqué—. Sólo me llaman Candace cuando estoy en apuros.

—Cannie, pues. Estamos llevando a cabo un estudio, que durará un año, de una droga llamada sibutramina, que funciona un poco como el phen-fen. ¿Has utilizado phen-fen alguna vez?

—No —dije—, pero hay una señora en el vestíbulo que lo echa mucho de menos.

Volvió a sonreír. Observé que tenía un hoyuelo en la mejilla izquierda.

—Me doy por avisado —dijo—. Bien, la sibutramina es menos agresiva que el phen-fen, pero su efecto es el mismo, y consiste básicamente en engañar a tu cerebro para que piense que estás llena durante más tiempo. La buena noticia es que carece de los peligros para la salud y las complicaciones potenciales que se han asociado con el phen-fen. Estamos buscando mujeres que sobrepasen en un treinta por ciento su peso ideal, como mínimo...

—... y tiene el placer de informarme de que cumplo los requisitos —dije con amargura.

El hombre sonrió.

—Los estudios ya realizados demuestran que los pacientes pierden entre un cinco y un diez por ciento de peso en un año.

Efectué unos rápidos cálculos. Perder el diez por ciento de peso no me iba a acercar al peso que yo deseaba.

—¿Eso te decepciona?

¿Estaba de broma? ¡Era frustrante! Teníamos la tecnología para sustituir corazones, poner septuagenarios en la Luna, facilitar erecciones a viejos pedorros, ¿y la ciencia moderna sólo podía descargarme de un diez por ciento de peso?

—Creo que es mejor que nada —dije.

—El diez por ciento es muchísimo mejor que nada —dijo con absoluta seriedad—. Los estudios demuestran que perder tan sólo cuatro kilos obra efectos radicales en la tensión y el colesterol.

—Tengo veintiocho años. Mi tensión y mi colesterol están bien. No estoy preocupada por mi salud. —Oí que mi voz se alzaba—. Quiero estar delgada. Necesito estar delgada.

—Candace... Cannie...

Respiré hondo y apoyé la frente en las manos.

—Lo siento.

Apoyó una mano sobre mi brazo. Me sentó bien. Era un truco que debían de haberle enseñado en la Facultad de Medicina: si la paciente se pone histérica ante la perspectiva de perder muy poco peso, apoya una mano con suavidad sobre su brazo... Aparté el brazo.

—Escucha —dijo—, para ser realistas, teniendo en cuenta tu herencia genética y tu constitución, es posible que nunca puedas ser una persona delgada. Pero eso no es lo peor del mundo.

No levanté la cabeza.

—Ah, ¿no?

—No estás enferma. No sufres ningún dolor...

Me mordí el labio. El tío no tenía ni idea. Recuerdo cuando tenía catorce años o así, unas vacaciones de verano en la playa, paseando por una acera con mi hermana, mi hermana esbelta, Lucy. Llevábamos gorras de béisbol, pantalones cortos, trajes de baño y sandalias. Comíamos cucuruchos de helado. Si cerraba los ojos, podía ver el aspecto de mis piernas bronceadas en contraste con los pantalones blancos, revivir la sensación del helado al fundirse en mi lengua. Una dama canosa de aspecto bondadoso se nos había acercado con una sonrisa. Pensé que diría algo así como que le recordábamos a sus nietas, o que le hacíamos añorar a su hermana y lo bien que lo habían pasado juntas. En cambio, saludó con un cabeceo a mi hermana, se acercó a mí y señaló el helado.

—Tú no necesitas eso, querida —dijo—. Deberías estar a régimen.

Recordaba cosas como ésa. Toda una vida de groserías, todas esas pequeñas heridas que llevaba por el mundo como piedras cosidas en los bolsillos. El precio que pagabas por ser una Mujer Rolliza. *Tú no necesitas eso.* No sufres ningún dolor, había dicho el tío. Menudo chiste.

El médico carraspeó.

—Vamos a hablar un momento de motivaciones.

—Oh, estoy muy motivada. —Levanté la cabeza, forcé una sonrisa torcida—. ¿No se da cuenta?

Me devolvió la sonrisa.

—También estamos buscando gente que cuente con la motivación adecuada. —Cerró mi expediente y cruzó las manos sobre su estómago inexistente—. Ya lo sabrás, pero la gente que consigue un éxito prolongado con el control de su peso es la que decide perder peso por sí misma. No por sus parejas, por sus padres, o porque la reunión del instituto se acerca, o porque se avergüenzan de algo que alguien escribió.

Nos miramos en silencio.

—Me gustaría saber —continuó— si se te ocurre algún motivo para perder peso, aparte del hecho de que en este preciso momento estás enfadada y disgustada.

—No estoy enfadada —dije, enfadada.

Él no sonrió.

—¿Se te ocurre algún otro motivo?

—Soy desdichada —solté de sopetón—. Me siento sola. Nadie me va a pedir que salgamos con este aspecto. Voy a morir sola, y mi perro va a devorar mi cara, y nadie nos encontrará hasta que el olor se cuele por debajo de la puerta.

—Todo eso me parece muy improbable —dijo con una sonrisa.

—Usted no conoce a mi perro —dije—. ¿He sido aceptada? ¿Voy a recibir medicamentos? ¿Puedo empezar a tomarlos ya?

El médico sonrió.

—Seguiremos en contacto. —Me levanté. Se puso un estetoscopio alrededor del cuello y dio unos golpecitos sobre la mesa de examen—. Te sacarán sangre cuando salgas. Voy a auscultar tu corazón un momento. Súbete aquí, por favor.

Me senté muy tiesa sobre el papel blanco crujiente que cubría la mesa y cerré los ojos cuando apoyó las manos sobre mi espalda. La primera vez que un hombre me tocaba con cierta deferencia o dulzura desde Bruce. Pensar en eso me llenó los ojos de lágrimas. No lo hagas, pensé enfurecida, no llores ahora.

—Aspira —dijo el doctor K. con calma. Si sospechaba lo que estaba pasando, no lo manifestó—. Muy bien... Retén el aire... y espira.

—¿Sigue en su sitio? —pregunté, al tiempo que miraba su cabeza y me inclinaba, cuando apoyó el estetoscopio bajo mi pecho izquierdo. Y entonces, antes de que pudiera contenerme—: ¿Suena como si estuviera roto?

El hombre se incorporó y sonrió.

—Sigue en su sitio. No está roto. De hecho, suena como un corazón fuerte y sano. —Me ofreció la mano—. Creo que todo irá bien. Seguiremos en contacto.

En el vestíbulo, Lily, la mujer con la camisa a margaritas, seguía encajada en su asiento, con la mitad de un bollo en equilibrio sobre una rodilla.

—¿Y bien? —preguntó.

—Me informarán cuando corresponda —dije.

Tenía un trozo de papel en su mano. No me sorprendió ver que era una fotocopia de «Querer a una mujer rolliza», de Bruce Guberman.

—¿Has visto esto? —me preguntó.

Asentí.

—Es muy bueno —dijo—. Este tío ha dado en el blanco. —Se removió justo lo que le permitía la butaca y me miró a los ojos—. ¿Te imaginas a la idiota que dejó escapar a ese mirlo blanco?

4

Creo que todas las personas solteras deberían tener un perro. Creo que el Gobierno debería intervenir: si no estás casado o vives en pareja, tanto si eres divorciado, viudo o te han plantado, deberían obligarte a presentarte de inmediato en la perrera municipal más cercana y elegir un animal de compañía.

Los perros dotan a tus días de un ritmo y un propósito. Cuando un perro depende de ti, no puedes acostarte a horas muy tardías, ni estar fuera todo el día y toda la noche.

Cada mañana, independientemente de lo que hubiera bebido, lo que hubiera hecho o el estado de mi corazón, *Nifkin* me despertaba a base de apoyar su morro con suavidad sobre mis párpados. Es un perrito muy comprensivo, que se sienta con paciencia sobre el sofá, con las patas cruzadas delante del cuerpo, mientras yo coreo las canciones de *My Fair Lady* o recorto recetas de *Círculo Familiar*, a la que me suscribí pese a que, como me gustaba bromear, no tenía ni familia ni círculo.

Nifkin es un terrier pequeño y bien hecho, blanco con manchas negras y marcas marrones en sus patas largas y estrechas. Pesa exactamente cuatro kilos y medio, y parece un Jack Russell anoréxico y muy nervioso, con orejas de doberman, siempre erguidas. Es un perro de segunda mano. Lo heredé de tres periodistas deportivos que conocí en mi primer periódico. Iban a alquilar una casa, y decidieron que una casa necesitaba un perro. Así que se llevaron a *Nifkin* de la perrera, convencidos de que era un cachorro de doberman. No era tal, por supuesto..., sino un simple terrier todo lo crecido que podía con orejas desproporcionadas. La verdad es que parece hecho con piezas de diferentes perros, que alguien combinó como para gastar una broma. Y tiene una permanente sonrisa despectiva a lo Elvis en su cara, el resultado, según cuenta la historia, de que su madre le pegara cuando era pequeñito. De todos modos, me reprimo de comentar sus deficiencias cuando me puede oír. Es muy sensible en lo tocante a su aspecto. Igual que su madre.

Los periodistas deportivos pasaron seis meses colmándole de atenciones, permitiendo que bebiera cerveza en su cuenco de agua, o bien dejándole encerrado en la cocina sin hacerle el menor caso, mientras seguían esperando a que se convirtiera en doberman. Después, uno de ellos consiguió un empleo en el *Fort Lauderdale Sun-Sentinel*, y los otros dos decidieron separarse y vivir cada uno en su propio apartamento. Ninguno quiso llevarse al angustiado *Nifkin*, que no se parecía en nada a un doberman.

Los empleados podían publicar gratis anuncios clasificados en el periódico, y el suyo, «Perro pequeño, moteado, se ofrece gratis para un buen hogar», salió durante dos semanas sin que nadie se interesara. Desesperados, con las maletas hechas y pagados ya los depósitos a cuenta de sus apartamentos, los periodistas deportivos me asaltaron en la cafetería de la empresa.

—O tú, o la perrera municipal otra vez —dijeron.

—¿Es aseado?

Intercambiaron una mirada inquieta.

—Más o menos —dijo uno.

—Casi siempre —dijo el otro.

—¿Muerde cosas?

Otra mirada inquieta.

—Le gusta el cuero sin curtir —dijo uno.

El otro mantuvo la boca cerrada, de lo cual deduje que a *Nifkin* debían de gustarle también los zapatos, los cinturones, los billeteros y cualquier cosa que se cruzara en su camino.

—¿Ha aprendido a pasear con correa, o aún va tirando todo el rato? ¿Creéis que respondería a otro nombre que no fuera *Nifkin*?

Los tíos se miraron.

—Escucha, Cannie —dijo uno por fin—, ya sabes lo que les pasa a los perros en la perrera..., a menos que puedan convencer a otra persona de que es un doberman. Y eso es muy improbable.

Me quedé con él. Y por supuesto, *Nifkin* pasó los primeros meses apostado furtivamente en una esquina de la sala de estar, practicando un agujero en mi sofá y reaccionando como un conejo espástico cada vez que sujetaba la correa a su collar. Cuando me trasladé a Filadelfia, decidí que las cosas serían diferentes. Impuse a *Nifkin* un horario riguroso: un paseo a las siete y media de la mañana y otro a las cuatro de la tarde, por los cuales pagaba al crío de los vecinos veinte dólares a la semana, y luego una vuelta a la manzana antes de acostarme. Nos tiramos seis meses de duro entrenamiento, con el fin de desarrollar la obediencia, después de lo cual dejó de mordisquear, fue muy aseado y le gustaba por lo general pasear a mi lado, a menos que una ardilla o un tío en monopatín lo distrajeran. Como premio por sus progresos, se le permitió subir a los muebles. Se sentaba a mi lado en el sofá mientras yo veía la tele, y dormía aovillado sobre una almohada junto a mi cabeza cada noche.

—Quieres a ese perro más que a mí —se quejaba Bruce, y era verdad que tenía muy mimado a *Nifkin*, con todo tipo de juguetes esponjosos, huesos de cuero, pequeños jerseys de lanilla y platos deliciosos, y me avergüenza decirlo, un pequeño sofá de tamaño perro, tapizado con el mismo algodón que mi sofá, donde duerme cuando estoy trabajando (también era verdad que Bruce pasaba de *Nifkin*, y no se molestaba en sacarlo a pasear. Yo llegaba a casa del gimnasio, de dar un paseo en bici o de un largo día de trabajo, y encontraba a Bruce espatarrado en el sofá, muchas veces con su pipa cerca, y a *Nifkin* subido a una almohada, tembloroso, con aspecto de estar a punto de estallar. «¿Ha salido a pasear?», preguntaba yo, y Bruce se encogía de hombros como si tal cosa. Después de que esto ocurriera una docena de veces o así, dejé de preguntar). La foto de *Nifkin* es mi salvapantallas del trabajo, y estoy suscrita al boletín virtual *Ratter Chatter*, aunque hasta el momento me he refrenado de enviar su foto.

Cuando estábamos en la cama juntos, Bruce y yo solíamos inventar episodios de la vida de *Nifkin*. Yo era de la opinión de que *Nifkin* había nacido en el seno de una familia inglesa acomodada, pero su pa-

dre lo había desheredado después de sorprenderlo en una postura
comprometedora en el pajar con uno de los chicos del establo, y lo había enviado a Estados Unidos.

—Quizá trabajó como decorador de escaparates —había murmu-
rado Bruce, con una mano sobre mi cabeza.

—Sombrero en mano —bromeé, y me acurruqué contra él—.
Apuesto a que era asiduo de Studio 54.

—Probablemente conoció a Truman.

—Y llevaba trajes hechos a medida, y utilizaba bastón.

Nifkin nos miró como si estuviéramos chiflados, y luego huyó a la
sala de estar. Yo alcé la cabeza para recibir un beso, y Bruce y yo nos
lanzamos al ataque de nuevo.

Pero tanto como yo había rescatado a *Nifkin* de los periodistas
deportivos, los anuncios clasificados y la perrera municipal, él también
me había salvado a mí. Me salvaba de estar sola, me daba un motivo
para levantarme cada mañana, y me quería. O tal vez sólo amaba el hecho de que yo tenía pulgares oponibles y podía manejar un abrelatas.
Daba igual. Cuando apoyaba su morro junto a mi cabeza por las noches, suspiraba y cerraba los ojos, era suficiente.

La mañana después de mi cita en la clínica de control del peso,
sujeté la correa a su collar, metí una bolsa de plástico en mi bolsillo derecho, cuatro galletitas para perro y una pelota de tenis en el izquierdo.
Nifkin daba botes como un loco, saltaba de mi sofá a su sofá, corría por
el pasillo hasta el dormitorio y volvía a la velocidad del rayo, y sólo se
detenía un momento para lamer mi nariz. Para él, cada mañana era una
fiesta. ¡Yuhú!, parece decir. ¡Ha llegado la mañana! ¡La mañana! ¡Vamos a pasear! Lo saqué por fin de casa, pero siguió haciendo cabriolas
a mi lado mientras yo sacaba las gafas de sol del bolso y me las ponía.
Avanzamos por la calle, *Nifkin* bailando y arrastrándome.

El parque estaba casi vacío. Sólo un par de golden retrievers que
olfateaban los arbustos, y un altivo cócker spaniel en la esquina. Solté
la correa de mi perro, que sin necesidad de ninguna provocación se lanzó en línea recta hacia el cócker, ladrando como un poseso.

—¡*Nifkin*! —grité, sabiendo que en cuanto estuviera a medio metro del otro perro se pararía, emitiría un profundo resoplido de desdén,
quizá ladraría unas cuantas veces más, y después lo dejaría en paz.

Yo lo sabía, *Nifkin* lo sabía, y era más que probable que el cócker también lo supiera (sé por experiencia que casi todos los perros no hacen caso a *Nifkin* cuando se pone en modo de ataque, tal vez porque es muy pequeño y nada amenazador, incluso cuando lo intenta). Pero el propietario del perro pareció alarmarse cuando vio un misil en forma de terrier moteado dirigirse hacia su animal.

—¡*Nifkin!* —grité de nuevo, y mi perro me hizo caso y paró en seco.

Corrí, al tiempo que intentaba dotarme de un aire de dignidad, recogí a *Nifkin* en mis brazos, sosteniéndolo por el cogote, lo miré a los ojos y dije: «No» y «Malo», como había aprendido en Obediencia Terapéutica. *Nifkin* lloriqueó, con aspecto malhumorado por el hecho de que hubiera interrumpido su diversión. El cócker meneaba la cola, vacilante.

El tipo del cócker parecía divertido.

—¿*Nifkin*? —preguntó.

Me di cuenta de que estaba a punto de lanzar la pregunta. Me dije si tendría cojones. Aposté conmigo misma a que sí.

—¿Sabe lo que es un «nifkin»? —preguntó. Apúntate una, Cannie. Un «nifkin», según la fraternidad de amigos de mi hermano, es la zona comprendida entre los huevos y el culo de un tío. Los periodistas deportivos lo habían bautizado así.

Adopté mi mejor expresión de perplejidad.

—¿Eh? Se llama así. ¿Significa algo?

El tipo se ruborizó.

—Éste, sí. Es, este..., un término de argot.

—¿Y qué designa? —pregunté, con la mayor inocencia del mundo. El tipo removió los pies. Le miré expectante. Nifkin también.

—Huy —dijo el tío, y calló. Decidí ser clemente.

—Sí, sé lo que es un «nifkin» —dije—. Es un perro de segunda mano. —Le conté la versión abreviada de la historia de los periodistas deportivos—. Y cuando supe qué era un «nifkin», ya era demasiado tarde. Intenté llamarlo Nifty..., y Napkin... y Ripken..., y cosas por el estilo, todo lo que se me ocurrió. Pero sólo responde a *Nifkin*.

—Qué pena —rió el tío—. Me llamo Steve —dijo.

—Yo soy Cannie. ¿Cómo se llama tu perro?

—*Sunny* —dijo. *Nifkin* y *Sunny* se olisquearon mutuamente mientras Steve y yo nos estrechábamos la mano.

—Acabo de mudarme aquí. Antes vivía en Nueva York —dijo él—. Soy ingeniero...

—¿Tienes familia en la ciudad?

—No. Soy soltero.

Tenía bonitas piernas. Bronceadas, algo peludas. Y las sandalias con velcro que todo el mundo llevaba ese verano. Pantalones cortos caqui, camiseta gris. Mono.

—¿Te apetecería salir a tomar una cerveza alguna vez? —preguntó.

Mono, y estaba claro que no sentía aversión por las mujeres sudorosas de talla XL.

—Sí. Sería estupendo.

Sonrió. Le di mi número, intentando no alimentar esperanzas, pero satisfecha conmigo misma.

De vuelta en casa, di a *Nifkin* un tazón de galletas, tomé mis cereales favoritos, hice gárgaras, me pasé la seda dental y respiré hondo varias veces, con vistas a mi entrevista con Jane Sloan, directora extraordinaria cuya biografía publicaría en el periódico del domingo siguiente. En deferencia a su fama, y debido a que íbamos a comer al *très chic* Four Seasons, tomé especial cuidado con mi ropa, y conseguí embutirme en una faja pantalón y unos panties reductores. Una vez domeñado mi estómago, me puse mi falda azul pálido, la chaqueta azul pálido con botones en forma de estrella y los mocasines negros de rigor, los zapatos obligatorios de toda veinteañera. Recé para comportarme con seguridad y compostura, y para que Bruce se rompiera los dedos en algún extraño accidente industrial, de forma que nunca más pudiera escribir. Después llamé a un taxi, agarré mi libreta y me dirigí al Four Seasons para comer.

Cubro Hollywood para el *Philadelphia Examiner*. No es tan fácil como pensáis, porque Hollywood está en California, y yo no.

De todos modos, me lo curro. Escribo sobre tendencias, habladurías, las costumbres copuladoras de estrellas consagradas y estrellas en ciernes. Hago críticas, y hasta alguna entrevista ocasional con el puñado de celebridades que se dignan parar cerca de la Costa Este durante sus maratones promocionales.

Me dediqué al periodismo después de graduarme en Lengua y Literatura Inglesa, sin el menor plan. Quería escribir. Los periódicos eran de los pocos lugares que me iban a pagar por hacerlo. El septiembre posterior a la graduación me contrató un periódico muy pequeño de la Pennsylvania central. La edad media de un reportero era veintidós años. Nuestra experiencia profesional global no superaba los dos años, y vaya si se notaba.

En el *Central Valley Times* cubrí cinco distritos escolares, además de incendios varios, accidentes automovilísticos y todo lo que tenía tiempo de improvisar. Por esto me pagaban la suma principesca de trescientos dólares a la semana, suficiente para ir tirando, si nada se torcía. Y, por supuesto, algo se torcía siempre.

Además, estaban los anuncios de bodas. El *CVT* era uno de los últimos periódicos del país que todavía publicaba, gratis, largas descripciones de bodas y, pobre de mí, vestidos de novia. Corpiños ajustados y faldas de godets, encajes de Alençon, bordados franceses, velos de cendal, diademas de abalorios, polisones fruncidos... Eran expresiones que tecleaba con tanta frecuencia que destiné un macro a cada una de ellas. Una sola pulsación, y me salían frases enteras: «Recamado de perlas de agua dulce, o puf de tafetán color marfil».

Un día estaba mecanografiando los anuncios de boda, mientras meditaba sobre la injusticia de mi situación, cuando me topé con una palabra que no pude leer. Muchas de nuestras novias llenaban los formularios a mano. Esta novia en particular había escrito en cursiva, con tinta púrpura, unas palabras que parecían decir «sefuma demas».

Enseñé el formulario a Raji, otro reportero novato.

—¿Qué pone aquí?

Escudriñó la letra púrpura.

—Se-fu-ma-de-mas —leyó poco a poco—. ¿Querrá decir que se fuma demasiado, o algo por el estilo?

—¿Y qué tiene que ver eso con un vestido?

Raji se encogió de hombros. Se había educado en Nueva York, y luego estudió en la Escuela de Periodismo de Columbia. No conocía las costumbres de la Pennsylvania central. Volví a mi mesa. Raji continuó su espantosa tarea, que consistía en teclear toda una semana de menús escolares.

—Pastel de patatas —le oí suspirar—. Siempre pastel de patatas.

Lo cual me dejaba con «sefuma demas». Bajo el epígrafe «contacto para preguntas», la novia había escrito el número de teléfono de su casa. Descolgué y marqué.

—¿Hola? —contestó una mujer de voz alegre.

—Hola —dije—, soy Candace Shapiro, y llamo del *Valley Times*. Intento localizar a Sandra Garry...

—Yo soy Sandy —gorjeó la mujer.

—Hola, Sandy. Escucha, hago los anuncios de bodas del diario, estoy leyendo tu formulario y hay una palabra... ¿Qué es «sefuma dem...»?

—Espuma de mar —contestó al instante. Oí que un niño chillaba al fondo, «¡Mamá!», y lo que parecía un culebrón televisivo—. Es el color de mi vestido.

—Ah —dije—. Bien, es lo que quería saber, gracias...

—Bien, es que... ¿Crees que la gente sabrá lo que es espuma de mar? O sea, ¿cómo te imaginas la espuma de mar?

—¿Verde? —aventuré. En realidad, quería colgar de una vez. Tenía tres cestos de colada descansando en el maletero del coche. Quería largarme de la oficina, ir al gimnasio, lavar la ropa, comprar un poco de leche—. Como un verde pálido, supongo.

Sandy suspiró.

—Pues no —dijo—. Es más azul, me parece. La chica del Bridal Barn dijo que el color se llama espuma de mar, pero es como más verde, me parece.

—Podríamos decir azul. —Otro suspiro de Sandy—. ¿Azul claro? —probé.

—Es que tampoco es azul. Dices azul, y la gente piensa, azul como el cielo, o azul marino, y no es oscuro ni nada por el estilo...

—¿Azul pálido? —intenté, mientras pasaba revista a mi gama de sinónimos para los anuncios de boda—. ¿Azul metálico? ¿Azul eléctrico?

—Creo que no es ninguno de ésos —dijo Sandy con timidez.

—Hmmm —dije—. Bien, si quieres pensártelo y llamarme después...

Fue cuando Sandy se puso a llorar. Oía sus sollozos al otro extremo de la línea, mientras un culebrón sonaba de fondo, y el niño, al que imaginaba con las mejillas pegajosas y un dedo del pie fracturado, continuaba lloriqueando.

—¡Mamá!

—Quiero que salga bien publicado —dijo Sandy entre sollozos—. He esperado tanto este día... Quiero que todo sea perfecto..., y ni siquiera sé decir de qué color es mi vestido...

—Oh, vaya —dije, y me sentí ridículamente inútil—. Escucha, no hay para tanto...

—Tal vez podrías pasarte por aquí —dijo, sin dejar de llorar—. Eres una reportera, ¿verdad? Tal vez podrías echar un vistazo al vestido y ver de qué color es.

Pensé en mi colada, en mis planes para la noche.

—Por favor —dijo Sandy, con un hilo de voz, suplicante.

Le pedí la dirección, y me maldije mentalmente por ser tan blanda, y le aseguré que estaría en su casa dentro de una hora.

Para ser sincera, esperaba un aparcamiento para remolques. Hay muchos en la Pennsylvania central, pero Sandy vivía en una casa de verdad, al estilo del elegante Cape Cod, pequeña y blanca, con postigos negros y la típica valla de estacas en la parte delantera. El patio trasero daba cobijo a un rifle de agua de plástico naranja, un triciclo Big Wheel abandonado y un columpio de aspecto nuevo. Había una furgoneta negra reluciente aparcada en el camino de entrada, y Sandy esperaba en la puerta, una treintañera, con aspecto de cansancio alrededor de los ojos, pero también con una especie de trémula esperanza. Su cabello era rubio claro, fino como azúcar hilado, y tenía la naricita chata y los grandes ojos azules de una estatuilla pintada.

Bajé del coche con mi libreta en ristre. Sandy sonrió desde el otro lado de la puerta mosquitera. Vi dos manitas que aferraban su muslo, un rostro infantil que asomaba por detrás de la pierna, y luego desaparecía detrás.

Los muebles de la casa eran baratos, pero se veía limpia y pulcra, con pilas de revistas sobre la mesilla auxiliar barnizada de pino: *Guns*

& Ammo, *Road & Track*, *Sport & Field*. Armas y municiones, carreteras y pistas, deportes y campo: una selección muy didáctica, pensé para mis adentros. Una alfombra verdeazulada cubría el suelo de la sala de estar de pared a pared. Linóleo blanco, del que se puede enrollar en una sola hoja, con dibujos estampados para que parezcan baldosas separadas, cubría la cocina.

—¿Quieres una gaseosa? Iba a tomarme una —dijo con timidez.

No quería gaseosa. Quería ver el vestido, encontrar un adjetivo, largarme y llegar a casa justo a tiempo de ver *Melrose Place*. Pero ella parecía desesperada, y yo estaba sedienta, de modo que me senté a la mesa de la cocina, bajo el bordado que rezaba «Bendice esta casa», con mi libreta al lado.

Sandy tomó un sorbo de su bebida, se tapó la boca para disimular un eructo discreto, cerró los ojos y meneó la cabeza.

—Perdona, por favor.

—¿Estás nerviosa por la boda? —pregunté.

—Nerviosa —repitió, y lanzó una risita—. ¡Cariño, estoy aterrorizada!

—¿Es...? —Quería ser cautelosa en ese aspecto—. ¿Has pasado ya por ello?

Sandy negó con la cabeza.

—Así no. La primera vez me fugué. Fue cuando descubrí que estaba embarazada de Trevor. Nos casó el juez de paz de Bald Eagle. Me puse el vestido del baile de fin de curso.

—Oh.

—La segunda vez —continuó—, no hubo boda. Era el padre de Dylan, al que supongo podría llamar mi concubino. Estuvimos juntos siete años.

—¡Dylan soy yo! —gritó una vocecita desde debajo de la mesa. Asomó una cabeza rubia—. Mi papá está en el ejército.

—Sí, cariño —dijo Sandy, mientras revolvía el pelo de Dylan con una mano. Enarcó las cejas de manera significativa, meneó la cabeza y susurró—: C-á-r-c-e-l.

—Oh —repetí.

—Por robar coches —susurró—. Nada del otro mundo. De hecho, conocí a Bryan, mi prometido, cuando fui a ver al padre de Dylan.

—Así que Bryan está...

Estaba empezando a descubrir que una larga pausa es el mejor amigo de una reportera.

—Saldrá en libertad provisional mañana —dijo Sandy—. Le encerraron por estafa.

Lo cual, deduje por el orgullo de su voz, era mejor que afanar coches.

—¿Le conociste en la prisión?

—Llevábamos un tiempo carteándonos —dijo Sandy—. Puso un anuncio en la sección de anuncios clasificados... ¡Mira, lo guardé!

Se levantó de un brinco, lo cual provocó que nuestros vasos tintinearan, y volvió con un trozo de papel del tamaño de un sello. «Caballero cristiano, alto, atlético, Leo, busca corresponsal sensible para intercambiar cartas y quizá más», rezaba.

—Recibió doce respuestas —explicó Sandy, radiante—. Dijo que mi carta fue la que más le gustó.

—¿Qué le dijiste?

—Yo fui muy sincera. Le expliqué mi situación. Que era madre soltera y quería un modelo para mis hijos.

—Y crees...

—Será un buen padre —dijo. Volvió a sentarse y clavó la vista en su vaso, como si contuviera los misterios del universo en lugar de gaseosa vulgar—. Creo en el amor —dijo, con voz fuerte y clara.

—¿Tus padres...? —empecé. Agitó la mano en el aire, como para desechar la idea.

—Mi padre se largó cuando yo tenía cuatro años, creo —explicó—. Entonces, mamá encadenó un tío con otro. Papá Rick, papá Sam, papá Aaron. Juré que a mí no me iba a pasar lo mismo. Y no lo haré. Creo..., sé... que esta vez todo saldrá bien.

—Mamá.

Dylan había vuelto, con los labios teñidos de rojo, cogiendo a su hermano del brazo. Si Dylan era menudo, delgado y rubio, este chico (Trevor, supuse) era más moreno y robusto, con una expresión pensativa en la cara.

Sandy se levantó y me dirigió una mirada vacilante.

—Espera aquí —dijo—. Chicos, venid conmigo. ¡Vamos a enseñar a esta señora el bonito vestido de mamá!

Después de todo aquello (la prisión, los maridos, el anuncio clasificado del cristiano), estaba preparada para algo espantoso. La tienda Bridal Barn se especializaba en horrores.

Pero el vestido de Sandy era bonito. Ceñido en el torso, con un corpiño de princesa de cuento de hadas, adornado con cristales del tamaño de copos de nieve que reflejaban la luz, y un escote pronunciado que revelaba la piel cremosa de su pecho, para luego desparramarse en una ola de tul que crujía alrededor de sus pies. Sandy tenía las mejillas ruborizadas, y sus ojos azules centelleaban. Parecía la madrina de Cenicienta, o Glinda, la bruja buena. Trevor sostuvo su mano con solemnidad cuando su madre entró en la cocina canturreando la marcha nupcial. Dylan se había apoderado del velo con el cual se cubría la cabeza.

Sandy se paró bajo la luz de la cocina y giró sobre sí misma. El borde del vestido rozó el suelo. Dylan rió y aplaudió, y Trevor miró a su madre, los brazos y hombros desnudos que sobresalían del vestido, el pelo que se derramaba sobre su piel. Ella dio vueltas y vueltas, y sus hijos la miraban como hechizados, hasta que al final paró.

—¿Qué te parece? —preguntó. Tenía las mejillas sonrosadas, y respiraba con rapidez. Cada vez que aspiraba, su pecho se hinchaba contra los bordes del corpiño. Dio otra vuelta, y distinguí diminutos capullos de rosa de tela cosidos en la parte posterior, tensa como los labios fruncidos de un bebé—. ¿Es azul? ¿Verde?

La examiné un largo momento, sus mejillas rosadas y la piel lechosa, los ojos deleitados de su hijo.

—No estoy muy segura —dije—. Pero inventaré algo.

No llegué antes del cierre de la edición, por supuesto. Hacía rato que el director de noticias locales se había marchado cuando llegué a la redacción, después de que Sandy me hubiera enseñado las fotos de Bryan, me contara sus planes para la luna de miel, después de verla leer a sus hijos *Donde viven los monstruos*, besarlos en la frente y las mejillas, y añadir un dedo de bourbon a su gaseosa, y la mitad de otro a la mía.

—Es un buen hombre —dijo con aire soñador. Su cigarrillo encendido se movía a través de la habitación como una luciérnaga.

Tenía que llenar ocho centímetros de papel, lo suficiente para ocupar el espacio permitido bajo la foto borrosa del rostro sonriente de Sandy. Me senté ante el ordenador, aunque la cabeza me daba vueltas un poco, y llené el formulario matrimonial, el que tiene espacios: nombre de la novia, nombre del novio, nombre de los padrinos, descripción del vestido. Después, pulsé la tecla de escape, limpié la pantalla, respiré hondo y escribí:

Mañana, Sandra Louise Garry contraerá matrimonio con Bryan Perreault en la iglesia de Nuestra Señora de la Misericordia, en Old College Road. Recorrerá el pasillo central con peinetas de estrás en el pelo, y prometerá amar, honrar y respetar a Bryan, cuyas cartas guarda dobladas bajo su almohada, cada una leída tantas veces que han adelgazado como alas de mariposa.

«Creo en el amor», explica, aunque un cínico diría que toda clase de indicios afirman que no debería. Su primer marido la abandonó, su segundo está en la cárcel, la misma cárcel donde conoció a Bryan, cuya libertad provisional empieza dos días antes de la boda. En sus cartas, él la llama su palomita, su ángel perfecto. En la cocina de ella, mientras el último de los tres cigarrillos que se permite cada noche humea entre sus dedos, dice que es un príncipe.

Sus hijos, Dylan y Trevor, serán los padrinos de la novia. Su vestido es de un color llamado espuma de mar, un color perfectamente equilibrado entre el azul más pálido y el verde más pálido. No es blanco, el color de las vírgenes, o de las adolescentes con la cabeza llena de ideas románticas, ni marfil, que es un blanco teñido de resignación. Su vestido es del color de los sueños.

Bien. Un poco adornado, un poco exagerado y un poco recargado. ¿Un vestido del color de los sueños? Todo llevaba estampado en cada sílaba «Recién graduada en el Taller de Escritura Creativa de alguna escuela superior». A la mañana siguiente fui a trabajar; había una copia de la página sobre mi teclado, con el ofensivo párrafo rodeado de un círculo rojo, trazado con el rotulador del corrector. «VEN A VERME», era el lacónico mensaje garabateado en el margen, con la letra inconfundible de Chris, el director ejecutivo, un hombre del sur que se distraía con bastante facilidad, atraído a Pennsylvania con la promesa de trasladarlo a un periódico mejor y más grande de la cadena (aparte de qué la pesca de la trucha no tenía parangón). Llamé con timidez a la puerta de su despacho. Me indicó que entrara. Había abierta una segunda copia de mi artículo sobre su mesa.

—Esto —dijo, y lo señaló con su dedo esquelético—. ¿Qué era esto, con exactitud?

Me encogí de hombros.

—Fue... Bien, conocí a esta mujer. Estaba tecleando su anuncio y encontré una palabra que no supe descifrar, así que la llamé, me encontré con ella, y después... —Enmudecí—. Creí que podía sacar un artículo de todo ello.

Me miró.

—Tenías razón —dijo—. ¿Quieres repetirlo?

Y nació una estrella..., bueno, más o menos. Cada dos semanas localizaba a una novia y escribía una columna breve sobre ella: quién era, su vestido, la iglesia y la música y la fiesta posterior. Pero, sobre todo, escribía sobre el motivo: por qué mis novias decidían casarse, plantarse ante un ministro, un rabino o un juez de paz y comprometerse para siempre.

Vi novias jóvenes y novias viejas, novias ciegas y sordas, novias adolescentes que se encomendaban a su primer amor, y a cínicas veinteañeras que se comprometían con el hombre al que llamaban padre de su hijo. Asistí a una primera, segunda, tercera, cuarta, e incluso una quinta boda. Vi toda clase de extravagancias (una boda ortodoxa, en que hombres y mujeres bailaban en salas separadas y había un total de ocho rabinos presentes, todos con pelucas estilo Tina Turner al final de la noche). Vi una pareja que se casaba en camas de hospital contiguas, después de un accidente de circulación que había dejado a la novia parapléjica. Vi a una novia abandonada en el altar, vi que su rostro se desmoronaba cuando el padrino, con la cara pálida y seria, se acercaba por el pasillo, susurraba algo al oído de la madre, y después al de ella.

Era irónico, incluso entonces. Mientras mis colegas escribían columnas sarcásticas en primera persona para revistas virtuales recién nacidas, sobre el hecho de ser soltera en las grandes ciudades de la nación, yo estaba velando mis primeras armas en un pequeño periódico local (un dinosaurio, al borde de la extinción en la escala evolucionaria de los medios), investigando el matrimonio, nada más y nada menos. ¡Qué original! ¡Qué encantador!

Pero no habría podido escribir sobre mí misma como lo hacían mis compañeras de clase, aunque hubiera querido. La verdad era que carecía de valor para documentar mi vida sexual. Tampoco tenía el cuerpo que me habría gustado desvelar, ni siquiera en letra impresa. Y el sexo no me interesaba tanto como el matrimonio. Quería comprender cómo se formaba parte de una pareja, cómo se hacía acopio de valentía para tomar la mano de alguien y saltar al vacío. Tomaría la historia de cada novia (cómo se habían conocido, adónde iban y cuándo se habían dado cuenta), y le daría vueltas y vueltas en mi mente, en busca del hilo suelto, la costura invisible, la grieta que podría abrir para darle la vuelta a la historia como un calcetín y descubrir la verdad.

Si hubierais leído aquel pequeño periódico a principios de los noventa, probablemente me habríais distinguido en los bordes de cien fotos de bodas diferentes, con el vestido de algodón blanco que llevaba, sencillo, para no llamar la atención, pero elegante, en deferencia a la solemnidad de la ocasión. Me habríais visto en los asientos del pasillo, con la libreta guardada en el bolsillo, mirando a cien novias diferentes, viejas, jóvenes, negras, blancas, delgadas, no delgadas..., en busca de respuestas. ¿Cómo sabes cuándo un tío es el hombre de tu vida? ¿Cómo puedes estar lo bastante segura para comprometerte con alguien para siempre, y encima creértelo? ¿Cómo puedes creer en el amor?

Al cabo de dos años y medio del rollo de las bodas, dio la casualidad de que mis recortes aterrizaron en la mesa del director apropiado, justo en el preciso momento en que el diario importante de mi ciudad natal, el *Philadelphia Examiner*, había decidido, como institución, que atraer a lectoras de la Generación X era fundamental, y que una joven reportera, por su propia existencia, sería capaz de atraer a dichas lectoras. En consecuencia, me invitaron a volver a la ciudad donde nací, para ser los ojos y oídos que les informarían sobre las veinteañeras de Filadelfia.

Dos semanas después, el *Examiner* decidió, como institución, que atraer a lectoras de la Generación X ya no importaba una mierda, y volvieron a intentar aumentar la tirada entre las mamás de las afueras. Pero el daño ya estaba hecho. Me habían contratado. La vida era estupenda. Bueno, casi.

Desde el primer momento, el mayor y único problema de mi trabajo fue Gabby Gardiner. Gabby es una corpulenta anciana con una masa de rizos blancos teñidos de azul y gafas de cristales gruesos. Si yo soy grande, ella es superlativa. Tal vez penséis que podríamos ser solidarias debido a nuestra depresión compartida, nuestra lucha común por sobrevivir en un mundo que tilda de grotesca y risible a cualquier mujer que supera unas medidas determinadas. Os equivocáis.

Gabby es la columnista de espectáculos del *Philadelphia Examiner*, y ha ocupado ese puesto, como gusta de recordarme a mí y a cualquiera que pueda oírla, «durante más tiempo del que tú has vivido». En ello residen su fuerza y su debilidad. Tiene una red de contactos que abarca ambas costas y dos décadas. Por desgracia, esas décadas fueron los sesenta y los setenta. Dejó de prestar atención en algún momento situado entre la elección de Reagan y el advenimiento de la televisión por cable, de modo que hay todo un universo de cosas, desde la televisión por cable en adelante, que su radar no registra tal como lo hace, pongamos por caso, con Elizabeth Taylor.

La edad de Gabby podría ser cualquiera a partir de sesenta. No tiene hijos, ni marido, ni síntomas discernibles de sexualidad, ni síntomas de una vida ajena a la oficina. Su sangre son los chismorreos de Hollywood, y su actitud hacia sus personajes es poco menos que reverente. Habla de las estrellas —que cubre, por lo general de tercera mano, en píldoras reimpresas de habladurías regurgitadas de los tabloides de Nueva York y *Variety*— como si fueran amigos íntimos. Lo cual sería patético si Gabby Gardiner fuera mínimamente agradable. Y no lo es.

No obstante, tiene suerte. Suerte de que la mayoría de los lectores del *Examiner* pasen de los cuarenta y no estén interesados en enterarse de cosas nuevas, de manera que su columna «Cotilleando con Gabby» siga siendo una de las partes más populares de nuestra sección, otro dato que comenta con frecuencia, a todo volumen (en teoría, grita porque es sorda, pero yo estoy convencida de que lo hace porque es más irritante que hablar sin más).

Durante mis primeros años en el *Examiner* nos dejamos mutuamente en paz. Por desgracia, la situación empeoró el pasado verano, cuando Gabby se tomó un permiso de dos meses para solucionar algún problema médico que no sonaba muy bien («pólipos» fue la única palabra que capté, antes de que Gabby y sus amigos me lanzaran miradas de odio, y yo huyera de la sala de correo sin ni siquiera haber recuperado mi ejemplar de *Teen People*). Durante su ausencia, me ordenaron que escribiera su columna diaria. Ella perdió la guerra, pero ganó la batalla. Siguieron llamando al engendro «Cotilleando con Gabby», y añadieron una breve nota, con un cuerpo de letra vergonzosamente pequeño, para anunciar que Gabby estaba «realizando un reportaje» y que «la escritora de la plantilla del *Examiner* Candace Shapiro la sustituye».

—Buena suerte, nena —dijo con generosidad Gabby, mientras anadeaba hasta mi mesa para despedirse, sonriente como si no hubiera pasado las dos últimas semanas acosando a los directores para enviar sus artículos por teletipo, en lugar de concederme una oportunidad en su ausencia—. He dicho a todas mis mejores fuentes que te llamen.

Fantástico, pensé. Habladurías de la más candente actualidad sobre el famosísimo presentador y periodista Walter Cronkite. Ya me siento impaciente.

Ése tendría que haber sido el final, pero no fue así. Todas las mañanas, de lunes a viernes, llegaba la llamada diaria de Gabby.

—¿Ben Affleck? —decía con su voz ronca—. ¿Qué es un Ben Affleck?

O:

—¿*Comedy Central?* Nadie la ve.

O, de manera deliberada:

—Anoche vi algo sobre Elizabeth en el programa nocturno de variedades. ¿Por qué no se ha comentado?

Intenté no hacerle caso, ser agradable por teléfono, y de tanto en tanto, cuando se ponía demasiado quejumbrosa, dejar caer una línea acerca de que «Gabby Gardiner volverá a finales de septiembre» al acabar la columna.

Pero una mañana llamó, y yo no estaba para descolgar el teléfono, de modo que le salió el buzón de voz, que más o menos decía: «Hola, ha llamado a Candace Shapiro, columnista de espectáculos del *Philadelphia Examiner*». No me di cuenta del traspiés hasta que el director ejecutivo se paró ante mi escritorio.

—¿Has estado diciendo a la gente que eres la columnista de espectáculos? —preguntó.

—No —dije—. Sólo la sustituta.

—Anoche recibí una llamada muy airada de Gabby. De madrugada —subrayó, con la expresión de un hombre al que no le gusta que interrumpan su sueño—. Cree que estás dando la impresión a la gente de que no va a volver, y que tú ocupas su puesto.

Yo estaba muy confusa.

—No sé de qué habla.

El hombre volvió a suspirar.

—Tu buzón de voz —dijo—. No sé qué dice, pero la verdad, tampoco quiero saberlo. Arréglalo para que Gabby no vuelva a despertar a mi mujer y a mis hijos.

Fui a casa y lloré a Samantha («Es una insegura total», observó, y me pasó una pinta de sorbete medio derretido, mientras yo me desmelenaba sobre su sofá). Me desahogué con Bruce («¡Cambia el maldito rollo, Cannie!»). Seguí su consejo y alteré mi buzón de voz: «Ha llamado a Candace Shapiro, columnista de espectáculos temporal, transitoria, interina, sustituta y efímera». Gabby llamó a la mañana siguiente. «Me ha encantado el mensaje, nena», dijo.

Pero el daño ya estaba hecho. Cuando Gabby regresó de su permiso, tomó la costumbre de llamarme Eva (por *Eva al desnudo*) cuando hablaba conmigo. Intenté no hacerle caso y concentrarme en mis actividades extracurriculares: relatos cortos, fragmentos de una novela y *Hechizo de estrellas*, el guión en el que había estado trabajando durante meses. *Hechizo de estrellas* era una comedia romántica sobre la reportera de una gran ciudad que se enamora de una de las estrellas a la que entrevista. Se conocen de una manera deliciosa (ella se cae del taburete del bar del hotel, mientras le mira con ojos golosones), empiezan con mal pie (después de que él supone que ella es otra *groupie* entrada en carnes), se enamoran, y tras las complicaciones del Tercer

Acto, terminan fundidos en un abrazo mientras desfilan los títulos de crédito.

El protagonista se inspiraba en Adrian Stadt, un cómico de *Saturday Night!* cuyo sentido del humor parecía en sincronía con el mío, incluso cuando encarnó durante tres meses al Piloto Que Vomitaba Proyectiles. Era el tipo al que había visto durante todos los años de carrera, y también después, y pensé, si él estuviera aquí, o yo estuviera allá, nos llevaríamos de miedo. La reportera, por supuesto, era yo, sólo que el nombre era Josie, la había convertido en pelirroja y le había adjudicado unos padres estables, rectos y casados todavía.

Mis sueños dependían de ese guión. Era mi respuesta a todas las buenas notas, a todos los profesores que me habían dicho que tenía talento, a todos los maestros que habían hablado de mis posibilidades. Para colmo, era la respuesta de cien páginas a un mundo (y a mis temores secretos) que me decía que mujeres entraditas en carnes no podían tener aventuras ni enamorarse. Y hoy iba a hacer algo atrevido. Hoy, durante la comida en el *Four Seasons*, iba a entrevistar al actor Nicholas Kaye, estrella de la inminente comedia *Los hermanos eructadores*, una obra destinada a los adolescentes, protagonizada por hermanos gemelos cuyos gases les conceden poderes mágicos. Lo más importante era que también entrevistaría a Jane Sloan, productora ejecutiva de la película (aunque se apretara la nariz con una mano). Jane Sloan era una heroína para mí, que antes de haberse echado en brazos de la comercialidad más execrable, había escrito y dirigido algunas de las películas más divertidas y cáusticas salidas de Hollywood. Aún mejor, eran películas con mujeres divertidas y cáusticas. Durante semanas, me había olvidado de Bruce a base de construir una elaborada fantasía sobre cómo nos conocíamos, y ella advertía de inmediato un alma gemela y una colaboradora en potencia, me entregaba su tarjeta e insistía en que me pusiera en contacto con ella en cuanto renunciara al periodismo para escribir guiones. Incluso sonreí un poco, al imaginar su expresión de placer cuando yo confesaba con modestia que sí había escrito un guión, y que se lo iba a enviar para saber si le gustaba.

Ella era escritora. Yo era escritora. Ella era divertida, suponía, y yo también soy divertida. Sí, Jane Sloan era también rica y famosa, y la magnitud de su triunfo superaba mis sueños más desaforados, y también era del tamaño de uno de mis muslos, pero la hermandad, me recordé, es poderosa.

Casi una hora después de que yo llegara, cuarenta y cinco minutos más tarde de la hora acordada, Jane Sloan se sentó ante mí y dejó un espejo grande, y una botella de agua mineral todavía más grande, al lado de su plato.

—Hola —dijo.

Habló entre dientes con voz gutural, y procedió a remojarse la cara vigorosamente. La miré sin pestañear, a la espera de la frase ingeniosa, a la espera de que se riera y dijera que estaba bromeando. No lo hizo. Nicholas Kaye se sentó a su lado y me dirigió una mirada de disculpa. Por fin, Jane Sloan dejó sobre la mesa el espejo y la botella.

—Sentimos llegar tarde —dijo Nicholas Kaye, que era igual que en la tele, monísimo.

Jane Sloan empujó el plato de mantequilla hacia mí con agresividad. Cogió su servilleta, que habían doblado en forma de cisne, la abrió con un giro desdeñoso de muñeca y se secó la cara con ella. Sólo después de dejar sobre la mesa la servilleta, ahora manchada de maquillaje y carmín, se dignó hablar.

—Esta ciudad está causando estragos en mis poros —anunció.

—Lo siento —dije, y me sentí estúpida en cuanto la disculpa surgió de mis labios. ¿Qué lamentaba? Yo no estaba causando estragos en sus poros.

Jane agitó una mano con languidez, como si mi disculpa por Filadelfia no fuera más que una espora de moho, después cogió su cuchillo de mantequilla y empezó a apuñalar el tarro de mantequilla en forma de flor que había exiliado a mi lado de la mesa.

—¿Qué necesita saber? —preguntó sin levantar la vista.

—Humm —dije, mientras buscaba con torpeza la libreta y el bolígrafo. Había preparado toda una lista de preguntas, preguntas sobre todo, desde cómo preparaba el reparto de una película hasta por quién se sentía influida, qué le gustaba de la tele, pero lo único que se me ocurrió fue preguntarle—: ¿Cómo se le ocurrió la idea?

—Lo vi en la tele —dijo, sin levantar los ojos de la mantequilla.

—¿La comedia de *gags* nocturna de la HBO? —colaboró Nicholas Kaye.

—Llamé al director. Dije que debería convertirse en película. Aceptó.

Estupendo. Así se hacían las películas. La extraña y menuda Elvira, del tamaño de una pinta y enemiga de la mantequilla, hace una llamada telefónica, y *voilà*, ¡película al instante!

—Así que... ¿usted escribió el guión?

Otro ademán de su mano fantasmal.

—Sólo lo supervisé.

—Contratamos a unos cuantos tíos de *Saturday Night!* —explicó Nicholas Kaye.

Dos veces estupendo. No sólo no trabajaba yo para *Saturday Night!*, sino que ni siquiera era un tío. Abandoné mi plan de confesarle que había escrito un guión. No pararían de reírse de mí hasta Pittsburgh.

El camarero se acercó. Tanto Jane como Nicholas examinaron la carta con semblante hosco. El camarero me dirigió una mirada de desesperación.

—Tomaré el osobucco —dije.

—Excelente elección —contestó el camarero, radiante.

—Yo tomaré... —dijo Nicholas. Una pausa larguísima. El camarero esperaba, con el bolígrafo preparado. Jane apuñaló la mantequilla. Sentí que una gota de sudor resbalaba desde mi nuca, descendía por la espalda y se metía dentro de mis bragas—. Esta ensalada —dijo por fin, señalando con el dedo. El camarero se inclinó para mirar.

—Muy bien, señor —dijo aliviado—. ¿Y la señora?

—Lechuga —murmuró Jane Sloan.

—¿Una ensalada? —aventuró el camarero.

—Lechuga —repitió ella—. De hoja roja, si hay. Lavada. Con vinagre aparte. No quiero las hojas troceadas —continuó—. Las quiero rotas. A mano.

El camarero escribió y huyó. Jane Sloan alzó los ojos poco a poco. Abrí de nuevo la libreta.

—Hmmm...

«Lechuga», estaba pensando. Jane Sloan toma lechuga para comer, y yo me voy a atizar ternera delante de ella. Peor aún, no se me ocurría ninguna pregunta.

—Hábleme de su escena favorita de la película —farfullé por fin, una pregunta horrible, típica de una novata, pero mejor que nada, pensé.

Ella sonrió por fin, apenas, pero se trataba sin duda de una sonrisa. Después negó con la cabeza.

—No puedo —dijo—. Es demasiado personal.

Oh, que Dios me ayude. Rescátame. Envía un tornado en dirección al Four Seasons, que se lleve volando a los ejecutivos y la vajilla. Voy a morir aquí.

—¿Qué prepara a continuación?

Jane se encogió de hombros, con expresión misteriosa. Noté que la cintura elástica de mi media pantalón cedía por fin y se posaba sobre la parte superior de mis muslos.

—Estamos trabajando en algo nuevo juntos —dijo Nicholas Kaye—. Voy a escribir..., con un par de amigos de la universidad..., y Jane lo enseñará a los estudios. ¿Quiere que le hable de ello?

Se lanzó a una entusiasta descripción de lo que sonaba como la película más imbécil del mundo, algo acerca de un tío que hereda la fábrica de almohadones de su padre, y el socio de su padre lo traiciona, y él y la marchosa mujer de la limpieza triunfan al final. Tomé notas sin escuchar; mi mano derecha se movía como provista de voluntad propia sobre la página, mientras la izquierda se llevaba comida a la boca. Entretanto, Jane estaba dividiendo su lechuga en dos montoncitos, uno compuesto sobre todo de hojas, y el otro de tallos. En cuanto terminó esta división, procedió a mojar la punta de los dientes del tenedor en el cuenco de vinagre, para luego pinchar una sola hoja de lechuga cada vez y llevársela con precisión a la boca. Después de seis bocados, ni uno más ni uno menos, durante los cuales Nicholas se pulió su ensalada y dos panecillos, y yo la mitad del osobucco, que estaba delicioso, teniendo en cuenta la situación, Jane se secó los labios con la servilleta, cogió el cuchillo de la mantequilla y empezó a apuñalar la mantequilla de nuevo.

Aparté el plato de la mantequilla, con la idea de que no podía soportar ver aquello, y de que debía intentar algo, porque la entrevista se estaba yendo a tomar por el culo.

—Basta ya —dije con severidad—. La mantequilla no le ha hecho nada.

Se hizo el silencio. Un silencio ominoso. Un silencio gélido. Jane Sloan me miró con sus ojos negros como la muerte.

—Leche —dijo, como si fuera una maldición.

—La tercera industria en importancia de Pennsylvania —repliqué, sin saber si era cierto. De todos modos, sonaba bien. Siempre que montaba en bicicleta y me alejaba unos cuantos kilómetros de la ciudad, veía vacas.

—Jane es alérgica —se apresuró a explicar Nicholas. Sonrió a su directora, tomó su mano, y entonces caí en la cuenta: están liados. Aunque él tenga veintisiete y ella..., bien, Dios, unos quince más que él. Aunque él parezca un ser humano y ella... no—. ¿Qué más?

—Dígame... —tartamudeé, mi mente en blanco al ver los dedos entrelazados—. Dígame algo sobre la película, algo que nadie sepa.

—Se filmó en parte donde rodaron *Showgirls* —dijo Nicholas.

—Consta en el dossier entregado a la prensa —dijo de repente Jane.

Yo lo sabía, pero decidí ser educada, apuntar la cita y salir pitando antes de descubrir qué hacía una mujer que tomaba seis hojas de lechuga para comer cuando le preguntaban si quería postre.

—Le diré algo —continuó—. ¿Se acuerda de la chica de la floristería? Es mi hija.

—¿De veras?

—Su primer papel —dijo Jane, en tono casi de orgullo, casi de timidez. Casi sincero—. He intentado desalentarla... Ya está obsesionada por su aspecto...

«Me pregunto de quién lo habrá heredado», pensé, pero no dije nada.

—No se lo he contado a nadie más —dijo Jane. Las comisuras de sus labios temblaron—. Pero usted me cae bien.

«Que el cielo ayude a los reporteros que no te caigan bien», pensé, y estaba intentando encontrar una respuesta razonable, cuando ella se levantó de repente y se llevó a Nicholas.

—Buena suerte —murmuró, y salieron por la puerta. Justo cuando llegaba el carrito de los postres.

—¿La señorita desea algo? —preguntó el camarero, solidario.

¿Alguien podría culparme por haber aceptado?

—¿Y bien? —preguntó Samantha por teléfono aquella tarde.

—Tomó lechuga para comer —contesté.

—¿Una ensalada?

—Lechuga. A palo seco. Con vinagre aparte. Estuvo a punto de darme un soponcio.

—¿Sólo lechuga?

—Lechuga —repetí—. Lechuga de hoja roja. Especificó la variedad. Y se iba mojando la cara con agua embotellada.

—Te lo estás inventando, Cannie.

—¡No! ¡Lo juro! Mi ídolo de Hollywood, y resulta ser un monstruo que come lechuga, una Elvira en miniatura con delineador de ojos tatuado...

Samantha escuchaba con indiferencia.

—Estás llorando.

—No —mentí—. Estoy decepcionada. Pensaba..., ya sabes... Me había hecho la idea de que haríamos buenas migas. Y después le enviaría el guión, pero nunca voy a enviar el guión a nadie, porque no fui a la universidad con ningún miembro de *Saturday Night!*, y esos son los tíos cuyos guiones se leen. —Me miré. Otra mala noticia—. Además, me manché la chaqueta con osobucco.

Samantha suspiró.

—Creo que necesitas un agente.

—¡No puedo pagarme un agente! ¡Lo he intentado, créeme! Ni siquiera echan un vistazo a tu obra a menos que alguien te haya producido algo, y no puedes conseguir que un productor eche un vistazo a tu obra a menos que se lo envíe un agente. —Me sequé los ojos con saña—. Vaya mierda de semana.

—¡Correo! —anunció Gabby con júbilo.

Dejó caer una pila de papeles sobre mi mesa y se alejó anadeando. Me despedí de Sam y examiné mi correspondencia. Comunicado de prensa. Comunicado de prensa. Fax, fax, fax. Un sobre con mi nombre escrito con una letra que había aprendido a identificar, desde hacía mucho tiempo, como perteneciente a una persona de edad avanzada, enfurruñada. Abrí el sobre.

«Querida señorita Shapiro —rezaban las letras temblorosas—, su artículo sobre el especial de Celine Dion fue la basura más repugnante y asquerosa que he visto en mis cincuenta y siete años de fiel lector del *Examiner*. No bastó con que se burlara de la música de Celine, diciendo que son baladas «ampulosas y melodramáticas», sino que también se mofó de su aspecto. Apuesto a que usted no es Cindy Crawford. Sinceramente, E. P. Deiffinger.»

—Eh, Cannie.

Maldita sea. Gabby estaba fisgoneando por encima de mi hombro. Pese a ser corpulenta, vieja y sorda, podía ser sigilosa como un gato cuando le interesaba. Me volví y la vi detrás de mí, con la vista clavada en el sobre que sostenía sobre el regazo.

—¿Has cometido algún error? —preguntó con hipócrita preocupación—. ¿Hemos de publicar una rectificación?

—No, Gabby —contesté, reprimiendo las ganas de chillar—. Tan sólo puntos de vista dispares.

Tiré la carta a la papelera y eché mi silla hacia atrás, con tal rapidez que estuve a punto de triturar los pies de Gabby.

—¡Mierda! —siseó, y retrocedió.

«Querido señor Deiffinger —compuse en mi cabeza—, puede que yo no sea una supermodelo, pero al menos me quedan suficientes neuronas para saber cuándo lo que oigo es una mierda.»

«Querido señor Deiffinger —pensé, mientras recorría a pie los tres kilómetros que distaba mi oficina del Centro de Trastornos Alimentarios, donde me esperaba mi primera clase de Control del Peso—, lamento que le ofendiera mi descripción del trabajo de Celine Dion, pero pensé que era caritativa.»

Entré como una tromba en la sala de conferencias, me senté a la mesa y paseé la vista a mi alrededor. Estaba Lily, que conocía de la sala de espera, y una mujer negra mayor, más o menos de mi talla, con un abultado maletín a su lado, tecleando en uno de esos lectores de correo electrónico manuales. Había una adolescente rubia, con el pelo largo apartado de la cara gracias a una banda elástica, el cuerpo oculto bajo una sudadera gigantesca y unos no menos gigantescos tejanos. Y había una mujer de unos sesenta años que debía de pesar doscientos kilos, como mínimo. Me siguió hasta el interior de la sala, caminando con la ayuda de un bastón, inspeccionó los asientos con atención, y comparó su mole con los parámetros de las sillas antes de acomodarse.

—Eh, Cannie —dijo Lily.

—Eh —gruñí.

Las palabras «Control de ración» estaban escritas en una pizarra blanca borrable, y había un cartel de la pirámide alimentaria en una pared. Otra vez esta mierda, pensé, y me pregunté si podría saltarme la clase. Al fin y al cabo, había ido a Weight Watchers. Lo sabía todo sobre el control de las raciones.

La enfermera esquelética que recordaba de la sala de espera entró con las manos llenas de cuencos, vasos medidores y una réplica diminuta de plástico de una chuleta de cerdo de ciento veinte gramos.

—Buenas noches a todas —dijo, y escribió su nombre («Sarah Pritchard, enf. tit.») en la pizarra. Nos sentamos a la mesa y nos presentamos. La chica rubia era Bonnie, la mujer negra era Anita, y la mujer muy gorda era Esther, de West Oak Lane.

—Todo esto me recuerda la universidad —susurró Lily, mientras la enfermera titulada Sarah distribuía folletos plagados de cantidades de calorías y fajos de impresos sobre modificación de la conducta.

—A mí me recuerda Weight Watchers —susurré a mi vez.

—¿Lo has probado? —preguntó Bonnie, la chica rubia, al tiempo que se acercaba más a nosotras.

—El año pasado —dije.

—¿Era el programa Un Dos Tres Éxito?

—Grasa y fibra —susurré.

—¿Eso no es un cereal? —preguntó Esther, que tenía una voz sorprendentemente bonita, grave y cálida, libre del temible acento de Pennsylvania, el cual provoca que los nativos se coman las consonantes como si estuvieran hechas de melcocha caliente.

—Eso es fruta y fibra —dijo la chica rubia.

—Grasa y fibra era donde tenías que contar los gramos de grasa y los gramos de fibra en cada comida, y en teoría debías comer cierto número de gramos de fibra, y no sobrepasar un número determinado de gramos de grasa —expliqué.

—¿Funcionó? —preguntó Anita, dejando en la silla su aparato.

—No —dije—, pero debió de ser por mi culpa. Siempre me hacía un lío con el número que debía mantener a raya y el que no..., y luego descubrí esos pastelillos de chocolate y nueces, ricos en fibra, que estaban hechos de limaduras de hierro o algo por el estilo...

Lily se tronchó de risa.

—Tenían tropecientas mil calorías por pieza, pero imaginé que no importaba, porque eran muy bajos en grasa y muy altos en fibra...

—Un error muy común —dijo la enfermera Sarah en tono distendido—. Tanto la grasa como la fibra son importantes, pero también lo es el número total de calorías que consumes. En realidad, es muy sencillo —dijo, se volvió hacia la pizarra y escribió el tipo de ecuación que me había desorientado en undécimo grado—. Calorías ingeridas versus calorías quemadas. Si tomas más calorías de las que quemas, tu peso aumentará.

—¿De veras? —pregunté, con los ojos abiertos de par en par.

La enfermera me miró con suspicacia.

—¿Habla en serio? ¿Es así de sencillo?

—Hmmm —empezó.

Sospeché que debía de estar acostumbrada a señoras gordas sentadas dócilmente en las sillas, como ovejas sobrealimentadas, sonrientes y agradecidas por la sabiduría que estaba impartiendo, y que la miraban con ojos de admiración, y todo porque había tenido la suerte de haber nacido delgada. La idea me enfureció.

—De manera que si como menos calorías de las que quemo... —Me di una palmada en la frente—. ¡Dios mío! ¡Por fin lo entiendo! ¡Lo comprendo! ¡Estoy curada! —Me levanté y agité los brazos en el aire, mientras Lily reía—. ¡Curada! ¡Salvada! ¡Gracias, Jesús, y gracias al Centro de Trastornos Alimentarios, por quitarme la venda de los ojos!

—Muy bien —dijo la enfermera—. Se ha explicado a la perfección.

—Maldita sea —dije, y volví a sentarme—. Iba a preguntar si podía irme.

La enfermera suspiró.

—Escuche —dijo—, la verdad es que hay un montón de factores que complican la situación..., y la ciencia no los comprende todos. Sabemos de porcentajes metabólicos, y que algunos cuerpos parecen desear adherirse a un peso excesivo más que otros. Sabemos que no es fácil. Nunca le diría que lo es.

Nos miró, respirando con celeridad. Sostuvimos su mirada.

—Lo siento —dije por fin—. He sido muy impertinente. Es que..., bueno, no quiero hablar en nombre de nadie más, pero ya me lo habían explicado antes.

—Ajá —dijo Anita.

—A mí también —dijo Bonnie.

—La gente gorda no es estúpida —continué—. Pero todos los programas de adelgazamiento a los que he asistido nos tratan como si lo fuéramos, como si nada más explicar que el pollo hervido es mejor que el frito, y el yogur mejor que el helado, y un baño caliente mejor que una pizza, nos fuéramos a transformar en una top model como Courteney Cox.

—Exacto —dijo Lily.

La enfermera parecía frustrada.

—Nunca fue mi intención sugerir que eran estúpidas —dijo—. La dieta es un factor importante —añadió—, y el ejercicio también, aunque no tanto como creíamos.

Fruncí el ceño. Ésa era mi suerte. Con tanta bicicleta y paseos, sesiones más regulares en el gimnasio con Samantha, el ejercicio era una parte del estilo de vida sano que más detestaba.

—Bien —dijo—, hoy vamos a hablar del tamaño de las raciones. ¿Sabían que casi todos los restaurantes sirven raciones superiores a las que la mayoría de mujeres necesitan a diario, según las directrices del Departamento de Agricultura?

Gemí en voz baja cuando la enfermera dispuso sobre la mesa los platos, las tazas y la costilla de cerdo de plástico.

—La ración correcta de proteínas —dijo, hablando con la voz suave, lenta y cautelosa que suelen emplear los profesores del jardín de infancia—, es de cuatro onzas, o sea ciento catorce gramos. ¿Alguien puede decirme a qué equivale?

—Al tamaño de la palma de la mano —murmuró Anita—. Según la famosa dietista Jenny Craig —dijo a la sorprendida enfermera.

La enfermera Sarah respiró hondo.

—¡Muy bien! —exclamó, al tiempo que realizaba un soberano esfuerzo por parecer feliz y contenta—. ¿Y una ración de grasa?

—La punta del pulgar —murmuré. Se le desorbitaron los ojos—. Escuche, creo que todas conocemos este rollo... ¿Me equivoco?

Paseé la mirada alrededor de la mesa. Todas asintieron.

—El único motivo de que estemos aquí —continué—, lo único que este programa nos puede ofrecer, son los fármacos. ¿Los vamos a conseguir hoy, o hemos de quedarnos sentadas aquí, fingiendo que nos está diciendo cosas desconocidas para nosotras?

La cara de la enfermera pasó de la frustración (y cierto desdén) a la ira (y algo más que temor).

—Existe un protocolo —dijo—. Lo explicamos. Cuatro semanas de clases encaminadas a modificar los hábitos...

Lily empezó a descargar su puño sobre la mesa.

—Fármacos... fármacos... fármacos... —canturreó.

—No podemos extender recetas...

—Fármacos... fármacos... fármacos...

Bonnie, la chica rubia y Esther se unieron al coro. La enfermera abrió la boca, la volvió a cerrar.

—Iré a buscar al médico —dijo, y salió disparada. Las cinco nos miramos un momento. Después, estallamos en carcajadas.

—¡Estaba asustada! —gritó Lily.

—Debió de pensar que la íbamos a aplastar —murmuré.

—¡Sentarnos sobre ella! —exclamó Bonnie.

—Odio a la gente flaca —dije.

Anita se puso muy seria.

—No digas eso. No deberías odiar a nadie.

—Puf —suspiré.

En aquel momento, el doctor K. asomó la cabeza por la puerta, con la enfermera de aspecto mortificado detrás de él, prácticamente aferrada al borde de su bata blanca.

—Tengo entendido que hay un problema —dijo con voz grave.

—¡Fármacos! —dijo Lily.

El médico tenía el aspecto de una persona que tiene muchas ganas de reír y se contiene por todos los medios.

—¿Hay alguna portavoz del movimiento? —preguntó.

Todo el mundo me miró. Me puse en pie, alisé mi camisa y carraspeé.

—Creo que el grupo piensa que todas hemos pasado por diferentes clases, cursos y grupos de apoyo relacionados con la modificación de la conducta. —Paseé la vista alrededor de la mesa. Dio la impresión de que todas asentían en señal de aprobación—. Creemos que hemos intentado cambiar nuestro comportamiento, y comer menos, y hacer más ejercicio, y todas esas cosas que nos dicen que hagamos, y lo que nos gustaría en realidad..., aquello para lo que hemos venido, por lo que hemos pagado, es algo nuevo. Fármacos, en especial —concluí, y volví a sentarme.

—Bien, sé cómo se sienten.

—Lo dudo mucho —repliqué.

—Bien, quizá me lo pueda explicar —dijo con humildad—. Escuchen, no es que conozca los secretos de la pérdida de peso perpetua y haya venido a revelárselos. Piensen en esto como en un viaje... Piensen que nos hemos embarcado en un proyecto común.

—Sólo que nuestro viaje nos lleva al mundo maravilloso de las tallas grandes y las noches solitarias —gruñí.

El médico me sonrió. Una sonrisa encantadora.

—Olvidemos la gordura y la delgadez por un momento —dijo—. Si ya conocen el número de calorías de todo, y lo que significa un plato de pasta, estoy seguro de que también saben que la mayoría de dietas no sirven para nada. Al menos, a largo plazo.

Se había apoderado de nuestra atención. Era verdad, todas lo sabíamos (gracias a amargas experiencias personales, en la mayoría de casos), pero oírlo de labios de una figura autoritaria, un médico, un médico que dirigía un programa de adelgazamiento..., bien, era como una herejía. Por un momento, temí que una docena de guardias de seguridad se abalanzaran sobre él y se lo llevaran para someterlo a un lavado de cerebro.

—Creo —continuó— que todos tendremos mucha mejor suerte, y seremos más felices, si pensamos en pequeños cambios en el estilo de vida, pequeñas cosas que podemos hacer cada día sin que se hagan insostenibles a largo plazo. Si pensamos en ser más sanos, y sentirnos más satisfechos con nosotros mismos, en lugar de parecernos a una famosa actriz como Courteney...

Me miró con las cejas enarcadas.

—Cox —colaboré—. En realidad, Cox-Arquette. Se casó.

—Exacto. Ella. Olvidémosla. Concentrémonos en lo alcanzable, y prometo que nadie las tratará como si fueran estúpidas, sea cual sea su talla.

Me sentí conmovida, a pesar de todo. El tipo hablaba con lógica. Mejor aún, no nos hablaba en tono condescendiente. Era..., bueno, revolucionario.

La enfermera nos dirigió una última mirada malhumorada y se escabulló. El médico cerró la puerta y tomó asiento.

—Me gustaría realizar un ejercicio con vosotras. —Paseó la vista alrededor de la mesa—. ¿Cuántas de vosotras coméis cuando no tenéis hambre?

Silencio de muerte. Cerré los ojos. Comida emocional. También había escuchado este discurso.

—¿Cuántas de vosotras desayunáis, y luego llegáis a la oficina, veis una caja de donuts, y tienen buen aspecto, y cogéis uno porque lo tenéis delante?

Más silencio.

—¿Dunkin' Donuts o Krispy Kremes? —pregunté por fin.

El doctor se humedeció sus gruesos labios.

—No había pensado en eso.

—Bien, son diferentes.

—Dunkin' Donuts —dijo.

—¿Chocolate? ¿Mermelada? ¿Glaseados que alguien de Contabilidad partió por la mitad, de modo que sólo queda medio donut?

—Los Krispy Kremers son mejores —dijo Bonnie.

—Sobre todo los calientes —dijo Esther.

Me humedecí los labios.

—La última vez que comí donuts —dijo Esther—, alguien los llevó al trabajo, tal como estamos diciendo, y cogí uno que parecía una torta rellena, con chocolate encima, ¿sabéis?

Asentimos. Todas sabíamos reconocer ese tipo de donuts desde lejos.

—Entonces, le di un mordisco —continuó Esther—, y era... —Frunció los labios—. De limón.

—Aj —dijo Bonnie—. ¡Odio el limón!

—Muy bien —rió el médico—. Podrían ser los mejores donuts del mundo. Podrían ser el ideal platónico de las amantes de los donuts. Pero si ya habéis desayunado, y no tenéis hambre en realidad, deberíais ser capaces de pasar de largo.

Todas reflexionamos sobre esto un momento.

—Como si fuera tan fácil —dijo, por fin, Lily.

—Quizá podríais intentar deciros que cuando tenéis hambre de verdad, si lo que deseáis en realidad es un donut, podéis ir a comprar uno.

Volvimos a pensar.

—No —dijo Lily—. Seguiré comiendo los donuts gratis.

—¿Y cómo sabes de qué tienes hambre en realidad? —preguntó Bonnie—. Como yo... Siempre tengo hambre de lo que sé que no debería comer. Déme una bolsa de zanahorias baby y ya estoy llena.

—¿Has intentado alguna vez hervirlas y hacer un puré con jengibre y corteza de naranja? —preguntó Lily. Bonnie arrugó la nariz.

—No me gustan las zanahorias —dijo Anita—, pero sí la calabaza.

—No es una hortaliza. Es una fécula —dije.

Anita parecía confusa.

—¿Cómo es posible que no sea una hortaliza?

—Es una hortaliza rica en fécula. Como una patata. Lo aprendí en Weight Watchers.

—¿En grasa y fibra? —preguntó Lily.

—¡Basta ya! —dijo el doctor.

Leí en sus ojos que la interminable cháchara de las veteranas de Weight Watchers, Jenny Craig, Pritkins, Atkins y demás empezaba a cabrearle. No podía ser divertido.

—Vamos a intentar una cosa —dijo. Se acercó a la puerta y apagó las luces. La habitación quedó a oscuras. Bonnie lanzó una risita—. Quiero que todas cerréis los ojos —dijo—, e intentéis pensar en cómo os sentís ahora, en este preciso momento. ¿Tenéis hambre? ¿Estáis cansadas? ¿Estáis tristes, alegres, ansiosas? Procurad concentraros en serio, y después, tratad de diferenciar las sensaciones físicas de lo que está ocurriendo en el plano emocional.

Todas cerramos los ojos.

—¿Anita? —preguntó el médico.

—Estoy cansada —contestó ella al instante.

—¿Bonnie?

—Oh, quizá cansada. Quizá también un poco hambrienta.

—¿Y emocionalmente?

Bonnie suspiró.

—Estoy harta de mi escuela —murmuró por fin—. Los críos me dicen cosas horrorosas.

La miré. Tenía los ojos todavía cerrados, y tenía los puños apoyados sobre los tejanos de una talla superior. Los institutos no habían ganado en bondad y amabilidad durante los diez años transcurridos desde que yo había terminado ese tramo de mi vida. Tuve ganas de apoyar una mano sobre su hombro. Decirle que las cosas mejorarían..., claro que, teniendo en cuenta los recientes acontecimientos de mi vida, no estaba segura de que eso fuera cierto.

—¿Lily?

—Hambrienta —dijo la mujer al instante.

—¿Y emocionalmente?

—Hummm... Bien.

—¿Sólo bien? —preguntó el médico.

—Echan un nuevo episodio de *Urgencias* esta noche. Es lógico que esté bien.

—¿Esther?

—Estoy avergonzada —dijo Esther, y se puso a llorar. Abrí los ojos. El médico sacó un paquete de Kleenex del bolsillo y se lo ofreció.

—¿Por qué avergonzada? —preguntó con dulzura.

Esther sonrió apenas.

—Porque antes de que empezáramos estaba mirando esa costilla de plástico, y pensé que no tenía muy mal aspecto.

Eso rompió la tensión. Todas nos pusimos a reír, incluso el doctor. Esther sorbió por la nariz y se secó los ojos.

—No te preocupes —dijo Lily—. Yo estaba pensando lo mismo del pastel de mantequilla que corona la pirámide alimentaria.

El médico carraspeó.

—¿Y Candace? —preguntó.

—Cannie —dije.

—¿Cómo está?

Cerré los ojos, pero sólo un segundo, y lo que vi fue la cara de Bruce, los ojos castaños de Bruce cerca de los míos. Bruce decía que me quería. Después los abrí y le miré sin pestañear.

—Bien —dije, aunque era mentira—. Estoy bien.

—¿Cómo ha ido? —preguntó Samantha.

Ya era de noche, y las dos estábamos jadeando codo con codo en las StairMasters del gimnasio.

—Hasta el momento, bien —dije—. Nada de fármacos todavía. El médico que dirige la clase parece buen tío.

Trabajamos en silencio unos minutos, mientras las correas rechinaban y chirriaban bajo nuestros pies, y la clase de funky fitness se desarrollaba a nuestro lado, al ritmo frenético de la música. Nuestro gimnasio parecía decidido a atraer nuevos miembros a base de ofrecer todas las clases de fitness posibles, de modo que teníamos el método Pilates, aeróbic gospel, rotación alternativa, y algo llamado «Alta preparación bomberil», que contaba con mangueras, escalerillas y un maniquí de cincuenta kilos que era subido y bajado por las escaleras. Mientras tanto, había goteras en el techo, el aire acondicionado era defectuoso, y daba la impresión de que el jacuzzi siempre estaba en reparación.

—¿Cómo te ha ido el resto del día, cariño? —preguntó Sam, mientras se secaba la cara con la manga. Le hablé de la airada defensa de Celine Dion que había protagonizado el señor Deiffenger.

—Odio a los lectores —jadeé, mientras mi StairMaster aumentaba la velocidad—. ¿Por qué se lo han de tomar como algo personal?

—Debió de imaginar que te estabas metiendo con Celine, de modo que te lo mereces.

—Sí, pero esa tía es propiedad pública. Yo sólo soy yo.

—Pero para él, no lo eres. Tu nombre sale en el periódico. Eso te convierte en propiedad pública, como Celine.

—Pero más gorda.

—Y con mejor gusto. Y sin la menor intención —añadió seriamente— de casarte con tu manager septuagenario, que te conoce desde que tenías doce años.

—Vaya, ¿quién es la criticona aquí?

—Malditos canadienses —dijo Samantha.

Había estado unos años trabajando en Montreal, había mantenido una desastrosa relación amorosa con un hombre de allí, y nunca decía algo amable sobre nuestros vecinos del norte, incluido Peter Jen-
nings, el famoso presentador de la cadena ABC, al cual se negaba
tercamente a ver, con la excusa de que había aceptado un empleo que
habría debido ir a parar a un estadounidense, «alguien que sabe hablar
bien el idioma».

Después de cuarenta desdichados minutos, nos retiramos a la
sauna, nos envolvimos en toallas y adoptamos la posición supina sobre
los bancos.

—¿Cómo está el Rey del Yoga? —pregunté. Sam me dirigió una
sonrisa satisfecha y alzó los brazos sobre la cabeza.

—Me siento muy flexible —dijo. Le tiré la toalla a la cabeza.

—No me tortures —dije—. Lo más seguro es que no vuelva a
practicar el sexo nunca más.

—Corta el rollo, Cannie —dijo Samantha—. Sabes que esto no
va a durar. A mí nunca me pasa.

Lo cual era cierto. En los últimos tiempos, parecía que la vida amorosa de Sam estaba maldita. Conocía a un tío, salía con él una vez, y todo
era maravilloso. Volvían a salir, y la cosa iba como la seda. Y después, en
la tercera cita, llegaba un momento horrible, se producía una revelación
increíble, algo que imposibilitaba a Sam ver al tío otra vez. Su último
novio, un médico judío con un currículum fabuloso y un físico envidia-
ble, le había parecido un buen pretendiente hasta la cita número 3, cuando había invitado a Sam a cenar a su casa, y ella se había sentido inquieta al ver una foto de su hermana exhibida en el vestíbulo de entrada.

—¿Qué tiene de malo eso? —había preguntado yo.

—Estaba con las tetas al aire —contestó Samantha. Sale el Doctor Perfecto, entra el Rey del Yoga.

—Tómatelo así —dijo Samantha—. Ha sido un día horrible,
pero ya ha terminado.

—Ojalá pudiera hablar con él.

Samantha se retiró el pelo hacia atrás, apoyó la cabeza sobre un
codo y me miró desde una de las filas superiores de bancos de madera.

—¿Con el señor Deiffledorf?

—Deiffinger. No, con él no. —Tiré agua sobre las piedras calientes, y el vapor se arremolinó a nuestro alrededor—. Con Bruce.

Samantha me miró con los ojos entornados a través de la niebla.

—¿Con Bruce? No lo entiendo.

—¿Y si...? —dije poco a poco—. ¿Y si he cometido un error?

Sam suspiró.

—Cannie, te he escuchado hablar durante meses de que la cosa no iba bien, de que las cosas no iban a mejor, de que sabías que tomarse un descanso sería lo más aconsejable a la larga. Y si bien te disgustaste después de tomar tu decisión, nunca te oí decir que te habías equivocado.

—¿Y si ahora he cambiado de opinión?

—Bien, ¿lo has hecho?

Pensé en mi respuesta. El artículo era en parte responsable. Bruce y yo nunca habíamos hablado de mi peso. Tal vez si lo hubiéramos hecho..., si él hubiera sabido cómo me sentía yo, si yo hubiera sabido que él me comprendía..., tal vez las cosas habrían sido diferentes.

Pero más que eso, echaba de menos hablar con él, contarle cómo había ido el día, desahogarme sobre las últimas andanadas de Gabby, leerle posibles apuntes para mis artículos, escenas de mis guiones.

—Sólo le echo de menos —dije sin convicción.

—¿Incluso después de lo que escribió sobre ti? —preguntó Sam.

—Tal vez no fue tan negativo —murmuré—. O sea, no dijo que no me encontrara..., ya sabes..., deseable.

—Pues claro que te encontraba deseable —dijo Sam—. *Tú* no lo encontrabas deseable. Lo encontrabas perezoso, inmaduro y detestable, y no hace ni tres meses me dijiste, en este mismo banco, que si volvía a dejar un Kleenex usado en tu cama, ibas a matarlo y abandonar su cadáver en un autobús de Nueva Jersey.

Me encogí. No podía recordar las palabras exactas, pero parecían muy propias de mí.

—Si lo llamaras —continuó Samantha—, ¿qué le dirías?

—Hola, cómo estás, ¿piensas seguir humillándome en negro sobre blanco?

Había gozado de una tregua de un mes. El «Bueno en la cama» de octubre se había titulado «El amor y el guante». Alguien (Gabby, sin duda) me había dejado un ejemplar sobre la mesa del despacho el día anterior, y lo había leído a la velocidad del rayo, con el corazón en la garganta, hasta que comprobé que no había ni una sola palabra sobre C. Al menos, no este mes.

«Los hombres de verdad se ponen condón», era la primera línea. Lo cual era un engaño, considerando que durante nuestros tres años juntos, Bruce había evitado casi por completo las indignidades del látex. Nuestros análisis habían salido bien, y empecé a tomar la píldora después de un puñado de ocasiones decepcionantes, cuando su erección flaqueaba en el instante en que yo sacaba los condones. Ese detalle sin importancia estaba ausente del artículo, por supuesto, junto con el hecho de que, al final, yo acababa poniéndole la cosa, lo cual me hacía sentir como una madre sobreprotectora atando los cordones de los zapatos de su hijito. «Colocarse la goma es más que un deber», les decía a las lectoras de *Moxie*. «Es una señal de devoción y madurez, una señal de respeto por todas las mujeres, y una señal de su amor por ti misma.»

El recuerdo de su actitud hacia los condones parecía demasiado tierna para considerarla en este momento. Y la idea de Bruce y yo en la cama, juntos, me hizo encoger debido al pensamiento que se desprendía del anterior: «Nunca volveremos a estar así».

—No lo llames —aconsejó Sam—. Sé que ahora te sientes fatal, pero lo superarás. Sobrevivirás.

—Gracias, Gloria Gaynor[5] —gruñí, y fui a darme una ducha.

Cuando llegué a casa, mi contestador automático estaba parpadeando. Le di al *play* y oí a Steve.

—¿Te acuerdas de mí? Soy el tipo del parque. Escucha, me gustaría saber si te apetecería tomar una cerveza esta semana, o tal vez cenar. Llámame.

Sonreí mientras paseaba a *Nifkin*, sonreí cuando me preparé una pechuga de pollo con patatas y espinacas para cenar, sonreí durante mi consulta de veinte minutos con Sam sobre la cuestión de Steve, el Chico Mono del parque. A las nueve en punto marqué su número. Pareció con-

5. Alusión a la canción de dicha intérprete *I Will Survive*, «Sobreviviré». *(N. del T.)*

tento de oírme. Pareció... estupendo, en realidad. Divertido. Considerado. Interesado en mis actividades. Repasamos a toda prisa los datos básicos de cada uno: edad, universidad, así que conocías a Janie, de mi instituto, algo sobre los padres y la familia (dejé de lado el lesbianismo repentino de mi madre, con el fin de tener algo de qué hablar si se producía una segunda cita), y algo sobre el motivo de la soltería (resumí en dos frases la separación de Bruce. Él me habló de una novia de Atlanta, pero se había matriculado en una escuela de enfermeras y él se había mudado aquí). Le conté que cubría el concurso de platos al horno de Pillsbury. Él me contó que le había dado por el kayak. Decidimos cenar juntos el sábado por la noche en el Latest Dish, y tal vez ir al cine después.

—Puede que esto salga bien —dije a *Nifkin*, que no parecía muy interesado en el resultado de las gestiones. Se dio la vuelta tres veces, para acomodarse, por fin, sobre una almohada. Me puse el camisón procurando no ver mi cuerpo en el espejo del baño, y me dormí con un cauto optimismo, pensando que aún existían probabilidades de no morir sola.

Hacía mucho tiempo que Samantha y yo habíamos decidido que Azafran sería el restaurante destinado a todas las primeras citas. Contaba con todas las ventajas: estaba a la vuelta de la esquina de su casa y de mi apartamento. La comida era buena, no salía muy caro, podías llevar tu propia bebida, lo cual nos concedía la oportunidad de *a)* impresionar al tío llevando una buena botella de vino, y *b)* eliminar la posibilidad de que el tío se colocara, porque no habría más que esa botella. Y para colmo, Azafran tenía ventanales del suelo al techo, y camareras que trabajaban en nuestro gimnasio, que nos conocían, y que nos acomodaban en las mesas de la ventana, dando la espalda a la calle, con el tío delante, con el fin de que la que estuviera libre de las dos pasara con *Nifkin* por delante y echara un vistazo al panorama.

Me estaba felicitando, porque Steve parecía muy presentable. Polo de manga corta, pantalones caqui que parecían recién planchados, y un agradable aroma a colonia. Un cambio positivo con respecto a Bruce, proclive a las camisetas manchadas, los pantalones cortos desaseados, y muy poco constante en el uso del desodorante, pese a mis esfuerzos en ese apartado.

Sonreí a Steve. Él me sonrió. Nuestros dedos se rozaron sobre los calamares. El vino era delicioso, en su punto de temperatura, y la noche era perfecta, con el cielo estrellado y una brisa casi imperceptible.

—¿Qué has hecho hoy? —me preguntó.

—Fui a pasear en bicicleta hasta Chestnut Hill —contesté—. Pensé en ti...

Algo pasó por su cara. Algo malo.

—Escucha —dijo en voz baja—, debería decirte algo. Cuando te pregunté si querías tomar una cerveza conmigo..., bien, te dije que era nuevo en el barrio..., o sea, la verdad es que estaba buscando..., ya sabes. Amigos. Gente con la que salir.

Los calamares se convirtieron en una bola de plomo en mi estómago.

—Oh.

—Creo que no me expresé con claridad... Quiero decir, esto no es una cita o algo por el estilo... Oh, Dios. No me mires así.

No llores, me dije. No llores, no llores, no llores. ¿Cómo había podido equivocarme de tal manera? Era patética. La rechifla andante. Quería recuperar a Bruce. Joder, quería a mi madre. No llores, no llores, no llores.

—Tus ojos —dijo en voz baja—. Tus ojos me están matando.

—Lo siento —dije, como si fuera idiota. Disculpándome como siempre. Esto no puede ir a peor, pensé. Steve miró por encima de mi cabeza.

—Oye —dijo—, ¿no es ése tu perro?

Me volví, y claro, allí estaban Samantha y *Nifkin*, los dos mirando por la ventana. Sam parecía impresionada. En ese momento, levantó los pulgares un instante.

—¿Quieres perdonarme? —murmuré.

Me levanté, obligué a mis pies a moverse. En el lavabo de señoras me mojé la cara con agua fría, me concentré en no respirar, sentí que las lágrimas reprimidas se agolpaban detrás de mi frente y se transformaban instantáneamente en un dolor de cabeza. Pensé en la noche que me esperaba: la cena, y después, la ultimísima película de catástrofes en los multicines. Pero no podía. No podía pasar toda la noche sentada al lado de un tío que acababa de anunciar que no iba de ligue. Tal vez eso me ponía demasiado sensible, o ridícula, pero no podía hacerlo.

Fui a la cocina y localicé a nuestra camarera.

—Ya sale —dijo, y entonces observó mi cara—. Oh, Dios... ¿Qué pasa? Es marica. Acaba de escapar de la cárcel. Salía con tu madre.

—Más o menos —dije.

—¿Quieres que le diga que no te encuentras bien? .

—Sí —dije, y luego me lo volví a pensar—. No. Mira, empaqueta la comida y no le digas nada. A ver cuánto rato aguanta sentado ahí.

La camarera puso los ojos en blanco.

—¿Tan mal?

—Hay otra salida, ¿verdad?

Indicó la salida de incendios, que permanecía abierta mediante una silla en la que descansaba un ayudante de camarero.

—Sal por ahí —dijo, y un minuto después, aferrando dos fiambreras y los restos de mi orgullo, pasé junto al ayudante de camarero y salí a la noche. La cabeza me martilleaba. Idiota, pensé con furia. Imbécil. Estúpida, estúpida idiota, pensar que alguien con su aspecto se iba a interesar por alguien con tu aspecto.

Subí, dejé caer la comida, me quité el vestido, me puse el chándal más raído, pensando que debía de parecerme a Andrea Dworkin, la escritora feminista y lesbiana. Bajé como una exhalación la escalera, salí por la puerta y empecé a andar, primero hacia el río, después hacia el norte, en dirección a Society Hill y Old City, y por fin hacia el oeste, en dirección a Rittenhouse Square.

Una parte de mí (la parte razonable) estaba pensando que no había pasado nada, un pequeño tropezón en el carril bici de la vida, y que el idiota era él, no yo. «Soy soltero», había dicho. ¿Me equivoqué al pensar que me estaba pidiendo una cita? ¿Y qué más daba si no se trataba de una cita? Ya me había citado muchas veces antes. Hasta había tenido novios. Era de lo más razonable pensar que volvería a disfrutar de ambas cosas, y no valía la pena dedicar ni un segundo de mi tiempo a este tío.

Pero otra parte (la parte chillona, histérica, hipercrítica, y por desgracia, mucho más ruidosa) decía algo muy diferente.

Que yo era idiota. Que yo era gorda. Era tan gorda que nadie volvería a quererme, y tan obtusa que no me daba cuenta. Que había sido ridícula, o peor aún, que me había puesto en ridículo. Que Steve, el ingeniero, debía de estar sentado a una mesa vacía, comiendo calamares y riéndose de la gorda y tonta Cannie.

¿A quién se lo iba a decir? ¿Quién podía consolarme?

A mi madre, no. No podía hablar con ella de mi vida amorosa después de haber expresado con claridad que yo no aprobaba la de ella. Además, con la columna de Bruce, ella ya había averiguado suficiente sobre mis actividades nocturnas.

Podía contárselo a Samantha, pero pensaría que estaba loca. «¿Por qué das por sentado que tienes esta apariencia?», preguntaría, y yo murmuraría que debía de tratarse de un malentendido, mientras sentía la verdad en mis huesos, el Evangelio según mi padre: era gorda y fea y nadie me querría nunca más. Sería de lo más violento. Quería que mis amigos pensaran en mí como alguien inteligente, divertido y capaz. No quería que sintieran pena por mí.

Lo que quería era llamar a Bruce. No le hablaría de la última humillación (tampoco quería su compasión, ni que pensara que iba a volver de rodillas, o que pensaba hacerlo sólo porque un capullo de piernas peludas me había rechazado), pero quería oír su voz. Pese a lo que había escrito en *Moxie*, pese a lo que me había avergonzado. Después de tres años, era el que mejor me conocía, excepto Samantha, y en aquel momento, parada en la esquina de la 17 con Waltnut, tenía tantas ganas de hablar con él que me flaqueaban las rodillas.

Corrí a casa y subí la escalera de dos en dos. Sudorosa, con las manos temblorosas, me espatarré en la cama y cogí el teléfono, y tecleé el número lo más rápido posible. Él descolgó al instante.

—Hola, Bruce —empecé.

—¿Cannie? —Su voz sonaba rara—. Estaba a punto de llamarte.

—¿De veras?

Sentí que una pequeña chispa de esperanza se encendía en mi pecho.

—Sólo quería comunicarte —empezó, y su voz se disolvió en sollozos entrecortados— que mi padre ha muerto esta mañana.

No recuerdo lo que dije entonces. Recuerdo que me contó los detalles: había sufrido un infarto y había fallecido en el hospital. Todo había sido muy rápido.

Yo estaba llorando, Bruce estaba llorando. No recordaba cuánto hacía que me sentía tan desdichada. Era injusto. El padre de Bruce era un hombre maravilloso. Había querido a su familia. Hasta era posible que me hubiera querido a mí también.

Pero aunque me sentía fatal, noté que la chispa crecía. «Ahora lo entenderá», susurró una voz en mi cabeza. Cuando sufres una pérdida como ésa, ¿no cambia tu forma de ver el mundo? ¿No cambiaría su forma de verme a mí, a mi familia disfuncional, mi padre perdido? Además, me necesitaría. Ya me había necesitado antes, para rescatarle de la soledad, de la ignorancia sexual y la vergüenza..., y me necesitaría otra vez para ayudarle a superar este trago.

Nos imaginé en el funeral, cogidos de la mano, ayudándole, sosteniéndole, apoyándole, tal como yo deseaba que él me apoyara. Imaginé que me miraba con un respeto y una comprensión nuevos, con los ojos de un hombre, no de un muchacho.

—Deja que te ayude. ¿En qué puedo colaborar? —pregunté—. ¿Quieres que vaya a verte?

Su respuesta fue de lo más decepcionante.

—No. Me voy a casa, y habrá millones de personas. Sería muy violento. ¿Vendrás al funeral mañana?

—Por supuesto —dije—. Por supuesto. Te quiero.

Las palabras surgieron de mi boca antes de que terminara de pensarlas.

—¿Qué significa eso? —preguntó él, sin dejar de llorar.

Debo reconocer que me recuperé enseguida.

—Que quiero estar a tu lado..., y ayudarte en lo que pueda.

—Ven mañana, y punto —dijo—. Eso es lo único que puedes hacer en estos momentos.

Pero algo perverso, anidado en mi interior, insistió.

—Te quiero —repetí, y las palabras flotaron en el aire. Bruce suspiró, sabiendo lo que yo deseaba, pero incapaz de dármelo, o refractario a ello.

—He de irme —dijo—. Lo siento, Cannie.

SEGUNDA PARTE

Recapacitando

5

Pensándolo bien, habría podido sentirme aún peor en el funeral de Bernard Guberman. Si yo le hubiera matado, por ejemplo.

La ceremonia empezó a las dos de la tarde. Yo llegué temprano, pero el aparcamiento ya estaba lleno, y los coches formaban una hilera desde el camino de entrada hasta la autopista. Aparqué, por fin, al otro lado de la calle, crucé cuatro carriles de tráfico y fui a parar en mitad de un grupo de amigos de Bruce. Estaban esperando en el vestíbulo, enfundados en lo que debían de ser sus trajes de ir a entrevistas, con las manos en los bolsillos, hablando en voz baja con la vista clavada en sus pies. Era una tarde soleada de otoño, un día para mirar las hojas, por ejemplo, para tomar una sidra y encender el primer fuego del año. No para esto.

—Hola, Cannie —dijo George en voz baja.

—¿Cómo se lo toma?

George se encogió de hombros.

—Está dentro —dijo.

Bruce estaba sentado en un pequeño vestíbulo, con una botella de agua y un pañuelo en la mano derecha. Llevaba el mismo traje azul que había utilizado en el Yom Kippur, cuando nos habíamos sentado juntos en el templo. El traje seguía siendo demasiado ceñido, la corbata demasiado corta, y calzaba zapatillas de lona que había decorado con dibujos de estrellas y remolinos durante una conferencia particularmente aburrida. En cuanto le vi, fue como si nuestra historia reciente se desvaneciera, tanto mi decisión de pedir una moratoria como su decisión de describir mi cuerpo en negro sobre blanco. Fue como si lo único que quedara fuera nuestra relación..., y su dolor. Su madre estaba de pie a su lado, con una mano sobre su hombro. Había gente por todas partes. Todo el mundo lloraba.

Me acerqué a Bruce, me arrodillé y le abracé.

—Gracias por venir —dijo con frialdad. Con formalidad. Le besé en la mejilla, cubierta por una barba de tres días que picaba. No pareció darse cuenta. El abrazo que me dio su madre fue más cariñoso, y sus palabras contrastaron con las de él.

—Cannie —susurró—. Me alegro de que hayas venido.

Sabía que iba a ser duro. Sabía que me iba a sentir fatal, incluso después de nuestra ruptura, pese a que no existía forma humana de haber sabido que esto iba a suceder.

Pero no sólo fue duro. Fue una agonía. Una agonía cuando el rabino, a quien había visto comer algunas veces en casa de Bruce, habló de que Bernard Leonard Guberman había vivido para su mujer y su hijo. De que había llevado a Audrey a jugueterías, aunque no tenían nietos. «Sólo para estar preparados», dijo. Fue cuando dejé de prestar atención, pues sabía que era yo quien tendría que haber dado esos nietos, y lo mucho que le habrían querido los niños, y la suerte de encontrar esa clase de amor en la vida.

Seguí sentada en el duro banco de madera del salón de la funeraria, ocho filas detrás de Bruce, quien tendría que haber sido mi marido, y pensé que lo único que deseaba era estar con él, y que nunca había sentido mayor distanciamiento entre nosotros.

—Te quería de verdad —susurró en mi oído Barbara, la tía de Bruce, mientras nos lavábamos las manos en el exterior de la casa.

Había coches aparcados en doble fila en el callejón sin salida, coches que daban la vuelta a la manzana, tantos coches que habían apostado un policía delante del cementerio durante el servicio fúnebre. El padre de Bruce había sido un feligrés activo, así como un dermatólogo reputado. A juzgar por la multitud, daba la impresión de que todos los judíos o adolescentes con acné habían ido a presentarle sus respetos.

—Era un hombre maravilloso —dije.

Me miró con curiosidad.

—¿Era?

Fue cuando me di cuenta de que ella estaba hablando de Bruce, quien seguía vivo.

Barbara rodeó mi brazo con sus uñas color marrón y me arrastró hasta el inmaculado cuarto de la colada.

—Me enteré de que Bruce y tú habíais roto —dijo—. ¿Fue porque no se te declaró?

—No. Creo... Yo estaba cada vez más convencida de que no hacíamos una buena pareja.

Fue como si no me hubiera oído.

—Audrey siempre me dijo que Bernie habría sido muy feliz si hubieras entrado a formar parte de la familia —dijo—. Siempre decía: «Si Cannie quiere un anillo, lo tendrá en un abrir y cerrar de ojos».

Oh, Dios. Sentí que las lágrimas se agolpaban en mis ojos. Otra vez. Había llorado durante la ceremonia, cuando Bruce se paró ante el *bimah*[6] y habló de que su padre le había enseñado a jugar a béisbol, y lloré en el cementerio cuando Audrey sollozó sobre la tumba abierta y repitió una y otra vez: «No es justo, no es justo».

Tía Barbara me dio un pañuelo.

—Bruce te necesita —susurró, y yo asentí, a sabiendas de que no podía confiar en mi voz—. Ve —dijo, y me empujó hacia la cocina. Me sequé los ojos y obedecí.

Bruce estaba sentado en el porche rodeado de amigos, los cuales formaban un círculo de aspecto intimidante. Cuando me acerqué, me miró con los ojos entornados, y me observó como si fuera un espécimen en una platina de microscopio.

—Hola —dije en voz baja—. ¿Puedo hacer algo por ti?

Meneó la cabeza y apartó la vista. Todas las sillas del porche estaban ocupadas, y no daba la impresión de que alguien fuera a moverse. Con la mayor gracia posible, me acuclillé en el peldaño detrás de ellos, fuera del círculo, y me quedé sentada, con las manos alrededor de las rodillas. Tenía frío y hambre, pero no había traído chaqueta, y no había ningún sitio para apoyar un plato. Los escuché hablar de fruslerías, deportes, conciertos, sus trabajos. Miré mientras las hijas de las amigas de

6. Estrado de la sinagoga sobre el que descansa la mesa de lecturas. *(N. del T.)*

la madre de Bruce, un trío de veinteañeras intercambiables, salían al porche con platos de papel llenos de *petit fours* y daban el pésame a Bruce, al tiempo que ofrecían sus suaves mejillas para que las besara. Fue como tragar arena, verle animarse, sonreír y demostrar que se acordaba de sus nombres, cuando apenas me había dedicado una mirada. Sí, yo ya sabía que, si decidíamos romper, encontraría otra. No pensé que tendría que aguantar un preestreno. Me apoyé en las manos, desolada.

Cuando Bruce se levantó por fin, me dispuse a seguirle, pero la pierna se me había dormido y caí espatarrada, y me encogí cuando una astilla se me clavó en la palma.

Bruce me ayudó a levantarme. De mala gana, pensé.

—¿Quieres dar un paseo? —le pregunté.

Se encogió de hombros. Paseamos. Recorrimos el camino de entrada, paseamos por la calle, donde más coches se estaban acumulando.

—Lo siento muchísimo —dije. Bruce no contestó. Busqué su mano, mis dedos rozaron la palma de su mano. Él no reaccionó—. Escucha —dije, cada vez más desesperada—, sé que las cosas han ido... Sé que nosotros...

Mi voz enmudeció. Bruce me miró con frialdad.

—Ya no eres mi novia —dijo—. Tú fuiste la que quiso romper, ¿te acuerdas? Y yo soy pequeño —escupió.

—Quiero ser tu amiga —dije.

—Tengo amigos.

—Ya me he dado cuenta. Muy educados.

Se encogió de hombros.

—Escucha —dije—, ¿podríamos...? ¿Podríamos...? —Me llevé la mano a la boca. No encontraba las palabras. Sólo me quedaban sollozos. Tragué saliva. Supéralo, me dije—. Pese a lo que pasó entre nosotros, pese a lo que sientas por mí ahora, quiero que sepas que tu padre era un hombre maravilloso. Le quería. Era el mejor padre que he conocido en mi vida, y siento que haya muerto, y me sabe fatal todo esto... —Bruce se limitaba a mirarme—. Si quieres llamarme...

—Gracias —dijo por fin.

Se volvió para volver a la casa, y al cabo de un momento le seguí, como un perro castigado, con la cabeza gacha.

Tendría que haberme ido en ese momento, pero no lo hice. Me quedé a las plegarias nocturnas, cuando hombres con *taleds*[7] sobre los hombros invadieron la sala de estar de Audrey y se arrodillaron sobre los duros bancos de madera, apretando los hombros contra los espejos cubiertos con paños. Me quedé cuando Bruce y sus amigos se reunieron en la cocina blanca y cromada para picar de las bandejas de tapas y charlar. Me quedé fuera del grupo, pensé que iba a estallar de tristeza, sobre el suelo de baldosas españolas de Audrey. Bruce no me miró en ningún momento. Ni una sola vez.

El sol se puso. La casa se fue vaciando poco a poco. Bruce reunió a sus amigos y los condujo a su habitación, donde se sentó en su cama. Eric, Neil y su esposa, en sus últimas semanas de embarazo, ocuparon el sofá. George se acomodó en la silla del escritorio. Yo me plegué en el suelo, fuera del círculo, pensando con alguna parte pequeña y primitiva de mi cerebro que Bruce tendría que hablar conmigo otra vez, tendría que dejarme consolarle, si nuestros años de vida en común significaban algo.

Bruce se soltó la cola de caballo, sacudió el pelo y luego lo volvió a ceñir.

—He sido un niño toda mi vida —anunció.

Nadie supo qué contestar a eso, de modo que hicieron lo que siempre hacían en la habitación de Bruce, supuse. Eric llenó la pipa, George sacó un encendedor del bolsillo de la chaqueta y Neil encajó una toalla bajo la puerta. Increíble, pensé, mientras reprimía un estallido de histeria y carcajadas. Se enfrentan a la muerte de la misma manera que se enfrentan a un sábado por la noche cuando no echan nada interesante por cable.

Eric pasó la pipa a Neil sin ni siquiera preguntarme si quería. Yo no quería, y probablemente él debía de saberlo. El único efecto que me provocaba la hierba era sueño, y más ganas de comer que de costumbre. No era el tipo de droga que necesitaba. De todos modos, habría sido amable por su parte ofrecerme.

—Tu padre era muy guay —murmuró George, y todo el mundo musitó palabras de asentimiento, excepto la mujer embarazada de

7. Pieza de lana con la que los judíos se cubren la cabeza y los hombros en las ceremonias religiosas. *(N. del T.)*

Neil, que se levantó aparatosamente y salió de la habitación. ¿O siempre es un espectáculo cuando estás embarazada y te levantas? Quién sabe. Neil contempló sus zapatillas de deporte. Eric y George repitieron lo mucho que lo sentían. Después, todo el mundo empezó a hablar de los próximos partidos.

Siempre infantil, pensé, mirando a Bruce a través del humo. Por un momento, nos miramos sin pestañear. Inclinó la pipa hacia mí: ¿quieres un poco? Negué con la cabeza y respiré hondo en el silencio.

—¿Recuerdas cuando terminaron la piscina? —pregunté.

Bruce me dedicó un leve pero alentador cabeceo.

—Tu padre estaba tan contento —dije. Miré a sus amigos—. Tendríais que haberla visto. El doctor Guberman no sabía nadar...

—... y nunca aprendió —añadió Bruce.

—Pero insistió en que esta casa debía tener una piscina. «Mis hijos no van a sudar más otro verano.»

Bruce rió un poco.

—El día que terminaron la piscina, montó una fiesta gigantesca. —George asentía. Había estado presente—. Pidió un servicio de comidas. Trajeron una docena de cestas de sandías...

—... y un barril —rió Bruce.

—Se pasó todo el día paseando de un lado a otro con el albornoz que había comprado para la ocasión, con monograma y todo, fumando un puro gigantesco, con aspecto de rey —concluí—. Debieron de congregarse un centenar de personas...

Enmudecí. Estaba recordando al padre de Bruce en el jacuzzi, con un puro humeante entre los dientes, una jarra llena de cerveza apoyada en el borde a su lado, y la luna llena colgando en el cielo como un círculo de oro.

Por fin, sentí que pisaba terreno más sólido. No podía fumar hierba, y él no me dejaría besarle, pero podía contar historias durante toda la noche.

—Parecía muy feliz —dije a Bruce—, porque tú eras feliz.

Bruce empezó a llorar en silencio, y cuando me levanté y crucé la habitación y me senté a su lado, no dijo nada. Ni siquiera cuando pasé un brazo sobre sus hombros. Me abrazó y lloró. Yo cerré los ojos, y sólo oí que sus amigos se levantaban y salían de la habitación.

—Ay, Cannie —dijo.

—Shhh —dije, y le mecí con todo mi cuerpo, le acosté en la cama, bajo una estantería llena de sus trofeos de la Liga Inferior y placas de asistencia a la escuela hebrea. Sus amigos se habían ido. Estábamos solos por fin—. Shhh.

Besé su mejilla húmeda. No se resistió. Sus labios estaban fríos debajo de los míos. No me estaba devolviendo el beso, pero tampoco me estaba rechazando. Ya era un comienzo.

—¿Qué quieres? —susurró.

—Haría cualquier cosa que quisieras —contesté—. Incluso..., si quisieras eso..., lo haría por ti. Te quiero...

—No digas nada —susurró él, mientras deslizaba las manos por debajo de mi camisa.

—Oh, Bruce —jadeé, incapaz de creer que esto estuviera sucediendo, que él también me deseara.

—Shhh —me acalló, como yo había hecho momentos antes. Sus manos forcejearon con los numerosos broches de mi sujetador.

—Cierra la puerta con llave —susurré.

—No quiero dejarte marchar —dijo.

—No será necesario —contesté, al tiempo que hundía la cara en su cuello, aspiraba su olor, humo dulzón, crema de afeitar y champú, extasiada en sus brazos, pensando que era esto lo que yo quería, lo que siempre había querido, el amor de un hombre que era maravilloso y tierno, y lo mejor de todo, me comprendía—. No tendrás que hacerlo nunca más.

Intenté complacerle, tocarle en sus lugares favoritos, moverme como recordaba que le gustaba. Me resultó maravilloso estar con él de nuevo, y pensé, mientras sujetaba sus hombros cuando me empalaba y gemía, que podríamos empezar de nuevo. Que estábamos empezando de nuevo. Tenía ganas de desechar el artículo de *Moxie* como agua pasada, siempre que jurara no volver a hablar de mi cuerpo en letra impresa. Y lo demás, la muerte de su padre, lo superaríamos como pareja. Juntos.

—Te quiero tanto —susurré, mientras besaba su cara, abrazado contra mí, intentando acallar la vocecita interior que se daba cuenta, incluso en pleno delirio pasional, de que él no estaba diciendo nada.

Después, con mi cabeza sobre su hombro y mis dedos trazando círculos en su pecho, pensé que nunca me había sentido mejor. Pensé que yo también había sido una niña, una cría, pero ahora estaba preparada para madurar, para ser una mujer, para apoyarle y enderezarle, a partir de esta noche.

Bruce, evidentemente, no pensaba lo mismo.

—Deberías ir marchando —dijo, al tiempo que se liberaba de mis brazos y entraba en el cuarto de baño, sin mirar hacia la cama.

No me lo esperaba.

—Puedo quedarme —dije en voz alta.

Bruce salió del baño envuelto en una toalla.

—He de ir al templo con mi madre por la mañana, y creo que, hum, complicaría las cosas el que...

Enmudeció.

—De acuerdo —dije, recordando mi juramento, ser adulta, pensar en sus necesidades antes que en mis deseos, aunque lo que yo deseara fuera un largo, lento y tierno polvo, después de lo cual nos dormiríamos abrazados. No esta retirada precipitada—. Ningún problema.

Recuperé mi ropa. En cuanto me hube puesto los pantys, Bruce me agarró por el codo y me empujó hacia la puerta, y luego pasamos a toda prisa frente a la cocina y la sala de estar, donde, seguramente, su madre estaba esperando y sus amigos se habían reagrupado.

—Llámame —dije, y oí que mi voz temblaba—, siempre que quieras.

Apartó la vista.

—Voy a estar bastante ocupado —contestó.

Respiré hondo, y recé para que el pánico se aplacara.

—De acuerdo —dije—. Cuenta conmigo.

Él asintió con semblante serio.

—Te lo agradezco, Cannie —dijo, como si le hubiera ofrecido consejo financiero en lugar de mi corazón en bandeja de plata. Fui a besarle. Me ofreció la mejilla. Estupendo, pensé, subí al coche, y agarré el volante con fuerza para que no viera el temblor de mis manos. Puedo ser paciente. Puedo ser madura. Puedo esperarle. Me quiso mucho, pensé, mientras me dirigía a casa en la oscuridad. Me querrá otra vez.

6

En la asignatura de psicología el profesor nos habló del refuerzo aleatorio. Pon tres grupos de ratas en jaulas separadas, cada una provista de una palanca. El primer grupo de ratas recibe una bolita cada vez que aprietan la palanca. El segundo grupo nunca recibe bolitas, por más a menudo que la aprieten. El tercer grupo recibe bolitas de vez en cuando.

El primer grupo, dijo el profesor, se cansa a la larga de la recompensa segura, y las ratas que nunca reciben premio también. Pero las ratas que lo obtienen de manera aleatoria siguen oprimiendo la palanca, con la esperanza de que la magia volverá a ocurrir, de que esta vez tendrán suerte. Fue en aquel momento cuando comprendí que yo me había convertido en la rata de mi padre.

Me había querido en el pasado. Yo me acordaba. Tenía un puñado de imágenes mentales, postales con los bordes gastados de tanto sobarlas. Escena uno: Cannie, a los tres años, acurrucada en el regazo de su padre, la cabeza apoyada contra su pecho, mientras él lee con voz resonante *Donde viven los monstruos*. Escena dos: Cannie, a los seis años, cogida de la mano de su papá, entrando en la escuela elemental un cálido sábado de verano para someterse a su primera prueba de aptitud. «No seas tímida —dice él, al tiempo que la besa en ambas mejillas—. Lo harás muy bien.»

Recuerdo que, cuando tenía diez años, pasaba días enteros con mi padre, haciendo recados, y conocí a su secretaria, y a la señora Yee, de la tintorería, que se encargaba de lavar y planchar sus camisas, y al dependiente de la sastrería, que miraba a mi padre con respeto cuando pagaba sus trajes. Comprábamos brie en la elegante mantequería que olía a granos de café recién tostados, y discos de jazz en Old Vinyl. Todo el mundo sabía el nombre de mi padre. «Doctor Shapiro», le saludaban, con una sonrisa para ambos, haciendo cola por orden descendiente de edad, y yo era la primera de la fila. Apoyaba una manaza cálida sobre mi cabeza, acariciaba mi cola de caballo. «Esta es Cannie, la mayor», decía. Y todo el mundo, desde los dependientes de la mantequería hasta los guardias de seguridad de su edificio, parecían saber no sólo quién era él, sino también quién era yo. «Tu padre dice que eres muy inteligente», afirmaban, y yo sonreía y trataba de aparentar inteligencia.

Pero, a medida que me hacía mayor, esos días empezaron a escasear. La verdad era que mi padre apenas me hacía caso. No hacía caso de ninguno de nosotros, Lucy, Josh, ni siquiera de mi madre. Llegaba tarde a casa, se marchaba pronto por la mañana, pasaba los fines de semana en la consulta o daba largos paseos en coche para «aclarar mis ideas», como acostumbraba a decir. El afecto que pudiera sentir por nosotros, la atención que pudiera prestarnos, se nos administraba en pequeñas dosis, espaciadas en el tiempo. Pero, oh, cuando me quería, cuando posaba su mano sobre mi cabeza, cuando yo apoyaba mi cabeza contra él... No existía sensación mejor en el mundo. Me sentía importante. Me sentía adorada. Haría cualquier cosa, apretaría la palanca hasta que me sangraran las manos, con tal de recuperar esa sensación.

Nos abandonó por primera vez cuando cumplí doce años. Llegué a casa del colegio y me lo encontré, de manera inesperada, en el dormitorio, amontonando camisetas y calcetines en una maleta.

—¿Papá? —le pregunté, sorprendida de verle en pleno día—. ¿Te...? ¿Nos...?

Quería preguntar si nos íbamos a alguna parte, tal vez de viaje. Él tenía los ojos tristes y sombríos.

—Pregunta a tu madre —contestó—. Ella te lo explicará.

Y mi madre me lo explicó, que tanto mi padre como ella nos querían mucho, pero no podían entenderse. Aún estaba aturdida por la sorpresa cuando descubrí la verdad de lo que estaba pasando gracias a Hallie Cinti, una de las chicas populares. Hallie estaba en mi equipo de fútbol, pero en un grupo social muy diferente. En el campo, muchas veces daba la impresión de que prefería que no le pasara la pelota, como si pudiera transmitirle mis taras y enviarle gérmenes de gilipollez. Tres años después se hizo todavía más famosa, desde un punto de vista negativo, por administrar mamadas reconstituyentes a tres de los cinco novatos del equipo masculino de baloncesto, durante el medio tiempo de los partidos de la liguilla estatal, y todos la llamamos Hallie Cunti[8], pero yo aún desconocía eso.

—Me he enterado de lo de tu padre —dijo, dejándose caer ante mi mesa, que se hallaba en la esquina del comedor donde Hallie Cinti y su pandilla raras veces se aventuraban.

Los chicos del club de ajedrez y mis amigas del Grupo de Debate Juvenil miraron boquiabiertos a Hallie y a su amiga Jenna Lind, cuando colgaron el bolso del respaldo de dos sillas de plástico y me miraron.

—¿De qué? —pregunté con cautela. No confiaba en Hallie, que me había ignorado durante los seis años de colegio, ni de Jenna, que siempre iba perfectamente peinada.

Hallie ardía en deseos de informarme.

—Oí a mi madre hablar de ello anoche. Se ha ido a vivir con una mecánico dentista a Copper Hill Road.

Jugueteé con mi bocadillo de mantequilla de cacahuete, para ganar tiempo. ¿Sería cierto? ¿Cómo podía saberlo la madre de Hallie? ¿Y por qué hablaba de ello? Las preguntas se acumulaban en mi mente, más el recuerdo borroso de todas las mujeres que me habían hecho la limpieza de boca.

Jenna se inclinó para asestar el golpe de gracia.

—Hemos oído —dijo— que sólo tiene veintisiete años.

Bien. Eso explicaba las habladurías. Hallie y Jenna me miraron, y mis amigas del grupo de debate las observaron mientras me miraban. Experimenté la sensación de que me habían sacado a empujones al centro de un escenario, y de que no me sabía mi texto, ni siquiera que debía salir a actuar.

—¿Es cierto? —preguntó Hallie, impaciente.

—No hay para tanto —dijo Jenna, con la esperanza de ayudarme a confesar vía la solidaridad—. Mis padres están divorciados.

---

8. En inglés, *cunt* significa coño. *(N. del T.)*

Divorciados, pensé, y saboreé la palabra. ¿Era eso lo que estaba pasando? ¿Por qué iba a hacernos esto mi padre?

Alcé los ojos hacia las chicas populares.

—Largaos —les dije. Oí que una de mis amigas lanzaba una exclamación ahogada. Nadie hablaba así a Hallie o Jenna—. Dejadme en paz. ¡Largaos!

Jenna puso los ojos en blanco. Hallie echó su silla hacia atrás.

—Eres una perdedora grasienta —opinó, antes de escabullirse hacia la mesa de los chicos populares, donde todos llevaban camisas con cocodrilos pequeños, y todas las chicas desayunaban tan sólo Coca-Cola light.

Volví a casa poco a poco y encontré a mi madre en la cocina, con unas diez bolsas de comida a medio vaciar sobre la encimera y la mesa del comedor.

—¿Papá vive con alguien? —pregunté de sopetón. Mi madre metió tres paquetes de pechugas de pollo en el congelador y suspiró, los brazos en jarras.

—No quería que lo descubrieras así —murmuró.

—Hallie Cinti me lo dijo.

Mi madre volvió a suspirar.

—Pero ella no sabe nada —contesté, con la esperanza de que mi madre me diera la razón.

En cambio, se sentó a la mesa de la cocina y me indicó con un gesto que la imitara.

—Resulta que la señora Cinti trabaja en el mismo hospital que tu padre —explicó.

De modo que era verdad.

—Puedes decírmelo todo. Ya no soy una niña.

Pero en aquel momento deseé ser una niña, de esas a quienes sus padres todavía les leen en la cama y les dan la mano cuando cruzan la calle.

Mi madre suspiró.

—Creo que debería ser tu padre quien te lo contara.

Pero esa conversación nunca tuvo lugar, y dos noches después, mi padre había vuelto. Josh, Lucy y yo estábamos en el patio trasero, y le vimos sacar el equipaje del maletero de su pequeño deportivo rojo.

Lucy estaba llorando, y Josh procuraba contenerse. Mi padre ni siquiera nos miró cuando cruzó el camino de grava. Los tacones de sus botas crujían a cada paso.

—Cannie —dijo Lucy con voz llorosa—, si ha vuelto, es una buena señal, ¿verdad? No volverá a marcharse, ¿eh?

Miré hacia la puerta y vi que se cerraba lentamente detrás suyo.

—No lo sé —dije.

Necesitaba respuestas. Mi padre era inaccesible, mi madre no era de ayuda.

—No te preocupes —me reprendió mi madre. Arrugas de insomnio surcaban su cara—. Todo irá bien, cariño.

Mi madre nunca me había llamado cariño. Pese a mis temores, tendría que acudir al origen de la información.

Encontré a Hallie Cinti en el lavabo de chicas el siguiente lunes por la tarde. Se estaba mirando en el espejo, mientras se volvía a aplicar brillo de labios Bonnie Belle. Carraspeé. No me hizo caso. Le di unos golpecitos en el hombro y se volvió, con los labios fruncidos en una expresión de asco.

—¿Qué? —escupió.

Carraspeé cuando me miró.

—Hum... Esa cosa... sobre mi padre —empecé.

Hallie puso los ojos en blanco y extrajo un peine rosa de plástico del bolso.

—Ha vuelto —dije.

—Qué bien —dijo Hallie, mientras se peinaba el flequillo.

—He pensado que tal vez sabrías explicarme por qué. Gracias a tu madre.

—¿Por qué debería decirte algo? —dijo con desdén.

Había dedicado todo el fin de semana a planear esta contingencia. ¿Qué podía yo, la gorda e impopular Cannie Shapiro, ofrecer a la esbelta y hermosa Hallie? Saqué dos objetos de mi mochila. El primero era un trabajo de cinco páginas sobre la imaginería de la luz y la oscuridad en *Romeo y Julieta*. El otro era una petaca de vodka que había afanado del mueble bar de mis padres por la mañana. Hallie y su pandilla tal vez no estaban tan avanzadas en el plano académico como yo, pero lo compensaban en otros campos.

Hallie me arrebató la botella, comprobó que el sello no estuviera roto, y después cogió el documento. Tiré de él.

—Primero, cuéntamelo.

Se encogió de hombros, guardó la petaca en el bolso y se volvió hacia el espejo.

—Oí a mi madre hablar por teléfono. Dijo que su amigo dentista le había contado que ella quería hijos. Supongo que tu padre no quería más. Y mirándote —continuó—, no me extraña.

Se volvió hacia mí y extendió la mano.

Le tiré el documento.

—Cópialo con tu letra. He puesto algunas faltas de ortografía para que sepan que es tuyo, no mío.

Hallie cogió el documento y yo volví a clase. «No quería tener más hijos.» Bien, tal como nos trataba, era lógico.

Se quedó con nosotros casi seis años después de eso, pero nunca volvió a ser el mismo. Los breves momentos de dulzura y amor, las noches que nos leía en la cama, los cucuruchos de helado de los sábados y los paseos del domingo por la tarde, todo eso desapareció. Era como si mi padre se hubiera dormido, solo, en un autobús o un tren, y despertado veinte años después, rodeado de extraños: mi madre, mi hermana, mi hermano y yo, y todos queríamos algo, ayuda para lavar los platos, un golpe de coche para ir al ensayo de la orquesta, diez dólares para el cine, su aprobación, su atención, su amor. Nos miraba, con los dóciles ojos castaños transparentando confusión, y luego inflamados de ira. ¿Quién es esta gente?, parecía preguntar. ¿Cuánto tiempo tendré que viajar con ellos? ¿Por qué piensan que les debo algo?

Pasó de ser cariñoso, de una forma distraída, ocasional, a ser mezquino. ¿No volvió a querernos porque yo había descubierto su secreto, que no deseaba tener más hijos? ¿Fue porque echaba de menos a la otra, su verdadero amor, prohibida para siempre? Yo creía que había algo de ello. Pero también había otras cosas.

Mi padre era (es, supongo) cirujano plástico. Empezó en el ejército, trabajando con víctimas de quemaduras, soldados heridos, hombres que habían vuelto de la guerra con la piel rosada y arrugada por culpa de productos químicos, o deformes y desfigurados debido a la metralla.

Pero descubrió su verdadero genio después de que nos mudáramos a Pennsylvania. Allí se dedicó de lleno, no a soldados, sino a señoras de la alta sociedad, mujeres cuyas heridas eran invisibles y estaban decididas a pagar miles de dólares a un cirujano discreto y experto, para que alisara su estómago, rejuveneciera los párpados, eliminara traseros demasiado prominentes y papadas con unos diestros toques de escalpelo.

Tuvo éxito. Cuando nos abandonó por primera vez, Larry Shapiro tenía fama en toda Filadelfia de ser el cirujano plástico ideal para toda clase de retoques, desde barrigas a tetas, pasando por narices y papadas. Teníamos la casa grande, el camino de entrada curvo, la piscina y el jacuzzi de rigor. Mi padre conducía un Porsche (aunque mi madre, gracia a Dios, consiguió disuadirle de las matrículas personalizadas vanidosas). Mi madre conducía un Audi. Teníamos una mujer de la limpieza dos veces por semana. Mis padres celebraban cenas servidas por una empresa de comidas cada dos meses. Íbamos de vacaciones a Colorado (a esquiar) y a Florida (a la playa).

Y luego se fue, y volvió, y nuestras vidas se desmoronaron, como un libro muy amado que lees una y otra vez, hasta que una noche lo coges para que te ayude a dormir y la encuadernación cede, y docenas de páginas caen al suelo. No deseaba esta vida. De eso no cabía la menor duda. Estaba atrapado en este barrio, en el calendario interminable de partidos de fútbol, concursos de ortografía y escuelas hebreas, atrapado por la hipoteca y los plazos de los coches, las costumbres y las obligaciones. Y descargaba el peso de su desdicha sobre todos nosotros, y por algún motivo, sobre todo en mí.

De pronto, fue como si no soportara mirarme. Yo no daba ni una a derechas.

—¡Mira esto! —tronó cuando vio mi notable en álgebra. Estaba sentado a la mesa del comedor, con el conocido vaso de whisky junto a su codo. Yo estaba acurrucada en la puerta, y trataba de esconderme en las sombras—. ¿Cuál es la excusa?

—No me gustan las mates —dije. En verdad, yo estaba tan avergonzada de la nota como él furioso. Siempre había obtenido un sobresaliente en todo, pero por más que me esforzaba, o a pesar de la ayuda que me brindaban, el álgebra me confundía.

—¿Crees que a mí me gustó la facultad de medicina? —rugió—. ¿Tienes idea de tus posibilidades? ¿Sabes que estás dilapidando tus dones?

—Me importan un pito mis dones. No me gustan las mates.

—Estupendo —dijo con un encogimiento de hombros, y empujó la libreta de notas hacia el otro extremo de la mesa, como si de repente oliera mal—. Hazte secretaria. A mí me da igual.

Se comportaba igual con todos nosotros, huraño, desabrido, despectivo y rudo. Llegaba a casa del trabajo, dejaba caer el maletín en el vestíbulo, se preparaba el primero de una serie de whiskis con hielo, pasaba como una exhalación junto a nosotros, subía al dormitorio y cerraba la puerta con llave. Se encerraba allí, o se refugiaba en la sala de estar, con las luces al mínimo, y escuchaba sinfonías de Mahler. Incluso a los trece años, incluso sin haber ido a clases de iniciación a la música, yo sabía que el inacabable Mahler, acompañado del tintineo de los cubitos de hielo, no llevaba a nada bueno.

Y cuando se dignaba hablarnos, era sólo para quejarse: lo cansado que estaba, lo poco que se lo agradecíamos, lo mucho que había trabajado para proporcionarnos cosas, «pandilla de pijos —decía, arrastrando las palabras—, con vuestros esquís, y vuestra piscina».

—Odio esquiar —dijo Josh, y era verdad. Un descenso, y tenía que volver al albergue para beber chocolate caliente, y si le obligábamos a salir otra vez, convencía a la Patrulla de Esquí de que estaba a punto de sufrir una congelación inminente, y teníamos que recogerle en la primera cabaña de auxilios, despojarle de sus calzones largos y tenderlo bajo las lámparas de infrarrojos.

—Preferiría nadar en la piscina del centro recreativo con los demás chicos —decía Lucy, y era verdad. Tenía más amigos que el resto de nosotros sumados. El teléfono siempre estaba sonando. Otra cosa que irritaba a mi padre. «¡Ese maldito teléfono!», gritaba cuando sonaba durante la cena. Pero no estábamos autorizados a descolgarlo. Al fin y al cabo, podía ser algún paciente.

—Si tanto nos odias, ¿por qué has tenido hijos? —le chillé, provocándole con lo que sabía que era verdad. Nunca tenía una respuesta, sólo más insultos, más cólera, más críticas acerbas, más rabia represora. Josh, con sólo seis años, era «un bebé». A Lucy, con doce, no paraba de ignorarla o zaherirla. «Estúpida», decía, y sacudía la cabeza cuando miraba sus notas. «Torpe», cuando dejaba caer un vaso. Y a los trece años, yo me convertí en «el perro».

Es verdad, a los trece años no estaba en mi mejor momento. Además de las tetas y caderas que había desarrollado, al parecer de la noche a la mañana, exhibía una complicada ortodoncia de goma y metal. Lucía un corte de pelo a lo Dorothy Hamill (la patinadora austríaca) *de rigueur*, que no hacía ningún favor a mi cara. Compraba ropa de dos tallas (holgada y más holgada), y pasé el año encorvada en todo momento, con el fin de ocultar mi tetamen. Parecía *El jorobado de Notre Dame*, sólo que con acné y ortodoncia. Me sentía como una afrenta andante, como una colección de las cosas a las que mi padre había declarado la guerra. Estaba fascinado por la belleza, su creación, su mantenimiento, su perfeccionamiento. Tener una esposa que no había llegado a la meta ni conservado la esbeltez era una cosa..., pero tener una hija que había fracasado hasta tales extremos era, sin la menor duda, imperdonable. Y yo había fracasado. A los trece años, yo no poseía ni un ápice de hermosura, nada en absoluto, y percibía la confirmación en las duras miradas que me dirigía, en todo lo que decía.

—Cannie es muy brillante —le oí decir a uno de sus colegas de golf—. Sabrá cuidar de sí misma. No es una belleza, pero sí inteligente.

Me quedé petrificada, sin dar crédito a lo que acababa de oír, y cuando por fin lo creí, me desmoroné por dentro, como una lata aplastada bajo las ruedas de un coche. No era estúpida, y no era ciega, y sabía que me diferenciaba en muchas cosas de Farrah Fawcett, de las chicas de las películas y de los carteles que los chicos colgaban en su habitación. Pero recordaba su mano sobre mi cabeza, la barba que me cosquilleaba las mejillas cuando me besaba. Yo era su hija, su niñita. En teoría, él me quería. Ahora pensaba que era fea. «No es una belleza...», pero ¿qué padre no cree que su niñita es guapa? Sólo que yo no era una niñita. Y supuse que ya no era su niñita.

Cuando miro mis fotos de aquella época (y sólo hay unas cuatro, comprensiblemente), veo una mirada de desesperación en mis ojos.

«Queredme, por favor», estoy suplicando, mientras intento esconderme tras una hilera de primos en un bar *mitzvah*, debajo de las burbujas del jacuzzi durante una fiesta en la piscina, con los labios dibujando una sonrisa dolorida, apretados sobre la ortodoncia, la cabeza hundida en el cuello, los hombros encorvados, intentando hacerme más baja, más pequeña. Intentando desaparecer.

Años después, en la universidad, cuando una amiga estaba contando algún horror de la infancia vivida en las afueras, intenté explicar cómo era mi padre.

—Era un monstruo —solté. Yo seguía la especialidad de Literatura Inglesa, era versada en Chaucer y Shakespeare, Joyce y Proust. Aún no había encontrado una palabra mejor.

La cara de mi amiga se puso muy seria.

—¿Abusaba de ti? —preguntó.

Estuve a punto de reír. Teniendo en cuenta que muchas conversaciones de mi padre conmigo giraban alrededor de lo fea, gorda y horrible que era yo, los abusos sexuales habrían sido lo último que hubiera esperado de él.

—¿Te maltrataba? —preguntó.

—Bebía demasiado —dije—. Nos abandonó.

Pero nunca me pegó. Nunca nos pegó a ninguno. De esta manera, habría sido más fácil. Habría podido ponerle un nombre, una etiqueta. Habrían existido leyes, autoridades, refugios, coloquios televisivos en que periodistas de porte grave hablaran de nuestros padecimientos, un reconocimiento de lo que habíamos sufrido para ayudarnos a superarlo.

Pero nunca levantó un dedo. Y a los trece o catorce años, yo no tenía palabras para lo que nos estaba haciendo. Ni siquiera sabía cómo empezar la conversación. ¿Qué habría dicho? «¿Es malo?» Malo significaba humillaciones, significaba no poder ver la tele después de cenar, no explicitaba el tipo de ataque verbal diario que mi padre lanzaba de manera rutinaria durante la cena, un recitado mordaz de los muchos aspectos en que yo no había conseguido estar a la altura de mis posibilidades, la ruta turística de los lugares donde había fracasado.

¿Quién me habría creído? Mi padre siempre era el encanto personificado para mis amigas. Recordaba sus nombres, los nombres de sus novios, preguntaba con cortesía sobre sus planes para el verano y el calendario de visitas a la universidad. No me habrían creído, y de haberlo hecho, habrían pedido explicaciones. Y yo carecía de explicaciones, de respuestas. Cuando estás en un campo de batalla, no gozas del tiempo suficiente para reflexionar sobre los diversos factores históricos y las influencias sociopolíticas que han provocado la guerra. Sigues con la cabeza agachada y tratas de sobrevivir, meter las páginas sueltas en el libro, cerrar la cubierta y fingir que nada se ha roto, que no pasa nada.

El verano anterior a mi último año de instituto, mi madre se fue un fin de semana a Martha's Vineyard con Lucy y Josh. Una amiga tenía una casa de alquiler, y ella ardía en deseos de salir de Avondale. Yo tenía mi primer empleo de verano, un trabajo de salvavidas en el club campestre local. Dije a mamá que me quedaría en casa, vigilaría a los perros, custodiaría el fuerte. Imaginé que todo iría bien. Tendría la casa para mí sola, agasajaría a mi novio de veintitrés años lejos de su ojo vigilante y haría lo que me diera la gana.

Durante los tres primeros días todo fue de perlas. Luego llegué a casa poco antes del amanecer de la cuarta mañana, y fue como si tuviera doce años de nuevo. Mi padre estaba en el dormitorio, con la maleta sobre la cama, las pilas de camisetas blancas y calcetines negros, tal vez los mismos, pensé, que se había llevado la otra vez.

Me los quedé mirando, y luego a él también. Mi padre me miró un largo momento. Después, suspiró.

—Llamaré —dijo— cuando tenga un número nuevo.

Me encogí de hombros.

—Como quieras —dije.

—¡No me hables así! —dijo. Odiaba que fuéramos descarados. Exigía respeto, incluso (sobre todo) cuando no lo merecía.

—¿Cómo se llama ella? —pregunté. Entornó los ojos.

—¿Por qué lo quieres saber?

Le miré, y no se me ocurrió ninguna respuesta. ¿Me imaginaba que cambiaba algo las cosas? ¿Tan importante era un nombre?

—Díselo a tu madre —empezó. Negué con la cabeza.

—Oh, no —dije—. No pienso hacer tu trabajo sucio. Si tienes algo que decir, díselo tú mismo.

Se encogió de hombros, como si no importara. Añadió algunas camisas más, un puñado de corbatas.

—Me alegro de que te marches. ¿Sabes una cosa? —dije. Alcé demasiado la voz en el silencio del amanecer—. Estaremos mejor sin ti.

Me miró, y después asintió.

—Sí, creo que tienes razón —dijo.

Siguió haciendo el equipaje. Yo volví a mi cuarto. Me tendí sobre la cama, la cama junto a la que mi padre me había leído, un millón de años antes, y cerré los ojos. De todos modos, lo había estado esperando. Sabía que sucedería. Pensé que sería como cuando cae la costra de una antigua herida, un pinchazo de dolor, una sensación de ausencia. Después, nada. Nada de nada. Se suponía que debería sentir eso, era lo único que deseaba sentir, pensé con furia, mientras me daba vueltas en la cama, intentando encontrar consuelo. Daba igual, me decía, una y otra vez. Pero no conseguía imaginar por qué estaba llorando.

Fui a Princeton porque él me lo dijo, en una de sus últimas intervenciones como figura paterna. Yo había querido ir a Smith. Me gustaba el campus, me gustaba el entrenador del equipo, me gustaba la idea de una escuela sólo para chicas, en que el objetivo sería aprender, donde podría ser tal como era, la típica gilipollas de finales de los ochenta con la nariz metida en un libro.

—Olvídalo —anunció mi padre en la mesa. Hacía seis meses que se había ido. Alojado en un nuevo suburbio, vivía en un edificio de apartamentos nuevo de trinca y reluciente, con una novia nueva de trinca y reluciente. Había accedido a comer con nosotros, cancelado la cita a continuación y cambiado dos veces el día—. No pienso enviarte a una universidad de bolleras.

—Larry —dijo mi madre, en voz baja y desesperanzada. Para entonces ya había perdido su buen humor y alegría habituales. Harían falta años (y Tanya) para que volviera a reír y sonreír con facilidad.

Mi padre no le hizo caso y me miró con suspicacia, el tenedor inmovilizado a mitad de camino de su boca.

—No serás bollera, ¿verdad?

—No, papá —dije—. En realidad, prefiero los tríos.

Masticó. Tragó. Se secó los labios con la servilleta.

—Eso significa dos personas más de las que yo pensaba que estarían interesadas en verte desnuda —replicó.

Princeton me había desagradado tanto como me había gustado Smith. El campus parecía el escenario de un experimento genético coronado con éxito: todo el mundo era rubio, elegante y perfecto, excepto las chicas morenas, que eran esbeltas, exóticas y perfectas. Durante el fin de semana que pasé allí no vi a una sola persona gorda, ni a nadie de piel defectuosa. Tan sólo hectáreas de pelo reluciente, dientes blancos y centelleantes, y cuerpos perfectos en prendas perfectas, distribuidos bajo los sauces perfectos que crecían bajo los edificios de piedra de un gótico perfecto.

Dije que sería desdichada. Mi padre dijo que no le importaba. Insistí. Mi padre dijo que o Princeton o nada. Y cuando ya me habían despachado a Campbell Hall, y había transcurrido el tiempo suficiente para que empezaran las clases y me robaran la bicicleta de montaña regalo de graduación, el divorcio fue definitivo y mi padre desapareció, dejándonos con una factura de matrícula, de la cual había pagado lo suficiente para impedir que me fuera a otra parte. Así que dejé el equipo (lo cual no significó ninguna pérdida para mí, ni para el equipo, sospecho, puesto que yo había ganado los obligatorios siete kilos de todo estudiante de primero, más los siete kilos que mi compañera de cuarto tendría que haber engordado, pero que se ahorró gracias a su diligente bulimia) y había conseguido un empleo en el Departamento de Servicios Alimentarios, conocido afectuosamente como Deseal por sus empleados.

Si, en teoría, los años de universidad son los mejores de tu vida, estoy en condiciones de afirmar que pasé los mejores años de mi vida con una redecilla para el cabello, sirviendo huevos revueltos reconstituidos y beicon fláccido, cargando platos sucios en la correa transportadora, pasando el mocho a los suelos, mirando a mis compañeras de clase de reojo y pensando que se sentían mucho más guapas, elegantes y a gusto en su piel que yo en la mía. Todas exhibían peinados mejores. Y todas eran delgadas. Cierto, muchas eran delgadas porque se metían

los dedos hasta la campanilla después de cada comida, pero en algunos
momentos parecía un precio barato por poseer todo cuanto una mujer
podía desear: cerebro, belleza y la posibilidad de comer helado y pasteles de cereza sin engordar ni un gramo.

«Buen cabello» fue el primer artículo que escribí para el periódico alternativo del campus. Yo era una novata, y la redactora jefe, una
alumna de penúltimo año llamada Gretel, con un corte de pelo para-
militar, me pidió que escribiera más. En segundo, ya era columnista.
En penúltimo era escritora fija, y pasaba todas las horas que no estaba
trabajando de camarera o manejando un mocho, en las polvorientas y
atestadas oficinas del *Nassau Weekly*, en Aaron Burr Hall, y ya había
decidido que era eso lo que quería hacer en la vida.

Escribir me permitía escapar. Me permitía escapar de Princeton, donde todo el mundo era chic y elegante, y en el caso del tío que
habitaba al final del pasillo, el futuro gobernador de un principado de
Oriente Medio. Me permitía escapar del insistente tirón de mi familia y de su progresiva desdicha. Escribir era como zambullirse en el
mar, un lugar donde me podía mover con más facilidad, donde podía
ser elegante, juguetona, y visible e invisible a la vez, una firma, no
un cuerpo. Sentada delante del ordenador, con la pantalla en blanco
y el cursor parpadeando, era la mejor forma de escapar que conocía.

Y había muchas cosas de las que escapar. Durante los cuatro años que
estuve en Princeton, mi padre se volvió a casar y tuvo dos hijos más,
Daniel y Rebecca. Tuvo el morro de enviarme fotos y anunciarme los
nacimientos. ¿Pensaba que iba a ser feliz cuando viera sus caritas arru-
gadas de bebé y las diminutas pisadas de bebé? Me sentó como una patada. No se trataba de que mi padre no quisiera tener hijos, comprendí con tristeza. Era que no nos había deseado.

Mi madre volvió a trabajar, y sus llamadas telefónicas semanales
contenían toda clase de quejas sobre el hecho de que las escuelas, y los
niños, habían cambiado desde que consiguió su diploma. El trasfondo
era claro: ésta no era la vida por la que había firmado. Esto no era lo
que había esperado tener a los cincuenta años, vivir de la pensión de di-

vorcio y lo que la Junta de la escuela local pagaba a las sustitutas permanentes.

Entretanto, Lucy había tirado la toalla después de su primer año en el colegio de Boston y vivía en casa, asistía a la universidad de la comunidad de vez en cuando y se especializaba en hombres inadecuados. Josh pasaba tres horas al día en un gimnasio, y levantaba pesas con tanta frecuencia que su torso parecía hinchado, y había dejado de hablar casi por completo, salvo una serie de gruñidos tonales y el ocasional «lo que sea».

—Acaba la carrera —decía mi madre en tono de cansancio, después de recitar por enésima vez que los cheques de mi padre llegaban con retraso, que su coche se había averiado o que mi hermana hacía dos noches seguidas que no dormía en casa—. Acaba de una vez. Saldremos adelante.

Por fin llegó el junio de mi graduación.

A excepción de un puñado de comidas tensas durante el verano y las vacaciones de Navidad, no había visto a mi padre. Enviaba felicitaciones de cumpleaños (por lo general puntuales) y cheques por la matrícula (casi siempre con retraso), que acostumbraban a ser por la mitad de lo que correspondía. Yo me sentía como si me hubiera convertido en un ítem más de su lista de deberes. No esperaba que acudiera a mi graduación. Nunca pensé que le importara. Pero llamó una semana antes de la tan anhelada fecha, y dijo que iba a venir. Él y su nueva esposa, a la que yo no conocía.

—No estoy segura... No creo... —tartamudeé.

—Cannie —dijo—. Soy tu padre. ¡Y Christine nunca ha visto Princeton!

—Pues dile a Christine que le enviarás una postal —dijo con amargura mi madre. Me había dado miedo confesar a mi madre que él estaría presente, pero no se me ocurría la manera de prohibirle que viniera. Había dicho las palabras mágicas, las palabras bolita. *Soy tu padre.* Después de todo (su distanciamiento, su deserción, la nueva esposa y los nuevos hijos), por lo visto yo aún estaba hambrienta de su amor.

Mi padre, seguido de su nueva mujer y sus nuevos hijos, llegó durante la recepción del Departamento de Literatura Inglesa. Yo había ganado un pequeño premio por escritura creativa, pero llegaron demasiado tarde para oír cuando me llamaban. Christine era una cosa diminuta, de cuerpo tonificado por el aeróbic y una permanente rubia. Los niños eran adorables. Mi vestido de flores Laura Ashley me había parecido estupendo en la habitación. Ahora parecía una funda, pensé con abatimiento. Y yo parecía el sofá.

—Cannie —dijo mi padre, mientras me miraba de arriba abajo—, veo que la cocina de la universidad te gusta.

Apreté mi estúpida placa contra mí.

—Muchas gracias —dije. Mi padre miró a su mujer y puso los ojos en blanco, como diciendo, «es increíble lo susceptible que es».

—Te estaba tomando el pelo —dijo, y sus adorables hijos me miraron como si fuera un animal en un zoo.

—Yo, hum, os he comprado entradas para la ceremonia.

No dije que había tenido que suplicar, pedir prestados y pagar por fin cien dólares que no me podía permitir por las entradas. Se entregaban cuatro a cada futuro graduado. La administración de Princeton aún no había previsto alojamiento para aquellos de nosotros que cargábamos con familias reconstruidas, que incluían madrastras, padrastros, nuevos hermanastros y similares.

Mi padre meneó la cabeza.

—No será necesario. Nos vamos por la mañana.

—¿Os vais? —repetí—. ¡Pero os perderéis la graduación!

—Tenemos entradas para Sesame Place —gorjeó su diminuta esposa, Christine—. Por los niños.

—¡Sesame Place! —repitió la niña con énfasis.

—Princeton nos venía de paso.

—Eso es..., hum..., estupendo. —Tuve que reprimir las lágrimas. Me mordí el labio con la mayor fuerza posible, y apreté la placa contra mí con tal fuerza que durante unos días tuve un morado de veinte por treinta en el estómago—. Gracias por pasar.

Mi padre asintió, y se movió como si fuera a abrazarme, pero se limitó a aferrar mis hombros y sacudirme como hacen los entrenadores a los deportistas que han estado por debajo de sus posibilidades, como diciendo «ánimo, chaval».

—Felicidades —dijo—. Estoy muy orgulloso de ti.

Pero cuando me besó, sus labios ni siquiera tocaron mi piel, y supe que durante todo ese rato sus ojos habían estado clavados en la puerta.

Conseguí sobrevivir a la ceremonia, al desmantelamiento de mi dormitorio, al largo viaje de vuelta a casa. Colgué el diploma en la pared de mi habitación e intenté decidir qué haría a continuación. La escuela universitaria de graduados no era posible. Pese a todos aquellos desayunos que había servido, todos aquellos pedazos de beicon baboso y huevos revueltos, todavía debía unos veinte mil dólares. No podía pedir prestado más dinero. Por consiguiente, me sometí a entrevistas de trabajo con el puñado de humildes periódicos que estaban dispuestos a contratar a una graduada sin experiencia real, en plena recesión, y pasé el verano conduciendo de una punta a otra del noreste en la furgoneta de tercera mano que había comprado con parte de mi dinero. Cuando cargué el coche para dirigirme a mis entrevistas, me hice una promesa: no volvería a ser la rata de mi padre. Iba a alejarme de la palanca de las bolitas. Él sólo podía aportarme desdicha, y yo ya no necesitaba más infelicidad en mi vida.

Mi hermano me dijo que nuestro padre se había mudado al oeste, pero no pedí detalles, y nadie me los dio. Diez años después del divorcio, ya no tenía que pagar pensión a su mujer ni a sus hijos. Los cheques dejaron de llegar. Al igual que las tarjetas de felicitación de cumpleaños, o algún reconocimiento de que todavía existíamos. Lucy se graduó, y cuando Josh envió una postal anunciando la suya, se la devolvieron. Nuestro padre se había vuelto a mudar, por lo visto, sin decirnos adónde.

—Podríamos localizarle por Internet o algo por el estilo —dije. Josh me traspasó con la mirada.

—¿Para qué?

No se me ocurrió ninguna respuesta. Si le localizábamos, ¿vendría? ¿Le importaría? Probablemente no. Los tres nos mostramos de acuerdo en dejarlo correr. Si nuestro padre quería desaparecer, allá él.

Y entramos en la veintena sin él. Josh superó su miedo a las alturas y pasó un año y medio viajando de una estación de esquí a otra, y Lucy se largó una breve temporada a Arizona con un tío que, según ella, había sido jugador de hockey profesional. Como prueba, le animó a quitarse la dentadura postiza en mitad de la comida para demostrar que le faltaban todos los dientes.

Y eso fue todo, más o menos.

Sabía que la relación con mi padre (sus insultos, sus críticas, sus insinuaciones de que era defectuosa y deforme) me había hecho daño. Había leído suficientes artículos de autoayuda en revistas femeninas para saber que no sobrevives ilesa a esas crueldades. Cada vez que me gustaba un hombre, me autoexaminaba con cautela. ¿De veras me gustaba ese editor, o sólo estaba buscando un padre?, me preguntaba. ¿Quiero a este tipo, o sólo creo que no me abandonará jamás, como hizo mi padre?, me preguntaba.

¿Adónde me había llevado tanta cautela?, me pregunté. Estaba sola. Un hombre que me había apreciado lo bastante para querer tenerme en su familia había muerto, y yo ni siquiera sabía expresar mi pesar de la manera apropiada. Y ahora que era posible, incluso probable, que Bruce hubiera llegado a un momento de su vida en que fuera capaz de comprenderme, de sentir compasión por lo que yo había sufrido gracias a su propia experiencia, ni siquiera me dirigía la palabra. Se me antojaba la broma más cruel, como si hubieran quitado de un tirón la alfombra que pisaba, en otras palabras, tal como mi padre me había hecho sentir, una vez más.

7

Las básculas del Centro de Trastornos Alimentarios de la Universidad de Filadelfia parecían carretillas de carne. Las plataformas eran cuatro veces más grandes que las básculas normales, rodeadas de barandillas. No era difícil sentirse como ganado cuando subías para pesarte, como me ocurría cada dos semanas desde septiembre.

—Esto es muy peculiar —dijo el doctor K., mientras miraba la pantalla digital de la báscula—. Has perdido cuatro kilos.

—No puedo comer —musité.

—Quieres decir que comes menos —contestó.

—No, quiero decir que cada vez que me meto algo en la boca, vomito.

Me miró fijamente y luego desvió la vista hacia la báscula. La cifra era la misma.

—Vamos a mi despacho —sugirió.

Se repitió la escena: yo en la silla, él detrás del escritorio, mi expediente, cada vez más grueso, abierto delante de él. Estaba más bronceado que la última vez, y hasta era posible que más delgado, flotando en su bata blanca. Habían pasado seis semanas desde la última vez que había visto a Bruce, y las cosas no iban como yo había esperado.

—La mayoría de pacientes ganan peso antes de que empecemos con la sibutramina —dijo—. Es una especie de último hurra. Por lo tanto, tal como he dicho, esto es muy peculiar.

—Ha pasado algo —dije.

Me miró fijamente.

—¿Otro artículo?

—El padre de Bruce murió. Bruce, mi novio..., ex novio. Su padre murió el mes pasado.

El hombre miró sus manos, el expediente, y luego, al fin, posó los ojos en mí.

—Lo siento.

—Me llamó... y me lo dijo... y me pidió que fuera al funeral..., pero no me dejó quedarme. No dejó que me quedara con él. Fue tan espantoso..., y tan triste..., y el rabino dijo que el difunto iba a jugueterías, y yo me sentí tan mal...

Parpadeé para reprimir las lágrimas. El doctor K. me tendió una caja de Kleenex sin decir palabra. Se quitó las gafas y apretó el puente de su nariz con dos dedos.

—Soy una mala persona —solté. Él me dirigió una mirada bondadosa.

—¿Por qué? ¿Porque rompiste con él? Qué tontería. ¿Cómo podías saber que iba a pasar eso?

—No, ya sé que no podía. Pero ahora, es como... Lo único que deseo es estar con él, y quererle, y él no me deja, y yo me siento tan... sola...

El médico suspiró.

—El fin de una relación siempre es duro. Aunque nadie muera, aunque la separación sea de mutuo acuerdo, y no haya un tercero en discordia. Incluso si eres tú la que da el primer paso. Nunca es fácil. Siempre hace daño.

—Tengo la sensación de haber cometido una gigantesca equivocación. De no haber pensado bien las cosas. Creía saber... cómo sería estar separada de él. Pero no era cierto. No podía. Nunca imaginé algo como esto. Lo único que hago es echarle de menos...

Tragué saliva, con otro sollozo entrecortado. No podía explicarlo. Toda la vida esperando al tío que me conquistara, que comprendiera mi dolor. Creía saber lo que era el dolor, pero ahora sabía que nunca me había sentido tan mal.

El médico concentró sus ojos en un punto de la pared situado sobre mi cabeza mientras yo lloraba. Después abrió un cajón, sacó una libreta y empezó a escribir.

—¿Estoy expulsada del curso? —pregunté.

—No —dijo—. Tendrás que volver a comer antes de que pase mucho tiempo, por supuesto, pero creo que sería una buena idea que fueras a hablar con alguien.

—Oh, no —dije—. Terapia no.

Me dirigió una sonrisa torcida.

—¿Intuyo cierta antipatía?

—No, no tengo nada contra eso, pero sé que no me servirá de nada. Afronto la situación de una manera realista. Cometí una enorme equivocación. No estaba segura de que le quisiera lo suficiente, y ahora sé que sí, y su padre ha muerto y él ya no me quiere. —Enderecé la espalda y sequé mi cara—. Pero aún quiero hacer esto. De veras. Quiero sentirme bien haciendo algo. Quiero sentir que estoy haciendo algo bien.

Me sentó de nuevo en la mesa de examen, y ató con movimientos delicados un tubo de goma alrededor de mi bíceps, y luego dijo que cerrara la mano. Aparté la vista cuando clavó la aguja, pero lo hizo con tal destreza que apenas me di cuenta. Los dos miramos el frasco de cristal que se llenaba de mi sangre. Me pregunté en qué estaría pensando.

—Casi hemos terminado —dijo en voz baja, antes de extraer la aguja y apretar un trozo de gasa contra la herida.

—¿Me va a dar un caramelo? —bromeé. Lo que me dio fue una tirita, y el pedazo de papel en que había escrito dos nombres y dos números de teléfono.

—Toma —dijo—. Por cierto, Cannie, has de comer, y si descubres que no puedes, llámanos, y en ese caso sugiero que llames a uno de estos asesores.

—Soy tan enorme que, ¿cree de verdad que unos pocos días más de ayuno van a matarme?

—No es saludable —dijo muy serio—. Puede producir un efecto adverso en tu metabolismo. Sugiero que empieces con cosas fáciles... Tostadas, plátanos, gaseosa baja en calorías.

En el vestíbulo me entregó un fajo de papeles de unos ocho centímetros de grosor.

—Sigue haciendo ejercicio —dijo—. Te ayudará a sentirte mejor.

—Habla como mi madre —dije, y metí todo en el bolso.

—Cannie. —Apoyó una mano sobre mi brazo—. No te lo tomes tan a pecho.

—Lo sé —dije—, pero ojalá las cosas fueran diferentes.

—Todo irá bien —me dijo con firmeza—. Y...

Enmudeció. Parecía incómodo.

—¿Te acuerdas cuando dijiste que eras una mala persona?

—Oh —dije, avergonzada—. Lo siento. Es esta tendencia a ponerme un poco melodramática.

—No, no. Está bien. Sólo quería decirte...

Las puertas del ascensor se abrieron, y la gente que había dentro me miró. Yo miré al médico y retrocedí.

—No lo eres —dijo—. Nos veremos en clase.

Fui a casa y me arrojé sobre el teléfono. El único mensaje era de Samantha.

—Hola, Cannie, soy Sam... No, no soy Bruce, de modo que quítate esa expresión patética de la jeta y llámame si te apetece ir a dar un paseo. Te invitaré a café helado. Será fantástico. Mejor que un novio. Adiós.

Colgué el teléfono, y lo descolgué en cuanto empezó a sonar. Tal vez esta vez sea Bruce, pensé.

Era mi madre.

—¿Dónde has estado? —preguntó—. Te he estado llamando sin parar.

—No dejaste ningún mensaje —señalé.

—Sabía que te pillaría tarde o temprano. ¿Cómo va todo?

—Oh, ya sabes...

Me callé. Mi madre se había esforzado desde la muerte del padre de Bruce. Había enviado una tarjeta a la familia y hecho una donación al templo. Me había llamado cada noche, e insistido en que fuera a las series de la liguilla de softball y viera a las Switch Hitters derrotar a Nine Women Out. Era una atención de la que habría podido pasar, pero sabía que su intención era buena.

—¿Caminas? —preguntó—. ¿Montas en bicicleta?

—Un poco —suspiré.

Recordé que Bruce se quejaba de que pasar el tiempo en mi casa se parecía más a una sesión de entrenamiento de triatlón que a unas vacaciones, porque mi madre siempre estaba intentando organizar una caminata, una excursión en bicicleta, un partido de baloncesto en el Centro Judío, donde inspeccionaba los progresos de mi hermano, mientras yo sudaba en una StairMaster y Bruce leía la sección de deportes en el salón social.

—Voy a dar un paseo —dije—. Saco a *Nifkin* cada día.

—¡Eso no es suficiente, Cannie! Deberías venir a casa. Vendrás por el Día de Acción de Gracias, ¿verdad? ¿Vendrás el miércoles?

Huy. El Día de Acción de Gracias. El año pasado, Tanya había invitado a otra pareja, ambas mujeres, por supuesto. Una de ellas no tocaba la carne, y se refería a los heterosexuales como «sementales», mientras que su novia, cuyo corte de pelo y anchos hombros la dotaban de un singular parecido con mi ligue del baile de fin de curso, no se había movido de su lado, con expresión avergonzada, y luego desapareció en el salón, donde la encontramos horas después viendo un partido de fútbol americano. Tanya, cuya adicción al Marlboro había aniquilado sus papilas gustativas, se pasó toda la comida yendo de la cocina a la mesa, trayendo un cuenco tras otro de guarniciones requemadas, recocidas y saladas en exceso, más hamburguesas de tofu para los vegetarianos. Josh se había largado el jueves por la noche, murmurando algo sobre los exámenes finales, y Lucy pasó todo el rato colgada del teléfono con un misterioso amigo, el cual, como averiguamos más tarde, estaba casado y le llevaba veinte años.

—Nunca más —susurré a Bruce aquella noche, mientras intentaba encontrar una postura cómoda en el sofá lleno de bultos, al tiempo que *Nifkin* temblaba detrás de un altavoz estéreo. El telar de Tanya ocupaba el espacio que antes había albergado mi cama, y siempre que íbamos a casa yo tenía que acampar en la sala de estar. Además, sus dos malvadas gatas, *Gertrude* y *Alice*, se turnaban en acosar a *Nif.*

—¿Por qué no vienes a casa a pasar el fin de semana? —preguntó mi madre.

—Estoy ocupada —contesté.

—Estás obsesionada —corrigió—. Apuesto a que estás ahí sentada, leyendo viejas cartas de amor de Bruce, con ganas de que yo cuel-
gue por si él llama.

Maldición. ¿Cómo lo hace?

—No —dije—. Tengo espera de llamada.

—Eso es tirar el dinero. Escucha, Cannie, es evidente que está furioso contigo. No va a volver corriendo...

—Soy consciente de eso —dije con frialdad.

—Entonces, ¿cuál es el problema?

—Le echo de menos.

—¿Por qué? ¿Qué echas tanto de menos?

No dije nada por un momento.

—Déjame preguntarte algo —dijo mi madre con suavidad—.
¿Has hablado con él?

—Sí. Hablamos.

La verdad era que me había desmoronado y le había llamado dos
veces. Ambas llamadas habían durado menos de cinco minutos, y las
dos habían terminado cuando él dijo, con mucha educación, que necesitaba hacer algo.

Mi madre insistió.

—¿Él te ha llamado?

—No mucho. No exactamente.

—¿Quién termina las llamadas? ¿Tú o él?

Esto se estaba poniendo peligroso.

—Veo que has retomado la costumbre de dar consejos heterosexuales.

—Tengo permiso —dijo mi madre alegremente—. Bien, ¿quién
cuelga el teléfono?

—Depende —mentí. En realidad, era Bruce. Siempre Bruce. Era
lo que Sam había dicho. Yo era patética, y lo sabía, y no podía evitarlo,
lo cual era todavía peor.

—Cannie —dijo—, ¿por qué no le dejas en paz una temporada?
Concédete una tregua a ti también. Ven a casa.

—Estoy ocupada —objeté, pero noté que empezaba a flaquear.

—Haremos galletas en el horno. Iremos a dar largos paseos. Haremos excursiones en bicicleta. Tal vez viajemos a Nueva York a pasar un
día...

—Con Tanya, por supuesto.

Mi madre suspiró.

—Cannie —dijo—, sé que no te cae bien, pero es mi compañera... ¿No puedes intentar ser amable?

Medité.

—No. Lo siento.

—Podemos estar algunos ratos a solas como madre e hija, si lo prefieres así.

—Tal vez —dije—. Estoy ocupada, y he de ir a Nueva York el próximo fin de semana. ¿No te lo había dicho? Entrevisto a Maxi Ryder.

—¿De veras? Estaba estupenda en esa película escocesa.

—Se lo diré.

—Escucha, Cannie. No le vuelvas a llamar. Dale tiempo.

Sabía que tenía razón, por supuesto. Porque, *a)* yo no era estúpida, y *b)* me lo había dicho Samantha, y todos los amigos y conocidos enterados de la situación, y probablemente me lo habría dicho también *Nifkin*, en el caso de que pudiera hablar. Pero no podía evitarlo. Me había convertido en alguien a quien habría compadecido en otra vida, alguien que buscaba señales, que analizaba pautas, que desmenuzaba cada palabra de una conversación a la caza y captura de significados ocultos, señales secretas, el trasfondo que decía: «Sí, aún te quiero, pues claro que aún te quiero».

—Me gustaría verte —le dije con timidez, durante la Conversación de Cinco Minutos número 2. Bruce suspiró.

—Creo que deberíamos esperar —dijo—. No quiero volver al redil a las primeras de cambio.

—Pero, ¿nos veremos en algún momento? —pregunté, con una voz apenas audible indigna de mí, y volvió a suspirar.

—No lo sé, Cannie. No lo sé.

Pero un «no lo sé» no era un «no», razoné, y en cuanto tuviera la oportunidad de estar con él, de decirle cuánto lo sentía, de demostrarle lo mucho que podía darle, lo mucho que deseaba estar de nuevo con él..., bien, me aceptaría de nuevo. Pues, claro que sí. ¿Acaso no había sido él el primero en decir «te quiero» tres años atrás, cuando nos abrazamos en mi cama? ¿Y no era él quien siempre hablaba de matrimonio, siempre se detenía en nuestros paseos para admirar bebés, siempre me desviaba hacia los escaparates de las joyerías cuando paseábamos por Sansom Street, me besaba el dedo anular y me aseguraba que siempre estaríamos juntos?

Era inevitable, intentaba decirme. Es una simple cuestión de tiempo.

—Déjame preguntarte algo —empecé.

Andy, el crítico de gastronomía, se enderezó las gafas sobre la nariz y murmuró en su manga.

—Las paredes están pintadas de verde claro, con molduras doradas —dijo en voz baja—. Muy francés.

—Es como estar dentro de un huevo de Fabergé —comenté, mientras paseaba la vista a mi alrededor.

—Como estar dentro de un huevo de Fabergé —repitió Andy. Oí un clic apenas audible cuando desconectó la grabadora oculta en su bolsillo.

—Explícame cómo sois los hombres —dije.

—¿Podemos elegir nuestros platos antes? —replicó Andy. Era nuestro trato habitual: primero la comida, y después mis preguntas sobre los hombres y la vida conyugal. Hoy íbamos a probar la última crepería inaugurada en vistas a una posible crítica.

Andy examinó la carta.

—Me interesan el paté, los caracoles, las verduras con pera y gorgonzola tibio, y el hojaldre con setas, como entrantes —ordenó—. Tú puedes elegir la crep que más te guste como plato principal, excepto la de queso.

—¿Ellen? —conjeturé.

Andy asintió. Por una de esas supremas ironías de la vida, la mujer de Andy, Ellen, poseía el paladar menos aventurero de todos los tiempos. Evitaba salsas, especias, la mayoría de cocinas étnicas, y siempre analizaba las cartas con el ceño fruncido, a la búsqueda desesperada de cosas como pechugas de pollo al horno, o purés de patatas que no llevaran trufa, ajo ni elementos extraños. Su velada ideal, me confesó en una ocasión, consistía en películas de alquiler y *waffles* congelados «con esa especie de jarabe que no lleva nada de arce». Andy la adoraba..., incluso cuando fastidiaba sus comidas de trabajo pidiendo otra ensalada César o pescado a la plancha.

El camarero se acercó para llenar nuestras copas de agua.

—¿Alguna duda? —preguntó, arrastrando las palabras.

A juzgar por sus modales espontáneos, más la pintura azul incrustada bajo sus uñas, lo clasifiqué como camarero de día, artista de noche. Parecía poseído por una indiferencia gigantesca, suprema, inasequible al desaliento. *Presta atención,* intenté comunicarle por telepatía. No lo logré.

Yo pedí los caracoles y la crep de gambas, tomate y espinacas a la crema. Andy eligió el paté y la ensalada, y una crepe con setas, queso de cabra y almendras tostadas. Pedimos una copa de vino blanco para cada uno.

—Bien —dijo Andy, mientras el camarero se alejaba en dirección a la cocina—, ¿en qué puedo ayudarte?

—¿Cómo es posible que ellos...? —empecé. Andy levantó la mano.

—¿Estamos hablando en abstracto o en concreto?

—Se trata de Bruce —confesé.

Andy puso los ojos en blanco. Bruce no le caía nada bien..., desde la primera y última comida profesional a la que había acudido. Bruce era todavía peor que Ellen. «Un maníaco vegetariano —me había comunicado Andy al día siguiente, en el trabajo—, es la peor pesadilla de un crítico de gastronomía.» Encima de no encontrar nada que le apeteciera, Bruce había logrado inclinar tanto la carta hacia la vela de nuestra mesa que le prendió fuego, lo cual provocó que tres camareros y el sumiller vinieran al rescate de Andy, al cual encerraron en el lavabo de caballeros para preservar su anonimato. «Es difícil pasar inadvertido —indicó con cautela al día siguiente— cuando te rocían con un extintor de incendios.»

—Sólo quiero saber —dije—, o sea, lo que no entiendo...

—Escúpelo, Cannie —me azuzó Andy.

El camarero volvió, depositó mis caracoles delante de Andy, el paté de Andy delante de mí, y se marchó a toda prisa.

—Perdón —le llamé—. ¿Podría traerme un poco más de agua, por favor, cuando tenga tiempo?

Todo el cuerpo del camarero pareció que suspirara cuando cogió la jarra.

Una vez llenas nuestras copas, Andy y yo nos cambiamos los platos, y yo esperé a que describiera y probara el plato antes de continuar.

—Bien, es como si, de acuerdo, ya sé que fui yo quien quiso tomarse un respiro, y ahora le echo de menos, y este dolor...

—¿Es un dolor agudo y puntual, o sordo y constante?

—¿Te estás burlando de mí?

Andy me miró a los ojos, sus ojos castaños desorbitados e inocentes detrás de sus gafas con montura de oro.

—Bien, tal vez un poco —dijo por fin.

—Me ha olvidado por completo —gruñí, mientras pinchaba un caracol—. Como si nunca le hubiera importado..., como si yo no hubiera significado nada para él.

—Estoy confuso —dijo Andy—. ¿Quieres que vuelva, o sólo estás preocupada por tu herencia?

—Ambas cosas. Sólo quiero saber... —Tragué un sorbo de vino para reprimir las lágrimas—. Sólo quiero saber que he significado algo.

—El que esté actuando como si no hubieras significado nada no quiere decir que sea cierto —razonó Andy—. Es puro teatro.

—¿Tú crees?

—Ese tío te adoraba —dijo Andy—. No fingía.

—Pero ¿por qué ni siquiera quiere hablar conmigo ahora? ¿Cómo puede ser tan...?

Acuchillé el aire con una mano para indicar un final violento y terminante.

Andy suspiró.

—Para algunos tíos, es así.

—¿Para ti lo es? —pregunté.

Pensó unos momentos, y luego asintió.

—Para mí, cuando algo acababa, era para siempre.

Vi por encima de su hombro que nuestro camarero se acercaba..., nuestro camarero, más otros dos camareros, seguidos por un hombre moreno de aspecto angustiado que llevaba un delantal sobre el traje. El encargado, supuse. Lo cual significaba aquello que Andy más temía: alguien le había reconocido.

—¡Monsieur! —empezó el hombre del traje, mientras nuestro camarero servía nuestros segundos, otro llenaba nuestras copas de agua y un tercero limpiaba las escasas migas de nuestra mesa—. ¿Está todo a su gusto?

—Todo bien —dijo Andy con voz débil, mientras Camarero Uno colocaba cubiertos nuevos junto a nuestros platos, Camarero Dos disponía mantequilla y pan en el centro de la mesa, y Camarero Tres se apresuraba a encender la vela.

—Avísenos si necesita algo, por favor. ¡Lo que sea! —concluyó el encargado.

—Lo haré —dijo Andy, mientras los tres camareros se ponían en fila y nos miraban, con aspecto angustiado y algo resentido, antes de retroceder hasta las esquinas del restaurante, desde las cuales no dejaron de observar todos nuestros movimientos.

A mí me dio igual.

—Creo que he cometido un error —dije—. ¿Has roto alguna vez con alguien, y pensado después que te habías equivocado?

Andy negó con la cabeza, y me ofreció sin palabras un pedazo de su crep.

—¿Qué debería hacer?

Masticó, con aspecto pensativo.

—No sé si son setas naturales. Podrían ser de lata, o congeladas.

—Estás cambiando de tema —gruñí—. Eres... Oh, Dios. Soy un coñazo, ¿verdad?

—Nunca —dijo Andy con lealtad.

—Sí que lo soy. Me he convertido en una de esas horribles personas que hablan siempre de su ex novio, hasta que nadie las aguanta y se quedan más solas que la una...

—Cannie...

—... y empiezan a beber solas, y hablan con sus animales domésticos, cosa que yo hago, por cierto... Oh, Dios —dije, y fingí a medias que me derrumbaba sobre el plato de pan—. Qué desastre.

El encargado se acercó a toda prisa.

—¡Madame! —exclamó—. ¿Se encuentra bien?

Me enderecé, y sacudí migas de pan de mi jersey.

—No pasa nada —dije. El hombre se alejó, y yo me volví hacia Andy—. ¿Desde cuándo me he convertido en una madame? —pregunté con pesar—. Juro que la última vez que fui a un restaurante francés, me llamaron mademoiselle.

—Ánimo —dijo Andy, y me pasó los restos del paté—. Vas a encontrar a alguien mucho mejor que Bruce, y no será vegetariano, y serás feliz, y yo seré feliz, y todo irá de maravilla.

8

Lo intenté, pero estaba tan ensimismada en mi desdicha que me resultaba difícil hasta trabajar. Esto es lo que pensaba mientras iba sentada en un tren de cercanías camino de Nueva York y Maxi Ryder, la coprotagonista, de famosos bucles y sonados fracasos amorosos, del drama romántico del año pasado, nominado al Oscar, *Temblores*, en el que interpretaba a una brillante cirujana plástica que sucumbe al final a la enfermedad de Parkinson.

Maxi Ryder era inglesa, de veintisiete o veintinueve años, según la revista a la que creyeras, y había sido conocida, a principios de su carrera, como una especie de patito feo, hasta que gracias al milagro de una dieta rigurosa, el método Pilates y el sistema llamado la Zona (además, se susurraba, de una discreta cirugía plástica) había conseguido transformarse en un cisne de talla treinta y ocho. De hecho, había tenido la talla treinta y ocho desde el principio, además de belleza, pero había engordado diez kilos para el papel que la lanzó al estrellato en una película extranjera titulada *Posición avanzada*, encarnando a una tímida colegiala escocesa que vive una tórrida relación con la directora de su colegio. Cuando la película llegó a Estados Unidos, había adelgazado los diez kilos, teñido su pelo de castaño rojizo, despedido a su mánager inglés, fichado por la agencia más importante de Hollywood, fundado la inevitable productora (Maxi'd Out, la había llamado) y aparecido en un número extraordinario de *Vanity Fair* dedicado a las casas de las estrellas, ataviada tan sólo con una boa de plumas negras, aovillada seductoramente bajo el titular «La cabaña de Maxi». Maxi, en pocas palabras, había triunfado.

Pero, pese a todo su talento y belleza, continuaban dejando plantada a Maxi Ryder, de las formas más públicas que os podáis imaginar.

Había hecho el típico número veinteañero de toda estrella en ciernes que se preciara, popularizado por Julia Roberts y practicado por la generación siguiente, el cual consistía en enamorarse de sus compañeros de rodaje. Pero mientras Julia los arrastraba hacia el altar, la pobre Maxi acababa con el corazón destrozado, una y otra y otra vez. Y no ocurría con discreción. El ayudante de dirección del que se había prendado en *Posición avanzada* apareció en los Globos de Oro dándose el pico con una de las chicas de *Los vigilantes de la playa*. Su partenaire de *Temblores* (el mismo con el que había compartido media docena de tórridas escenas de amor, donde la química entre los dos era tan palpable que empapaban tus palomitas) le había dado la buena nueva, y al resto del mundo de paso, durante una entrevista para el programa de Barbara Walters *Las diez personas más fascinantes*. Y el rockero de diecinueve años con el que se había liado por despecho, se había casado en Las Vegas dos semanas después de conocer a una mujer que no era Maxi.

«Es un milagro que siga concediendo entrevistas», me había dicho la semana anterior Roberto, el publicista de Midnight Oil. Midnight Oil era una firma de relaciones públicas de Nueva York muy pequeña, algo oscura, a muy considerable distancia de las grandes agencias con las que Maxi trataba, pero entre *Posición avanzada* y *Temblores* había pasado seis semanas en Israel rodando una película de escaso presupuesto, una pieza de época sobre un *kibbutz* durante la Guerra de los Seis Días..., y las películas de bajo presupuesto solían contratar a agencias publicitarias modestas, y ahí fue donde Roberto entró.

El soldado de los seis días no habría llegado a las pantallas de Estados Unidos de no ser por la nominación al Oscar que Maxi había conseguido por *Temblores*. Y Maxi no habría hecho publicidad para la película de no ser porque había firmado un contrato antes de triunfar, lo cual significaba que había accedido a que le pagaran una miseria y a hacer propaganda de la película «del modo que los productores consideren apropiado».

Ni que decir tiene que los productores olfatearon la oportunidad de contar con un enorme fin de semana de estreno, gracias al tirón comercial de Maxi. Enviaron un avión a Australia, donde estaba rodando, para recogerla, la alojaron en el ático del Regency, en el Upper East Side, e invitaron a lo que Roberto describió como «un grupo selecto de reporteros», con el fin de que disfrutaran de veinte minutos de audiencia con ella. Y Roberto, bendito sea su corazón leal, me llamó a mí en primer lugar.

—¿Te interesa? —me preguntó.

Pues claro que sí, y Betsy se emocionó, como suele pasar cuando los directores de un diario se encuentran con una bicoca en las manos, aunque Gabby gruñó algo acerca de triunfadores efímeros y similares.

Yo era feliz. Roberto era feliz. Entonces, la jefa de publicidad de Maxi hizo acto de aparición.

Yo estaba absorta en lúgubres pensamientos ante mi escritorio, contando los días transcurridos desde la última vez que Bruce y yo habíamos hablado (diez), la duración en minutos de la conversación (cuatro) y cavilando sobre la posibilidad de concertar una cita con una numeróloga, para saber si el futuro nos deparaba algo bueno para ambos, cuando el teléfono sonó.

—Soy April, de NGH —dijo una voz ronca al otro extremo de la línea—. Tenemos entendido que está usted interesada en hablar con Maxi Ryder.

¿Interesada?

—La entrevisto el sábado a las diez de la mañana —expliqué a April—. Roberto, de Midnight Oil, concertó la cita.

—Sí, bien. Tenemos unas cuantas preguntas antes de firmar.

—¿Puede repetirme su nombre? —pregunté.

—April. De NGH.

NGH era una de las firmas de relaciones públicas más famosas e importantes de Hollywood. Era la gente a la que llamabas si eras famoso, tenías menos de cuarenta años, te encontrabas metido en algún lío desagradable y/o ilegal, y querías mantener a distancia a la prensa, excepto a la más tratable y dócil. Robert Downey contrató a NGH después de perder el conocimiento en una habitación ajena entre una bruma de heroína. Courtney Love —la viuda de Kurt Cobain— había

pedido a NGH que rehiciera su imagen después de que ella se rehiciera la nariz, las tetas y los modales, de modo que suavizaron su transición desde diosa del *grunge* malhablada a sílfide vestida de marca. En
el *Examiner* los llamábamos *Not Gonna Happen...*, no va a pasar. Por
ejemplo, ¿estás a la espera de una entrevista, deseas escribir una sem-
blanza? *Not Gonna Happen.* Ya puedes seguir esperando. Por lo visto,
Maxi Ryder había solicitado también su ayuda.

—Queremos que nos asegure —empezó April de NGH— que su
entrevista se centrará exclusivamente en el trabajo de Maxi.

—¿Su trabajo?

—Sus papeles. Sus interpretaciones. Nada de hablar de su vida
privada.

—Es una celebridad —dije. Al menos, yo lo veía así—. Considero que ése es su trabajo. Ser una persona famosa.

La voz de April habría podido helar manteca caliente.

—Su trabajo es la interpretación —dijo—. Sólo recibe atención
por ese trabajo.

En circunstancias normales lo habría dejado correr, apretado los
dientes, sonreído y accedido a las condiciones ridículas que hubieran
querido imponerme, pero no había dormido por la noche, y la tal April
me estaba poniendo de los nervios.

—¡Oh, venga ya! —dije—. Cada vez que abro la revista *People* la
veo con una falda de raja y unas grandes gafas oscuras de cristales opa-
cos. ¿Y ahora me viene con el cuento de que sólo quiere ser conocida
como actriz?

Había esperado que April se tomara mis comentarios medio en
broma medio en serio, tal como yo pretendía. Pero no fue así.

—No puede preguntar por su vida amorosa —dijo con seriedad
April.

Suspiré.

—Está bien —dije—. Fantástico. Lo que sea. Hablaremos de la
película.

—¿Está de acuerdo con las condiciones?

—Sí, estoy de acuerdo. Nada de vida amorosa. Nada de faldas.
Nada.

—En ese caso, veré qué puedo hacer.

—¡Ya le he dicho que Roberto había concertado la entrevista!
Pero estaba hablando con una línea muerta.

Dos semanas después, cuando me fui por fin a la entrevista, era una
mañana gris y lluviosa de finales de noviembre, el tipo de día en que
parece que todo quisque con medios y dinero ha huido de la ciudad y
se ha largado a las Bahamas, o a su casa de campo de los Montes Po-
conos, y las calles están pobladas de la gente que ha quedado tirada:
mensajeros con la cara picada de viruela, chicas negras con trenzas,
chicos blancos en bicicleta de aspecto piojoso. Secretarias. Turistas ja-
poneses. Un tipo con una verruga en la barbilla de la que brotan dos
pelos, pelos largos y rizados que le llegan casi al pecho. Sonrió y los
acarició cuando nos cruzamos. Mi día de suerte.

Durante el paseo de veinte manzanas hasta la parte alta de la ciudad intenté no pensar en Bruce y procuré que mi pelo no se mojara
demasiado. El vestíbulo del hotel Regency era enorme, de mármol, su-
mido en un bendito silencio y flanqueado de espejos, lo cual me permitió apreciar, desde tres ángulos diferentes, el grano que había flore-
cido en mi frente.

Había llegado con adelanto, de modo que decidí explorar. La
tienda de regalos del hotel contenía el típico surtido de albornoces hin-
chados de precio, cepillos de dientes a cinco dólares y revistas en muchos idiomas, una de las cuales resultó ser el *Moxie* de noviembre. La
cogí y busqué la columna de Bruce. «Sumergirse —leí—. Las aventuras orales de un hombre.» ¡Ja! Las «aventuras orales» no había sido el
punto fuerte de Bruce. Tenía un problema de salivación excesiva. En
un momento de debilidad, con varios margaritas encima, me referí a él
como «el bidet humano». Así de mal iba al principio. Él no lo iba a
mencionar bajo ningún concepto, por supuesto, pensé con altivez, ni
tampoco que yo había sido la única chica con la que había intentado
esa maniobra en particular. Leí su columna. «Una vez oí que mi novia
se refería a mí como el bidet humano», rezaba la frase destacada. ¿Entonces lo había oído? Enrojecí.

—¿Va a comprar la revista, señorita? —preguntó la mujer del mostrador. Lo hice, además de un paquete de chicles y una botella de agua

de cuatro dólares. Después aparqué en un mullido sofá del gélido vestíbulo y empecé:

Sumergirse

Cuando yo tenía quince años y era virgen, cuando utilizaba ortodoncia y los calzoncillos ceñidos que mi madre me compraba, mis amigos y yo nos desternillábamos de risa con un número del famoso cómico Sam Kinison.

«"¡Mujeres!" —vociferaba, mientras se echaba el pelo sobre el hombro y deambulaba sobre el escenario como un pequeño animal atrapado, cubierto con una boina—. ¡Decidnos lo que queréis! ¿Por qué —decía, y doblaba una rodilla en tono suplicante—, por qué es tan DIFÍCIL decir SÍ, ASÍ es, eso está BIEN, o NO, ESO NO? ¡DECIDNOS QUÉ QUERÉIS!», gritaba, y el público aullaba: ¡LO HAREMOS!»

Reíamos sin saber por qué nos poníamos tan histéricos. ¿Por qué era tan difícil?, nos preguntábamos. El sexo, en la medida en que lo habíamos experimentado, no implicaba demasiado misterio. Enjabonar, enjuagar, repetir. Ése era nuestro repertorio. Sin alharacas, sin estropicios, sin la menor confusión.

Cuando C. se abrió de piernas, y luego se abrió con los dedos...

Oh..., Dios... mío, pensé. Era como si hubiera colocado un espejo entre mis piernas y transmitido la imagen a todo el mundo. Tragué saliva y seguí leyendo.

... Experimenté una compasión absoluta y total por todos los hombres que habían agitado el puño en solidaridad con el lamento de Kinison. Lo mejor que se me ocurrió es que era como mirar una cara sin facciones. Pelo, estómago y manos por encima, muslos cremosos a izquierda y derecha, pero delante de mí, un misterio, curvas, pliegues y prominencias que no se parecían en nada a la pornografía que había visto desde los quince años. O tal vez se trataba de la proximidad. O tal vez eran mis nervios. Enfrentarse a un misterio es algo aterrador.

«Dime lo que quieres —le susurré, y recuerdo que su cabeza me pareció muy lejana en aquel momento—. Dime lo que quieres y lo haré.»

Pero entonces comprendí que, si me decía lo que quería, admitiría que..., bien, que sabía lo que quería. Que alguien más había contemplado este corazón extraño e inescrutable, había aprendido la geografía, había desentrañado sus secretos. Y pese a que yo sabía que había tenido otros amantes, eso me parecía diferente, más íntimo. Ella había permitido que alguien la mirara ahí, así. Y yo, como era hombre y ex oyente de Sam Kinison, por añadidura, resolví transportarla al paraíso, hacerla maullar como una gatita saciada, borrar hasta el último recuerdo de El Que Había Estado Antes.

Un corazón extraño e inescrutable, resoplé. El Que Había Estado Antes. ¡Que alguien me traiga una pala!

Y ella lo intentó, y yo también. Hizo una demostración con sus dedos, con palabras, con presiones suaves, jadeos y suspiros. Y lo intenté. Pero una lengua no es como un dedo. Mi perilla la enloquecía, pero de la forma opuesta a como deseaba enloquecer. Y cuando la oí hablar por teléfono y referirse a mí como el «Bidet Humano», bien, pensé que lo mejor sería remitirme a lo que sabía hacer mejor.

¿Alguno de nosotros sabe lo que hacemos? ¿Lo sabe algún hombre? Pregunto a mis amigos, y al principio todos se carcajean y juran que han de bajar a sus mujeres del techo. Los invito a cerveza, no paro de llenar sus vasos, y al cabo de unas horas obtengo la verdad más perfecta: no tenemos ni idea. Ni uno de nosotros.

—Ella dice que se corre —dice Eric en tono plañidero—, pero yo no sé si es verdad, tío...

—No está tan claro —dice George—. ¿Cómo lo podemos saber?

Ahí está la cuestión. ¿Cómo lo podemos saber? Somos hombres. Necesitamos pruebas palpables (incluso líquidas), necesitamos diagramas y manuales, necesitamos que nos expliquen el misterio.

Y cuando cierro los ojos, la veo aquella primera vez, inmóvil, tensa como las alas de un ave diminuta, toda rosada, con sabor a mar, repleta de vidas diminutas, cosas que nunca veré, y mucho menos comprenderé. Ojalá pudiera. Ojalá lo hubiera hecho.

—Muy bien, Jacques Cousteau —murmuré, y me puse en pie con un esfuerzo. Cuando cerraba los ojos aún podía verme, había escrito. Bien, ¿qué significaba eso? ¿Y cuándo lo había escrito? Tal vez, a fin de cuentas, aún había esperanza. Quizá le llamaría más tarde. Quizá todavía existía una oportunidad.

Subí a la suite del piso veinte, donde una variedad de publicistas jóvenes, pálidos como larvas, ataviados con una amplia gama de pantalones de lycra negros, bodys negros y botas negras estaban sentados en sofás y fumaban.

—Soy Cannie Shapiro, del *Philadelphia Examiner* —dije a la que estaba sentada bajo una figura en cartón a tamaño natural de Maxi Ryder, con traje de faena militar y un Uzi en la mano.

La Chica Larva pasó con languidez varias páginas llenas de nombres.

—No te encuentro —dijo.

Cojonudo.

—¿Está Roberto?

—Ha salido un momento —dijo, y señaló la puerta con un movimiento elegante.

—¿Ha dicho cuándo volverá?

La chica se encogió de hombros, como si hubiera agotado su vocabulario.

Eché un vistazo a las páginas, intenté leer al revés. Allí estaba mi nombre: «Candace Shapiro». Tachado con una gruesa raya negra. «NGH», decía la nota al margen.

En aquel preciso momento, Roberto entró.

—Cannie —dijo—, ¿qué haces aquí?

—Dímelo tú —contesté, y forcé una sonrisa—. Lo último que supe de ti es que iba a entrevistar a Maxi Ryder.

—Oh, Dios —dijo—. ¿Nadie te ha llamado?

—¿Para qué?

—Maxi decidió, humm, limitar las entrevistas para la prensa. Sólo recibirá al *Times*. Y a *USA Today*.

—Bien, nadie me lo dijo. —Me encogí de hombros—. Estoy aquí. Betsy espera un artículo.

—Cannie, lo siento muchísimo...

No lo sientas, idiota, pensé. ¡Haz algo!

—..., pero no puedo hacer nada.

Le dediqué mi mejor sonrisa. Mi sonrisa más encantadora, complemento de la expresión determinada que anunciaba «trabajo para un periódico muy importante».

—Roberto —dije—, tenía previsto hablar con ella. Hemos reservado el espacio. Contamos con ese artículo. Nadie me llamó..., y he venido hasta aquí en sábado, que es mi día libre...

Roberto empezó a retorcerse las manos.

—... y me sentiría muy agradecida si pudiera tener una entrevista de un cuarto de hora con ella.

Ahora Roberto se retorcía las manos y se mordisqueaba el labio al mismo tiempo, aparte de desplazar su peso de un pie al otro. Muy mala señal.

—Escucha —dije en voz baja, y me incliné hacia él—, he visto todas sus películas, incluso las que han salido directamente en vídeo. Soy una experta en Maxi. ¿No hay nada que podamos hacer?

Vi que empezaba a vacilar, y entonces sonó el móvil que llevaba sujeto al cinturón.

—¿April? —dijo.

April, me comunicó, moviendo los labios en silencio. Roberto era un encanto, pero corto de entendederas.

—¿Puedo hablar con ella? —susurré, pero Roberto ya había vuelto a enfundar su teléfono.

—Dice que no estaban seguros de tu, hum, docilidad.

—¿Cómo? Roberto, accedí a todas sus condiciones...

Estaba elevando la voz. Las larvas del sofá empezaban a parecer alarmadas. Al igual que Roberto, el cual se iba deslizando hacia el vestíbulo.

—Déjame hablar con April —supliqué, al tiempo que extendía mi mano hacia su móvil. Roberto negó con la cabeza—. Roberto —dije, y oí que mi voz se quebraba, imaginándome la sonrisa satisfecha de Gabby cuando volviera a la oficina con las manos vacías—. ¡No puedo volver sin un reportaje!

—Escucha, Cannie, lo siento muchísimo...

Estaba temblando como un flan. Saltaba a la vista. Fue entonces cuando una mujer menuda, con botas de piel negra de tacón alto se acercó desde el otro extremo del vestíbulo de mármol. Llevaba un móvil en una mano, un *walkie-talkie* en la otra, y una expresión muy seria en su cara meticulosamente maquillada, sin la menor arruga. Habría podido ser una joven de veintiocho años muy madura, o una mujer de cuarenta y cinco con un cirujano plástico estupendo. No cabía la menor duda de que se trataba de April.

Me examinó (mi grano, mi mala leche, mi vestido negro y las sandalias del verano pasado, mucho menos elegante que cualquier cosa exhibida por las larvas del sofá) con una mirada fría y despectiva. Después se volvió hacia Roberto.

—¿Algún problema? —preguntó.

—Ésta es Candace —dijo Roberto, y me señaló con un ademán débil—. Del *Examiner*.

April me miró. Sentí que el grano aumentaba de tamaño mientras me miraba.

—¿Algún problema? —repitió.

—No, hasta hace unos minutos —dije, y me esforcé por mantener la calma—. Tenía una entrevista concertada para las dos. Roberto me dice que ha sido cancelada.

—Exacto —dijo April con placidez—. Hemos decidido limitar nuestras entrevistas impresas a los periódicos importantes.

—El *Examiner* tiene una tirada de setecientos mil ejemplares los domingos, el día en que tenemos previsto publicar el reportaje —dije—. Somos la cuarta ciudad más grande de la Costa Este. Y nadie se molestó en anunciarme que habían cancelado la entrevista.

—Eso es responsabilidad de Roberto —dijo April, al tiempo que le traspasaba con la mirada.

Era una noticia nueva para Roberto, pero no iba a contradecir a la Chica del Látigo.

—Lo siento —murmuró en mi dirección.

—Agradezco las disculpas —dije—, pero como ya he dicho a Roberto, tenemos un hueco en el periódico del domingo, y he echado por la borda mi día de fiesta.

Lo cual no era técnicamente cierto. Siempre aparecían noticias nuevas, como April debía saber, y los huecos se llenaban. Y en cuanto a lo de echar por la borda mi día libre, siempre que tenía un billete gratis para Nueva York encontraba algo que hacer en la ciudad.

Pero yo estaba furiosa. ¡El morro de esta gente, tratarme con semejante grosería, y encima pasar de todo sin disimularlo!

—¿No hay manera de que me pueda conceder unos minutos, ya que estoy aquí?

April adoptó un tono mucho menos plácido.

—Ya va con retraso, y esta tarde se reintegra al rodaje. En Australia —subrayó, como si una ignorante como yo jamás hubiera oído hablar de ese lugar—. Además —continuó, mientras abría una libreta pequeña—, ya hemos concertado una entrevista telefónica con su jefa.

¿Mi jefa? Era inconcebible que Betty me hiciera esto, y encima sin decírmelo.

—Con Gabby Gardiner —concluyó April.

Me quedé de una pieza.

—¡Gabby no es mi jefa!

—Lo siento —dijo April, sin demostrarlo en lo más mínimo—, pero ése es el trato.

Volví a la suite y me desplomé en una silla situada junto a la ventana.

—Escuche —dije—, he venido, y estoy segura de que convendrá conmigo en que sería mejor para todos nosotros celebrar una entrevista en persona, aunque fuera rápida, con alguien que ha visto todas las películas de Maxi e invertido mucho tiempo en preparar esto, que por teléfono. No me importa esperar.

April se quedó inmóvil un momento.

—¿He de llamar a seguridad? —preguntó, por fin.

—No veo por qué —contesté—. Me quedaré sentada aquí hasta que la señorita Ryder acabe de hablar con quien sea, y si sucede que le sobran uno o dos minutos antes de volver corriendo a Australia, haré la entrevista que me prometieron. —Cerré los puños para que no viera que me temblaban las manos, y jugué mi última carta—. Por supuesto, si diera la casualidad de que la señorita Ryder no me puede conceder unos pocos minutos, escribiré un folio sobre lo que me ha pasado aquí. Por cierto, ¿cuál es su apellido?

April me traspasó con la mirada. Roberto se acercó a ella, paseó la mirada entre nosotras, como si estuviéramos jugando un partido de tenis muy veloz. Yo clavé la vista en April.

—Es imposible —dijo.

—Un apellido muy interesante —dije—. ¿Es uno de esos especiales de Ellis Island?[9]

—Lo siento —dijo, por la que iba a ser la última vez—, pero la señorita Ryder no va a hablar con usted. Usted se mostró sarcástica conmigo por teléfono...

—¡Ay, la reportera sarcástica! ¡Si no sabe lo que es eso!

—... y la señorita Ryder no necesita el tipo de atención que usted dispensa...

—Lo cual me parece de perlas —exploté—, pero ¿no pudo uno de sus lacayos, lameculos o internos haber tenido la cortesía de llamar antes de darme el palizón de venir hasta aquí?

—Roberto debía hacerlo —repitió.

—Bien, pues no lo hizo —dije, y me crucé de brazos. Tablas. Sus ojos me fulminaron durante un minuto. Yo sostuve su mirada. Roberto se había apoyado contra la pared, y temblaba. Las larvas se habían puesto de pie y en fila, y nos miraban.

—Llama a seguridad —dijo por fin April, y giró en redondo. Volvió la cara hacia mí—. Escriba lo que le dé la gana. Nos importa un huevo.

Y con eso, se fueron: Roberto, que me dirigió una última mirada de disculpa, las larvas, todas con botas negras, y April, así como todas

---

9. Isla de la bahía de Nueva York, por donde antiguamente pasaban los inmigrantes. *(N. del T.)*

las posibilidades de entrevistar a Maxi Ryder. Seguí sentada hasta que se amontonaron en el ascensor. Sólo entonces me permití llorar.

En general, los lavabos de los vestíbulos de hotel son espléndidos lugares donde desmoronarse. La gente que se aloja en el hotel casi siempre utiliza el baño de su habitación. La gente de la calle no siempre sabe que pueden entrar en el vestíbulo del hotel más elegante, y utilizar los lavabos sin que nadie los moleste. Además, los cuartos de baño suelen ser elegantes y espaciosos, con toda clase de complementos, desde laca para el pelo y tampones hasta toallas para secarse las lágrimas y las manos. A veces, hasta encuentras un sofá donde derrumbarte.

Atravesé el vestíbulo con paso lento, me colé en el ascensor y entré por la puerta dorada que ponía «Señoras» con letras trabajadas, y me encaminé al cubículo de los minusválidos para gozar de paz, silencio y soledad, y de camino me apoderé de dos toallas dobladas con primor.

—¡Que le den por el culo a Maxi Ryder! —siseé, y cerré la puerta de golpe, me senté y apreté los puños contra los ojos.

—¿Eh? —dijo una voz familiar, por encima de mi cabeza—. ¿Por qué?

Alcé la vista. Una cara asomaba por encima del cubículo.

—¿Por qué? —preguntó de nuevo Maxi Ryder.

Era tan adorable en persona como en la pantalla, con sus enormes ojos azules, su piel cremosa algo moteada de pecas, su cascada de rizos castaño rojizos, al parecer más lustrosos y brillantes que cualquier cabello humano normal. Sostenía un delgado cigarrillo en una diminuta mano surcada por venas azules, y mientras yo la miraba, dio una generosa bocanada y expulsó el humo hacia el techo.

—No fume aquí —le advertí. Fue lo primero que se me ocurrió—. Se dispararán las alarmas.

—¿Me ha maldecido porque estoy fumando?

—No. La he maldecido porque me ha dejado plantada.

—¿Cómo?

Dos pies calzados con zapatillas repiquetearon sobre el mármol y se detuvieron ante mi excusado.

—Abra —dijo, al tiempo que llamaba con los nudillos—. Quiero una explicación.

Bajé la tapa del asiento. ¡Primero April, y ahora esto! Me incliné hacia delante y abrí la puerta a regañadientes. Maxi me esperaba con los brazos cruzados sobre el pecho, en busca de respuestas.

—Soy del *Philadelphia Examiner* —empecé—. En teoría, iba a entrevistarla. Su pequeña celadora de las SS me dijo, después de pegarme la paliza de hacerme todo el viaje hasta aquí, que la entrevista había sido cancelada y concedida en cambio a esa mujer de mi oficina que es... —tragué saliva— vomitiva —concluí—. De modo que ha arruinado mi día. Para no hablar de la sección dominical. —Suspiré—. Pero supongo que no es culpa de usted, así que lo siento. No tendría que haberla maldecido.

—Maldita April —dijo Maxi—. No me dijo nada.

—No me sorprende.

—Me estoy escondiendo —dijo Maxi Ryder, y lanzó una risita nerviosa—. De April, en realidad.

En persona, su voz era suave, refinada. Vestía tejanos acampanados y una camiseta rosa de cuello curvo. Llevaba el pelo recogido en un moño alto, en apariencia sencillo, pero que habría debido costar a su peluquera media hora de trabajo, adornado con horquillas diminutas y relucientes en forma de mariposa. Como la mayoría de estrellas jóvenes que yo había conocido, era delgada hasta extremos sobrenaturales. Se podían distinguir los huesos de las muñecas y los antebrazos, y la tracería azul pálido de las venas de su cuello.

Se había aplicado un lápiz de tono escarlata a sus labios sensuales. Se había pintado con esmero los ojos. Y sus mejillas estaban surcadas de lágrimas.

—Siento lo de su entrevista —dijo.

—No ha sido culpa suya —repetí—. ¿Qué la trae por aquí? ¿No tiene cuarto de baño en su habitación?

—Oh —dijo, y exhaló un suspiro largo y estremecido—. Ya sabe.

—Bien, como no soy una estrella del cine delgada, rica y en la cumbre del éxito, no lo sé.

Una comisura de su boca se elevó apenas, y luego descendió hasta formar un tembloroso óvalo escarlata.

—¿Le han partido alguna vez el corazón? —preguntó con voz temblorosa.

—La verdad es que sí —contesté.

Cerró los ojos. Unas pestañas de una longitud imposible se posaron sobre sus mejillas pecosas, y surgieron lágrimas por debajo.

—Es insoportable —dijo—. Sé que suena...

—No, no. Sé a qué se refiere. Sé lo que siente.

Le tendí una de las toallas dobladas que había cogido antes de entrar. La tomó, y luego me miró. Era una prueba, pensé.

—Mi casa está llena de cosas que él me regaló —empecé, y ella asintió vigorosamente, con todos los rizos agitándose.

—Eso es —dijo—, exacto.

—Y hace daño mirarlas, y hace daño tirarlas.

Maxi se derrumbó en el suelo del cuarto de baño y apoyó la mejilla contra la fría pared de mármol. Tras un momento de vacilación, me senté a su lado, sorprendida por lo absurdo de la situación, que sería el preludio de un gran artículo: «Maxi Ryder, una de las jóvenes actrices más aclamadas de su generación, está llorando en el suelo de un lavabo».

—Mi madre siempre dice que es mejor haber amado y perdido que no haber amado nunca —dije.

—¿Te lo crees? —preguntó.

Sólo tuve que pensar un momento.

—No. Creo que ni siquiera ella se lo cree. Ojalá no le hubiera querido nunca. Ojalá no le hubiera conocido nunca. Porque pienso que, pese a lo bien que lo pasamos, no vale la pena sentirse así.

Guardamos silencio unos instantes, codo con codo.

—¿Cómo te llamas?

—Candace Shapiro. Cannie.

—¿Cómo se llamaba él?

—Bruce. ¿Y tú?

—Soy Maxi Ryder.

—Lo sé. Quería decir, ¿cómo se llamaba él?

Hizo una mueca horrible.

—¡No me digas que no lo sabes! ¡Todo el mundo lo sabe! *Entertainment Weekly* publicó todo un artículo. ¡Con diagrama incluido!

—Bien, me prohibieron explícitamente que lo mencionara.

Para colmo había más de un candidato, pero no me pareció prudente decirlo.

—Kevin —susurró.

Podía ser Kevin Britton, su pareja de *Temblores*.

—¿Todavía Kevin?

—Todavía Kevin, siempre Kevin —dijo con tristeza, al tiempo que buscaba otro cigarrillo—. Kevin, al que no puedo olvidar, incluso después de probarlo todo. Bebida..., drogas..., trabajo..., otros hombres...

Joder. De pronto, me sentí muy inocente.

—¿Qué haces?

Sabía lo que me estaba preguntando.

—Oh, ya sabes. Lo mismo que tú, probablemente. —Apoyé una mano sobre mi frente, como si estuviera cansada del mundo—. Empecé huyendo a mi isla privada con Brad Pitt, intenté olvidar el dolor comprando ranchos de llamas en Nueva Inglaterra...

Me pellizcó el brazo. Cuando cerró el puño, sonó como una bocanada de aire.

—¡En serio! Tal vez sea algo que no se me había ocurrido.

—Más cosas que no funcionan. Baños, duchas, excursiones en bicicleta...

—No puedo hacer excursiones en bicicleta —dijo.

—¿Debido a los paparazzi?

—No. Nunca aprendí.

—¿De veras? Bruce, mi ex novio, tampoco sabía...

Enmudecí.

—Dios, ¿no odias eso?

—¿La manera en que cosas sin la menor relación te recuerdan a la persona que intentas olvidar? Sí. Lo odio. —La miré. Con el rostro enmarcado por el mármol de la pared parecía preparada para un primer plano. Mientras yo debía tener la cara toda llena de manchurrones y la nariz moqueante. No era justo, pensé—. ¿Tú qué haces?

—Invertir —dijo al instante Maxi—. Administrar mi dinero. Y también el dinero de mis padres. —Suspiró—. Administraba el dinero de Kevin. Ojalá hubiera anunciado que iba a plantarme. Le habría hundido hasta tal punto en Planet Hollywood, que aparecería de estrella invitada en las series de la Warner sólo para pagar el alquiler.

Miré a Maxi con renovado respeto.

—Así que... —Me devané los sesos en busca del vocabulario apropiado—. ¿Por Internet?

Negó con la cabeza.

—No. No tengo tiempo para estar colgada del ordenador todo el día. Elijo valores y busco oportunidades de invertir. —Se levantó y estiró, con las manos apoyadas sobre sus caderas inexistentes—. Compro bienes raíces.

Mi respeto se estaba convirtiendo en admiración.

—¿Casas, quieres decir?

—Sí. Las compro, contrato a alguien para que las restaure, las vendo con beneficios, o vivo en ellas una temporada, entre película y película.

Sentí que mis dedos se deslizaban hacia el bolígrafo y la libreta, casi por voluntad propia. Maxi como magnate de bienes raíces era algo que nunca había leído en los innumerables perfiles que había ojeado.

—Oye —probé—, ¿crees...? Bien, ya sé que dijeron que estabas ocupada, pero tal vez... ¿podríamos hablar unos minutos, para que pueda escribir un artículo?

—Claro. —Maxi se encogió de hombros y miró a su alrededor, como si se diera cuenta por primera vez de que estábamos en un cuarto de baño—. Salgamos de aquí, ¿quieres?

—¿No tenías que ir a Australia? Eso me dijo April.

Maxi parecía exasperada.

—No me voy hasta mañana. April es una mentirosa.

—Me lo imaginaba —dije.

—No, de veras... Ah, ya sé. Estás bromeando. —Sonrió—. Me olvido de cómo es la gente.

—Bien, por lo general, son más grandes que tú.

Suspiró, se miró y dio una calada al cigarrillo.

—Cuando cumpla los cuarenta —dijo—, juro que voy a dejar esto, y voy a construir una fortaleza en una isla, con un foso y verjas electrificadas, y voy a dejar que mi pelo se tiña de gris, y comeré flanes hasta que me salgan catorce papadas.

—Eso no fue lo que dijiste a *Mirabella* —indiqué—. Dijiste que querías aparecer en una película de calidad al año, y educar a tus hijos en una granja.

Enarcó una ceja.

—¿Leíste eso?

—He leído todo sobre ti —contesté.

—Mentiras. Todo mentiras —dijo, casi con júbilo—. Hoy, por ejemplo. He de ir a un lugar llamado Mooma...

—Moomba —corregí—... y tomar unas copas con Matt Damon, o con Ben Affleck. O tal vez con los dos. Hemos de aparentar mucho secretismo y encanto, y alguien llamará a Page 6, ya sabes, la sección del chismorreo del *New York Post*, y nos fotografiarán, y luego iremos a algún restaurante que tal vez April reservó para cenar, sólo que no puedo cenar, Dios nos asista, porque siempre me fotografían con algo en la boca, o con la boca abierta, o de una manera capaz de sugerir que con la boca hago algo más que besar hombres...

—... y fumar.

—Eso tampoco. El *lobby* del cáncer, ya sabes. Así me quité de encima a April. Le dije que necesitaba fumar un cigarrillo.

—De modo que quieres pasar de ir de copas y a cenar con Ben..., o Matt...

—La cosa no termina ahí. Se supone que luego he de ir a bailar a un bar con nombre de cerdos...

—¿Hogs and Heifers?[10]

—Eso es. Bailar hasta una hora intempestiva, y después, y sólo después, se me permitirá dormir un poco. Y eso después de quitarme el sujetador y bailar en la barra haciéndolo girar por encima de mi cabeza.

—Caramba. ¿De veras han pensado en todo eso para ti?

Sacó un papel arrugado del bolsillo. No cabía duda: 4 de la tarde, Moomba; 7 de la tarde, Tandoor; ¿11?, Hogs and Heifers. Buscó en otro bolsillo y sacó un wonderbra muy pequeño de encaje negro. Se envolvió la mano con el wonderbra y empezó a darle vueltas sobre su cabeza, al tiempo que meneaba las caderas como parodiando a una bailarina de *striptease*.

10. Marranos y Vaquillas. *(N. del T.)*

—Hasta me obligaron a practicar —dijo—. Si fuera por mí, dormiría todo el día...

—Yo también. Y miraría *Iron Chef*.

Maxi compuso una expresión de perplejidad.

—¿Qué es eso?

—Hablas como alguien que nunca ha estado sola el viernes por la noche. Es ese programa de televisión sobre un millonario solitario que tiene tres chefs...

—Los Chefs de Hierro —conjeturó Maxi.

—Exacto. Cada semana sostienen batallas culinarias con otro chef que va a desafiarlos, y el millonario excéntrico les da un ingrediente principal con el que han de cocinar, y la mitad de las veces es algo todavía vivo, como un calamar o una anguila gigante...

Maxi estaba sonriendo, y asentía, como si ardiera en deseos de ver el primer episodio. O quizá sólo estaba actuando, me recordé. Al fin y al cabo, era su trabajo. Tal vez se mostraba tan emocionada y cordial, y bueno, amable, cada vez que conocía a alguien nuevo, y luego olvidaba su existencia en cuanto empezaba la siguiente película.

—Es divertido —concluí—. Y también gratis. Más barato que alquilar una película. Anoche lo grabé, y voy a verlo cuando llegue a casa.

—Nunca estoy en casa los viernes o los sábados —dijo Maxi con tristeza.

—Bien, yo casi siempre. Créeme, no te pierdes gran cosa.

Maxi Ryder me sonrió.

—Cannie —dijo—, ¿sabes lo que de verdad me apetece hacer?

Y así fue como acabé en el balneario Día de Felicidad, desnuda hasta la cintura, al lado de una de las más aclamadas estrellas cinematográficas de mi generación, hablando sobre mi frustrada vida amorosa, mientras un hombre llamado Ricardo esparcía Arcilla Verde Activa sobre mi espalda.

Maxi y yo nos habíamos escapado por la puerta trasera del hotel y cogido un taxi para ir al balneario, donde la recepcionista nos informó muy estirada de que estaba completo aquel día, de que tenían las semanas siguientes reservadas al completo, hasta que Maxi se quitó las gafas de sol y mantuvo contacto visual durante tres segundos, con lo cual el servicio mejoró en un tres mil por ciento.

—Esto es fantástico —le dije por quinta vez.

Y es que en realidad lo era. La cama estaba protegida con media docena de toallas, y cada una era tan gruesa como mi colcha. Una música relajante sonaba de fondo, y pensé que se trataba de un CD, hasta que abrí los ojos el tiempo suficiente para ver que había una mujer de verdad con un arpa de verdad en un rincón, medio oculta tras unas cortinas diáfanas.

Maxi asintió.

—Espera a que empiecen con las duchas y los masajes de sal. —Cerró los ojos—. Estoy tan cansada —murmuró—. Lo único que deseo es dormir.

—Yo no puedo dormir —le dije—. O sea, empiezo, pero luego despierto...

—... y la cama está muy vacía.

—Bien, de hecho, tengo un perrito, así que la cama no está vacía.

—¡Me encantaría tener un perro! Pero no puedo. Demasiados viajes.

—Puedes venir a pasear con *Nifkin* cuando quieras.

Lo dije incluso a sabiendas de que era muy improbable que Maxi se dejara caer para tomar un capuchino helado y dar un paseo por el parque canino del sur de Filadelfia, todo eso mientras Ricardo me daba la vuelta con delicadeza y empezaba a untarme la región delantera, algo deliciosamente inverosímil.

—¿Qué vas a hacer, Maxi? —pregunté—. ¿Te vas a saltar toda la agenda?

—Creo que sí —dijo—. Quiero vivir un día y una noche como una persona normal.

No me pareció el momento adecuado para señalar que las personas normales no se gastaban mil dólares en una sola sesión de balneario.

—¿Qué más quieres hacer?

Maxi meditó.

—No lo sé. Ha pasado tanto tiempo... ¿Qué harías si tuvieras un día libre en Nueva York?

—¿Si fuera tú o si fuera yo?

—¿Cuál es la diferencia?

—Bien, ¿cuento con recursos ilimitados y soy famosa, o solamente soy yo?

—De entrada, pongamos que eres tú.

—Hmmm. Bien, iría a la taquilla de Times Square e intentaría comprar una entrada a mitad de precio de algún espectáculo de Broadway para esta noche. Después iría a la tienda Steve Madden de Chelsea y miraría qué hay en venta. Entraría en todas las galerías, compraría seis pasadores por un dólar en el mercadillo de Columbus, cenaría en Virgil's y me iría al espectáculo.

—¡Eso suena fantástico! ¡Vamos a hacerlo! —Maxi se incorporó, desnuda, cubierta de barro, con algo espeso que resbalaba del pelo, y se quitó las rodajas de pepino de los ojos—. ¿Dónde están mis zapatos? —Se miró—. ¿Dónde está mi ropa?

—Túmbate —reí. Maxi obedeció.

—¿Qué es Steve Madden?

—Una enorme zapatería. Entré una vez y había rebajas para tallas pequeñas. Todas las tallas por debajo del cuarenta estaban a mitad de precio. Creo que fue el día más feliz de mi vida, en lo tocante a calzado.

—Eso suena maravilloso —dijo Maxi en tono soñador—. Bien, ¿y qué es Virgil's?

—Un asador —dije—. Hacen chuletas grandes, pollo frito, bizcochos con mantequilla de arce..., pero tú eres vegetariana, ¿verdad?

—Sólo de puertas afuera. Me encantan las chuletas.

—¿Crees que podemos hacerlo? ¿No te va a reconocer la gente? ¿Qué pasará con April? —La miré con timidez—. No es que quiera presionarte ni nada por el estilo, pero si pudiéramos hablar de tu película un rato..., para que pueda escribir mi artículo y mi directora no me mate.

—Por supuesto —dijo Maxi—. Pregúntame todo lo que quieras.

—Más tarde. No quiero aprovecharme.

—¡Oh, adelante! —Lanzó una risita alegre, y empezó a escribir mi artículo—. «Maxi Ryder está desnuda en un balneario del centro, envuelta en extractos aromáticos, y medita sobre su amor perdido.»

Me apoyé en un codo para poder mirarla.

—¿Quieres hablar de tu vida amorosa? Era lo único que preocupaba a April. Quería que los periodistas te hicieran tan sólo preguntas relacionadas con tu trabajo.

—Pero el meollo de ser actor consiste en coger tu vida, tu dolor, y conseguir que trabaje para ti. —Exhaló un profundo suspiro—. Todas las cosas sirven a un propósito. Sé que si alguna vez me llaman para interpretar a una mujer despreciada..., digamos, abandonada públicamente en un programa de entrevistas..., estaré preparada.

—¿Crees que eso es malo? Mi ex novio escribe la columna de sexo para hombres de *Moxie*.

—¿De veras? —preguntó—. Yo salí en *Moxie* el otoño pasado. «Maxi en *Moxie*». Fue una estupidez. ¿Tu ex escribe sobre ti?

Suspiré.

—Soy su tema favorito. No es nada divertido.

—¿Qué? —preguntó Maxi—. ¿Ha hablado de algo personal?

—Sí. De mi peso, para empezar.

Maxi se incorporó de nuevo.

—¿«Querer a una mujer rolliza»? ¿Ésa eras tú?

Maldita sea. ¿Es que todo el mundo había leído aquella capullada?

—Ésa era yo.

—Caramba. —Maxi me miró, aunque imaginé que no era para calcular mi peso—. La leí en el avión —explicó en tono de disculpa—. No suelo leer *Moxie*, pero el vuelo era muy largo, me aburría y me leí los ejemplares de los tres últimos meses...

—No tienes por qué disculparte —dije—. Estoy segura de que mucha gente lo ha leído.

Se tumbó de nuevo.

—¿Era el que llamaste «el bidet humano»? —preguntó.

Bajo el barro, me ruboricé de nuevo.

—Pero nunca en su cara —dije.

—Bien, podría ser peor. A mí me dejaron plantada en el especial de Barbara Walters.

—Lo sé. Lo vi.

Nos quedamos en silencio mientras los ayudantes eliminaban el barro de nuestros cuerpos con media docena de mangueras. Me sentí como un animal doméstico muy mimado, muy exótico..., o como un corte de carne especialmente caro. Después, nos cubrieron con una capa de sal, nos restregaron, nos ducharon de nuevo, luego nos envolvieron en albornoces calientes y nos enviaron a cuidados faciales.

—Creo que lo tuyo fue peor que lo mío —razoné, mientras dejábamos que nuestras mascarillas de arcilla se secaran—. Quiero decir, cuando Kevin habló de acabar con una larga relación, todo el mundo supo que se refería a ti, pero con el artículo, las únicas personas que sabían la identidad de C. eran...

—Todos tus conocidos —terminó Maxi.

—Sí. Más o menos —suspiré.

Entre las algas, la sal, la música Nueva Era y las manos suaves, mojadas en aceite de almendra, de Charles el masajista, me sentía como envuelta en una nube deliciosa, a kilómetros por encima del mundo, lejos de teléfonos que no sonaban, compañeros de trabajo resentidos y publicistas presumidas. Lejos de mi peso..., tanto que ni siquiera estaba preocupada por lo que pensaran Charles y Cía., mientras frotaban, aceitaban y me daban la vuelta. Sólo estábamos yo y la tristeza, pero incluso eso no me pesaba demasiado. Sólo estaba allí, igual que mi nariz, igual que la cicatriz que tenía encima del ombligo, recuerdo de haberme rascado una costra de varicela cuando tenía seis años. Otro aspecto más de mí.

Maxi agarró mi mano.

—Somos amigas, ¿verdad?

Por un momento, pensé que no lo decía en serio, que era una versión de las amistades de seis semanas que entablaba en los platós de sus películas. Pero me daba igual.

Apreté su mano a modo de respuesta.

—Sí —dije—. Somos amigas.

—¿Sabes lo que pienso? —preguntó Maxi.

Alzó un solo dedo. Al instante, se materializaron cuatro vasos más de tequila delante de nosotras, cada uno pagado, sin duda, por cuatro diferentes adoradores. Cogió un vaso y me miró. Yo hice lo mismo, y sorbí tequila. Dejé el vaso sobre la barra, y me encogí cuando noté la quemadura. Al final, habíamos terminado en Hogs and Heifers. Habíamos comido tarde en Virgil's, donde nos habíamos atizado chuletas, pollo a la barbacoa, budín de plátano y tarta de queso. Después, nos habíamos comprado seis pares de zapatos cada una en la zapatería Steve Madden, con el razonamiento de que, aunque nos sintiéramos gordas, nuestros pies no. Después, fue el turno del Beauty Bar, donde habíamos comprado toda clase de cosméticos (yo me decidí por la sombra de ojos color arena y crema correctora. Maxi arrasó con todo lo que brillaba). El total ascendió a una cifra mucho más elevada de lo que había pensado gastar en zapatos o maquillaje durante algunos años, pero pensé, ¿cuándo será la próxima vez que vaya de compras con una estrella de cine?

—¿Sabes lo que pienso? —repitió Maxi.

—¿Qué?

—Creo que tenemos muchas cosas en común. Es la cuestión del cuerpo.

La miré con los ojos entornados.

—¿Eh?

—Nuestros cuerpos nos gobiernan —anunció, y bebió un sorbo de una cerveza que alguien le había enviado. Me pareció muy profundo. Tal vez porque estaba profundamente borracha—. Estás aprisionada en un cuerpo que, en tu opinión, los hombres no desean...

—En este momento, es algo más que una teoría —dije, pero Maxi no estaba dispuesta a interrumpir su monólogo.

—Y tengo miedo de que si empiezo a comer así, dejaré de tener este aspecto, y nadie me deseará. Peor aún —dijo, con los ojos brillantes entre la bruma del cigarrillo—, nadie me pagará. Así que yo también estoy atrapada. Pero son las percepciones lo que realmente nos tienen atrapadas. Tú crees que necesitas perder algunos kilos para que alguien te quiera. Yo creo que, si engordo, nadie me querrá. Lo que en realidad necesitamos —dijo, mientras daba un puñetazo sobre la barra para subrayar sus palabras— es dejar de pensar en nosotras como cuerpos y empezar a pensar en nosotras como personas.

La miré con admiración.

—Essso es muy profundo.

Maxi tomó un largo sorbo de cerveza.

—Lo dijo Ophra.[11]

Di otro trago.

—Ophra es profunda, pero debo decir que, considerándolo todo, preferiría estar atrapada en tu cuerpo antes que en el mío. Al menos, podría llevar biquini.

—¿Es que no te das cuenta? Las dos estamos encarceladas. Prisioneras de la Carne.

Lancé una risita. Maxi pareció ofenderse.

—¿No estás de acuerdo?

—No —resoplé—, es que creo que Prisioneras de la Carne suena a título de película porno.

—Estupendo —dijo Maxi cuando paró de reír—. Pero tengo razón.

—Por supuesto que sí. Sé que no debería sentirme como lo hago por culpa de mi aspecto. Quiero vivir en un mundo en que se juzgue a la gente por quien es, no por su talla. —Suspiré—. Pero ¿sabes lo que deseo aún más que eso? —Maxi me miró expectante. Yo vacilé, y me zampé otro tequila—. Quiero olvidar a Bruce.

—También tengo una teoría sobre eso —anunció Maxi con aire triunfal—. Mi teoría es que el odio funciona.

Entrechocó su vaso con el mío. Bebimos y pusimos al revés los vasos sobre la pegajosa barra, bajo los sujetadores oscilantes que en otro tiempo habían acogido los pechos de famosas.

—No puedo odiarle —dije con tristeza.

De pronto, experimenté la sensación de que mis labios estaban formando palabras a medio metro de mi cara, como si hubieran decidido independizarse y huir a pastos más verdes. Era un conocido efecto colateral que aparecía cuando disfrutaba de excesivas libaciones. Eso, y una sensación líquida en los codos, rodillas y muñecas, como si mis articulaciones se estuvieran descuajaringando. Cuando me emborrachaba, empezaba a recordar cosas. Y en este momento, como Grateful Dead estaba sonando en la gramola tragaperras (*Cassidy*, me pareció), me acordé de cuando fuimos a recoger a George, el amigo de Bruce, para ir a un concierto de los Dead, y mientras estábamos esperando nos metimos en

11. Ophra Winfrey, famosa presentadora de televisión en Estados Unidos. (*N. del T.*)

el estudio y le practiqué una veloz y ávida mamada bajo la cabeza disecada de un ciervo fija a la pared. Mi cuerpo estaba sentado en Hogs and Heifers, pero en mi cabeza yo estaba de rodillas delante de él, con las manos agarrando sus nalgas, sus rodillas apretadas contra mi pecho, mientras temblaba y jadeaba que me quería, y pensaba que yo estaba hecha para esto, sólo y exclusivamente para esto.

—Pues claro que puedes —insistió Maxi, arrancándome del sótano y devolviéndome al presente empapado de tequila—. Cuéntame lo peor de él.

—Era muy desaliñado.

Maxi arrugó la nariz de una forma adorable.

—Eso no es tan malo.

—¡No tienes ni idea! Era muy peludo, y nunca limpiaba la ducha, pero de vez en cuando cogía un montón de sus asquerosos pelos mojados y llenos de espuma jabonosa y los aparcaba en un rincón de la bañera. La primera vez que lo vi, chillé.

Tomamos otro trago. Las mejillas de Maxi resplandecían un poco, y sus ojos centelleaban.

—Además —continué—, tenía unas uñas repugnantes. —Eructé con la mayor delicadeza posible sobre la palma de mi mano—. Eran amarillas, gruesas y mal cortadas...

—Hongos —diagnosticó Maxi.

—Y luego estaba su minibar —dije, volcándome en la disección—. Cada vez que sus padres iban en avión, le traían botellines de vodka y whisky. Los guardaba en una caja de zapatos, y cuando alguien venía a tomar una copa, decía: «Tómate algo del minibar». —Hice una pausa y reflexioné—. Claro que eso era más bien simpático.

—Eso iba a decir yo —aprobó Maxi.

—Pero me irritó pasado un tiempo. Es decir, llegaba yo con un terrible dolor de cabeza, sólo quería un poco de vodka con tónica, y se iba directo al minibar. Creo que era demasiado tacaño para abrir una botella de su propiedad.

—Dime, ¿de veras era tan bueno en la cama?

Traté de apoyar la cabeza en la mano, pero el codo no me obedeció, y casi me di con la cabeza en la barra. Maxi se rió de mí. El camarero frunció el ceño. Pedí un vaso de agua.

—¿Quieres saber la verdad?

—No, quiero que me mientas. Soy una estrella de cine. Todos los demás lo hacen.

—La verdad —dije—. La verdad es que...

Maxi estaba riendo, y se acercó más.

—Venga, Cannie, dímelo.

—Bien, tenía ganas de intentar cosas nuevas, cosa que yo agradecía...

—Venga, nada de edito..., editoriales... —Cerró los ojos y la boca—. Nada de rollos. He hecho una simple pregunta. ¿Era bueno?

—La verdad... —probé de nuevo—. La verdad es que era muy... pequeña.

Maxi abrió los ojos de par en par.

—¿Quieres decir... abajo?

—Pequeña —repetí—. Diminuta. Microscópica. ¡Infinitesimal!

—Perfecto. Si era capaz de pronunciar esa palabra, quería decir que no estaba tan cocida—. Cuando no estaba dura, quiero decir. Cuando estaba dura, el tamaño era muy normal. Pero cuando estaba alicaída, era como si se hubiera hundido dentro de su cuerpo, y era así de pequeña...

Intenté decirlo, pero estaba riendo a carcajadas.

—¿Qué? Venga, Cannie. Para de reír. Siéntate recta. ¡Dímelo!

—Como una bellota peluda —articulé por fin.

Maxi lanzó un aullido. Brotaron lágrimas de sus ojos, y de pronto me encontré a su lado, con la cabeza sobre su regazo.

—¡Una bellota peluda! —repitió.

—¡Shhh! —la acallé, mientras intentaba incorporarme.

—¡Una bellota peluda!

—¡Maxi!

—¿Qué? ¿Crees que va a oírme?

—Vive en Nueva Jersey —dije muy seria.

Maxi se subió a la barra e hizo bocina con las manos.

—Atención, clientes del bar —gritó—. Bellota Peluda reside en Nueva Jersey.

—¡Si no vas a enseñarnos las tetas, bájate de la barra! —gritó un tío borracho con sombrero de vaquero. Maxi le hizo un corte de mangas con elegancia y bajó.

—Casi podría ser un nombre propio —dijo—. Harry Acorn.[12] Harry A. Corn.

—No se lo puedes decir a nadie. A nadie.

—No te preocupes. No lo haré. Además, dudo seriamente de que el señor Corn se mueva en los mismos círculos.

—Vive en Nueva Jersey —repetí, y Maxi rió hasta que le salió tequila por la nariz.

—O sea, básicamente —dijo, una vez que dejó de moquear—, estás colgada de un tío con la polla pequeña que te trataba mal.

—No me trataba mal —dije—. Era muy dulce... y atento... y...

Pero ella no me estaba escuchando.

—Los dulces y atentos van a cinco céntimos la docena. Y también, lamento informarte, las pollas pequeñas. Puedes conseguir algo mejor.

—He de superarlo.

—¡Pues supéralo! ¡Insisto!

—¿Cuál es el secreto?

—¡El odio! —dijo Maxi—. ¡Ya te lo he dicho antes!

Pero no podía odiarle. Quería, pero no podía. Contra mi voluntad, recordé algo tremendamente tierno. Una vez, cerca de Navidad, le dije que fingiera ser Papá Noel, y yo fingí que había ido al centro comercial para hacerme una foto. Me apoyé en su regazo, con cuidado de plantar bien los pies en el suelo para apoyar todo mi peso sobre él, y le susurré al oído: «¿Es verdad que Papá Noel sólo viene/se corre una vez al año?»[13] Rió como un loco, y lanzó una exclamación ahogada cuando apoyé una mano en su pecho y le hice caer en la cama y me acurruqué contra él mientras me ofrecía una versión espontánea y desafinada de *All I Want for Christmas Is You*.

—Toma —dijo Maxi, al tiempo que metía en mi mano un vaso de tequila—. Medicina.

Lo bebí de un trago. Maxi me agarró por la barbilla y me miró a los ojos. Me dio la impresión de que veía dos Maxis: ojos azules, cascada de pelo, distribución de pecas geométricamente perfecta, la bar-

12. Juego de palabras con *hairy acorn* (bellota peluda). *(N. del T.)*

13. Juego de palabras intraducible. En inglés, «*come*» es «venir», pero también «correrse». *(N. del T.)*

billa un pelín demasiado puntiaguda, para no ser perfecta, sino dotada de un atractivo sobrecogedor. Parpadeé, y volvió a convertirse en una sola persona. Maxi me estudió con atención.

—Aún le quieres —dijo.

Agaché la cabeza.

—Sí —susurré.

Soltó mi barbilla. Mi cabeza golpeó en la barra. Maxi me levantó cogiéndome de los pasadores. El camarero parecía preocupado.

—Creo que ya ha bebido bastante —dijo. Maxi no le hizo caso.

—Tal vez deberías llamarle —dijo.

—No puedo —contesté, y de pronto tomé conciencia de que estaba muy borracha—. Me pondré en ridículo.

—Hay cosas peores que ponerse en ridículo.

—¿Como qué?

—Perder a alguien a quien amas porque eres demasiado orgullosa para llamar y arreglar las cosas —dijo—. Eso es peor. Bien, ¿cuál es su número?

—Maxi...

—Dame el número.

—Es una pésima idea.

—¿Por qué?

—Porque... —Suspiré, y noté que toda el tequila se apretujaba contra mi cráneo—. Porque ¿y si él no me quiere?

—En ese caso, es mejor que lo sepas de una vez por todas. Podemos intervenir como cirujanos y cauterizar la herida. Yo te enseñaré los poderes curativos del odio. —Me ofreció el teléfono—. Bien. El número.

Cogí el teléfono. Era una cosa diminuta, un juguete, del tamaño de mi pulgar. Lo desdoblé con cuidado, forcé la vista y tecleé los números con el pulgar.

Descolgó al primer timbrazo.

—¿Hola?

—Eh, Bruce. Soy Cannie.

—Holaaaa —dijo poco a poco, como sorprendido.

—Sé que esto es un poco raro, pero estoy en Nueva York, en este bar, y nunca adivinarías con quién...

Hice una pausa para tomar aliento. Él no dijo nada.

—He de decirte algo...

—Eh, Cannie...

—No, sólo quiero, sólo necesito... Has de escuchar. Escucha —articulé por fin. Las palabras salieron a borbotones—. Romper contigo fue un error. Ahora lo sé. Lo siento, Bruce..., y te echo mucho de menos, y cada día es peor, y sé que no lo merezco, pero si pudieras concederme otra oportunidad, sería muy buena contigo...

Oí los muelles que chirriaban cuando cambió de postura en la cama. Y la voz de alguien al fondo. Una voz femenina.

Eché un vistazo al reloj de pared, detrás de los sujetadores oscilantes. Era la una de la mañana.

—Te he interrumpido —dije como una estúpida.

—Eh, Cannie, no es el mejor momento...

—Pensé que necesitabas espacio —dije—, debido a la muerte de tu padre. Pero no es así, ¿verdad? Se trata de mí. Tú no me quieres.

Oí el ruido de algo que caía, y una conversación lejana entre murmullos. Habría puesto la mano sobre el receptor.

—¿Quién es ella? —chillé.

—Escucha, ¿cuándo te va bien que te llame? —preguntó Bruce.

—¿Vas a escribir sobre ella? —grité—. ¿Va a tener una inicial en tu maravillosa y fabulosa columna? ¿Es buena en la cama?

—Cannie —dijo Bruce poco a poco—, deja que te llame yo.

—No. No te preocupes. No es necesario —dije, y empecé a apretar botones hasta que encontré el de colgar.

Le devolví el teléfono a Maxi, que me miraba muy seria.

—Eso no tiene buena pinta —dijo.

Sentí que la sala daba vueltas. Sentí ganas de vomitar. Sentí que nunca más sería capaz de sonreír, que en algún lugar de mi corazón siempre iba a ser la una de la mañana, y estaría llamando al hombre que amaba y habría otra mujer en su cama.

—¿Cannie? ¿Me oyes? Cannie, ¿qué debo hacer?

Levanté mi cabeza de la barra. Me froté los ojos con el puño. Emití un profundo suspiro estremecido.

—Darme más tequila —dije—, y enseñarme a odiar.

Más tarde (mucho más tarde), en el taxi de regreso al hotel, apoyé la cabeza en el hombro de Maxi, sobre todo porque no podía sostenerla erguida. Sabía que había llegado al punto en que no tenía nada que perder, nada de nada. O tal vez era que ya había perdido lo más importante. ¿Y qué más daba?, pensé. Busqué en mi bolso la copia, algo mojada de tequila, de mi guión, que había embutido un millón de años antes, con la idea de que revisaría las escenas finales en el tren de vuelta.

—Toma —dije arrastrando las palabras, y metí el guión en las manos de Maxi.

—¿Es para mí? —gorjeó Maxi, como si interpretara una escena en que aceptaba un regalo de un extraño—. La verdad, Cannie, no deberías hacerlo.

—No —dije, mientras un breve rayo de lucidez se abría paso entre la niebla de alcohol—. No, probablemente no, pero voy a hacerlo.

Maxi, mientras tanto, pasaba las páginas con gestos ebrios.

—¿Qué essss?

Hipé y pensé, ya que hemos llegado hasta aquí, ¿para qué mentir?

—Es un guión que yo he escrito. Pensé que tal vez te gustaría leerlo, en el avión, por ejemplo, si te aburres otra vez. —Hipé un poco más—. No quiero imponer...

Los párpados de Maxi estaban a media asta. Metió el guión en su mochilita negra, doblando las primeras páginas.

—No te preocupes por eso.

—No has de leerlo si no quieres —dije—. Y si lo lees y no te gusta, dímelo. No te preocupes por herir mis sentimientos. —Suspiré—. Todo el mundo lo hace.

Maxi se inclinó y me envolvió en un desmañado abrazo. Sentí que los huesos de sus codos se me clavaban cuando me aferró con fuerza.

—Pobre Cannie —dijo—. No te preocupes. Yo voy a cuidar de ti.

La miré, tan dudosa como borracha.

—¿De veras?

Asintió con violencia, y los ricitos se agitaron alrededor de su cara.

—Yo cuidaré de ti —repitió—, si tú cuidas de mí. Si eres mi amiga, nos cuidaremos la una a la otra.

9

Desperté en una suite de hotel, en una cama muy grande, en mi vestido negro que ya no estaba de moda. Alguien me había quitado las sandalias y las había colocado en el suelo con esmero.

El sol entraba por las ventanas y dibujaba brillantes franjas en la alfombra color marfil y el edredón rosa, tan ligero como un beso en mi cuerpo. Levanté la cabeza. Ay. Craso error. Volví a apoyar con cautela mi cabeza en la almohada y cerré los ojos. Experimenté la sensación de que alguien había ceñido una banda de hierro alrededor de mi cráneo y la iba apretando lentamente. Experimenté la sensación de que se me estaba encogiendo la cabeza. Experimenté la sensación de que tenía algo pegado con cinta adhesiva en la frente.

Levanté las manos y despegué un trozo de papel que, en efecto, estaba sujeto con cinta adhesiva a mi frente, y empecé a leer.

Querida Cannie:
Siento haberte abandonado en tu estado, pero mi avión salía a una hora muy temprana de la mañana (y April está muy cabreada conmigo..., pero da igual. ¡Valió la pena!).

Me sabe muy mal lo ocurrido anoche. Sé que insistí para que llamaras, y recibiste una noticia terrible. Imagino muy bien cómo te sientes. Yo he pasado por lo mismo (¡lo de la tequila y el corazón partido!).

¿Por qué no me llamas mañana, cuando vuelvas a casa y, espero, te sientas mejor? Mi número está abajo. Espero que me perdones, y que sigamos siendo amigas.

Un coche te estará esperando delante del hotel todo el día para llevarte a casa. Yo invito (de hecho, es el de April). Llámame pronto, por favor.

Sinceramente,

Maxi Ryder

Y después venía una ristra de números telefónicos: Australia. Oficina. Inglaterra. Busca. Teléfono móvil. Fax. Fax alternativo. E-mail.

Me encaminé con cautela hacia el cuarto de baño, donde vomité ruidosa y profusamente. Maxi había dejado aspirinas en el lavabo, junto con lo que parecían varios cientos de dólares en productos de acicalamiento Kiehl sin abrir y dos botellas grandes de agua mineral, aún frescas. Tragué tres aspirinas, bebí agua poco a poco y me miré en el espejo. Ay. Muy mal. Pálida, cerúlea, piel manchada, cabello grasiento, grandes ojeras, y todo el maquillaje del Beauty Bar corrido por todas partes. Estaba sopesando los beneficios de una larga ducha caliente, cuando alguien llamó a la puerta.

—Servicio de habitaciones —dijo el camarero, y entró con un carrito. Café caliente, té caliente, cuatro tipos de zumo diferentes y tostadas—. Le sentará bien —dijo compasivo—. La señorita Ryder dejó instrucciones de que deje la habitación cuando le convenga.

—¿Cómo de tarde? —pregunté. Mi voz sonó chillona.

—Cuando le parezca oportuno. Tómese su tiempo. Disfrute.

—Caramba —dije.

La luz del sol era como cuchilladas en mis ojos, pero el poderío de la vista era innegable. Veía Central Park extendido debajo de mí, salpicado de gente y árboles, con las hojas teñidas de naranja y oro. Después, las hileras de rascacielos en la distancia. Después, el río. Después, Nueva Jersey. «Vive en Nueva Jersey», me oí decir.

—Es la suite del ático —dijo el camarero, y se fue.

Me serví una taza de té, añadí azúcar, di unos mordiscos a una tostada. La bañera, observé con tristeza, era lo bastante grande para dos, incluso para tres, si a los ocupantes les iba esa marcha. Los ricos son diferentes, razoné, y dejé correr el agua, caliente hasta los límites de lo soportable, añadí una loción que garantizaba tantos poderes restauradores que debería salir de la bañera renacida, o al menos con mucho mejor aspecto, y me quité mi vestido de tirantes por la cabeza.

Mi segundo error de la mañana. Había espejos por todo el cuarto de baño, espejos que ofrecían vistas de mi cuerpo que, por lo general, no podía encontrar fuera de unos grandes almacenes. Y el terreno no tenía buen aspecto. Cerré los ojos para borrar la visión de las estrías y la celulitis.

—Tengo piernas fuertes y bronceadas —recité para mí. La semana anterior habíamos practicado charla positiva en la clase de Control del Peso—. Tengo hombros bonitos.

Entonces me deslicé en la bañera.

Bien, pensé con amargura. Así que tenía otra. ¿Qué creía yo que iba a pasar? Es judío, culto, alto, hétero y agradable de mirar, y alguien tenía que cazarlo.

Rodé en la bañera, y envié una cascada de agua al suelo.

Pero él me quería, pensé. Siempre me lo estaba diciendo. Pensaba que yo era perfecta..., que éramos perfectos juntos. ¿Y diez minutos después tiene a otra en la cama? ¿Haciendo las cosas que sólo quería que hiciera yo?

La voz regresó, implacable. «Pero fuiste tú quien quiso la separación. ¿Qué esperabas?»

—Filadelfia, ¿verdad, señora?

El conductor era ruso, y llevaba una gorra de chófer. El coche era una limusina, con un asiento trasero más grande que mi cama, y tal vez más que todo el dormitorio. Eché un vistazo al interior. Había el televisor de rigor, un vídeo, un equipo estéreo de aspecto caro... y un bar, por supuesto. Diferentes licores centelleaban en botellas de cristal tallado, así como una fila de vasos vacíos. El estómago se me revolvió.

—Discúlpeme —dije, y corrí al vestíbulo. Los lavabos que hay en los vestíbulos de los hoteles son sitios estupendos para vomitar.

El chófer me miró divertido cuando volví al coche.

—¿Quiere que tome la autopista?

—Lo que resulte más fácil —contesté, y me deslicé en el asiento, mientras él mantenía la puerta abierta y cargaba mi mochila, las cajas de zapatos y las bolsas de Beauty Bar en el maletero. Había un teléfono en el asiento trasero, al lado del estéreo y el televisor, y lo cogí, desesperada de repente por saber si Bruce había intentado ponerse en contacto conmigo anoche. Había un solo mensaje en el contestador. «Eh, Cannie, soy Bruce, te devuelvo la llamada. Voy a pasar unos días en casa, así que tal vez te intente localizar más adelante.» No *Lo siento*. No *Todo ha sido un mal sueño*. La llamada había llegado a las once de la mañana, probablemente después del polvo matutino y un *waffle* belga con la señorita Muelles Crujientes, la cual, gracias a mi adiestramiento, nunca le llamaría el Bidet Humano, y no debía pesar más que él.

Cerré los ojos. Era muy doloroso.

Colgué el teléfono cuando corríamos por la autopista hacia Nueva Jersey a ciento veinte kilómetros por hora, justo cuando dejamos atrás la salida que me llevaba a su casa. Di un golpecito con dos dedos cuando pasamos. Hola y adiós.

El domingo pasó en una confusión de lágrimas y vómitos en casa de Samantha, donde *Nifkin* y yo habíamos acampado, para no escuchar el teléfono que no sonaba. Sabía que Samantha estaba haciendo lo imposible por evitar decirme que ya me había avisado. Resistió más de lo que yo habría hecho, hasta el domingo por la noche, cuando se le agotaron por fin las preguntas sobre Maxi, y encaró el tema de Bruce y la desastrosa llamada telefónica.

—Querías una tregua por algún motivo —me dijo.

Estábamos sentadas en el Pink Rose Pastry Shop. Ella mordisqueaba una galleta almendrada. Yo estaba dando cuenta de un pastelillo de chocolate en forma de pelota de béisbol y con el tamaño de una pelota de béisbol, el mejor antídoto legal contra la desdicha humana que había descubierto, y supuse que no importaba, porque no había comido nada desde la tarde anterior, en Nueva York, con Maxi.

—Lo sé —dije—. Pero ya no me acuerdo cuál era.

—Y antes te lo pensaste bien, ¿verdad?

Asentí.

—Por lo tanto, debiste considerar la posibilidad de que encontrara otra, ¿no?

El tiempo transcurrido se me antojaba una eternidad, pero la había considerado. En un momento dado, hasta lo había esperado, convencida de que encontraría una niñita mona y descerebrada, con pulseras en los tobillos y vello en las axilas, que se quedaría levantada hasta tarde y se lo montaría con él mientras yo trabajaba como una loca, vendía mis guiones y entraba en la lista de los «Treinta con menos de treinta» de la revista *Time*. En otra vida, habría sido capaz de imaginar la situación sin lágrimas, náuseas y/o sentimientos de querer morir, de querer matarle, o de querer matarle y luego morir.

—Existían motivos para que la relación no funcionara —dijo Samantha.

—Repíteme cuáles eran.

—No le gustaba ir al cine —dijo Samantha.

—Voy al cine contigo.

—¡No le gustaba ir a ninguna parte!

—¿Acaso me mataba quedarme en casa? —Pinché el pastelillo con tal fuerza que se desmoronó y rezumó crema—. Era un buen tío. Un tío bueno y dulce. Y yo fui una idiota.

—¡Cannie, te comparó con Monica Lewinsky en una revista de alcance nacional!

—Bien, no es lo peor del mundo. No me engañó.

—Ya sé lo que pasa —dijo Samantha.

—¿Qué es?

—Deseas lo que no tienes. Es una ley universal: él te quería, tú te sentías aburrida y asfixiada. Ahora se ha largado, y estás desesperada por recuperarle. Pero piénsalo, Cannie... ¿Algo ha cambiado de verdad?

Quise decirle que sí, que había echado un vistazo a mis posibilidades de ligar, y se llamaba Steve, llevaba sandalias Tevas y ni siquiera consideraba una cita salir conmigo una noche.

—Acabarías plantándole de nuevo, y eso no es justo.

—¿Por qué he de ser justa? —gemí—. ¿Por qué no puedo ser egoísta, mala y despreciable, como todo el mundo?

—Porque eres una buena persona. Por infortunado que pueda parecer.

—¿Cómo lo sabes? —la reté.

—De acuerdo. Estás paseando a *Nifkin*, pasas junto a tu coche y observas que, si lo movieras unos centímetros, quedaría libre otro espacio para aparcar, en lugar de uno de esos huecos angustiosos que parecen espacios para aparcar, pero no lo son. ¿Mueves el coche?

—Bien, sí... ¿Tú no lo harías?

—Ésa no es la cuestión. Es la prueba. Cannie, eres una buena persona.

—No quiero ser una buena persona. Quiero ir a Nueva Jersey y sacar a patadas de su cama a esa puta...

—Lo sé. Pero no puedes.

—¿Por qué no?

—Porque acabarías en la cárcel, y yo no pienso cuidar eternamente de tu estrafalario perrito.

—Fantástico —suspiré.

El camarero se acercó con nuestros platos.

—¿Han terminado?

Asentí.

—Del todo. No quiero nada más —dije.

Sam dijo que podía quedarme si quería, pero decidí que no podía esconderme indefinidamente, de modo que cogí a *Nifkin* y volvimos a casa. Me arrastré escaleras arriba, con las manos cargadas con el correo del sábado, y allí estaba, delante de mi puerta. Le vi a pequeñas dosis: las zapatillas deportivas que ocupaban el segundo lugar en sus preferencias..., después, unos calcetines que no iban a juego..., después, aparecieron las piernas bronceadas y peludas cuando subí más. El pantalón de chándal, una vieja camiseta de la universidad, la perilla, la cola de caballo rubia, su cara. Damas y caballeros, recién llegado de su revolcón con la Aplastadora de Muelles, Bruce Guberman.

—¿Cannie?

Me sentí muy rara, como si mi corazón intentara hundirse y elevarse al mismo tiempo. O quizá sólo eran más náuseas.

—Escucha —dijo—, esteeee, siento lo de anoche.

—No hay nada de qué disculparse —dije con desenvoltura, pasé a su lado y abrí la puerta—. ¿Qué te trae por aquí?

Entró, con los ojos clavados en los cordones de las zapatillas y las manos en los bolsillos.

—En realidad, voy camino de Baltimore.

—Qué amable —dije, y dirigí a *Nifkin* una mirada severa con la esperanza de impedir que saltara hacia Bruce, mientras meneaba la cola tres veces más rápido que de costumbre.

—Quería hablar contigo —dijo.

—Qué amable eres conmigo —contesté.

—Iba a decírtelo. Quería decírtelo antes de que lo leyeras —dijo.

Fantástico. ¿No sólo tendría que padecerlo, sino también leerlo?

—¿Leerlo, dónde?

—En *Moxie*.

—De hecho, *Moxie* no se cuenta entre mis lecturas favoritas. Yo ya sé practicar buenas mamadas. Como tal vez recuerdes.

Respiró hondo, y supe qué pasaba, supe lo que se avecinaba, igual que notas el cambio de presión en el aire cuando va a descargar una tormenta.

—Quería decirte que estoy viendo a alguien.

—¿De veras? ¿Quieres decir que anoche no tuviste los ojos cerrados todo el rato?

No rió.

—¿Cómo se llama?

—Cannie —dijo con dulzura.

—Me niego a creer que hayas encontrado otra chica llamada Cannie. Vamos, dímelo. ¿Edad? ¿Rango? ¿Número de serie? —pregunté en tono jocoso, oyendo mi voz como si estuviera a un millón de kilómetros de distancia.

—Tiene treinta y un años... Es maestra de jardín de infancia. También tiene un perro.

—Eso es fantástico —dije con sarcasmo—. Apuesto a que tenemos montones de cosas en común. Déjame adivinar... ¡Apuesto a que tiene tetas! ¡Y pelo!

—Cannie...

Y entonces sólo se me ocurrió preguntar:

—¿A qué colegio fue?

—Hum... Montclair State.

Brutal. Más vieja, más pobre, más dependiente, menos inteligente. Me estaba muriendo de ganas de preguntarle si también era rubia, sólo para repasar todos los tópicos.

—¿La quieres? —le solté, en cambio.

—Cannie...

—Da igual. Lo siento. No tenía derecho a preguntarte eso. Lo siento. —Entonces, antes de que pudiera contenerme, pregunté—: ¿Le has hablado de mí?

Asintió.

—Por supuesto.

—Bien, ¿y qué le has dicho? —Un horrible pensamiento cruzó por mi mente—. ¿Le has contado lo de mi madre?

Bruce asintió de nuevo, con aspecto perplejo.

—¿Por qué? ¿Qué tiene de malo?

Cerré los ojos, asaltada por una repentina visión de Bruce y su nueva chica en su cama grande y tibia, con un brazo pasado a su alrededor, contándole mis secretos familiares. «Su madre es gay, ¿sabes?», diría, y la nueva chica contestaría con un cabeceo profesional y compasivo de maestra de jardín de infancia, mientras pensaba en lo rara que debía de ser yo.

Oí ruidos de atragantamiento en el dormitorio.

—Perdona —murmuré, y corrí al cuarto, donde *Nifkin* estaba regurgitando una bolsita de plástico. Limpié el desaguisado y volví a la sala de estar. Bruce estaba de pie delante del sofá. No se había sentado, no había tocado nada. Nada más verle, deduje que estaba desesperado por volver a su coche con las ventanillas bajadas y escuchando a Springsteen a toda caña..., para alejarse de mí.

—¿Estás bien?

Respiré hondo. Ojalá hubieras vuelto conmigo, pensé. Ojalá no hubiera tenido que escuchar esto. Ojalá no hubiéramos roto nunca. Ojalá no nos hubiéramos encontrado nunca.

—Estoy bien —contesté—. Me alegro por ti.

Los dos nos callamos.

—Espero que podamos ser amigos —dijo Bruce.

—No creo —contesté.

—Bien —dijo, e hizo una pausa, y supe que no tenía nada más que decir, y que sólo había una cosa que él deseara oír.

Y se lo dije.

—Adiós, Bruce.

Abrí la puerta y me quedé allí, esperando, hasta que salió.

Llegó el lunes, y volví a trabajar, sintiéndome fatal y aturdida. Estaba cambiando de sitio las cosas de mi mesa y revisando mi correo, que contenía la habitual selección de protestas de Viejos, Airados, más una colección de amargas misivas de los fans de Howard Stern, muy disgustados con mi crítica de su última emisión. Me estaba preguntando si bastaría con pergeñar una carta única para los diecisiete tíos que me acusaban de ser fea y vieja, y de sentir celos de Howard Stern, y firmaban como «Baba Booey», cuando Gabby se acercó.

—¿Cómo te fue con Maxi no-sé-cuánto? —preguntó.

—Bien —dije, al tiempo que le dirigía mi mejor sonrisa de docilidad.

Pero Gabby parecía preocupada. Muy preocupada. Era probable que hubiera elegido a Maxi como tema principal de la columna de mañana, sólo por el placer de hacerme la competencia, y ahora tendría que esforzarse por llenar el espacio disponible. Eso era algo que a Gabby no le salía bien.

—Así que... ¿hablaste con ella?

—Durante una hora —dije—. Un material excelente. Creo que conectamos estupendamente —dije con lentitud, para prolongar la tortura—. Hasta podríamos llegar a ser amigas, me parece.

Gabby se quedó boquiabierta. Adiviné que se debatía entre preguntar si alguien había hablado de su plan para charlar con Maxi, o sólo confiar en que yo no lo hubiera averiguado.

—Gracias por tu interés —dije con dulzura—. Ha sido muy amable por tu parte. Es como si..., ¡caray!..., como si fueras mi jefa.

Empujé la silla hacia atrás, me levanté y pasé a su lado con majestuosidad, la espalda recta, la cabeza alta. Después fui al baño y vomité. Una vez más.

De vuelta en mi mesa, estaba registrando mis cajones en busca de un chicle o un caramelo, cuando sonó el teléfono.

—Titulares, Candace Shapiro —dije distraída. Chinchetas, tarjetas, sujetapapeles de tres tamaños, y ni un solo chicle. La historia de mi vida, pensé.

—Candace, soy el doctor Krushelevansky, de la Universidad de Filadelfia —dijo una voz profunda y familiar.

—Ah. Ah, hola —dije—. ¿Qué pasa?

Dejé el cajón y me puse a investigar en el bolso, aunque ya había mirado allí.

—Me gustaría hablar de una cosa contigo —dijo.

Eso captó mi atención.

—¿Sí?

—Bien, el último análisis de sangre que hicimos... —Lo recordaba bien—. Ha pasado algo que, mucho me temo, te convierte en no apta para el estudio.

Sentí que las palmas de mis manos se helaban.

—¿Qué? ¿Qué es?

—Preferiría hablarlo contigo en persona.

Pasé revista a todo lo que un análisis de sangre podía revelar, cada posibilidad más espantosa que la anterior.

—¿Tengo cáncer? —pregunté—. ¿Sida?

—No tienes nada amenazador para la vida —dijo con firmeza—. Además, prefiero no jugar a las adivinanzas.

—Pues entonces, dime qué va mal —supliqué—. ¿Colesterolemia? ¿Hipoglucemia? ¿Escorbuto? ¿Gota?

—Cannie...

—¿Tengo raquitismo? Oh, Dios, por favor, no me condenes al raquitismo. Creo que no podría soportar ser gorda y también patizamba.

Se puso a reír.

—Nada de raquitismo, pero empiezo a pensar que podrías ser hipocondríaca. ¿Cómo es posible que conozcas tantas enfermedades? ¿Tienes un vademécum delante de ti?

—Me alegro de que lo consideres divertido —dije en tono quejumbroso—. Me alegra saber que ésta sea tu idea de la diversión, llamar a inocentes reporteras en pleno día para decirles que algo pasa en su sangre.

—Tu sangre está bien —dijo muy serio—. Será un placer contarte lo que hemos descubierto, pero preferiría hacerlo en persona.

Estaba sentado detrás de su escritorio cuando entré, y se puso en pie para recibirme. Reparé, una vez más, en lo alto que era.

—Siéntate —dijo. Dejé caer el bolso y la mochila en una silla y aparqué en la otra.

Abrió mi expediente sobre la mesa.

—Como ya te dije, llevamos a cabo una serie de análisis habituales cuando extraemos sangre, en busca de circunstancias que pudieran descalificar a las participantes en el estudio. La hepatitis es una de ellas. El sida, por supuesto, es otra.

Asentí, y me pregunté si alguna vez iría al grano.

—También hacemos la prueba del embarazo —dijo. Asentí otra vez, y pensé, «vale, de acuerdo, pero ¿qué me pasa?» Y luego, comprendí. *Embarazo*.

—Pero yo no estoy... —tartamudeé—. O sea, es imposible.

Dio la vuelta al expediente y señaló algo rodeado en rojo.

—Podríamos hacer otro análisis —dijo—, pero por lo general, somos muy precisos.

—Yo... Yo no...

Me levanté. ¿Cómo había sucedido? Mi cabeza daba vueltas. Me hundí en la silla para pensar. Había dejado de tomar la píldora después de mi ruptura con Bruce, imaginando que pasaría mucho tiempo antes de que volviera a necesitar anticonceptivos, y ni siquiera me había pasado por la cabeza que correría peligro después del funeral por su padre. Tuvo que haber sucedido entonces.

—Oh, Dios —dije, y me puse en pie de un salto.

Bruce. Tenía que localizar a Bruce. Tenía que decírselo a Bruce, seguro que ahora me aceptaría de nuevo..., *pero*, susurró mi mente, *¿y si no lo hace?* ¿Y si me decía que era mi problema, que estaba con otra y que me las arreglara como pudiera?

—Oh —dije, y me derrumbé de nuevo en el asiento y sepulté la cabeza entre las manos. Ni siquiera me había fijado en que el doctor K. había salido de la habitación, hasta que la puerta se abrió y volvió a aparecer. Llevaba tres vasos de espuma de poliestireno en la mano, y paquetes de azúcar y terrinitas de crema en la otra. Dejó los vasos en la mesa delante de mí; té, café, agua.

—No estaba seguro de qué querrías —dijo en tono de disculpa. Él se quedó con el té. Abrió el cajón de su escritorio y sacó un frasco de miel medio vacío en forma de oso—. ¿Te apetece algo más? —preguntó con amabilidad.

Negué con la cabeza.

—¿Quieres estar sola un rato? —preguntó, y recordé que era un día laborable, de que un mundo giraba a mi alrededor, y que él tendría otras cosas que hacer, tendría que recibir a otras chicas gordas.

—No debe hacer esto con mucha frecuencia, ¿verdad? —pregunté—. Decirle a una tía que está embarazada, quiero decir.

El médico compuso una expresión de sorpresa.

—No —dijo por fin—. No, creo que no lo hago con mucha frecuencia. —Frunció el ceño—. ¿Lo he hecho mal?

Lancé una débil carcajada.

—No lo sé. Nadie me había dicho nunca que estaba embarazada, así que no tengo con qué compararlo.

—Lo siento —dijo vacilante—. Imagino que es una noticia... inesperada.

—Podría decirse así —contesté. De pronto, me asaltó una vívida visión de la Gira de Tequila de Cannie y Maxi—. Oh, Dios mío —exclamé, cuando imaginé al feto nadando en alcohol—. ¿Sabe algo sobre el síndrome alcohólico fetal?

—Espera —dijo. Oí que se alejaba a toda prisa por el pasillo. Volvió con un libro en las manos. *Qué hay que esperar cuando esperas*—. Lo tenía una enfermera —explicó. Fue al índice—. Página cincuenta y dos —dijo, y me tendió el libro.

Eché un vistazo a los párrafos principales y averigüé que, siempre que dejara de beber antes de llegar al punto de la incoherencia durante el embarazo, todo iría bien. Siempre que quisiera que la cosa saliera bien, por supuesto. Y en ese momento, no tenía ni idea de lo que quería. Salvo no encontrarme en esta situación, claro está.

Dejé el libro sobre la mesa y recogí el bolso y la mochila.

—Creo que debería irme —dije.

—¿Quieres hacerte otro análisis? —preguntó.

Negué con la cabeza.

—Me haré uno en casa, supongo, y luego pensaré...

Cerré la boca. La verdad, no sabía qué pensaría.

Empujó el libro hacia mí.

—¿Quieres llevártelo, por si se te ocurre otra pregunta?

Estaba siendo muy amable conmigo, pensé. ¿Por qué? Igual era un antiabortista furibundo, pensé, que intentaba animarme a continuar el embarazo con la ayuda del muestrario de bebidas y el libro gratuito.

—¿La enfermera no lo querrá recuperar? —pregunté.

—Ya ha tenido hijos —contestó—. Estoy seguro de que no le importará. Puedes quedarte con él. —Carraspeó—. En cuanto al estudio —empezó—, si decides continuar el embarazo, no serás apta, por supuesto.

—¿No habrá píldoras adelgazantes?

—No han sido aprobadas para el uso de mujeres embarazadas.

—En ese caso, podría ser su conejillo de Indias —insinué, y me sentí al borde de la histeria—. Quizá tendría un niño enclenque. Eso sería estupendo, ¿verdad?

—Infórmame de tu decisión —dijo, y metió una tarjeta dentro del libro—. Me encargaré de que te devuelvan el dinero de la matrícula si decides no continuar.

Recordé con mucha claridad, en el fajo de formularios que había rellenado el primer día, algo referente a que no se devolvía nunca el dinero de la matrícula. Un antiabortista furibundo, sin la menor duda, pensé, y me levanté, al tiempo que me colgaba la mochila de los hombros.

Me miró con afecto.

—Escucha, si quieres hablar de eso..., o si tienes alguna duda médica, me encantaría ayudarte.

—Gracias —murmuré. Ya tenía la mano apoyada en el pomo.

—Cuídate, Cannie —dijo—. Y llámanos, hagas lo que hagas.

Asentí de nuevo, giré el pomo y salí.

Regateé con Dios durante el trayecto de vuelta a casa, del mismo modo que había inventado cartas para el fan de Celine Dion, el pobre señor Deiffinger, la última de mis preocupaciones en este momento. Querido Dios, si me liberas del embarazo, trabajaré como voluntaria en el refugio de animales y en el hospicio de sida, y nunca más escribiré cosas desagradables sobre nadie. Seré una persona mejor. Seré buena en todo, iré a la sinagoga, y no sólo las fiestas de guardar, no seré tan mezquina y crítica, seré amable con Gabby, pero no permitas, por favor, por favor, por favor, que me pase esto.

Compré dos equipos para análisis en la farmacia de South Street, cajas blancas de cartón con sonrientes futuras madres delante, y me meé sobre la mano haciendo el primero, de lo mucho que temblaba mi mano. Para entonces, ya estaba tan convencida de lo peor que no necesitaba la señal positiva en la varilla para comunicarme lo que el doctor Krushelevansky ya me había dicho.

—Estoy embarazada —dije al espejo.

Imité una sonrisa, como la de la mujer de la caja.

—Embarazada —informé a *Nifkin* aquella noche, cuando saltó sobre mí y me lamió la cara en casa de Samantha, donde lo había refugiado mientras yo trabajaba. Samantha tenía dos perros, además de un gran patio vallado con una puerta especial, de forma que los perros podían entrar y salir a su capricho. *Nifkin* no estaba loco por los perros de Sam, Daisy y Mandy (yo sospechaba que prefería la compañía de los humanos a la de otros perros), pero era un fanático del cordero de primera calidad y las galletas de arroz que Samantha servía, por lo que, en general, parecía contento de alojarse en casa de Sam.

—¿Qué has dicho? —gritó Samantha desde la cocina.

—Estoy embarazada —contesté.

—¿Qué?

—Nada —chillé. *Nifkin* se sentó en mi regazo y me miró muy serio a los ojos.

—Tú sí que me has oído, ¿verdad? —susurré. *Nifkin* lamió mi nariz y se aovilló en mi regazo.

Samantha entró en la sala de estar, secándose las manos.

—¿Qué decías?

—Que iré a casa el Día de Acción de Gracias.

—¿Pavo lesbiano otra vez? —Samantha arrugó la nariz—. ¿No me dijiste que tenía las estrictas instrucciones de abofetearte si volvías a hablar de pasar otras vacaciones con Tanya?

—Estoy cansada —dije—. Estoy cansada y quiero ir a casa.

Se sentó a mi lado.

—¿Qué está pasando, en realidad?

Tenía muchas ganas de decírselo, de vaciarme por dentro, de pedirle ayuda, de que me dijera qué debía hacer. Pero no pude. Aún no. Necesitaba tiempo para pensar, de conocer mi deseo antes de que empezara el estribillo. Sabía el consejo que me daría. Yo le diría lo mismo si se encontrara en idéntica situación: joven, soltera, con una gran carrera, embarazada de un tipo que no le devolvía las llamadas telefónicas. Había sido una insensatez, una tarde de quinientos dólares en la consulta del médico, unos cuantos días de calambres y llantos, fin de la historia.

Pero antes de decantarme por lo obvio, quería un poco de tiempo, incluso algunos días. Quería ir a casa, incluso si mi casa había pasado de ser un refugio feliz a una especie de comuna sáfica.

No fue difícil. Llamé a Betsy, que me invitó a tomarme todo el tiempo que necesitara.

—Tienes tres semanas de vacaciones, cinco días del año pasado que no hiciste, y horas por recuperar del tiempo invertido en Nueva York —decía el mensaje que había dejado en mi contestador automático—. Feliz Día de Acción de Gracias, y ya nos veremos la semana que viene.

Envié un e-mail a Maxi. «Ha pasado algo... Por desgracia, no es lo que yo esperaba —escribí—. Bruce sale con una maestra de jardín de infancia. Tengo el corazón destrozado, y vuelvo a casa a comer pavo reseco y a dejar que mi madre sienta pena por mí.»

«Buena suerte —había contestado ella de inmediato, aunque allí debían ser las tres de la mañana—. Olvídate de la maestra. Es un objeto de transición. Nunca duran. Llama o escribe cuando estés en casa... Yo volveré a Estados Unidos en primavera.»

Cancelé mi corte de pelo, aplacé algunas entrevistas telefónicas, acordé con mis vecinos que recogerían mis papeles y mi correo. No llamé a Bruce. Si decidía no seguir embarazada, no habría motivos para que él lo supiera. En esta fase de nuestra no relación, no podía imaginarle sentado a mi lado en una clínica, cogiendo mi mano. Si continuaba el embarazo..., bien, quemaría ese puente cuando llegara el momento, pensé.

Sujeté el soporte de la bicicleta y la mountain bike a la parte posterior de mi pequeño Honda azul, puse a *Nifkin* en su cesta de viaje y tiré mi bolsa en el maletero. Preparada o no, volvía a casa.

TERCERA PARTE
Voy a nadar

10

El verano anterior a mi último curso de carrera en Princeton conseguí un puesto de interna en el *Village Vanguard*, el más antiguo y afectado periódico semanal alternativo del país.

Fueron tres meses espantosos. Para empezar, fue el verano más caluroso en años. Manhattan hervía. Cada mañana empezaba a sudar justo en el instante en que salía de la ducha, seguía sudando durante el trayecto en metro, y continuaba sudando durante todo el día.

Trabajaba para una mujer horrible llamada Kiki. Metro ochenta de estatura y esqueléticamente delgada, el pelo teñido con alheña, utilizaba gafas de sol baratas y siempre se la veía ceñuda. El uniforme veraniego de Kiki consistía en una minifalda combinada con botas de ante altas hasta el muslo, o bien los zuecos más ruidosos del mundo, además de una camiseta ceñida que anunciaba el Sammy's Rumanian Restaurant, o el Boys Scout Gymboree, o algo del mismo palo.

Al principio, Kiki me desconcertaba. El atuendo extravagante tenía sentido, y la actitud hostil era coherente con la tendencia del *Vanguard*, pero nunca sabía cuándo trabajaba. Aparecía tarde y se marchaba pronto, empleaba dos horas en comer, y daba la impresión de que se pasaba el tiempo hablando por teléfono con una caterva de amigos de voces intercambiables. La placa con su nombre, fija a la valla de estacas blanca que había erigido irónicamente alrededor de su cubículo, rezaba «directora adjunta», y si bien adjuntaba un montón, nunca la vi dirigir o hacer algo.

Sin embargo, era una experta en delegar tareas desagradables.

—Estoy pensando en mujeres y el crimen —anunció un martes por la tarde, mientras bebía su café helado y yo estaba plantada delante de ella, sudando—. ¿Por qué no miras lo que tenemos?

Esto era en 1991. Los ejemplares atrasados del *Vanguard* no estaban almacenados en la red, ni siquiera microfilmados, sino que estaban encuadernados en enormes, polvorientos y casi descuajaringados volúmenes que pesaban cada uno, como mínimo, diez kilos. Estos volúmenes estaban alojados en el pasillo que comunicaba los despachos de los columnistas con el redil de sillas metálicas y escritorios sembrados de quemaduras de cigarrillos que servía como espacio de trabajo para las luminarias inferiores del *Vanguard*. Me pasaba los días bajando los volúmenes de las estanterías, arrastrándolos primero hasta mi mesa, y después hasta la fotocopiadora, al tiempo que intentaba esquivar el aliento a ginebra y las manos errantes del activista pro tenencia de armas más prominente de la nación, cuyo despacho estaba justo al lado de las estanterías, y cuya diversión favorita de aquel verano consistía en rozarme sin querer a propósito los pechos, cuando yo iba cargada de volúmenes.

Era horroroso. Al cabo de dos semanas, renuncié al metro y empecé a tomar el autobús. Aunque el desplazamiento duraba el doble y el calor era el mismo, me ahorraba el fétido pozo en que se había convertido la parada de metro de la Calle 116. Una tarde de principios de agosto estaba sentada en el M140, absorta en mis pensamientos y sudando como de costumbre, cuando, en el momento en que el autobús pasaba delante de Billy's Topless, oí una voz calma y leve que daba la impresión de surgir de la mismísima base de mi cráneo.

—«Sé adónde vas» —dijo la voz.

Se me erizó el vello de la nuca y los brazos. Se me puso la carne de gallina, y me quedé helada de repente, convencida de que la voz que había oído no era... humana. Una voz del mundo espiritual, podría haber dicho aquel verano, riendo con mis amigos. Pero la verdad es que pensé que era la voz de Dios.

No era Dios, por supuesto, sólo Ellyn Weiss, la menuda y excéntrica articulista colaboradora del *Village Vanguard*, de aspecto andrógino, que estaba sentada detrás de mí y había decidido decir: «Sé adónde vas» en lugar de «hola». Pero en mi mente pensé que si alguna vez oía la voz de Dios, sonaría exactamente igual: leve, calma y segura.

En cuanto oyes la voz de Dios, las cosas cambian. Aquel día, cuando el prominente activista en pro de la tenencia de armas deslizó las yemas de sus dedos contra el costado de mi pecho derecho, aprovechando que iba camino de su despacho, dejé caer 1987 sin querer a propósito sobre su pie.

—Lo siento —dije, dulce como un pastel, cuando se puso del color de una hoja sucia y se alejó tambaleante, escarmentado para siempre.

Y cuando Kiki me dijo: «He estado pensando en hombres y mujeres, en sus diferencias», y me preguntó si podía empezar a reunir información, le conté una mentira descarada.

—Mi asesor dice que nadie reconocerá mis méritos si sólo me limito a hacer fotocopias —dije—. Si no te soy útil, estoy segura de que los correctores encontrarán algo para mí.

Aquella misma tarde me libré de las garras esqueléticas y encolerizadas de Kiki y pasé el resto del verano escribiendo titulares, y yendo de copas con mis nuevos colegas.

Ahora, siete años después, estaba sentada con las piernas cruzadas sobre una mesa de picnic, con la cara vuelta hacia el pálido sol de noviembre y la bicicleta aparcada a mi lado, a la espera de oír otra vez aquella voz. Esperando a que Dios reparara en mí, sentada en el centro del Pennwood State Park de la Pennsylvania suburbana, a ocho kilómetros de la casa donde crecí, esperando a que me mirara y entonara «Conserva el niño» o «Llama a Planificación Familiar».

Estiré las piernas, alcé los brazos sobre la cabeza, respiré por la nariz, expulsé el aire por la boca, tal como había aconsejado el novio de Samantha, con el fin de liberar mi torrente sanguíneo de impurezas y aumentar los pensamientos positivos. Si había sucedido tal como yo pensaba, si me había quedado preñada la última vez que Bruce y yo estuvimos juntos, estaba de ocho semanas. ¿Sería muy grande?, me pregunté. ¿Del tamaño de la yema de un dedo, una goma de borrar, un renacuajo?

Había decidido que concedería diez minutos más a Dios, cuando oí algo.

—¿Cannie?

Aj. Desde luego que no era la voz de la divinidad. Sentí que la mesa se inclinaba cuando Tanya se izó a mi lado, pero seguí con los ojos cerrados, con la esperanza de que si no le hacía caso, se largaría.

—¿Pasa algo?

Tonta de mí. Siempre me olvidaba de que Tanya era militante en diversos grupos de autoayuda: uno de familias de alcohólicos, otro de supervivientes de abusos sexuales, un tercero llamado ¡Dependencia Nunca Más!, con signos de exclamación incluidos. Que me dejara en paz era imposible. Tanya era una firme partidaria de la intervención.

—Si hablaras del problema, quizá te sería útil —retumbó, al tiempo que encendía un cigarrillo.

—Hummm —dije. Aún con los ojos cerrados, noté que me estaba mirando.

—Te han despedido —anunció de repente.

Mis ojos se abrieron, bien a mi pesar.

—¿Qué?

Tanya parecía más complacida consigo misma que de costumbre.

—Lo he adivinado, ¿verdad? ¡Ja! Tu madre me debe diez pavos.

Me tumbé, agité la mano para alejar el humo, cada vez más irritada.

—No, no me han despedido.

—¿Es Bruce? ¿Ha pasado algo más?

—Tanya, en este momento no me apetece hablar de eso.

—Bruce, ¿eh? —dijo con pesar Tanya—. Mierda.

Me incorporé de nuevo.

—¿Por qué te molesta?

Se encogió de hombros.

—Tu madre imaginó que era algo relacionado con Bruce, de modo que si está en lo cierto, he de pagarle.

Espléndido, pensé. Mi pobre vida reducida a una serie de apuestas de diez dólares. Las lágrimas acudieron a mis ojos. Daba la impresión de que últimamente lloraba por todo, empezando por mi situación y continuando con las historias de interés humano que aparecían en la sección de Estilos de Vida del *Examiner* y en los anuncios de sopas Campbell.

—Supongo que viste el último artículo que escribió, ¿eh?

Lo había visto. «De nuevo el amor —se titulaba, en el número de diciembre, y había salido justo a tiempo de arruinarme el Día de Acción de Gracias—. Sé que debería concentrarme en E. Por lo que es», había escrito.

Sé que es un error comparar. Pero no hay forma de evitarlo. Después de la Primera, parece que la siguiente mujer es, ineludiblemente, la Segunda. Al menos al principio, al menos por un breve tiempo. Y E. es, en todos los aspectos, muy diferente de mi primer amor: menuda, mientras que ella era alta; fina y delicada, mientras que ella era ancha y robusta; dulce, mientras que ella era amarga y mordazmente divertida.

«Despecho —dicen mis amigos, y cabecean como viejos rabinos, en lugar de licenciados de veintinueve años—. Es la chica de tu despecho.» Pero ¿qué tiene de malo el despecho? —me pregunto—. Si hubo una primera y no salió bien, tiene que haber una segunda, una siguiente. A la larga, has de continuar adelante.

Si el primer amor fue como explorar un nuevo continente, creo que el segundo amor es como mudarse a un nuevo barrio. Ya sabes que habrá casas y calles. Experimentas el placer de averiguar cómo son las casas por dentro, la sensación de pisar la calle. Conoces las reglas, el vocabulario básico: llamadas telefónicas, bombones por San Valentín, cómo consolar a una mujer cuando te cuenta las desgracias del día, de su vida. Ahora sabes sintonizar. Descubres su mote, cómo le gusta que cojas su mano, el dulce punto situado bajo la curva de la mandíbula...

Sólo pude llegar hasta ese punto, antes de precipitarme al lavabo y vomitar por segunda vez aquel día. La sola idea de Bruce besando a alguien en el dulce punto situado bajo la curva de la mandíbula (hasta la idea de que reparara en ello), bastaba para revolver mi pobre estómago. Ya no me quiere. Tenía que recordármelo sin cesar, y cada vez que pensaba en esas palabras, era como oírlas por primera vez, en grandes letras mayúsculas, pronunciadas con voz estentórea por el tío que presentaba los preestrenos en off: YA NO ME QUIERE.

—Tiene que ser duro —musitó Tanya.

—Es ridículo —repliqué.

Y es que la situación global era ridícula. Después de tres años de aguantar sus súplicas, sus ofertas, sus impertinencias, sus proclamaciones bisemanales de que yo era la única mujer a la que deseaba, nos habíamos separado, yo estaba embarazada y él había encontrado otra, y lo más probable era que no volviera a verle nunca más. (*Nunca* era otra palabra que oía un montón en mi cabeza, como en «nunca volverás a despertar a su lado», o «nunca volverás a hablar con él por teléfono».)

—¿Qué vas a hacer? —preguntó Tanya.

—Ésa es la gran pregunta —dije, salté de la mesa y monté en mi bicicleta, y me fui en dirección a casa. Sólo que ya no me parecía mi casa, y gracias a la invasión de Tanya, no estaba segura de que volviera a parecerlo.

Cuanto menos sabes sobre la vida sexual de tus padres, mejor. Tienen que haberlo hecho al menos una vez, piensas, para tenerte, y unas cuantas más, si tenías hermanos y hermanas, pero eso era procreación. Era un deber, y la idea de que utilizaran sus diversos agujeros y accesorios para divertirse, para obtener placer (en suma, tal como tú, su hija, utilizabas los tuyos) era vomitiva. Sobre todo si practicaban el tipo de vida sexual que estaba en boga a finales de los noventa. No hace falta saber que tus padres follan, y mucho menos que follan más que tú.

Por desgracia, gracias a la preparación de Tanya en autoayuda, y al hecho de que el amor había hecho perder la chaveta a mi madre, yo sabía toda la historia.

Empezó cuando mi hermano, Josh, volvió de la universidad y estaba registrando el baño de mi madre en busca de un cortaúñas, cuando se topó con un montoncito de tarjetas de felicitación, de ésas con acuarelas abstractas de pájaros y árboles delante, y sentimientos en caligrafía florida dentro. «Pienso en ti —decía la portada de una, y dentro, bajo el pareado de turno, alguien había escrito—: Annie, después de tres meses, el fuego aún quema.» Sin firma.

—Creo que son de esa mujer —dijo Josh.

—¿Qué mujer? —pregunté.

—La que vive aquí —dijo Josh—. Mamá dice que es su monitora de natación.

¿Una monitora de natación realquilada? Era la primera vez que oía hablar de eso.

—No será nada —le dije a Josh.

—No será nada —dijo Bruce, cuando hablé con él aquella noche.

Y así empezó mi conversación con mi madre cuando llamó al trabajo dos días después.

—No será nada, pero...

—¿Sí? —preguntó mi madre.

—¿Hay, hum, hay alguien... que esté viviendo ahí?

—Mi monitora de natación —contestó.

—Los Juegos Olímpicos fueron el año pasado —dije, para seguirle la corriente.

—Tanya es una amiga mía del Centro de la Comunidad Judía. Está buscando apartamento, y ocupa la habitación de Josh durante unos días.

Eso me pareció un poco sospechoso. Mi madre no tenía amigas que vivieran en apartamentos, y mucho menos que se quedaran a dormir porque estaban buscando uno. Todas sus amigas vivían en las casas que sus ex maridos les habían dejado, como ella. Pero lo dejé correr hasta la siguiente vez que llamé a casa y me contestó una voz desconocida.

—¿Hola? —gruñó la voz. Al principio me fue imposible decidir si se trataba de un hombre o una mujer, pero fuera quien fuera, daba la impresión de haberse levantado de la cama, aunque eran las ocho de la noche de un viernes.

—Lo siento —me disculpé—. Creo que me he equivocado de número.

—¿Eres Cannie? —preguntó la voz.

—Sí. ¿Quién es usted, por favor?

—Tanya —dijo con orgullo—. Soy amiga de tu madre.

—Oh —dije—. Oh. Hola.

—Tu madre me ha hablado mucho de ti.

—Bien, eso es... estupendo —dije. Mi cabeza daba vueltas. ¿Quién era esta persona, y por qué estaba contestando a nuestro teléfono?

—Pero ahora no está —continuó Tanya—. Está jugando al bridge. Con su grupo de bridge.

—De acuerdo.

—¿Le digo que te llame?

—No, no, gracias.

Eso fue un viernes. No volví a hablar con mi madre hasta que llamó el lunes por la tarde al trabajo.

—¿Quieres contarme algo? —pregunté, esperando alguna variante de «No». En cambio, respiró hondo.

—Bien, sabes, Tanya..., mi amiga... Ella es..., bien. Estamos enamoradas y vivimos juntas.

¿Qué puedo decir? La sutileza y la discreción son virtudes características de la familia.

—He de irme —dije, y colgué el teléfono.

Pasé todo el resto de la tarde con la mirada perdida en el espacio, lo cual, creedme, no contribuyó a mejorar la calidad de mi artículo sobre los premios de vídeos musicales de la MTV. En casa había tres mensajes en el contestador automático: uno de mi madre («Cannie, llámame, hemos de hablar de esto»), uno de Lucy («Mamá dijo que he de llamarte, pero no explicó por qué»), y uno de Josh («¡Ya te lo había DICHO!»).

No hice caso de ninguno, sino que fui a buscar a Samantha para un postre de emergencia y una sesión de estrategia. Fuimos al bar de la esquina, donde pedí un vaso de tequila y un trozo de tarta de chocolate con salsa de arándanos. Así fortalecida, le conté lo de mi madre.

—Caramba —murmuró Samantha.

—¡Santo Dios! —dijo Bruce, cuando hablé con él un rato después. Pero su sorpresa inicial no tardó mucho en dar paso a..., bien, llamémoslo un sorprendido regocijo. Con una buena dosis de condescendencia. Cuando llegó a mi puerta, estaba en su modo de liberal desaforado—. Deberías alegrarte de que se haya enamorado de alguien —me sermoneó.

—Lo estoy —dije poco a poco—. O sea, eso creo. Es que...

—Deberías alegrarte —repitió Bruce

Podía ponerse bastante insoportable cuando acataba la disciplina del Partido Comunista y repetía las creencias de rigor entre los licenciados del noreste en los noventa. Casi siempre le dejaba salirse con la suya, pero esta vez no iba a permitir que me hiciera sentir como una fascista, o como si tuviera una mentalidad más estrecha que la de él. Se trataba de algo personal.

—¿Cuántos amigos homosexuales tienes? —pregunté, sabiendo cuál era la respuesta.

—Ninguno, pero...

—Ninguno que tú sepas... —dije. Hice una pausa para que asimilara mi mensaje.

—¿Qué quieres decir? —preguntó.

—Está muy claro. Nadie que tú sepas.

—¿Crees que alguno de mis amigos es homosexual?

—Bruce, yo ni siquiera sabía que mi madre era gay. ¿Cómo quieres que sea una experta en la sexualidad de tus amigos?

—Oh —dijo, más calmado.

—Lo que quiero decir es que no conoces a nadie gay. ¿Cómo puedes suponer que es algo estupendo para mi madre, o que debería estar contenta por eso?

—Está enamorada. ¿Es eso tan horrible?

—¿Qué pasa con la otra? ¿Y si es una persona horrible? ¿Y si...? —Empecé a llorar, cuando imágenes horribles se acumularon en mi cabeza—. ¿Qué pasaría si, no sé, van paseando y alguien las ve y les tira una botella de cerveza a la cabeza, o yo qué sé...?

—Oh, Cannie...

—¡La gente es mala! ¡Eso es lo que quiero decir! No pasa nada por ser gay, pero la gente es tan mala... y racista... y podrida..., ¡y ya sabes cómo es mi barrio!

La verdad era que nadie permitía que sus hijos vinieran a jugar a nuestra casa desde 1985, cuando mi padre inició su caída en picado, descuidó el jardín y se puso en contacto con el artista que llevaba dentro. Había traído un escalpelo del hospital y transformado media docena de calabazas en reproducciones muy fallidas de miembros de la familia de mi madre, incluyendo una tía Linda verdaderamente espantosa que había colocado sobre nuestro porche, coronada con una peluca rubia platino que se había agenciado en el departamento de objetos perdidos del hospital. Pero también era verdad que Avondale no podía calificarse de comunidad bien integrada. Ningún negro, pocos judíos y nada de gays declarados, por lo que yo podía recordar.

—¿A quién le importa la opinión de los demás?

—A mí —sollocé—. Es fantástico tener ideales y confiar en que las cosas cambiarán, pero hemos de vivir en el mundo tal como es, y el mundo es..., es...

—¿Por qué lloras? —preguntó Bruce—. ¿Estás preocupada por tu madre, o por ti? —Yo estaba llorando con tal sentimiento que no pude ni contestar, y las mucosidades exigían una atención inmediata. Me pasé la manga por la cara y me soné ruidosamente. Cuando levanté la vista, Bruce seguía hablando—. Tu madre ha hecho una elección, Cannie, y si eres una buena hija, lo que tienes que hacer es apoyarla.

Bien. Para él era fácil decirlo. No era como si la Siempre Exquisita Audrey hubiera anunciado durante uno de sus banquetes *kosher* de cuatro platos que había decidido aparcar en la acera de enfrente. Apostaría la paga de una semana a que la Siempre Exquisita Audrey nunca había visto la vagina de otra mujer. Era muy probable que ni siquiera hubiera visto la suya.

Pensar en la madre de Bruce en su bañera de hidromasaje para dos, toquetéandose sus partes con una manopla de algodón, me hizo reír un poco.

—¿Lo ves? —dijo Bruce—. Tienes que aceptarlo, Cannie.

Reí con más ganas todavía. Una vez cumplida su misión de novio, Bruce cambió de rollo. Su voz abandonó el tono de consejero y guía preocupado y adoptó uno más íntimo.

—Ven aquí, nena —murmuró, en el mejor estilo Lionel Richie, mientras me indicaba por señas que me acercara, me besaba con ternura la frente y expulsaba a *Nifkin* de la cama con mucha menos ternura—. Te deseo —dijo, y colocó mi mano en su entrepierna para disipar cualquier duda.

Y allá que fuimos.

Bruce se marchó a medianoche. Me sumí en un sueño inquieto y desperté por la mañana después de que el teléfono aullara sobre mi almohada. Despegué un párpado. Las cinco y cuarto. Descolgué.

—¿Hola?

—¿Cannie? Soy Tanya.

¿Tanya?

—La amiga de tu madre.

Oh, Dios, Tanya.

—Hola —dije con un hilo de voz. *Nifkin* me miró como diciendo, ¿de qué va el rollo? Después emitió un resoplido de desinterés y volvió a acomodarse sobre la almohada. Entretanto, Tanya estaba soltando una parrafada.

—... supe en cuanto la vi que podía sentir algo por mí.

Me incorporé con un esfuerzo, y busqué a tientas la libreta de periodista. Esto era demasiado extravagante para no tomar nota para la posteridad. Cuando nuestra conversación terminó, había llenado nueve páginas, conseguido llegar tarde al trabajo, y averiguado hasta el último detalle sobre la vida de Tanya. Descubrí que su profesor de piano había abusado sexualmente de ella, que su madre murió de cáncer de mama cuando era joven («ahogué el dolor en alcohol»), y que su padre se había vuelto a casar con una editora muy poco amable que se negó a pagar la matrícula de Tanya en el Green Mountain Valley Community College («tienen el tercer mejor programa de Nueva Inglaterra de terapia artística»), que acabó en Pennsylvania (trabajo), y que había pasado por el proceso de terminar con una relación de siete años con una mujer llamada Janet.

—Es muy dependiente —me confió Tanya—. Y tal vez también una obsesiva compulsiva.

En ese momento, yo había adoptado por completo el modo de periodista, y sólo decía «Ajá» o «Ya entiendo».

—Así que me marché —dijo.

—Ajá.

—Y me dediqué a tejer.

—Entiendo.

Después explicó cómo había conocido a mi madre (miradas apasionadas en el vestuario de la sauna femenina), adónde habían ido el día de su primera cita (comida tailandesa), y cómo Tanya había convencido a mi madre de que las tendencias lesbianas eran algo más que una moda pasajera.

—La besé —anunció con orgullo Tanya—. Y ella intentó alejarse, pero yo la retuve por los hombros, la miré a los ojos y dije: «Ann, no va a servirte de nada».

—Ajá. Entiendo.

A continuación, Tanya procedió a la parte analítica y reflexiva del discurso.

—Tal como yo lo veo —empezó—, tu madre ha dedicado toda su vida a vosotros, sus hijos.

Dijo «sus hijos» con el mismo tono que habría usado para «hatajo de cucarachas».

—Y aguantó a ese bastardo...

—¿De qué bastardo estamos hablando? —pregunté con mansedumbre.

—Tu padre —dijo Tanya, que no estaba dispuesta a bajar el tono de sus palabras por respeto a la prole del bastardo—. Como estaba diciendo, ha dedicado su vida a vosotros..., y eso no es malo. Sé que tenía muchas ganas de ser madre y tener una familia, y en aquella época no había más opciones para las tortilleras...

¿Tortilleras? Apenas aguantaba lo de «lesbiana». ¿Desde cuándo había sido promovida mi madre al rango de «tortillera»?

—... pero pienso —continuó Tanya— que ya ha llegado el momento de que tu madre haga lo que le apetece de verdad. Vivir su vida.

—Entiendo —dije—. Ajá.

—Tengo muchas ganas de conocerte —dijo.

—He de irme —dije, y colgué el teléfono.

No sabía si reír o llorar, de modo que terminé haciendo ambas cosas a la vez.

—Horripilante —dije a Samantha por el teléfono del coche.

—Un bicho raro como no te lo puedes imaginar —dije a Andy mientras comíamos.

—No juzgues —me advirtió Bruce, antes de que yo dijera ni una palabra.

—Ella es..., hummm. Es espontánea. Muy espontánea.

—Eso es bueno —dijo Bruce, parpadeando—. Deberías ser más espontánea, Cannie.

—¿Eh? ¿Yo?

—Eres muy reservada con tus sentimientos. Lo guardas todo dentro.

—Tienes razón —dije—. Vamos a buscar un desconocido total para explicarle que mi profesor de piano me sobaba.

—¿Eh?

—Abusaba sexualmente de ella —dije—. Y me contó todos los detalles morbosos.

Hasta el señor Amad a Todo el Mundo pareció desconcertado por la información.

—Oh, Dios.

—Sí, y su madre tuvo cáncer de mama, y su madrastra convenció a su padre de que no le pagara la matrícula de la universidad.

Bruce me miró con escepticismo.

—¿Te contó todo esto?

—¿Qué crees, que fui a su casa y leí su diario? ¡Pues claro que me lo contó! —Hice una pausa para apoderarme de varias patatas fritas de su plato. Estábamos en el Tick Tock Diner, hogar de raciones enormes y de las camareras más hoscas al sur de Nueva York. Nunca pedía patatas fritas en este lugar, pero utilizaba todos mis poderes de persuasión para que Bruce pidiera y poder compartirlas—. Parece bastante chiflada.

—Debiste ponerla violenta.

—¡Pero si no dije nada! ¡Ni siquiera me conoce! Además, fue ella quien me llamó. ¿Cómo podía ponerla violenta?

Bruce se encogió de hombros.

—Por tu forma de ser, supongo.

Le miré con el ceño fruncido. Cogió mi mano.

—No te enfades. Es que... te gusta mucho juzgar a los demás.

—¿Quién lo dice?

—Bien, mis amigos, supongo.

—¿Porque creo que deberían buscar trabajo?

—¿Lo ves? Ya estás otra vez. Eso es juzgar a los demás.

—Cariño, son unos holgazanes. Acéptalo. Es la verdad.

—No son holgazanes, Cannie. Tienen trabajo.

—Oh, venga. ¿Cómo se gana la vida Eric Silverberg?

Eric, como ambos sabíamos, tenía un trabajo temporal de jornada completa en un locutorio de Internet donde, imaginábamos, se pasaba el día intercambiando discos pirata de Springsteen, conociendo chicas en uno de los tres servicios de contactos por la red o concertando ventas de droga.

—George tiene un trabajo de verdad.

—George se tira todos los fines de semana en una brigada de recreación de la Guerra Civil. George tiene su propio mosquete.

—Estás cambiando de tema —dijo Bruce. Me di cuenta de que intentaba seguir enfadado, pero estaba empezando a sonreír.

—Lo sé —dije—. Es que un tío con su propio mosquete da para mucha coña.

Me levanté y me senté a su lado, apreté su muslo y apoyé mi cabeza sobre su hombro.

—El único motivo de que juzgue a los demás es que soy celosa —dije—. Ojalá pudiera llevar ese tipo de vida. No tendría que pagar los préstamos de la universidad, ni el alquiler del piso, tendría padres heterosexuales amables, estables y casados que me pasarían sus muebles usados cada vez que volvieran a decorar la casa, y me comprarían un coche por la fiesta de...

Me callé. Bruce me estaba mirando fijamente. Me di cuenta de que, además de describir a casi todos sus amigos, también le había descrito a él.

—Lo siento —dije con dulzura—. Es que a veces tengo la sensación de que todo el mundo consigue las cosas con más facilidad que yo, y que cada vez que estoy cerca de conseguir una cosa..., pasa algo así.

—¿Has pensado alguna vez que quizá te pasan estas cosas porque eres lo bastante fuerte para aguantarlas? —preguntó Bruce. Cogió mi mano y la subió por su muslo. Muy arriba—. Eres fuerte, Cannie —susurró.

—Ojalá... —empecé.

Y entonces empezó a besarme. Noté el sabor del ketchup y la sal en sus labios. Después, su lengua se introdujo en mi boca. Cerré los ojos y me permití olvidar.

Pasé el fin de semana en el apartamento de Bruce. Era una de esas épocas en que nos llevábamos de maravilla: buenas relaciones sexuales, una buena comida fuera, tardes perezosas intercambiando secciones del *Times* del domingo, y entonces me iba a casa antes de que empezáramos a arañarnos. Hablamos de mi madre un poco, pero sobre todo me dediqué a él por completo. Me regaló su camisa de franela favorita para que me la pusiera en casa. Olía a él, a nosotros, hierba y sexo, su piel y mi champú. Me apretaba el pecho en exceso, como todas sus cosas, pero las mangas llegaban a las puntas de mis dedos, y me sentía envuelta, confortada, como si él me estuviera abrazando, sujetando mis manos.

«Sé valiente», pensé en mi cama. Me envolví en la camisa de Bruce, ladeé la mejilla en dirección a *Nifkin* para que pudiera darme un lametón de aliento y telefoneé a casa.

Mi madre contestó, por suerte.

—¡Cannie! —dijo, como aliviada—. ¿Dónde has estado? He estado llamando sin parar...

—Fui a casa de Bruce —dije—. Teníamos entradas para el teatro —mentí. Bruce no era dado al teatro. Umbral de atención bajo.

—Bien —dijo—. Bien. Hum, quiero decirte que lamento haberte informado así. Supongo que habría debido..., bien, sé que tendría que haber esperado, y tal vez decírtelo en persona...

—O al menos, no en la oficina —dije.

Rió.

—Exacto. Lo siento.

—No pasa nada.

—Así que... —Casi la pude oír repasando mentalmente media docena de comentarios—. ¿Tienes alguna pregunta? —inquirió por fin.

Respiré hondo.

—¿Eres feliz?

—¡Me siento como si hubiera vuelto al instituto! —exclamó mi madre, jubilosa—. Me siento... Oh, no puedo describirlo.

«No lo intentes, por favor», pensé.

—Tanya es estupenda. Ya lo verás.

—¿Cuántos años tiene? —pregunté.

—Treinta y seis —dijo mi madre, de cincuenta y seis.

—Una mujer más joven —observé. Mi madre lanzó una risita. No tenéis ni idea de lo perturbador que fue eso. Mi madre nunca fue de las que soltaban risitas.

—Parece que tiene un pequeño problema con... los límites —aventuré.

Mi madre habló con voz muy seria.

—¿Qué quieres decir?

—Bien, me llamó el viernes por la mañana... Supongo que tú no estabas...

Respiró hondo.

—¿Qué dijo?

—Tardaría menos en contar lo que no dijo.

—Oh, Dios. Oh, Cannie.

—O sea, siento que abusaran sexualmente de ella...

—¡Oh, no, Cannie!

No obstante, bajo el tono sorprendido y horrorizado, mi madre parecía casi... orgullosa. Como si, bajo la ira, estuviera disfrutando de la travesura favorita de una hija por la que tuviera debilidad.

—Sí —dije con voz sombría—. Me enteré de toda la saga, desde el profesor de piano que le hacía cosquillas en las teclas...

—¡Cannie!

—... pasando por la madrastra perversa, hasta la ex novia obsesiva compulsiva y dependiente.

—Aj —dijo mi madre—. Jesús.

—Un poco de terapia no le iría mal —dije.

—Lo está haciendo. Créeme, lo está haciendo. Desde hace años.

—¿Y aún no se le ha metido en la cabeza que no debes vomitar la historia de tu vida a una completa desconocida, la primera vez que hablas con ella?

Mi madre suspiró.

—Supongo que no —dijo.

Esperé. Esperé una disculpa, una explicación, algo que tuviera sentido. No lo obtuve. Al cabo de un momento de violento silencio, mi madre cambió de tema, y yo le seguí la corriente, con la esperanza de que esto fuera una fase, una cana al aire, un mal sueño. No hubo suerte. Tanya había llegado y no pensaba marcharse.

¿Qué lleva una lesbiana a una segunda cita?, dice el chiste. Un camión de mudanzas. ¿Qué lleva un gay a una segunda cita? ¿Qué segunda cita?

Un chiste viejo, cierto, pero bastante certero. Después de que empezaran a salir, Tanya abandonó el sótano del edificio de su ex novia obsesiva compulsiva y dependiente, y se instaló en otro, sola.

Pero en la práctica, se había instalado con mi madre el día de la segunda cita. Me di cuenta cuando llegué a casa seis semanas después de lo que mis hermanos y yo definíamos como el Corte de Luz de Mamá, y vimos la pintada en la pared.

Bien, el cartel de la pared. «La inspiración —rezaba, sobre la foto de una ola al alzarse—, es creer que todos podemos trabajar en común.»

—¿Mamá? —llamé, y dejé caer mis bolsas en el suelo. Entretanto, *Nifkin* lloriqueaba y se pegaba a mis piernas, un comportamiento muy poco típico de él.

—Aquí, cariño —gritó mi madre.

¿*Cariño?*, me pregunté, y entré en el salón, seguida de *Nifkin*. Esta vez, el nuevo cartel era de delfines juguetones. «Trabajo en equipo», decía. Debajo del cartel de los delfines estaban mi madre y una mujer que sólo podía ser Tanya, con chándales púrpura a juego.

—¡Hola! —dijo Tanya.

—Hola —repitió mi madre.

Un gato grande color mandarina saltó del antepecho de la ventana, avanzó con insolencia hacia *Nifkin* y extendió una garra, sacando las uñas. *Nifkin* lanzó un aullido y huyó.

—¡*Gertrude!* ¡Gata mala! —gritó Tanya. La gata no le hizo caso y se aovilló en una mancha de sol, en el centro de la sala.

—¡*Nifkin!* —llamé. Oí un quejido de protesta arriba, la forma de *Nifkin* de decir *ni hablar, no es mi día.*

—¿Tenemos empleados que intentemos motivar? —pregunté, y señalé el cartel de los delfines.

—¿Eh? —dijo Tanya.

—¿Cómo? —preguntó mi madre.

—Los carteles —dije—. Tenemos los mismos en la planta de impresión. Justo al lado de la señal de «27 días sin accidentes laborales». Parece arte motivacional.

Tanya se encogió de hombros. Había esperado encontrarme con la típica profesora de gimnasia, de pantorrillas nervudas, bíceps correosos y corte de pelo práctico. Era evidente que me había equivocado. Tanya era una mujer diminuta, de apenas metro cincuenta, con una aureola de cabello rojizo y la piel del color y la consistencia del cuero viejo. Ni tetas ni caderas. Parecía un golfillo callejero, incluidas las rodillas llenas de costras y la tirita alrededor de un dedo.

—Me gustan los delfines —dijo con timidez.

—Ajá —dije—. Entiendo.

Aquéllos eran los cambios más evidentes. Había una colección de figurillas de delfines sobre la chimenea, donde habían estado las fotos de la familia. Había revisteros de plástico clavados en las paredes, lo cual daba a la sala el aspecto de la consulta de un médico, con el fin de exhibir los ejemplares de la revista *Rehabilitation* pertenecientes a Tanya. Cuando fui a dejar las bolsas en mi habitación, la puerta no se abrió.

—¡Mamá! —llamé—. ¡Aquí pasa algo raro!

Oí que consultaban entre murmullos en la cocina, la voz de mi madre serena y tranquilizadora, el bajo de Tanya alzándose hacia la histeria. De vez en cuando pude distinguir palabras. «Terapeuta» y «privacidad» parecían conformar un tema dominante. Por fin, mi madre subió la escalera, con aspecto preocupado.

—Bueno, de hecho iba a hablar contigo de esto.

—¿De qué? ¿De que la puerta está atascada?

—Bien, en realidad, la puerta está cerrada con llave.

Me la quedé mirando.

—Tanya ha... guardado algunas de sus cosas ahí.

—Tanya tiene un apartamento —indiqué—. ¿No puede guardar las cosas ahí?

Mi madre se encogió de hombros.

—Bien, es un apartamento muy pequeño. De una sola habitación. Me pareció razonable... Tal vez puedas dormir en la habitación de Josh esta noche.

A esas alturas ya me estaba impacientando.

—Es mi habitación, mamá. Me gustaría dormir en mi habitación. ¿Cuál es el problema?

—Bien, Cannie, tú no..., ya no vives aquí.

—Claro que no, pero eso no significa que no quiera dormir en mi habitación cuando vengo.

Mi madre suspiró.

—Hemos hecho algunos cambios —murmuró.

—Sí, ya me he dado cuenta. ¿Cuál es el gran problema?

—Nosotras, este... Bien, nos hemos desecho de tu cama.

Me quedé sin habla.

—Os habéis desecho de...

—Tanya necesita espacio para su telar.

—¿Hay un telar ahí dentro?

Pues así era. Tanya subió la escalera como un cohete, abrió la puerta y volvió corriendo abajo, con aspecto malhumorado. Entré en mi habitación y vi un telar, un ordenador, un futón raído, unas pocas y feas estanterías de cartón prensado para libros, cubiertas con barniz de nogal plástico, que contenían volúmenes como *Mujeres inteligentes*, *Elecciones descabelladas* y *El coraje de sanar*, además de *No es lo que comes, es lo que te come*. Había un *suncatcher* con los colores del arco iris colgando de la ventana, y lo peor de todo, un cenicero en la mesa.

—¿Fuma?

Mi madre se mordió el labio.

—Sí. Está intentando dejarlo.

Olí. Sí, Marlboro Lights e incienso. Puá. ¿Por qué tenía que meter sus guías de autoayuda y sus olores a cigarrillo en mi habitación? ¿Dónde estaban mis cosas?

Me volví hacia mi madre.

—Podrías habérmelo dicho. Habría venido y recogido mis cosas.

—No hemos tirado nada, Cannie. Todo está guardado en cajas en el sótano.

Puse los ojos en blanco.

—Bien, eso consigue que me sienta mucho mejor.

—Escucha, lo siento. Estoy intentando mantener un equilibrio...

—No, no —dije—. «Mantener un equilibrio» significa tener en cuenta diferentes cosas. Esto —abarqué con un gesto el telar, el cenicero, el delfín disecado acomodado sobre el futón— es tener en cuenta a una persona, y dar por el culo a la otra. Es de un egoísmo monstruoso. Es absolutamente ridículo. Es...

—Cannie —dijo Tanya. Había subido la escalera sin que me diera cuenta.

—Perdónanos, por favor —dije, y le cerré la puerta en las narices. Me proporcionó un perverso placer oír que forcejeaba con el pomo después de que yo pasara el pestillo.

Mi madre se dispuso a tomar asiento donde antes estaba mi cama, se detuvo a mitad del movimiento y se dirigió a la silla de la mesa de Tanya.

—Escucha, Cannie, sé que esto es una sorpresa...

—¿Te has vuelto loca? ¡Esto es ridículo! Habría bastado con una puta llamada telefónica. Habría venido, recogido mis cosas...

Mi madre parecía desdichada.

—Lo siento —repitió.

No me quedé a dormir por la noche. Aquella visita ocasionó mi primer (y hasta ahora último) contacto con la terapia. El plan de salud del *Examiner* pagaba diez visitas con la doctora Blum, la menuda mujer parecida a Annie *la Huerfanita* que escribía frenéticamente, mientras yo le contaba toda la historia del padre chiflado, la boda equivocada y la madre lesbiana. La doctora Blum me preocupaba. Para empezar, siempre parecía un poco asustada de mí. Y siempre parecía perderse en las sinuosidades de la historia que le estaba contando.

—Bien, retrocedamos —dijo, cuando pasé con brusquedad de la última atrocidad de Tanya a la incapacidad de mi hermana Lucy para conservar un empleo—. ¿Su hermana bailaba, hum, desnuda para ganarse la vida, y sus padres no se habían dado cuenta?

—Eso fue en el ochenta y seis —dije—. Mi padre se había ido. Mi madre conseguía pasar por alto el hecho de que yo me acostaba con el sustituto de mi profesor de historia y de que había engordado veinticinco kilos durante el primer año de universidad, de modo que sí, creía a pies juntillas que Lucy trabajaba de canguro hasta las cuatro de la mañana.

La doctora Blum consultó sus notas.

—De acuerdo, y el profesor de historia era... ¿James?

—No, no. James era el tío del equipo de fútbol. Jason era el poeta de E-Z-Lube, Bill era el tío de la facultad, y Bruce es el tío de ahora.

—¡Bruce! —dijo con aire triunfal, cuando localizó su nombre en el bloc de notas.

—Pero me preocupa el que yo le esté dirigiendo, o algo por el estilo —suspiré—. No estoy segura de quererle.

—Volvamos un momento a su hermana —dijo, mientras iba pasando las hojas cada vez con mayor rapidez, y yo procuraba no bostezar.

Además de su incapacidad de prestar atención, la forma de vestir de la doctora Blum acababa con la confianza restante. Se vestía como si ignorara que existía una sección de tallas pequeñas. Las mangas le rozaban las puntas de los dedos, las faldas caían alrededor de sus tobillos. Me sinceré lo máximo posible, contestaba a sus preguntas cuando las formulaba, pero nunca confié en ella. ¿Cómo podía confiar en una mujer que tenía todavía menos sentido de la moda que yo?

Al final de nuestras diez sesiones, no me consideró curada del todo, pero me dio dos consejos.

—Primero —dijo—, no puede cambiar nada de lo que hacen los demás. Ni a su padre, ni a su madre, ni a Tanya, ni a Lisa...

—Lucy —corregí.

—Exacto. Bien, no puede controlar lo que hacen, pero sí su reacción a sus actos..., tanto si permite que la vuelvan loca, ocupen todos sus pensamientos, o bien tome nota de lo que hacen, reflexione y decida conscientemente hasta qué punto va a permitir que la afecten.

—De acuerdo. ¿Cuál es el segundo punto?

—Aférrese a Bruce —dijo muy seria—. Aunque no crea que es el hombre perfecto. La protege, parece un buen apoyo, y creo que lo va a necesitar en los meses venideros.

Nos estrechamos la mano. Me deseó buena suerte. Le di las gracias por su ayuda y le dije que Ma Jolie, en Manayunk, estaba de rebajas, y que hacían cosas de su talla. Ése fue el final de mi gran experiencia con la terapia.

Ojalá pudiera decir que, en los años transcurridos desde que Tanya, su telar, su dolor y sus carteles se mudaron a casa de mi madre, las cosas fueron más sencillas. La verdad es que no. Tanya tiene el don de gentes de la vida vegetal. Es como una clase especial de sordera, sólo que en lugar de no oír la música, es sorda a matices, a sutilezas, a eufemismos, a charlas triviales y a mentiras piadosas. Pregúntale cómo le va, y obtendrás una larga y minuciosa explicación de su última crisis de trabajo/salud, junto con la invitación a echar un vistazo a su última cicatriz quirúrgica. Dile que te ha gustado lo que ha cocinado (y bien sabe Dios que estarás mintiendo), y te regalará innumerables recetas, cada una acompañada de una historia («recuerdo que mi madre me preparó esto la noche siguiente a su regreso del hospital...»).

Al mismo tiempo, es increíblemente susceptible, proclive a llorar en público y a rabietas que concluyen encerrándose en mi ex habitación, cuando estamos en casa, o huyendo como una exhalación de donde nos encontramos, si hemos salido. Idolatra a mi madre de la manera más irritante, la sigue a todas partes como un cachorrillo enamorado, siempre le coge la mano, le toca el pelo, le masajea los pies, la envuelve con una manta.

—Repugnante —declaró Josh.

—Inmadura —dijo Lucy.

—No lo entiendo —dije yo—. Que alguien te tratara así durante una semana, digamos, sería agradable..., pero ¿dónde está el reto? ¿Dónde está la emoción? ¿De qué hablan?

—De nada —dijo Lucy.

Los tres habíamos ido a casa por Hanuka, la fiesta que conmemora la victoria de los macabeos sobre los sirios en el siglo II antes de Cristo, y estábamos sentados en el salón después de que los invitados se hubieran marchado, y mi madre y Lucy se hubieran acostado, todos sosteniendo los regalos que Tanya había tejido para nosotros. Yo tenía una bufanda con los colores del arco iris («Podrías llevarla en el Desfile del Orgullo Gay», sugirió Tanya). Josh tenía mitones, también con los colores del arco iris, y Lucy un manojo de hilo de forma extraña que, según Tanya, era un manguito. «Es para mantener las manos calientes», había dicho con su voz grave, pero Lucy y yo ya nos estábamos tronchando de risa, y Josh se estaba preguntando en un susurro si podíamos tirar aquella cosa al fondo de la piscina para, en verano, bucear con el manguito.

Nifkin, que había sido obsequiado con un jersey con los colores del arco iris, descansaba sobre mi regazo, durmiendo con un ojo abierto, preparado para huir en caso de que aparecieran las malvadas *Gertrude* y *Alice*. Josh estaba en el sofá, tocando en la guitarra lo que parecía el tema principal de *Beverly Hills, 90210*.

—La verdad —dijo Lucy— es que no hablan nunca.

—Bien, ¿de qué iban a hablar? —pregunté—. Quiero decir, mamá es culta..., ha viajado...

—Tanya pone la mano sobre la boca de mamá cuando comienza el concurso de preguntas —dijo Josh, y se puso a tocar *Sex and Candy*.

—Venga ya —dije.

—Sí —confirmó Lucy—. Dice que no puede soportar que mamá suelte todas las respuestas en alta voz.

—Lo más probable es que ella no sepa ninguna —dijo Josh.

—¿Sabéis una cosa? —dijo Lucy—. Lo del lesbianismo está bien. Habría sido estupendo...

—... si hubiera sido un tipo de mujer diferente —terminé.

Imaginé una amante más apropiada: una profesora de cine chic en activo, con un peinado desenfadado y joyas de ámbar interesantes, que nos presentaría a los directores de cine independientes y llevaría a mi madre a Cannes. En cambio, mi madre se había prendado de Tanya, que ni leía cosas de calidad ni era chic, y cuyos gustos cinematográficos se decantaban por los últimos trabajos de Jerry Bruckheimer, un productor especializado en películas de acción, y que no poseía ni una sola joya de ámbar.

—Entonces, ¿qué pasa? —pregunté—. ¿Dónde está la atracción? No es guapa...

—Eso seguro —dijo Lucy, y se estremeció de manera melodramática.

—Ni inteligente..., ni divertida..., ni interesante...

Nos quedamos en silencio, mientras meditábamos sobre la causa de la atracción.

—Apuesto a que tiene la lengua de una ballena —dijo Lucy. Josh fingió que sufría náuseas. Yo puse los ojos en blanco, al borde del vómito.

—¡De oso hormiguero! —gritó Lucy.

—¡Basta, Lucy! —dije. *Nifkin* despertó y empezó a gruñir—. Además, si sólo es sexo, no durarán mucho.

—¿Cómo lo sabes? —preguntó Lucy.

—Confía en mí —contesté—. Mamá se aburrirá.

Seguimos un rato en silencio, mientras le dábamos vueltas al asunto.

—Es como si pasara de nosotros —soltó Josh.

—Nos quiere —dije, aunque no estaba segura. Antes de Tanya, a mi madre le gustaba hacer cosas con nosotros..., cuando estábamos juntos. Venía a verme a Filadelfia, iba a ver a Josh a Nueva York. Cocinaba cuando íbamos a casa, nos llamaba varias veces por semana, frecuentaba su club literario y su grupo de lectura, su amplio círculo de amigos.

—Lo único que le interesa es Tanya —dijo Lucy con amargura.

No pude llevarle la contraria. Aún nos llamaba, claro..., pero con menos frecuencia. Hacía meses que no venía a verme. Sus días (para no hablar de sus noches) parecían ocupados con Tanya: las excursiones en bicicleta, los bailes a los que asistían, el fin de semana del Ritual de la Curación al que Tanya había llevado a mi madre, como sorpresa especial de su tercer mesversario, cuando habían quemado artemisa y rezado a la diosa Luna.

—No durará —dije, con más convicción de la que sentía—. Es un capricho pasajero.

—¿Y si no lo es? —preguntó Lucy—. ¿Y si es amor verdadero?

—No lo es —repetí.

Pero por dentro pensaba que tal vez sí lo era. Todos nos quedaríamos enganchados a esta horrible criatura durante el resto de nuestras vidas. O, al menos, durante el resto de la vida de mi madre. Y después...

—Pensad en el funeral —musité—. Dios. Puedo oírla... —Imité la voz ronca de Tanya—. Vuestra madre quería que me quedara con esto —gruñí—. Pero Tanya —dije con mi voz natural—, ¡es mi coche!

Josh frunció los labios. Lucy rió. Imité una vez más el gruñido de Tanya.

—¡Sabía cuánto significaba para mí!

Josh sonrió por fin.

—Recita el poema —dijo.

Negué con la cabeza.

—¡Venga, Cannie! —suplicó mi hermana.

Carraspeé, y empecé a recitar a Philip Larkin.

—Te joden, tus padres. No es su intención, pero te joden.

—Te transmiten sus defectos... —continuó Lucy.

—Con algunos añadidos, en exclusiva para ti —dijo Josh.

—Pero fueron jodidos a su vez por idiotas con sombreros y abrigos anticuados, que la mitad del tiempo estaban amargados, y la otra mitad enemistados.

Entonces los tres coreamos la última estrofa, aquella en la que no me atrevía a pensar en mi situación actual.

—El hombre inflige desdicha al hombre, se hunde como la plataforma costera. Lárgate lo antes posible, y nunca tengas hijos.

Después, a instancias de Lucy, todos nos pusimos en pie, *Nifkin* incluido, y tiramos nuestros regalos al fuego.

—¡Desaparece, Tanya! —entonó Lucy.

—¡Regresa, heterosexualidad! —imploró Josh.

—Lo mismo digo —coreé, y vi arder la bufanda.

De vuelta a casa, aparqué mi bicicleta en el garaje, al lado del cochecito verde de Tanya con la pegatina de «Una mujer necesita a un hombre como un pez una bicicleta», saqué del congelador del garaje el gigantesco pavo congelado y lo deposité en el fregadero para que se fuera descongelando. Me di una ducha rápida y entré en la Habitación Antes Conocida Como La Mía, donde había acampado desde mi llegada. Entre excursiones en bicicleta breves, y baños y duchas prolongados, había sacado suficientes mantas del ropero para convertir el futón de

Tanya en un oasis de triple capa. También había recuperado una caja llena de libros del sótano y estaba revisando todos los éxitos de mi infancia: *La casa de la pradera*, *La cabina fantasma*, las crónicas de Narnia y *Los cinco pepinillos y cómo crecieron*. Es una regresión, pensé. Unos cuantos días más, y volveré al estadio embrionario.

Me senté a la mesa de Tanya y examiné mi correo electrónico. Trabajo, trabajo. Viejo Enfadado («¡Sus comentarios acerca de que la CBS es la cadena de los espectadores que prefieren su comida premasticada fue muy desafortunado!»). Y una nota de Maxi: «Estamos a 37 grados. Estoy muerta de calor. Estoy aburrida. Háblame del Día de Acción de Gracias. ¿Cuál es el reparto?»

Me senté para contestar.

«El Día de Acción de Gracias siempre es una superproducción en nuestra casa —escribí—. Empieza conmigo, y con mi madre, y con Tanya, y Josh y Lucy. Continúa con las amigas de mi madre, sus maridos e hijos, y las almas perdidas que Tanya recluta. Mi madre prepara pavo reseco. No queda reseco a propósito, pero insiste en cocinarlo con gas, y no tiene ni idea del rato que ha de estar cociendo para que quede bien hecho sin ser correoso. Puré de batatas. Puré de patatas. Verduras ignotas. Relleno. Salsa de carne. Salsa de arándanos de lata.»

Mi estómago se revolvió mientras escribía. Había dejado de tener náuseas durante la última semana, pero sólo pensar en el pavo reseco, la salsa de carne grumosa de Tanya y el cóctel de arándanos de lata bastó para que saltara sobre las galletas saladas que había traído.

«La comida no es lo que cuenta —continué—. Es agradable ver a la gente. Conozco a algunas personas desde que era niña. Mi madre enciende la chimenea, y la casa huele a humo de leña, y todos nos sentamos a la mesa y nombramos algo de lo que estamos agradecidos.»

«¿Qué dirás tú?», preguntó Maxi cuando respondió.

Suspiré, metí los pies en los gruesos calcetines de lana que me había agenciado en el escondrijo de Tanya y me ceñí la manta que había sacado del salón. «En este momento, no es que me sienta muy agradecida por nada —tecleé—. Ya se me ocurrirá algo.»

11

El Día de Acción de Gracias amaneció transparente, fresco y soleado. Salí a rastras de la cama, todavía bostezando a las diez de la mañana, y pasé algunas horas en el exterior rastrillando hojas con Josh y Lucy, mientras *Nifkin* nos vigilaba, así como a las gatas, desde el porche.

A las tres de la tarde me di una ducha, le di una apariencia de estilo a mi pelo, me apliqué lápiz de labios y rímel, y me puse los pantalones de terciopelo negro acampanados y el jersey de cachemira negro que había metido en el equipaje, con la esperanza de que el efecto acumulativo sería elegante y adelgazante a la vez. Lucy y yo nos sentamos a la mesa, Josh hirvió y peló camarones, y Tanya deambuló por la cocina, haciendo más ruido que comida, y con frecuentes interrupciones para fumar.

Los invitados empezaron a llegar a las cuatro y media. Beth, la amiga de mi madre, se presentó con su marido y sus tres hijos, todos altos y rubios, el menor de los cuales exhibía un aro en la nariz, que le atravesaba el tabique y le daba aspecto de toro judío desconcertado. Beth me abrazó y empezó a introducir bandejas de aperitivos en el horno, mientras Ben, el del aro, empezaba a alimentar discretamente a las gatas de Tanya con nueces saladas.

—¡Estás fantástica! —me dijo Beth, como siempre. Ni siquiera se aproximaba a la verdad, pero agradecí el sentimiento—. Me encantó tu artículo sobre el nuevo espectáculo del dúo country Donny y Marie. Cuando decías que estaban cantando con LeAnn Rimes y parecía que le estaban chupando la vida..., ¡fue tan divertido!

—Gracias —dije.

Me gusta Beth. Confío en que recuerde la alusión a los «vampiros mormones», que a mí también me gustó, si bien ocasionó media docena de llamadas irritadas a mi director y un puñado de furiosas cartas («Querida y airada reportera», empezaba mi favorita), además de la muy seria visita de dos estudiantes de diecinueve años de la universidad mormona Brigham Young, que estaban de paso en Filadelfia y prometieron rezar por mí.

Tanya aportó judías verdes con las crujientes cebollas de lata encima, mezcladas con una lata de crema de champiñones Campbell concentrada, y después entró haciendo cabriolas en el salón y encendió el fuego. La casa se llenó del dulce olor a humo de leña y pavo asado. *Nifkin*, *Gertrude* y *Alice* pactaron un alto el fuego y se aovillaron en fila frente a las llamas. Josh fue pasando los camarones que había preparado. Lucy mezcló manhattans. Había perfeccionado su técnica durante una temporada de camarera, posterior a la escapada de bailar desnuda, pero anterior a las seis semanas que estuvo trabajando en el teléfono del sexo.

—Tienes un aspecto fatal —observó, al tiempo que me ofrecía una bebida.

Lucy estaba guapísima, como siempre. Mi hermana es quince meses más joven que yo. La gente dice que parecíamos gemelas cuando éramos pequeñas. Ya nadie lo dice. Lucy es delgada (siempre lo ha sido) y lleva su cabello ondulado corto, de modo que los extremos algo puntiagudos de sus orejas asoman cuando sacude la cabeza. Tiene unos labios gruesos y sensuales, y unos grandes ojos castaños a lo Betty Boop, y se presenta ante el mundo como la estrella que, en su opinión, debería ser. Hace años que no la veo sin maquillar, con los labios pintados y delineados con maestría, las cejas depiladas de manera radical, un diminuto botón de plata centelleando en el centro de su lengua. Iba vestida para la fiesta de Acción de Gracias con pantalones de cuero negro muy ceñidos, botas negras de tacón alto y jersey rosa con lentejuelas. Daba la impresión de estar recién salida de una sesión de fotos, o de que había pasado un momento para tomar una copa antes de acudir a otra fiesta mucho más elegante.

—Estoy un poco cansada —dije, bostecé y le devolví el vaso, con la esperanza de encontrar algún momento para hacer la siesta.

Mi madre iba colocando en los platos las mismas tarjetas con el nombre del comensal del año pasado. Sabía que en el montón había una que ponía «Bruce», y esperé por mi bien que la hubiera tirado, en lugar de tacharlo y escribir el nombre de otra persona, con el fin de economizar.

La última vez que había estado aquí fue en invierno. Josh, Lucy, Bruce y yo habíamos salido al porche, para beber las cervezas que Tanya se negaba a guardar en la nevera («¡Estoy convaleciente!», dijo en un balido, sosteniendo las botellas ofensivas como si fueran granadas). Luego fuimos a dar una vuelta a la manzana. A mitad de camino había empezado a nevar de manera inesperada. Bruce y yo nos quedamos quietos, cogidos de la mano, con los ojos cerrados y la boca abierta, y los copos eran como suaves besos húmedos sobre nuestras mejillas, mucho rato después de que los demás hubieran entrado.

Cerré los ojos para expulsar el recuerdo.

Lucy me miró.

—Jesús, Cannie. ¿Te encuentras bien?

Parpadeé para rechazar las lágrimas.

—Sólo cansada.

—Hmmm —dijo Lucy—. Bien, pondré algo especial en tu puré de patatas.

Me encogí de hombros y me cuidé muy mucho de tocar las patatas. Seguimos la tradición del Día de Acción de Gracias de mi madre, que consistía en dar vueltas a la mesa y hablar de lo que agradecíamos a aquel año.

—Doy gracias por haber encontrado tanto amor —dijo Tanya. Lucy, Josh y yo nos encogimos, y mi madre tomó la mano de Tanya.

—Doy gracias por estar reunida con mi maravillosa familia —dijo mi madre. Sus ojos brillaban. Tanya besó su mejilla. Josh gimió. Tanya le dirigió una mirada envenenada.

—Doy gracias... —Tuve que pensar un poco—. Doy gracias porque *Nifkin* superó su acceso de gastroenteritis hemorrágica del verano pasado —dije por fin. Al oír su nombre, *Nifkin* apoyó una pata sobre mi regazo y lloriqueó en tono suplicante. Le di un trozo de piel de pavo.

—¡Cannie! —gritó mi madre—. ¡No le des de comer al perro!

—Doy gracias por tener hambre después de haber oído los problemas de *Nifkin* —dijo Ben, que además del aro en la nariz tenía irritados a sus padres por llevar una camiseta con el lema «¿Qué haría Jesús?».

—Doy gracias porque Cannie no plantó a Bruce hasta después de mi cumpleaños, y conseguí aquellas entradas para Phish —dijo Josh con su voz profunda de barítono, que cuadraba muy bien con su más de metro ochenta de estatura, el cuerpo sin un gramo de grasa suplementaria y la perilla que se había dejado desde la última vez que le vi—. Gracias —susurró.

—¡Y yo doy gracias —concluyó Lucy— porque todos los presentes van a enterarse de la gran noticia!

Mi madre y yo intercambiamos una mirada de angustia. La última gran noticia de Lucy había sido el plan (abortado) de irse a Uzbekistán con un tipo al que había conocido en un bar. «Es abogado allí», había dicho, pasando por alto el hecho de que era repartidor de Pizza Hut aquí. Antes de eso, había existido el plan de instalar un horno para hacer *bagels* en la isla de Montserrat, adonde había ido para ver a un amigo de la facultad de medicina. «¡Allí no saben qué son los *bagels*!», dijo en tono triunfal, y había llenado los formularios para solicitar un pequeño préstamo, cuando el volcán de Montserrat, que llevaba mucho tiempo dormido, hizo erupción, la isla fue evacuada y los sueños de Lucy se fundieron como lava.

—¿Cuál es la noticia? —preguntó mi madre, con la vista clavada en los ojos brillantes de Lucy.

—¡Tengo un agente! —gorjeó—. ¡Me ha conseguido una sesión de fotos!

—¿Con las tetas al aire? —preguntó con sequedad Josh. Lucy negó con la cabeza.

—No, no, eso se acabó. Esto es auténtico. Seré modelo de guantes de goma.

—¿Para una revista de fetichistas? —pregunté. No me pude contener.

Lucy se demudó.

—¿Por qué nadie cree en mí? —preguntó.

Conociendo a mi familia, sólo era cuestión de tiempo que alguien empezara a glosar el Catálogo de Fracasos de Lucy, desde el colegio a los empleos que no conservaba, pasando por sus relaciones amorosas.

Me incliné hacia delante y cogí la mano de mi hermana. Ella la retiró.

—¡No es necesario! —dijo—. ¿Y a ti qué te pasa, si se puede saber?

—Lo siento —dije—. No te hemos concedido ninguna oportunidad.

Entonces fue cuando oí la voz. No era la voz de Dios, por desgracia, sino la de Bruce.

—Qué bien —dijo—. Eso ha sido estupendo.

Me giré en redondo, sobresaltada.

—¿Cannie? —dijo mi madre.

—Me pareció oír algo —dije—. Da igual.

Mientras Lucy parloteaba de su agente, su sesión de fotos y los modelitos que se pondría, en todo momento evadiendo las preguntas de mi madre acerca de si le iban a pagar o no, yo comía pavo, el relleno y las judías verdes glutinosas, y pensaba en lo que había oído. Pensaba en que, aunque tal vez no volviera a ver nunca más a Bruce, quizá sería posible conservar una parte de él, o de lo que habíamos sido juntos, si yo era capaz de ser más generosa y amable. Pese a todos sus discursos, todas las ocasiones en que se había mostrado didáctico y condescendiente, sabía que en el fondo era una buena persona, y yo..., bien, yo también, en mi vida privada, pero podía decirse que me ganaba la vida a base de ser desagradable. Tal vez podría cambiar. Y tal vez a él le gustaría eso, y un día le caería mejor..., y volvería a quererme. En el caso de que volviéramos a vernos, por supuesto.

Debajo de la mesa, *Nifkin* se removió y gruñó a algo que había aparecido en su sueño. Noté mi mente fría y ordenada. No era que todos mis problemas hubieran desaparecido (ni siquiera uno), pero por primera vez desde que había visto el signo positivo en el caduceo de la farmacia, tenía la sensación de que podría superarlos. Ahora tenía algo a lo que aferrarme, con independencia de la decisión que tomara. «Puedo ser una persona mejor», pensé. «Una hermana mejor, una hija mejor, una amiga mejor.»

—¿Cannie? —dijo mi madre—. ¿Has dicho algo?

No, pero en aquel momento creí sentir un levísimo movimiento en mi estómago. Podía deberse a la comida, o a mi angustia, y sabía que era demasiado pronto para experimentar esas sensaciones, pero parecía como si algo me estuviera saludando con la mano. Una mano diminuta, cinco dedos extendidos como una estrella de mar, entre el agua. Hola y adiós.

El último día de las vacaciones de Acción de Gracias, antes de volver a la ciudad y recoger los pedazos de mi vida donde los había dejado, mi madre y yo fuimos a nadar. Era la primera vez que volvía al Centro de la Comunidad Judía desde averiguar que había sido el escenario de la seducción de mi madre. Después de eso, la sauna ya no me había parecido la misma.

Pero echaba de menos nadar, comprendí, cuando me puse el bañador en el vestidor. Había echado de menos el sabor penetrante del cloro en mi nariz, así como a las viejas damas judías que desfilaban por la sala completamente desnudas, sin la menor vergüenza, e intercambiaban recetas y trucos embellecedores mientras se vestían. La sensación del agua arropándome, y de que podía olvidarme de casi todo, excepto del ritmo de mi respiración, mientras nadaba.

Mi madre nadaba dos kilómetros cada mañana, se movía con lentitud en el agua con una especie de gracia sólida. La seguí en paralelo durante la mitad del recorrido, y luego me deslicé en una de las calles vacías y di brazadas de costado durante un lánguido rato, sin pensar en nada. Era un lujo que no me podía permitir mucho tiempo más, y bien que lo sabía. Si quería que todas las circunstancias fueran tomadas en consideración (ésa era la frase que utilizaba en mi mente), tendría que ser pronto.

Hice el muerto y pensé en lo que había sentido durante la cena de Acción de Gracias. Aquella diminuta mano que saludaba. Ridículo. Lo más probable era que la cosa ni siquiera tuviera manos, y si tenía, no podría moverlas.

Yo siempre había estado a favor de la elección. Nunca había considerado románticos los embarazos, intencionados o no. No era una de esas mujeres que ve acercarse su trigésimo aniversario y empieza a dedicar arrullos a lo primero que ve en un cochecito de niños, babeante. Tenía algunas amigas que se habían casado y fundado una familia, pero tenía muchas más amigas de veintimuchos y treinta y pocos que no. No oía el tic tac de mi reloj. No me entusiasmaban los niños.

Cambié de postura y di unas cuantas brazadas de pecho. No podía sacudirme de encima la sensación de que la decisión ya había sido tomada por mí. Como si estuviera fuera de mi control, y lo único que debiera hacer fuera sentarme a esperar que ocurriera.

Soplé en el agua y miré las burbujas que se formaban a mi alrededor. Me sentiría mejor si hubiera oído de nuevo la voz de Dios, si supiera con toda certeza que estaba haciendo lo correcto.

—¿Cannie?

Mi madre se puso a mi lado.

—Dos piscinas más —dijo.

Las terminamos juntas, al mismo ritmo y velocidad. Después, la seguí hasta el vestidor.

—Bien —empezó mi madre—, ¿qué te pasa?

La miré, sorprendida.

—¿A mí?

—Oh, Cannie. Soy tu madre. Hace veintisiete años que te conozco.

—Veintiocho —corregí.

Me miró con los ojos entornados.

—¿Me olvidé de tu cumpleaños?

Me encogí de hombros.

—Creo que enviaste una felicitación.

—¿Es eso? ¿Estás preocupada por envejecer? ¿Estás deprimida?

Me encogí de hombros otra vez. Mi madre parecía preocupada.

—¿Has pedido ayuda? ¿Hablas con alguien?

Resoplé, imaginando lo inútil que sería la doctorcita, sumergida en sus ropas, en una situación como ésta.

—Bien, Bruce es tu novio —empezó, mientras pasaba las páginas de su libreta omnipresente.

—Era —corregí.

—¿Estás pensando en... la adopción?

—En el aborto —dije.

—Estás embarazada —anunció mi madre.

Me incorporé, boquiabierta.

—¿Qué?

—Soy tu madre, Cannie. Una madre entiende bastante de estas cosas.

Me ceñí la toalla a mi alrededor y me pregunté si sería demasiado esperar que Tanya y mi madre no hubieran hecho una apuesta al respecto.

—Tienes el mismo aspecto que tenía yo —continuó—. Siempre cansada. Cuando estaba embarazada de ti, dormía catorce horas.

No dije nada. No sabía qué decir. Sabía que, en algún momento, tendría que empezar a hablar con alguien, pero aún no tenía palabras.

—¿Has pensado en el nombre? —preguntó mi madre.

Emití una breve carcajada, similar a un ladrido.

—No he pensado en nada —dije—. No he pensado en dónde viviré, o qué haré...

—Pero vas a...

Calló con discreción.

—Eso parece —dije.

Ya estaba. En voz alta. Era real.

—¡Oh, Cannie!

Parecía emocionada y abatida al mismo tiempo, si eso es posible. Emocionada, supongo, por el hecho de que iba a ser abuela (al contrario que yo, mi madre sí era proclive a decir tonterías a cualquier cosa que fuera en cochecito de niño). Y abatida, porque es la situación que nadie desea para su hija.

Pero era mi situación. Lo comprendí en aquel momento, en el vestidor. Esto era lo que iba a pasar: iba a tener este niño, con Bruce o sin Bruce, con el corazón partido o no. Me parecía la elección correcta. Más que eso, se me antojaba casi mi destino, mi vida futura. Sólo deseaba que quien la hubiera planificado me proporcionara una o dos pistas sobre cómo iba a ganarme la vida para los dos. Pero si Dios no iba a hablar, tendría que arreglármelas yo sola.

Mi madre se levantó y me abrazó, lo cual fue muy fuerte, considerando que ambas estábamos mojadas de la piscina y que la toalla no le cubría del todo el torso. Pero daba igual. Me sentó muy bien que alguien me abrazara.

—¿No estás enfadada? —pregunté.

—¡No, no! ¿Por qué?

—Porque... Bien. No quería que pasara así... —dije, y apoyé un momento la mejilla sobre su hombro.

—Nunca llueve a gusto de todos. ¿Crees que yo quería teneros a Lucy y a ti en Louisiana, a millones de kilómetros de mi familia, con esos horribles médicos del ejército y unas cucarachas tan grandes como mi pulgar...?

—Al menos tenías un marido —dije—. Una casa... y un plan...

Mi madre me palmeó el hombro.

—Los maridos y las casas son negociables —dijo—. En cuanto al plan..., ya lo trazaremos.

No hizo la pregunta del millón hasta que estuvimos secas y vestidas y camino de casa en el coche.

—Supongo que Bruce es el padre —dijo.

Apoyé la mejilla contra el cristal frío.

—Correcto.

—¿No os habéis reconciliado?

—No. Fue...

¿Cómo podía explicarle a mi madre lo que había pasado?

—No te preocupes —dijo, y cortó así mis intentos de encontrar un eufemismo apropiado para el hecho de follar por compasión. Pasamos ante el parque industrial y el puesto de frutas y verduras, camino de casa. Todo parecía familiar, porque había hecho ese recorrido millones de veces. Iba a nadar con mi madre los sábados por la mañana, temprano, y volvíamos a casa juntas, y veíamos despertar los pueblos dormidos cuando íbamos a comprar *bagels* calientes y zumo de naranja recién exprimido, y desayunábamos juntos los cinco.

Ahora, todo parecía diferente. Los árboles habían crecido, las casas parecían más dejadas. Había nuevos semáforos en algunos de los cruces más peligrosos, nuevas casas con paredes de madera de aspecto tosco, y céspedes destrozados en casas que no existían cuando iba al instituto. De todos modos, me gustaba ir en coche con mi madre otra vez. Casi podía fingir que Tanya se había instalado en el apartamento de su ex novia obsesiva, compulsiva y dependiente, y salido de la vida de mi madre..., y que mi padre no nos había abandonado por completo..., y que yo no me encontraba en mi situación actual.

—¿Se lo vas a decir a Bruce? —preguntó por fin.

—No lo sé. En estos momentos, no es que hablemos mucho. Además, creo... Bien, estoy segura de que, si se lo dijera, intentaría convencerme de que lo perdiera, y no quiero. —Hice una pausa y reflexioné—. Parece... No sé, si yo fuera él, si estuviera en su situación..., es una carga muy pesada traer un niño al mundo...

—¿Quieres que tenga un papel en tu vida?

—Ésa no es la cuestión. Ha dejado bastante claro que no desea eso. En cuanto a si quiere tener un papel en... —intenté decirlo por primera vez— ... en la vida de nuestro hijo...

—Bien, no depende sólo de él. Tendrá que pagar el sustento del niño.

—Huy —dije, al imaginar que llevaba a Bruce a los tribunales y tenía que justificar mi comportamiento ante un juez y un jurado.

Mi madre siguió hablando, sobre fondos de inversión, interés compuesto, un programa de televisión que había visto en que madres trabajadoras instalaban cámaras de vídeo ocultas y pescaban *in fraganti* a sus canguros desatendiendo a los bebés, mientras ellas (las canguros, no los bebés, supuse) veían culebrones y hacían llamadas de larga distancia a Honduras. Me recordó a Maxi, cuando parloteaba de mi futuro económico.

—De acuerdo —dije a mi madre. Sentía los músculos agradablemente cansados de nadar, y me pesaban mucho los párpados—. Nada de canguros hondureñas. Lo prometo.

—Quizá Lucy podría echarte una mano —dijo, y me miró cuando paramos en un semáforo en rojo—. Has ido a tu ginecólogo, ¿verdad?

—Aún no —dije, y bostecé de nuevo.

—¡Cannie!

Procedió a largarme un discurso sobre nutrición, ejercicios durante el embarazo, y el efecto benéfico de las cápsulas de vitamina E en la prevención de las estrías. Dejé que mis ojos se cerraran, arrullada por el sonido de su voz y las ruedas, y casi estaba dormida cuando entró en el camino de acceso. Tuvo que sacudirme para que despertara, pronunciar mi nombre con dulzura y anunciarme que habíamos llegado.

Fue un milagro que me dejara volver a Filadelfia aquella noche. Regresé a casa con el maletero cargado con cinco kilos de pavo, relleno y pastel en envases de plástico, y sólo tras darle mi solemne promesa de que concertaría cita con el médico a primera hora de la mañana, y que vendría a verme pronto.

—Ponte el cinturón de seguridad —dijo, mientras colocaba a un irritado *Nifkin* en su cesta.

—Siempre me pongo el cinturón de seguridad —dije.

—Llámame en cuanto sepas la fecha prevista.

—Te llamaré, lo prometo.

—De acuerdo —dijo. Me rozó la mejilla con la punta de los dedos—. Estoy orgullosa de ti.

Quise preguntarle por qué. ¿Qué había hecho yo para sentirse tan orgullosa? Quedar preñada de un tío que no quería saber nada de ti no era algo de lo que jactarse delante de sus amigas del club del libro, o que yo pudiera enviar al *Princeton Alumni Weekly*. Lo de ser madre soltera era cada vez más aceptable en el mundillo de las estrellas de cine, pero por lo que sabía de mis colegas divorciadas, suponía una dificultad para las mujeres de la vida real, y no era causa de celebraciones ni orgullo.

Pero no pregunté. Me limité a poner en marcha el coche y bajar por el camino de entrada, al tiempo que agitaba la mano a modo de despedida hasta que desapareció de mi vista.

De vuelta en Filadelfia, todo parecía diferente. O tal vez era que yo lo veía de una forma diferente. Mientras subía, reparé en la cantidad exorbitante de latas de Budweiser que rezumaban del contenedor ecológico situado frente al apartamento del segundo piso, y oí las carcajadas grabadas de una comedia de situaciones por debajo de la puerta.

En la calle se disparó la alarma de un coche, y oí el estrépito de cristales al romperse cerca. Ruidos de fondo, cosas en las que nunca me fijaba, pero que ahora empezaría a tener en cuenta..., ahora que era responsable de otro ser.

En el tercer piso, una fina capa de polvo se había formado en mi apartamento durante los cinco días de ausencia, y olía a cerrado. No es el lugar más adecuado para criar a un niño, pensé, mientras abría las ventanas, encendía una vela con aroma a vainilla y cogía la escoba.

Di a *Nifkin* agua fresca y comida. Barrí los suelos. Seleccioné la ropa que lavaría al día siguiente, vacié el lavaplatos, guardé los restos de comida en el congelador, enjuagué y colgué el traje de baño para que se secara. Estaba a mitad de la lista de la compra, llena de leche desnatada, manzanas y golosinas, cuando me di cuenta de que ni siquiera había escuchado el contestador automático para averiguar si alguien..., bien, para averiguar si Bruce... me había llamado. Muy improbable, pensé, pero al menos le concedería el beneficio de la duda.

Y cuando descubrí que no había llamado, me sentí triste, pero nada parecido a la tristeza dolorosa, nerviosa y angustiada que había experimentado antes, nada parecido a la abrumadora certeza de que moriría si no me quería, como me pasó aquella noche en Nueva York con Maxi.

—Él me quería —susurré a mi habitación recién barrida—. Me quería, pero ya no me quiere, y no es el fin del mundo.

Nifkin levantó la cabeza del sofá, me miró con curiosidad, y después volvió a dormir. Cogí mi lista.

«Huevos —escribí—. Espinacas. Ciruelas.»

12

—¿Que estás qué?

Incliné la cabeza sobre mi café descafeinado con leche desnatada y un *bagel* tostado.

—Embarazada. Encinta. Preñada. En estado de buena esperanza. Bombada.

—Vale, vale, ya lo he captado. —Samantha me miraba fijamente, con la boca sensual entreabierta, y sus ojos castaños expresaban estupor, despiertos por completo, pese a que sólo eran las siete y media de la mañana—. ¿Cómo?

—De la manera usual —dije con desenvoltura.

Estábamos en Xando, la cafetería del barrio que se convertía en bar de copas a las seis de la tarde. Los ejecutivos leían con atención sus *Examiners*, las mamás apresuradas con cochecitos bebían café. Un buen local, limpio y bien iluminado. No era un lugar para hacer escenas.

—¿Con Bruce?

—De acuerdo, tal vez no fue de la manera usual. Fue justo después de que su padre muriera...

Samantha exhaló un suspiro exagerado.

—Oh, Dios, Cannie... ¿Qué te dije sobre follar con los que acaban de perder a un ser querido?

—Lo sé —dije—. Sucedió, así de sencillo.

Se permitió otro suspiro, y después buscó su agenda, toda eficiencia, pese a que todavía llevaba mallas negras y una camiseta de Wally's Wings que anunciaba «Retorcemos el pescuezo a los pollos que criamos».

—De acuerdo —dijo—. ¿Has llamado a la clínica?

—La verdad es que no —dije—. Voy a tenerlo.

Abrió los ojos de par en par.

—¿Qué? ¿Cómo? ¿Por qué?

—¿Por qué no? Tengo veintiocho años, gano dinero suficiente...

Samantha estaba negando con la cabeza.

—Vas a arruinar tu vida.

—Sé que mi vida va a cambiar...

—No. No me has escuchado. Vas a arruinar tu vida.

Dejé mi taza de café sobre la mesa.

—¿Qué quieres decir?

—Cannie... —Me miró con ojos implorantes—. Una madre soltera... Ya es bastante difícil encontrar hombres decentes en las actuales circunstancias... ¿Sabes qué va a ser de tu vida social?

La verdad, no había pensado mucho en eso. Ahora que había asumido la pérdida irrevocable de Bruce, ni siquiera había empezado a pensar sobre con quién acabaría, o si encontraría a otro.

—No sólo tu vida social —continuó Samantha—, toda tu vida. ¿Has pensado en que esto lo va a cambiar todo?

—Pues claro que sí.

—Se acabaron las vacaciones.

—Oh, venga... ¡La gente se va de vacaciones con bebés!

—¿Tendrás dinero para eso? Suponiendo que trabajes, claro está...

—Sí. A tiempo parcial. Eso es lo que había pensado. Al menos al principio.

—Tus ingresos descenderán, y gastarás dinero en canguros durante las horas de trabajo. Eso va a causar un impacto sustancial en tu forma de vivir, Cannie. Un impacto sustancial.

Bien, era verdad. Se acabaron los fines de semana de tres días en Miami sólo porque USAir tenía un vuelo barato y yo pensaba que necesitaba un poco de sol. Se acabaron las semanas en Killington en un apartamento alquilado, donde yo esquiaba todo el día y Bruce, que no esquiaba, fumaba hierba en el jacuzzi y esperaba mi regreso. Se acabaron las botas de doscientos dólares que debía poseer fuera como fuera, se acabaron las cenas de cien dólares, se acabaron las tardes del balneario de ochenta dólares, donde pagaba a una tía de diecinueve años para que me masajeara los pies y depilara mis cejas.

—Bien, la vida cambia —dije—. Ocurren cosas que no habías previsto. La gente enferma…, o pierde el trabajo…

—Pero ésas son cosas que no podemos controlar —indicó Samantha—. Mientras que sí puedes controlar esta situación.

—He tomado una decisión —dije en voz baja. Samantha no se rindió.

—Piensa en lo que significa traer al mundo un niño sin padre —dijo.

—Lo sé —contesté, y levanté la mano antes de que pudiera seguir hablando—. Ya he pensado en esto. Sé que no es ideal. No es lo que yo querría, si pudiera elegir…

—Es que puedes elegir —dijo Samantha—. Piensa en todo lo que tendrás que hacer sola. Toda la responsabilidad recaerá sobre tus espaldas. ¿Estás preparada para eso? ¿Es justo que tengas un hijo si no lo estás?

—¡Piensa en todas las otras mujeres que lo hacen!

—¿Las que viven de la Seguridad Social? ¿Las adolescentes?

—¡Claro! ¡En ésas! Hay montones de mujeres que tienen hijos sin padre, y se las arreglan…

—Cannie —dijo Samantha—, eso es vivir con una mano delante y otra detrás…

—Tengo un poco de dinero —dije, y soné adusta incluso a mis propios oídos.

Samantha tomó un sorbo de café.

—¿Es por Bruce? ¿Por amarrar a Bruce?

Miré mis manos enlazadas, la servilleta arrugada que había entre ellas.

—No —dije—. Quiero decir, creo que está relacionado…, a falta de algo mejor…, pero no es que planeara quedarme embarazada para echarle la zarpa.

Samantha enarcó las cejas.

—¿Ni siquiera de manera inconsciente?

Me estremecí.

—Dios, espero que mi inconsciente no sea tan listo como para eso.

—La inteligencia no tiene nada que ver con esto. Tal vez, en el fondo, una parte de ti confiaba..., o confía... en que cuando Bruce se entere, volverá contigo.

—No se lo voy a decir.

—¿Cómo que no?

—¿Por qué habría de hacerlo? —repliqué—. Ha seguido su rollo, ha encontrado a otra, no quiere tener nada que ver conmigo, o con mi vida, de modo que ¿por qué debería decírselo? No necesito su dinero, y no quiero las migajas de atención que se sentiría obligado a arrojarme...

—¿Y el niño? ¿No se merece tener un padre?

—Venga ya, Samantha. Estamos hablando de Bruce. El drogata de Bruce. Bruce, el de la cola de caballo y la pegatina de «Legalizadla»...

—Es un buen tío, Cannie. Hasta podría ser un buen padre.

Me mordí el labio. Me dolía admitirlo, hasta pensar en ello, pero debía de ser cierto. Bruce había sido asesor de campamentos durante años. Los chicos le adoraban, con coleta o no, drogata o no. Cada vez que le veía con sus primos o con chicos que habían estado en sus campamentos, siempre rivalizaban por sentarse a su lado a la hora de comer, o por jugar a baloncesto con él, o por pedirle que les ayudara a hacer los deberes. Incluso cuando nuestra relación pasaba por sus peores momentos, nunca dudé de que sería un padre maravilloso.

Samantha estaba meneando la cabeza.

—No lo sé, Cannie. No lo sé. —Me dirigió una larga y seria mirada—. Se va a enterar, y tú lo sabes.

—¿Cómo? Ya no conocemos a la misma gente... Vive muy lejos...

—Pero se enterará. He visto suficientes culebrones para garantizártelo. Te toparás con él en alguna parte... Le hablarán de ti... Se enterará.

Me encogí de hombros y traté de aparentar valentía.

—De acuerdo, descubre que estoy embarazada. Eso no significa que tenga que decirle que es suyo. Igual se piensa que le estaba poniendo los cuernos. —Aunque me doliera en lo más hondo la idea de que Bruce tuviera motivos para pensar eso—. Igual se piensa que fui a un banco de esperma. La cuestión es que no ha de saberlo. —Miré a Samantha—. Y tú no se lo dirás.

—Cannie, ¿no crees que tiene derecho a saberlo? Va a ser padre...

—No.

—Bien, pues nacerá un niño que es de él. ¿Y si quiere ser padre? ¿Y si te denuncia para conseguir la custodia?

—Mira, yo también vi ese programa de...

—Hablo en serio —dijo Samantha—. Podría hacerlo.

—Oh, por favor. —Me encogí de hombros, y traté de aparentar menos preocupación de la que sentía—. Bruce apenas sabe dónde están sus diplomas. ¿Qué haría con un bebé?

Samantha se encogió de hombros.

—No lo sé. Tal vez nada. O tal vez pensaría que un niño necesita..., ya sabes..., una figura paterna.

—Bien, le dejaré jugar con Tanya —bromeé. Samantha no rió. Parecía tan preocupada que pensé en darle un abrazo, hasta que comprendí que me parecería a Tanya en sus sesiones de Anónimos lo-que-sea—. Todo saldrá bien —dije, con voz alegre y convencida.

Samantha me miró.

—Eso espero —dijo en voz baja—. De veras.

—¿Que estás qué? —preguntó Betsy, mi directora. Debo reconocer que se recuperó con más celeridad que Samantha.

—Embarazada —repetí. Me estaba cansando de interpretar este corte en particular de la banda sonora de mi vida—. Preñada. Bombada. Encinta...

—Oh. De acuerdo. Oh, Dios. Hum... —Betsy me miró desde detrás de sus gruesas gafas—. ¿Felicidades? —preguntó, vacilante.

—Gracias —dije.

—¿Va a haber, hum, boda? —preguntó.

—No en un futuro cercano —dije en tono desenvuelto—. ¿Será eso un problema?

—¡Oh, no, no! ¡Claro que no! El periódico nunca te discriminaría ni nada por el estilo...

De pronto me sentí muy cansada.

—Lo sé —dije—. Sé que la gente lo va a encontrar raro...

—Cuantas menos explicaciones des, mejor —dijo Betsy.

Estábamos en la sala de conferencias, con la puerta cerrada y las persianas bajadas, lo cual significaba que sólo podía ver a mis colegas de rodillas hacia abajo. Reconocí los mocasines gastados del jefe de redacción, que disminuyeron de velocidad camino de la sala de correo, seguidos muy de cerca por los zapatos de tacón de Tanisha, la administrativa que andaba a paso de tortuga. Si los hubiera visto de cuerpo entero, sus cabezas estarían vueltas hacia mí, mientras intentaban adivinar por qué Betsy y yo estábamos encerradas aquí, si yo me había metido en algún lío, y cuál era ese lío. Estaba segura de que, en cuanto hubieran efectuado la parada obligatoria en sus buzones, se dirigirían como una flecha a la mesa de Alice, la secretaria del departamento desde tiempo inmemorial y depositaria de todos los chismes sabrosos y escandalosos. Joder, si otra persona estuviera aquí con Betsy en este momento, yo haría lo mismo. Es el aspecto negativo de trabajar con gente que husmea, fisgonea e investiga para ganarse la vida. No gozas de mucha vida privada.

—Yo en tu lugar, no diría ni una palabra —dijo Betsy.

Tenía cuarenta y tantos años, y era una mujer menuda e ingeniosa de pelo muy rubio, que había sobrevivido al machismo, las amenazas de absorción, los recortes de presupuesto y a media docena de redactores jefe, todos hombres, y todos con una visión única de lo que el *Examiner* debía hacer. Era una superviviente, y mi protectora en el periódico, y confiaba en que me diera un buen consejo.

—Bien, a la larga tendré que decir algo...

—A la larga, pero ahora, yo no diría nada. —Me miró, no sin afecto—. Es duro —dijo.

—Lo sé.

—¿Tendrás alguna... ayuda?

—Si te refieres a si Bruce vendrá cabalgando a lomos de un caballo blanco y se casará conmigo, lo más probable es que no. Pero mi madre y Tanya echarán una mano... y quizá mi hermana también.

Betsy había venido preparada. Sacó del maletín una copia del contrato, una libreta y una calculadora.

—Vamos a ver qué puedo hacer por ti.

Lo que encontró parecía más que justo. Seis semanas pagadas después del parto, y si yo quería, seis semanas más de permiso sin sueldo. Después de eso, tendría que trabajar tres días por semana para no perder la seguridad social, pero Betsy dijo que podría dejarme trabajar un día desde casa, siempre que estuviera localizable. Tecleó mi futuro sueldo en la calculadora. Uf. Peor de lo que había imaginado..., pero aún podría vivir. Eso esperaba, al menos. ¿Cuánto costaría la canguro? ¿Y la ropa de bebé... y los muebles... y la comida? Vi mis ahorrillos, cuidadosamente acumulados (con la idea de que algún día los necesitaría para pagar una boda, quizás una casa), convertirse en nada ante mis ojos.

—Lo solucionaremos —dijo Betsy—. No te preocupes. —Recogió sus papeles y suspiró—. Al menos, procura no preocuparte más de lo absolutamente necesario. Y avísame si puedo ayudarte en algo.

—Ocho semanas —dijo mi ginecóloga, con su melodiosa voz inglesa—. O quizá nueve.

—Ocho —dije con un hilo de voz. Es difícil ser categórica cuando estás tumbada de espaldas, con los pies levantados y apoyados sobre estribos, y espatarrada.

Gita Patel (al menos, ése era el nombre que constaba en la placa prendida en su bata) dejó sus instrumentos y giró en su taburete de ruedas para mirarme, mientras yo me incorporaba con ciertas dificultades. Era más o menos de mi edad, calculé, de lustroso pelo negro sujeto en un moño en la nuca. No era la que solía visitarme en este garito del seguro médico, situado bajo el nivel de la calle en Delancey, pero ella tenía la primera hora disponible, y gracias al incensante estribillo de mi madre («¿Te ha visto un médico ya?»), había decidido no esperar. Hasta el momento, pensé, todo iba bien. La doctora Patel tenía manos delicadas, y en conjunto era una persona muy agradable.

—¿Se encuentra bien? —preguntó.

—Bien. Un poco cansada. Bien, muy cansada, en realidad.

—¿Náuseas?

Caramba. Hasta me encantó su forma de decir «náuseas».

—Durante los últimos días, no.

—Muy bien. Vamos a hablar de sus planes.

Inclinó apenas la cabeza hacia la sala de espera. Admiré la discreción de su gesto mientras negaba con la cabeza.

—No. Estoy sola.

—Muy bien —repitió, y me tendió unos folletos satinados. El nombre de mi mutua estaba impreso en lo alto. «Pequeños retoños —rezaba el título. Puf—. ¡Ayudamos a nuestros miembros cuando empiezan uno de los viajes más emocionantes de la vida!» Doble puf.

—Bien. La veré una vez al mes durante los siguientes cinco meses, cada dos semanas en su octavo mes, y una vez a la semana hasta el parto. —Pasó varias hojas del calendario—. Le adelanto la fecha del 15 de junio..., teniendo en cuenta que los bebés vienen cuando les apetece, por supuesto.

Me fui con el bolso atiborrado de frascos de vitaminas y ácido fólico, y mi cabeza daba vueltas con listas de cosas que no podía comer y cosas que debería comprar y llamadas que debía hacer. Formularios que rellenar, clases de parto a las que matricularme, un folleto sobre episiotomías que, en mi actual estado mental, no quería ni considerar. Era diciembre, y el frío había llegado por fin. Un viento fresco empujaba hojas secas contra las esquinas, mientras yo caminaba con la delgada chaqueta abrazada contra mi cuerpo. Se olía la nieve en el aire. Estaba muerta de cansancio, y mi cabeza daba vueltas, pero aún me quedaba otra parada.

La clase de Control del Peso estaba terminando cuando yo llegué. Encontré a mis compañeros y al doctor K. saliendo de las oficinas de Trastornos Alimentarios, conversando alegremente, embutidos en jerséis y abrigos de invierno con aspecto de haber sido utilizados por primera vez aquel año.

—¡Cannie! —El doctor K. saludó y se acercó. Llevaba pantalones caqui, camisa de algodón, sin corbata. Ni tampoco bata blanca, por una vez—. ¿Cómo estás?

—Bien —dije—. Siento haberme saltado la clase. Quería pasar antes...

—¿Vamos a mi despacho? —preguntó el doctor K.

Fuimos. Se sentó detrás de su escritorio, yo ocupé la silla opuesta, sin darme cuenta hasta que me senté de que no estaba cansada, sino agotada por completo.

—Me alegro de verte —repitió, y me miró expectante.

Respiré hondo. Acaba de una vez, me dije. Acaba de una vez, y podrás irte a dormir a casa.

—Voy a seguir, hum... embarazada. De modo que debo abandonar el programa —le dije. Asintió, como si lo hubiera dado por sentado.

—Me encargaré de que el Departamento te envíe un cheque —dijo—. En otoño empezaremos nuevos cursillos, por si sigues interesada.

—No creo que me quede mucho tiempo libre.

Asintió.

—Bien, te echaremos de menos en clase. Aportabas un toque distintivo.

—Oh, lo dice por...

—No. Esa imitación de la célula de grasa femenina que hiciste hace dos semanas... Deberías pensar en los escenarios.

Suspiré.

—Los escenarios son duros, y tengo... montones de cosas en que pensar ahora.

El doctor tomó libreta y pluma.

—Creo que podríamos tener una especie de taller de nutrición para madres gestantes —dijo, al tiempo que apartaba libros y papeles para recuperar su listín telefónico—. Quiero decir, ya que has pagado, igual podrías obtener algo... Aunque si quieres que te devolvamos el dinero, no habrá ningún problema...

Se portaba muy bien conmigo. ¿Por qué?

—No, así ya está bien. Sólo quería decirle que debía dejarlo, y que lo siento...

Respiré hondo, y le miré mientras él me miraba desde el otro lado de la mesa, con sus ojos tan bondadosos. Y entonces, me puse a llorar otra vez. ¿Qué pasaba con esta habitación, y con este pobre hombre, que cada vez que me sentaba delante de él terminaba hecha un mar de lágrimas?

Me tendió un Kleenex.

—¿Te encuentras bien?

—Estoy bien. Estoy bien. Me pondré bien... Lo siento...

Y entonces, me puse a llorar con tal sentimiento, que no pude hablar.

—Lo siento —repetí—. Creo que es una de esas cosas del primer trimestre, cuando te pones a llorar por cualquier cosa. —Di unas palmaditas sobre mi bolso—. Tengo aquí dentro una lista... Cosas que debo tomar, cosas que debo sentir...

Cogió una bata blanca del perchero y extendió una mano hacia mí.

—Levántate —dijo. Obedecí, y dejó caer la bata sobre mis hombros—. Quiero enseñarte algo. Ven conmigo.

Me guió hasta un ascensor, recorrimos un pasillo, pasamos una puerta que ponía «Sólo personal autorizado» y «Prohibido el paso», atravesamos otra puerta con el letrero de «¡Sólo emergencias! ¡Sonará la alarma!». Pero la alarma no sonó cuando abrió la puerta. De repente nos encontramos al aire libre, en el tejado, con la ciudad extendida a nuestros pies.

Vi el Ayuntamiento. Me encontraba a la misma altura de la estatua de Billy Penn, el fundador de Pennsylvania, que coronaba la casa consistorial. Había el edificio PECO, tachonado de luces centelleantes..., las torres gemelas de Liberty Place, que arrojaban destellos plateados..., coches diminutos que avanzaban por calles infinitesimales. Las hileras de luces de Navidad y guirnaldas de neón flanqueaban Market Street hasta el muelle. El Blue Cross RiverRink, con diminutos patinadores que describían lentos círculos. Y después, el río Delaware, y Camden. Nueva Jersey. Bruce. Todo parecía muy lejano.

—¿Qué te parece? —preguntó el doctor K.

Creo que debí pegar un bote cuando se puso a hablar. Por un momento, me había olvidado de él..., olvidado de todo. Estaba fascinada por la vista.

—Nunca he visto una ciudad como ésta —dije—. Es asombrosa.

Se apoyó contra la puerta y sonrió.

—Creo que deberías pagar un alquiler principesco, en uno de los rascacielos de Rittenhouse Square, para gozar de una vista como ésta —dijo.

Me volví de nuevo hacia el río, y sentí la caricia del viento frío en la cara. El aire era delicioso. Durante todo el día, o al menos desde que la doctora Patel me había entregado el folleto con la lista de Quejas Habituales del Primer Trimestre, me había dado cuenta de que percibía el olor de todo cuanto me rodeaba, y de que por lo general era nauseabundo. Gases de escape de los coches... Mierda de perro junto a un cubo de basura... Gasolina... Incluso cosas que me solían gustar, como el aroma a café que surgía del Starbucks de South Street, me llegaba con su intensidad normal multiplicada por diez. Pero aquí arriba, el aire no olía a nada, como si lo hubieran filtrado especialmente para mí. Bien, para mí y para los afortunados poseedores de los áticos rodeados de balcones que gozaban de acceso ilimitado.

—¿Te sientes mejor? —preguntó el doctor K.

—Sí.

El doctor K. se sentó con las piernas cruzadas y me indicó con un gesto que le imitara. Lo hice, con cuidado de no sentarme sobre su bata.

—¿Te apetece hablar del asunto? —preguntó.

Le miré de reojo.

—¿Quiere escuchar?

Pareció avergonzado.

—No es mi intención fisgonear... Sé que no es mi problema...

—Oh, no, no, no es eso. Es que no quiero aburrirle. —Suspiré—. Es la historia más vieja del mundo. Chica conoce a chico, chica quiere a chico, chica planta a chico por motivos que no alcanza a comprender, el padre del chico muere, la chica intenta consolarle, la chica acaba embarazada y sola.

—Ah —dijo él con cautela.

Puse los ojos en blanco.

—¿Creía que había sido con otro?

No dijo nada, pero a la luz reflejada por las calles, pensé que parecía avergonzado. Me acomodé hasta sentarme de cara a él.

—No, de veras. ¿Creía que había encontrado otro chico tan deprisa? Por favor —resoplé—. Me sobrestima.

—Creo que pensé... Bien, en realidad ni siquiera me lo había planteado.

—Bien, créame, necesito mucho más que unos cuantos meses para encontrar a alguien a quien le guste, y que desee verme desnuda, y yo me sienta lo bastante a gusto para dejarle. —Le miré de reojo otra vez. A lo mejor pensaba que estaba flirteando—. Sólo para su información —añadí.

—Pasaré eso por alto —replicó muy serio. Casi me dieron ganas de reír.

—Dígame una cosa. ¿Cómo sabe la gente cuándo está de broma? Porque siempre habla más o menos igual.

—¿Cómo? ¿Como un chiflado?

Tardó mucho en decir la palabra «chiflado», lo cual le hizo parecer... un poco chiflado.

—No exactamente. Siempre serio.

—Bien, pues no es verdad. —Dio la impresión de que se había ofendido—. De hecho, tengo un gran sentido del humor.

—No me había dado cuenta —me burlé.

—Bien, considerando que las pocas veces que hemos hablado estabas inmersa en una extravagante crisis vital, no me he mostrado muy chistoso.

Ahora sí que parecía muy ofendido.

—Comprendido —dije—. Estoy convencida de que eres muy divertido.

Me miró con suspicacia, el ceño fruncido.

—¿Cómo lo sabes?

—Porque tú lo has dicho. La gente que es divertida lo sabe. La gente que no es divertida dice: «Mis amigos dicen que tengo un gran sentido del humor», «Mi madre dice que tengo un gran sentido del humor». Es entonces cuando sabes que te has metido en un lío.

—Ah —dijo—. Si tuvieras que describirte, ¿dirías que eres divertida?

—No —suspiré, mientras miraba el cielo nocturno—. En este momento, diría que soy una piltrafa.

Estuvimos en silencio unos minutos. Vi que los patinadores daban media vuelta.

—¿Has pensado en lo que vas a hacer? —preguntó, por fin—. No es preciso que hables de eso si no quieres...

—No, no. Da igual. Sólo he pensado en unas cuantas cosas. Sé que voy a tenerlo, y sé que voy a trabajar menos cuando llegue. También sé que buscaré un piso nuevo, lo más seguro, y que mi hermana estará a mi lado durante el parto.

Dicho así, como una mano de cartas desplegada sobre una mesa, no parecía gran cosa.

—¿Qué hay de Bruce? —preguntó.

—Pues verás, eso es lo que aún no he decidido. Hace semanas que no hablamos, y está saliendo con otra.

—¿En serio?

—Lo suficiente para contármelo. Y para escribir al respecto.

El médico reflexionó.

—Bien, tal vez no signifique nada. Quizás esté intentando volver contigo..., o ponerte celosa.

—Sí, bien, pues funciona.

—Pero un hijo... Bien, eso cambia todo.

—Ah, ¿tú también has leído el folleto? —Apreté las rodillas contra mi pecho—. Después de romper..., después de que su padre muriera, cuando me sentía tan mal y quería volver con él, mis amigas no paraban de decirme: «Has roto con él, y algún motivo habrás tenido». Creo que, en el fondo, sabía que no íbamos a estar juntos toda la vida, sobre todo por mi culpa... He creado toda esta teoría sobre mi padre, y mis padres, y porque no confío en el amor. Se me ocurre que, aunque él fuera perfecto..., o si no, aunque yo me sintiera a gusto..., tal vez sería incapaz de darme cuenta, o habría intentado convencerme de lo contrario. Algo así.

—O quizá no era el hombre adecuado para ti. En la facultad de medicina siempre nos enseñaron que cuando oyes ruido de cascos...

—... no busques cebras.

Sonrió.

—¿A ti también te lo dijeron en la facultad?

Negué con la cabeza.

—No. Mi padre era médico. Siempre lo decía, pero no sé. Creo que todo esto podría equivaler a la cebra. Sé que le echo mucho de menos, y que me sentí fatal cuando descubrí que salía con otra, y creo que yo lo provoqué..., y que podría haber sido el amor de mi vida, mi ma-

rido. —Tragué saliva, y mi garganta se cerró alrededor de aquella palabra—. Pero ahora...

—¿Ahora qué?

—Le echo de menos en todo momento. —Sacudí la cabeza, disgustada por mi sentimentalismo—. Es como estar embrujada, o algo
por el estilo, y ahora no puedo permitirme el lujo de estar embrujada.
He de pensar en mí, y en el bebé, y en cómo voy a planificar el
futuro.

Le miré. Se había quitado las gafas y vi que me estaba mirando fijamente.

—¿Puedo hacerte una pregunta? —dije.

Asentí.

—Necesito un punto de vista masculino. ¿Tienes hijos?

—No que yo... No.

—¿Ibas a decir «no que yo sepa»?

—Sí, pero paré a tiempo. Bien, casi.

—Muy bien. No tienes hijos. ¿Cómo te sentirías si rompieras con
alguien, y un día te dijera: «¿Sabes una cosa? Estoy embarazada de ti».
¿Querrías saberlo?

—En mi caso —dijo con aire pensativo—. Bien, sí. En mi caso,
querría saberlo. Querría significar algo en la vida de ese niño.

—¿Aunque ya no estuvieras con su madre?

—Creo que los niños merecen tener dos padres que se preocupen
por ellos, aunque estén separados. Ya es bastante difícil crecer en este
mundo. Creo que estos críos necesitan toda la ayuda posible.

Eso no era lo que yo quería oír, claro está. Lo que deseaba oír era:
«¡Tú puedes hacerlo, Cannie! ¡Puedes hacerlo sola!» Si iba a vivir separada de Bruce (y existían abundantes pruebas a favor), quería estar
segura de que un solo padre era más que suficiente.

—Tú crees que debería decírselo.

—En mi caso —dijo con aire pensativo—, querría saberlo. Da
igual lo que hagas o lo que él quiera, al final eres tú la que decide. ¿Qué
es lo peor que puede pasar?

—¿Que su madre y él me demanden para conseguir la custodia y
quedarse el niño?

—¿No salió eso en Ophra?

—Sally Jessy —dije. La temperatura estaba bajando. Me ceñí la bata alrededor del cuerpo.

—¿Sabes a quién me recuerdas? —preguntó.

—Si dices Janeane Garofalo, saltaré —le advertí. Siempre me comparaban con Janeane Garofalo.

—No —dijo.

—¿A tu madre?

—A mi madre, no.

—¿A ese tío que salió en el programa de Jerry Springer, tan gordo que los paramédicos tuvieron que hacer un agujero en su casa para sacarle?

Estaba sonriendo, pero intentaba reprimirse.

—¡Habla en serio! —me reprendió.

—Bien. ¿A quién?

—A mi hermana.

—Oh. —Reflexioné unos instantes—. ¿Es...?

No supe qué decir. ¿Es gorda? ¿Es divertida? ¿La dejó bombada su novio?

—Se parecía un poco a ti. —Extendió la mano, y sus dedos casi rozaron mi cara—. Tenía tus mejillas, y una sonrisa muy parecida.

Pregunté lo primero que se me ocurrió.

—¿Era mayor o menor?

—Mayor —dijo, con la vista clavada en el frente—. Murió cuando yo tenía nueve años.

—Oh.

—Cuando me conocen, muchos de mis pacientes quieren saber por qué seguí esta especialidad de la medicina. No existe una relación evidente. No soy una mujer. Nunca he tenido problemas de peso...

—No, claro. Refriégamelo por las narices —dije—. ¿Tu hermana era... obesa?

—Pues no. Pero el peso la tenía obsesionada. —Sólo pude ver el perfil de su cara cuando sonrió—. Siempre estaba siguiendo una dieta u otra... Una semana, huevos escalfados, sandía la siguiente.

—¿Padecía, hum, trastornos alimentarios?

—No. Estaba obsesionada por la comida. Murió en un accidente de coche. Recuerdo que mis padres fueron al hospital, y nadie me decía nada sobre lo que estaba pasando. Por fin, mi tía, la hermana de mi madre, subió a mi habitación y dijo que Katie estaba en el cielo, y que yo no debía estar triste, porque el cielo era un lugar maravilloso donde encontrabas todas tus cosas favoritas. Yo pensaba que el cielo era un lugar lleno de galletas, helados, beicon y *wafles*..., todas las cosas que Katie deseaba comer y rechazaba. —Se volvió hacia mí—. Parece una estupidez, ¿verdad?

—No. No, la verdad es que es así como me imagino el cielo.

Me sentí fatal al instante. ¿Y si pensaba que me estaba burlando de su pobre hermana muerta?

—Eres judía, ¿verdad?

—Sí.

—Yo también. Bueno, a medias. Mi padre lo era, pero no nos educaron de una forma determinada. —Me miró con curiosidad—. ¿Los judíos creéis en el cielo?

—No... Técnicamente, no. —Intenté recordar mis clases de la escuela hebrea—. El rollo es que te mueres, y luego... te pones a dormir, me parece. No existe una idea definida del más allá. Sólo duermes. Y luego viene el Mesías y todo el mundo resucita.

—¿En los cuerpos que tenían en esta vida?

—No lo sé. Yo intentaré apropiarme del de esa modelo alemana, Heidi Klum.

El doctor lanzó una leve carcajada.

—¿Te gustaría...? —se volvió hacia mí—. Tienes frío.

Yo estaba temblando un poco.

—No, estoy bien.

—Lo siento —dijo.

—¡No pasa nada! Me gusta saber los, hum, las vidas de los demás. —Casi había dicho «problemas», pero me reprimí justo a tiempo—. Me lo he pasado bien.

Pero ya se había puesto en pie, y en tres zancadas había llegado a la puerta.

—Deberías entrar —murmuró. Mantuvo abierta la puerta. Salí a la escalera, pero no me moví, de manera que cuando cerró la puerta se quedó muy cerca de mí.

—Ibas a preguntarme algo —dije—. ¿Qué era?

Ahora le tocó a él parecer confuso.

—Yo..., hum... Ah, sí, las clases de nutrición para embarazadas, creo. Iba a preguntarte si querrías apuntarte.

Yo sabía que no se trataba de eso, y hasta intuí que era algo muy diferente. Pero no dije nada. Tal vez le había pasado un momento por la cabeza preguntarme... algo..., porque había estado hablando de su hermana y se sentía vulnerable. O quizá sentía pena por mí. O tal vez yo me equivocaba por completo. Después del desastre de Steve, y ahora el de Bruce, ya no confiaba en mi intuición.

—¿A qué hora se reúnen? —pregunté.

—Lo miraré —dijo, y le seguí escaleras abajo.

13

Tras muchas deliberaciones, y unos diez borradores, redacté, y envié por correo, una carta a Bruce.

Bruce:

No hay forma de edulcorar esta noticia, de modo que te lo diré sin rodeos: estoy embarazada. Sucedió la última vez que estuvimos juntos, y he decidido tener el niño. La fecha prevista es el 15 de junio.

Es mi decisión, y la he tomado tras mucho reflexionar. Quería que lo supieras para que puedas decidir hasta qué punto quieres implicarte en la vida de este niño.

No voy a decirte lo que has de hacer, ni pienso pedirte nada. He tomado mi decisión, y tú tendrás que tomar la tuya. Si quieres pasar algún rato con el niño, procuraré por todos los medios facilitarte las cosas. Si no quieres, lo comprenderé.

Lamento que esto haya sucedido. Sé que no es lo que necesitas en este preciso momento, pero he decidido que merecías saberlo, para que tomes las decisiones que consideres correctas. Lo único que te pido es que no escribas sobre esto. Me da igual que hables de mí, pero ahora hay otra persona en juego.

Cuídate,

CANNIE

Escribí mi número de teléfono, por si lo había olvidado, y envié la carta.

Había muchas otras cosas que deseaba escribirle, como que aún bebía los vientos por él. Que aún soñaba que volvía conmigo, que vivíamos juntos: yo, Bruce y el bebé. Que me sentía asustada casi siempre, y estaba furiosa con él cuando no me sentía asustada, o tan enferma de amor, deseo y anhelo que tenía miedo hasta de pensar en su nombre, por temor a lo que pudiera hacer, y que por más que llenaba mis días con actividades, planes y listas (pintar el segundo dormitorio de un tono amarillo limón y montar la cómoda que había comprado en Ikea), muy a menudo me descubría pensando en lo mucho que anhelaba su regreso.

Pero no escribí nada de esto.

Recordé el último año de instituto, cuando esperabas que las universidades te contestaran y dijeran si te aceptaban o rechazaban. Creedme, esperar a que el padre de tu hijo nonato te conteste para saber si desea tener algo que ver contigo o con el niño es mucho peor. Durante tres días estuve pendiente del teléfono de casa de una manera obsesiva. Durante una semana iba en coche a casa a mediodía para echar un vistazo al buzón, y me maldecía por no haber enviado la carta por correo certificado, porque así sabría al menos si la había recibido.

No hubo nada. Día tras día, nada de nada. No podía creer que fuera tan frío. Que me (nos) diera la espalda tan por completo. No obstante, parecía la pura verdad. De modo que me rendí..., o intenté creer que me rendía.

—Las cosas son así —dije a mi estómago.

Era un domingo por la mañana, dos días antes de Navidad. Había ido a dar un paseo en bicicleta (tenía permiso hasta el sexto mes, salvo complicaciones), y había montado un móvil con huesos para perros pintados de alegres colores, a partir de un libro titulado *Juguetes sencillos para niños*, y me estaba recompensando con un largo y cálido remojón.

—Creo que los bebés deberían tener dos padres. Lo creo firmemente. En circunstancias ideales, tendrías un padre, pero no es así. Tu, hum, padre biológico es un buen tío, pero no era el tío que me convenía, y ahora lo está pasando un poco mal, además de que sale con otra... —Tal vez no era lo que mi hijo nonato necesitaba escuchar, pero daba igual—. De modo que lo siento, pero así son las cosas. Voy a intentar educarte lo mejor que pueda, y nos entenderemos lo mejor posible, y con suerte no acabarás odiándome, cubierto de tatuajes y anillados corporales para exteriorizar tu dolor, o lo que hagan los chicos dentro de quince años, porque lo siento, y voy a lograr que salgamos adelante.

Pasé como pude las vacaciones. Hice dulces y galletas para mis amigos, en lugar de comprar cosas, y ahorré dinero (menos del que había gastado el año anterior) en tarjetas de felicitación para mis hermanos. Fui a casa de mi madre para asistir a su fiesta anual de puertas abiertas, en que docenas de sus amigas, más todos los miembros de las Switch Hitters y casi toda la nómina de Una Liga Muy Suya me colmaron de mimos, felicitaciones, consejos, nombres de médicos de centros de día, y un ejemplar algo sobado de *Heather tiene dos mamás* (este último de una despistada jugadora de segunda base llamada Dot, a la que Tanya se llevó a un lado de inmediato para informarle de que yo no era lesbiana, sino una vulgar semental abandonada). Me quedé en la cocina el mayor rato posible, rallando patatas, friendo un pastel de patatas ralladas que los judíos llaman *latke*, mientras Lucy me contaba que una amiga y ella había convencido a un tipo que habían conocido en un bar de que las llevara a casa de él, donde habían abierto todos los regalos de Navidad acumulados bajo el árbol cuando él perdió el conocimiento.

—Eso no fue muy amable por vuestra parte —la reprendí.

—Él no era muy amable —replicó Lucy—. ¿Te parece bonito que nos llevara a las dos a su casa, aprovechando que su mujer estaba fuera de la ciudad?

Admití que tenía razón.

—Todos son unos perros —continuó Lucy con altanería—. No hace falta que te lo diga, desde luego. —Tragó el líquido transparente de su vaso. Sus ojos centellearon—. He de imprimir un giro a mis vacaciones —anunció.

—Llévate tu giro fuera —la apremié, y tiré más patata rallada a la sartén. Pensé que Lucy debía de estar complacida en secreto de que fuera yo, y no ella, quien hubiera terminado en esta situación. Para Lucy, un embarazo imprevisto hubiera sido casi normal. Para mí, era una sorpresa mayúscula.

Mi madre asomó la cabeza en la cocina.

—¿Cannie? Te quedarás a dormir, ¿verdad?

Asentí. Desde el Día de Acción de Gracias había adoptado la costumbre de pasar al menos una noche cada fin de semana en casa de mi madre. Ella preparaba la cena, yo hacía caso omiso de Tanya, y a la mañana siguiente mi madre y yo íbamos a nadar, poco a poco, codo con codo, antes de llenar el coche de comida y cosas necesarias para un recién nacido que sus amigas habían aportado, y luego volvía a la ciudad.

Mi madre se acercó a los fogones y movió los *latkes* con una espátula.

—Creo que el aceite está demasiado caliente —comentó.

Intenté expusarla de la cocina, pero no llegó más allá del fregadero.

—¿Aún no has tenido noticias de Bruce? —preguntó. Negué con la cabeza—. No puedo creerlo. No es propio de él...

—Da igual —la interrumpí. La verdad era que mi madre tenía razón. No era propio del Bruce que yo había conocido, y me sentía tan herida y perpleja como el que más—. Es evidente que he conseguido despertar sus peores demonios.

Mi madre me dedicó una sonrisa bondadosa. Después se acercó y bajó el fuego.

—No los quemes —dijo, y regresó a la fiesta, dejándome con una sartén llena de pasteles de patata a medio hacer y todas mis preguntas. «¿Es que no le preocupa?», me pregunté. «¿Es que no le preocupa en absoluto?»

Intenté mantenerme ocupada durante todo el invierno. Asistí a las fiestas de mis amigas, tomé sidra especiada en lugar de ponche o champagne. Salí a cenar con Andy, y a pasear con Samantha, y a clases de preparación para el parto con Lucy, que había accedido a ser mi acompañante en el parto «¡A condición de que no tenga que ver tu trasero!». De hecho, casi nos expulsaron el primer día. Lucy empezó a vociferar «¡Empuja! ¡Empuja!», cuando lo único que deseaba la profesora era hablar sobre cómo elegir un hospital. Desde entonces, las parejas de futuros padres pasaron de nosotras.

El doctor K. se había convertido en mi nuevo colega de correo electrónico. Me escribía a la oficina una o dos veces por semana, preguntaba cómo iba todo, me ponía al día sobre mis amigas de la clase de Control del Peso. Averigüé que Esther había comprado una cinta de andar y perdido veinte kilos, y que Bonnie había encontrado novio. «Dime cómo te va», escribía siempre, pero a mí nunca me apetecía contarle gran cosa, sobre todo porque no sabía encasillarle. ¿Era un médico? ¿Era un amigo? No estaba segura, de modo que hablaba de cosas superficiales, las últimas habladurías de la sala de redacción, en qué estaba trabajando, cómo me sentía.

Poco a poco, empecé a revelar a mis conocidos lo que estaba pasando, ampliando progresivamente el círculo (buenos amigos, no tan buenos amigos, un puñado de compañeros de trabajo, media docena de parientes). Lo hacía en persona, siempre que era posible, o por correo electrónico, en el caso de Maxi.

«Resulta —empecé— que estoy embarazada.» Le envié la versión condensada, autorizada para mayores de trece años, de los acontecimientos. «¿Recuerdas cuando te hablé de la última vez que vi a Bruce, después del funeral? —escribí—. Nos dimos un revolcón cuando estaba en su casa. Así pasó.»

La respuesta de Maxi fue instantánea, en sólo dos frases, con mayúsculas. «¿QUÉ VAS A HACER? —escribió—. ¿NECESITAS AYUDA?»

Le conté mis planes del momento: tener el niño, trabajar a tiempo parcial. «Esto no es lo que yo había planeado —escribí—, pero intento extraer el mejor partido de la situación.»

«¿Eres feliz? —contestó Maxi—. ¿Estás asustada? ¿Qué puedo hacer?»

«Soy feliz, más o menos. Estoy emocionada —escribí—. Sé que mi vida cambiará, y procuro reprimir mis temores al respecto.» Pensé en su última pregunta y contesté que necesitaba conservar su amistad, seguir en contacto. «Deséame buena suerte —le dije—. Y reza para que todo salga bien.»

Sin embargo, había días en que eso no parecía probable. Como el día que fui a la farmacia para comprar cosas necesarias para el embarazo, y me topé con la última columna de «Bueno en la cama», un tratado sobre exhibiciones públicas de afecto titulado «Oh, oh, el muérdago».

«Si por mí fuera —había escrito—, sujetaría la mano de E eternamente. Tiene unas manos maravillosas, menudas, esbeltas y suaves, tan diferentes de las mías.»

O de las mías, pensé con tristeza, mientras contemplaba mis manos de dedos morcilludos, uñas descuidadas y cutículas mordisqueadas.

Si por mí fuera, la besaría en cada esquina y la abrazaría ante el público de los programas en directo. No necesito excusas de temporada o arbolitos colgando del techo como incentivo. Es del todo adorable, y no soy tímido a la hora de demostrarlo.

Lo cual me convierte en un bicho raro, lo sé. Montones de hombres preferirían cargar con tus bolsas de la compra, tu mochila, incluso tu bolso, antes que tomar tu mano en público. Besan sin problemas a sus madres y hermanas (años de condicionamiento han acabado con su resistencia), pero se resisten a besarte delante de sus amigos. ¿Cómo lograr que tu hombre supere este obstáculo? No dejes de intentarlo. Roza las yemas de sus dedos con las tuyas mientras compartís palomitas de maíz en un cine, y toma su mano cuando salgáis por la puerta. Bésale en plan juguetón al principio, y confía en que, a la larga, te responda con más pasión. Intenta esconder ese muérdago en tu sujetador, o mejor aún, en ese liguero de encaje que aún no has estrenado...

Ligueros de encaje. Oh, qué daño me hizo. Recordé que, por mi cumpleaños y el día de San Valentín, Bruce aparecía con cajas llenas de ropa interior de talla XL. Yo me negaba a llevarla. Le decía que era tímida. La verdad, me sentía estúpida con aquellas prendas. Las mujeres de talla normal se avergüenzan de sus culos y estómagos. ¿Cómo iba a sentirme bien embutida en las sucintas prendas que me traía? Me daba la impresión de que era una broma pesada, un truco de mal gusto, como una extra de *Objetivo indiscreto*, donde tan pronto como demostrabas que eras lo bastante imbécil o crédula para pensar que te sentaba bien aquel atavío, Allen Funt y sus muchachos salían del ropero, con focos y lentes de gran angular preparados. Daba igual que Bruce tratara de tranquilizarme («¡No te lo habría comprado si no quisiera que lo llevaras!»). No podía decidirme a intentarlo siquiera.

Cerré la revista. Pagué mis cosas, las metí en el bolsillo y me arrastré hasta casa. Aunque sabía que había escrito su artículo de di-

ciembre meses antes de recibir mi carta (si es que la había recibido), me
había sentado como una bofetada.

Como no tenía planes para ir a ninguna fiesta (ni nadie a quien
besar), me ofrecí de voluntaria para trabajar el día de Nochevieja. Salí
a las once y media, llegué a casa, envolví a *Nifkin* en la pequeña chaqueta de chándal que despreciaba (en el fondo, estaba segura de que le
daba un aspecto tonto..., y en el fondo, debía admitir que él tenía razón), y me arrebujé en el abrigo. Guardé una botella de mosto en el
bolsillo, caminamos hasta Penns Landing y nos sentamos en el muelle,
mientras los fuegos artificiales estallaban en el cielo, y adolescentes bo-
rrachos y ciudadanos del sur de Filadelfia chillaban, se sobaban y besa-
ban a nuestro alrededor. Era 1999.

Después, volví a casa e hice algo que tendría que haber hecho
mucho antes. Cogí una caja de cartón grande y empecé a embalar todas las cosas que Bruce me había regalado, o las cosas que me lo re-
cordaban.

Allí fue a parar la vela en forma de globo medio fundida que habíamos encendido en Vermont, y a cuya luz perfumada habíamos hecho el amor. Todas las cartas que me había enviado, cada una doblada
dentro de su sobre. Toda la ropa interior que me había comprado y yo
nunca había utilizado, y el vibrador y los aceites corporales comestibles
y las esposas rosa forradas en piel, cosas que ya no debía conservar, sobre todo ahora que esperaba un hijo. Un collar de cuentas de cristal
pintadas a mano que su madre me había regalado por mi último cumpleaños, y la bolsa de piel del cumpleaños anterior. Tras cierta deliberación, decidí quedarme con el teléfono móvil, que había logrado perder su relación con Bruce... Al fin y al cabo, ya no llamaba. Y conservé
los CD de Ani DiFranco y Mary Chapin Carpenter, Liz Phair y Susan Werner. Era mi música, no la suya.

Lo empaqueté todo, aseguré la caja con cinta adhesiva y la bajé a
mi zona de almacenamiento del sótano, pensando que podría vender
las cosas más bonitas llegado el caso, pero por ahora desaparecerían de
mi vista, y tal vez eso bastaría. O sería un comienzo, al menos. Después, subí al apartamento y abrí mi nuevo diario, un bonito libro con
una cubierta de papel jaspeada y gruesas páginas a rayas. «1999», escribí, con *Nifkin* sentado sobre el brazo del sofá a mi lado, mirando mis

palabras con lo que, esperaba, fuera aprobación. «Para mi bebé, al cual ya quiero mucho.»

Llovió durante la mayor parte de enero y nevó casi todos los días de febrero, de modo que casi todo se teñía de blanco durante unos diez minutos, hasta que los gases de escape de los autobuses de la ciudad y los tíos que escupían en las aceras lo teñían de gris una vez más. Procuré no mirar los corazones rojos que adornaban los escaparates de las farmacias. Intenté esquivar el ejemplar rojo sobre rosa de San Valentín de *Moxie*, al que Bruce había contribuido, según me informó la portada, con un artículo titulado «Dale ganas de gritar: 10 tórridos trucos nuevos para los aventureros del erotismo». Un día aciago me topé con su columna, mientras esperaba en la cola del establecimiento de comida preparada, y me asaltó una foto a toda página de Bruce con pantalones cortos rojos y una expresión de arrobamiento abyecto, mientras se revolcaba en la cama con una mujer que, confié, fuera una modelo de *Moxie*, en lugar de la misteriosa E. Devolví la revista a su estante, como si me quemara las manos, y decidí, después de consultar en persona con Samantha («Olvídalo, Cannie»), y mediante correo electrónico con Maxi («Podría ordenar que lo asesinaran, si quieres»), que lo mejor era olvidarlo y dar gracias de que febrero fuera un mes breve.

Pasó el tiempo. Desarrollé un conjunto de estrías nuevas e interesantes, y empecé a devorar el queso Stilton importado que vendían en Chef's Market de South Street a 16 dólares los 500 gramos. Algunas veces estuve a punto de deslizar una porción triangular en el bolsillo de mi chaqueta y llevármelo de la tienda, pero nunca lo hice. Habría sido demasiado violento, razoné, tener que explicar mi adicción al queso a quienquiera que hubiera venido a pagar mi fianza, después de la inevitable detención.

De hecho, me sentía de coña, tal como la mayoría de libros sobre el embarazo describían el segundo trimestre. «¡Te sentirás radiante y viva, llena de energía!», decía uno, bajo la foto de una mujer embarazada sonriente y vivaz que atravesaba un campo de flores silvestres, cogida de la mano de su marido, que ponía cara de devoción. La realidad no era tan maravillosa, porque a veces el sueño podía conmigo, y mis pechos me dolían tanto que, en ocasiones, fantaseaba con que se desprendían y se alejaban rodando, como la noche que devoré un tarro entero de *chutney* de mango mientras miraba la reposición de *Total Request Live* en la MTV. De vez en cuando (bien, con más frecuencia que eso), sentía tanta pena de mí que lloraba. Todos mis libros contenían fotos de señoras embarazadas con sus maridos (o compañeros, en los más progresistas), alguien que frotaba tu estómago con manteca de cacao y te iba a buscar helados y encurtidos, que te alegraba, animaba y ayudaba a elegir un nombre. Yo no tenía a nadie. Me hundía en la apatía, sin hacer caso de las llamadas de Samantha, Lucy y mi madre, que se repetían dos veces por noche. No podía enviar a nadie al establecimiento de comidas preparadas en plena noche, no tenía a nadie con quien discutir los méritos relativos de Alice y Abigail, nadie que me alentara a encarar el futuro con optimismo y me dijera que todo saldría bien.

Tenía la sensación de que las cosas se iban complicando cada vez más, en lugar de lo contrario. Para empezar, mis compañeros del trabajo empezaron a darse cuenta. Nadie me lo preguntaba a la cara, pero me miraban de vez en cuando, o se hacía el silencio cuando entraba en el lavabo de chicas o en la cafetería.

Una tarde, Gabby me acorraló junto a mi mesa. Me la tenía jurada desde otoño, cuando mi artículo dominical sobre Maxi apareció en la primera página de la sección de Espectáculos, para deleite de mis superiores. Les encantó que fuéramos el único periódico de la Costa Este que hubiera conseguido una entrevista con Maxi, y que además fuera la única entrevista en que hablara con tanta siceridad de su vida, sus objetivos y sus romances fallidos. Me gané una buena prima, más una elogiosa nota de mi redactor jefe, que conservaba pegada con cinta adhesiva en la pared de mi cubículo.

Todo esto fue positivo para mí, pero también provocó que Gabby estuviera cada vez de peor humor, sobre todo desde que yo había recibido permiso para escribir sobre los Grammy, mientras a ella le habían encargado redactar la nota necrológica de Andy Rooney, un conocido presentador de la CBS, por si su salud empeoraba.

—¿Estás engordando? —preguntó.

Intenté darle la vuelta a la pregunta, tal como aconsejaban los últimos «10 trucos para manejar a gente difícil» de la revista *Redbook*, consciente de que la gente había aguzado el oído.

—Qué pregunta tan rara —dije, con los labios entumecidos—. ¿Por qué te interesa saberlo?

Gabby siguió mirándome, sin morder el anzuelo.

—Tu aspecto es diferente —dijo.

—¿Intentas decir que es importante para ti que siempre tenga el mismo aspecto? —contesté, ciñéndome a las instrucciones de *Redbook*.

Me dirigió una larga y airada mirada, y luego se marchó, lo cual me vino de perlas. No había decidido qué diría a la gente, ni cuándo, y de momento usaba camisas y pantalones extragrandes, con la esperanza de que disimularían mi aumento de peso (tres kilos en el primer trimestre, otros dos desde el Día de Acción de Gracias) hasta los excesos de las vacaciones.

La verdad era que estaba comiendo bien. Cada fin de semana hacía un *brunch* con mi madre, y salía a cenar una o dos veces por semana con mis amigos, quienes parecían ceñirse a un calendario supersecreto. Cada noche, alguien llamaba y proponía pasar a tomar café o encontrarnos por la mañana para tomar un *bagel*. Cada día, en el trabajo, Andy preguntaba si quería compartir las sobras del lugar fabuloso en el que había cenado la noche anterior, o Betsy me llevaba al excelente restaurante vietnamita que había a dos manzanas de distancia. Era como si tuvieran miedo de dejarme sola. Me daba igual que me hubiera convertido en su objeto de compasión o en su proyecto. Lo aceptaba todo, con la intención de olvidar que echaba de menos a Bruce y la obsesión por las cosas que no tenía (seguridad, estabilidad, un padre para mi hijo nonato, ropa de premamá que no me diera aspecto de pista de esquí). Iba a trabajar e iba a la consulta de la doctora Patel, y me apuntaba a todas las clases y cursos que una madre en ciernes podía desear: Conceptos Básicos de la Lactancia Natural, Resucitación Cardiopulmonar Infantil, Cómo Ser Buenos Padres.

Mi madre pasó la voz, y todas sus amigas vaciaron sus desvanes y los desvanes de sus hijas. En febrero, ya tenía un cambiabebés y un contenedor de pañales utilizados, una cuna, un asiento de coche y un cochecito que parecía más lujoso (y más complicado) que mi automóvil. Tenía cajas llenas de pijamas y gorros de punto, ejemplares de *Pat the Bunny* y *Goodnight Moon*, y sonajeros de plata con marcas de dientes. Tenía biberones, tetinas y un esterilizador. Josh me regaló un vale de cincuenta dólares para EBaby. Lucy me regaló un paquete de cupones escritos a mano en los que accedía a hacer de canguro una vez a la semana («¡siempre que no tenga que cambiar pañales del número dos!»).

Poco a poco, fui transformando mi estudio en un cuarto de niños. Ocupé el tiempo que antes dedicaba a la escritura de guiones y relatos breves, así como cartas a *GQ* y el *New Yorker*, e inicié una serie de proyectos destinados a mejorar el acondicionamiento de la casa. Y por desgracia, empecé a gastar dinero. Compré una alfombra verde mar que combinaba muy bien con las paredes amarillo limón, y un calendario de Beatrix Potter. Rescaté una mecedora abandonada en la basura, encargué que sustituyeran el respaldo de caña y la pinté de blanco. Empecé a llenar la librería con todos los libros infantiles que pude sablear al jefe de redacción, más libros de casa, y libros de segunda mano. Cada noche leía a mi estómago..., sólo para acostumbrarme, y además, porque había leído que los bebés son sensibles al sonido de la voz de su madre.

Y cada noche, bailaba. Bajaba las persianas metálicas siempre polvorientas, encendía unas cuantas velas, me quitaba los zapatos, subía la música y me movía. No siempre era un baile feliz. A veces, ponía los primeros discos de Ani DiFranco y pensaba en Bruce bien a mi pesar, mientras Ani vociferaba «Nunca fuiste muy amable, y siempre me dejabas tirada...». Pero intentaba ser feliz cuando bailaba, por el bien del niño, no de mí.

¿Me sentía sola? Como una loca. Vivir sin Bruce, y sin la posibilidad de su regreso, de volver a verle, y saber que nos había rechazado por completo a mí y al niño, era como intentar vivir sin oxígeno. Algunos días me enfadaba y me enfurecía con él por haberme dejado estar con él tanto tiempo..., o por no volver cuando yo quería. Sin embargo, procuraba deshacerme de la ira, tal como me había deshecho de sus regalos, y seguir adelante.

A veces, no podía dejar de preguntarme si era el orgullo lo que nos separaba, y si no sería más inteligente por mi parte llamarle, o aún mejor, ir a verle, y suplicar hasta que me aceptara de nuevo. Me pregunté si, pese a todo lo que había dicho, aún me quería. Me pregunté si alguna vez me había querido. Intentaba dejar de pensar en estas cosas, pero mi mente daba vueltas y vueltas, hasta que tenía que levantarme y hacer algo. Sacaba brillo a mi cubertería, tomaba medidas para impedir que el niño se cargara las vitrinas, limpiaba los armarios. Por primera vez, mi apartamento estaba limpio, hasta se veía bonito. Lástima que mi cabeza estuviera hecha un desastre.

14

—La cosa que toda mujer soltera ha de recordar —dijo Samantha, mientras caminábamos por Kelly Drive una fresca y ventosa mañana de abril— es que si él quiere hablar contigo, llamará. Sólo has de limitarte a repetir eso. «Si él quiere hablar conmigo, llamará.»

—Lo sé —dije abatida, con las manos apoyadas sobre el borde de mi vientre, cosa que ya podía hacer desde que había empezado a exhibir la curva oficialmente la semana anterior.

Estar embarazada era extraño, pero implicaba algunas ventajas. En lugar de que la gente (está bien, los hombres) me miraran con desinterés y/o desdén porque era una Mujer Rolliza, la gente me miraba con bondad, ahora que se me notaba el embarazo. Era un bonito cambio. Incluso conseguía que me reconciliara un poco con mi apariencia, al menos unos cuantos minutos de vez en cuando.

—Estoy mejor, de hecho —dije—. Intento tomar yo la iniciativa. Cuando pienso en él, me obligo a pensar en algo relacionado con el bebé. Algo que he de hacer, comprar o firmar.

—Me parece estupendo. ¿Cómo va el trabajo?

—Bastante bien.

Para ser sincera, lo del trabajo resultaba un poco raro. Era extraño hacer cosas que, un año antes, me habrían emocionado..., o puesto de los nervios..., o disgustado..., o alegrado, y experimentar la sensación de que apenas tenían importancia. ¿Una audiencia personal, comida incluida, con Craig Kilborn, el famoso praesentador de la CBS, para hablar del nuevo enfoque de su programa? Eh. ¿Una desagradable disputa con Gabby sobre cuál de las dos iba a conseguir escribir la autopsia de *The Nanny*? Lo que fuera. Hasta las miradas cada vez más numerosas y menos subrepticias de mis compañeros de trabajo, desde mi vientre (abultado) al dedo anular izquierdo (desnudo), me importaban un pito. Nadie había reunido fuerzas todavía para preguntarme algo, pero yo estaba preparada para las preguntas cuando llegaran. Sí, diría, estoy embarazada. No, diría, ya no estoy con el padre. Eso tal vez los mantendría a raya..., siempre que pudiera cambiar de tema y desviarlo hacia la historia de sus embarazos/partos/hijos.

—¿Qué hay previsto para hoy? —preguntó Samantha.

—Más compras.

Samantha gruñó.

—Lo siento, pero necesito algunas cosas más de la tienda de premamás...

Sabía que Samantha intentaba ser una buena compañera de compras, pero era evidente que no le resultaba fácil. Para empezar, al contrario de todas las mujeres que yo conocía, detestaba ir de compras. Además, yo estaba muy segura de que empezaba a hartarse de que todo el mundo supusiera que éramos amantes lesbianas.

Mientras Samantha ensalzaba las virtudes de los catálogos por correo y las compras por Internet, un tío pasó corriendo a nuestro lado. Alto, delgado, pantalones cortos y una camiseta de aspecto zarrapastroso, con el emblema de alguna universidad. El típico corredor de Kelly Drive en un sábado por la mañana. Sólo que éste se paró.

—¡Hola, Cannie!

Yo me detuve y entorné los ojos, con las manos apoyadas en un gesto protector sobre mi estómago. Samantha también paró, boquiabierta. El Corredor Misterioso se quitó la gorra de béisbol. Era el doctor K.

—¡Hola! —dije, sonriente. Caramba. Fuera de aquel horrible edificio iluminado con fluorescentes, fuera de la bata blanca y las gafas, era mono..., para ser mayor.

—Preséntame a tu amigo —ronroneó prácticamente Samantha.

—El doctor Krushelevansky. —Lo pronuncié poco a poco, y creo que lo hice bien, porque sonrió—. Del programa de la Universidad de Filadelfia que estaba siguiendo.

—Peter, por favor —dijo.

Apretones de manos, mientras dos patinadores casi se nos llevan por delante.

—Será mejor que nos movamos —dije.

—Os acompañaré —dijo—, si no os importa. Necesito descansar un poco...

—¡Oh, claro! ¡Por supuesto! —dijo Samantha. Me dirigió una breve pero significativa mirada, como diciendo: «¿Es soltero, y judío, y si lo es, qué excusa aduces para no haberme hablado nunca de él?»

Yo me encogí de hombros y enarqué las cejas, segura de que ella captaría el mensaje: «No tengo ni idea de si es soltero, pero ¿tú no sigues ocupada?» Al parecer, Samantha había roto el maleficio de la tercera cita, y continuaba saliendo con su profesor de yoga. Muchas de nuestras conversaciones no relacionadas con Bruce giraban en torno a si era demasiado zen para pensar en el matrimonio.

Entretanto, ignorante por completo de nuestros crípticos mensajes, el doctor K. se estaba presentando a *Nifkin*, el cual había sido objeto de varias conversaciones durante la clase de Control del Peso.

—Así que tú eres el famoso muchachito —dijo, mientras *Nifkin* exhibía su salto vertical, cada vez más alto—. Debería estar en el circo —me dijo el doctor K., al tiempo que masajeaba vigorosamente a *Nifkin* detrás de las orejas.

—Sí, bien, unos cuantos kilos más y yo también iré. Aún siguen contratando tías gordas, ¿no?

Samantha me fulminó con la mirada.

—Tienes un aspecto muy saludable —anunció el doctor K. ¿Cómo va el trabajo?

—Muy bien.

—Leí tu artículo sobre *The View* —dijo—. Creo que tenías toda la razón... Me recuerda la Cúpula del Trueno.

—Entran cinco chicas, sale una —entoné. Él rió. Samantha le miró, me miró, calculó algunas ecuaciones en su cabeza y agarró la correa de *Nifkin*.

—¡Bien! —dijo con jovialidad—. Gracias por acompañarme, Cannie, pero he de irme. —*Nifkin* lloriqueó cuando ella empezó a arrastrarle hacia el lugar donde había aparcado el coche—. Hasta luego —dijo—. ¡Que te diviertas comprando!

—¿Vas de compras? —preguntó el doctor K.

—Sí, necesito... —Lo que de verdad necesitaba era nueva ropa interior, pues mis sucintas prendas ya no me cubrían la delantera, pero no pensaba decírselo de ninguna manera—. Artículos de alimentación —dije con voz débil—. Iba a Fresh Fields...

—¿Te importa que te acompañe? —preguntó—. Yo también necesito comprar algunas cosas. Podría acompañarte en coche.

Le miré bajo la luz del sol.

—Te diré una cosa: si podemos quedar dentro de una hora, desayunaremos, y luego iremos a comprar.

Me dijo que vivía en Filadelfia desde hacía siete años, pero nunca había estado en el Morning Glory Diner, mi lugar favorito para desayunar.

Si hay una cosa que me encanta, es presentar a la gente mis descubrimientos gastronómicos. Fui a casa, tomé una ducha rápida, me puse una variación de mi indumentaria habitual (pantalones de terciopelo negro, blusa gigantesca, zapatillas Chuck Taylor de cordones, en un sutil tono margarita, que me habían costado 10 dólares), y después me encontré con él en el restaurante, donde, por fortuna, ni siquiera había cola, una auténtica chiripa los fines de semana. Me sentía muy bien cuando nos sentamos en el reservado. Él también tenía buen aspecto. Se había duchado, pensé, y puesto unos pantalones caqui y una camisa a cuadros.

—Supongo que te debe resultar extraño salir a comer con gente —dije—. Deben sentirse muy tímidos a la hora de pedir lo que de verdad desean.

—Sí —dijo—, me he dado cuenta.

—Bien, estás invitado —dije, y llamé a una camarera con el pelo a lo rastafari, vestida con un top sin espalda, con un tatuaje que serpenteaba sobre su estómago—. Yo tomaré la *fritatta* de la casa con queso provolone y pimientos asados, acompañada de beicon de pavo, un bollo, y si es posible, patatas y sémola en lugar de lo uno o lo otro.

—No hay problema —dijo la mujer, y movió el bolígrafo en dirección al doctor.

—Yo tomaré lo mismo que ella —dijo el doctor K.

—Buen chico —contestó la camarera, y se alejó hacia la cocina.

—Es un *brunch* —dije a modo de explicación. Él se encogió de hombros.

—Estás comiendo por dos —dijo—. ¿Cómo... va... todo?

—Si te refieres a mi situación, estoy bien. De hecho, ahora me siento mucho mejor. Todavía un poco cansada, pero eso es todo. Se acabaron los mareos, se acabaron los vómitos, se acabó el agotamiento por culpa del cual me quedaba dormida en el lavabo del trabajo...

El doctor K. rió.

—¿Te sucedió alguna vez?

—Sólo una vez, pero ahora todo va mejor. Pese a darme cuenta de que mi vida se ha convertido en una de las canciones menores del catálogo de Madonna, voy tirando. —Pasé una mano con ademán melodramático sobre mi frente—. So-la.

Me miró fijamente.

—¿Se supone que has imitado a la Garbo?

—Eh, no te metas con la embarazada.

—Es la peor imitación de Garbo que he presenciado en mi vida.

—Sí, bien, me sale mejor si he bebido —suspiré—. Dios, cómo echo de menos el tequila.

—Dígamelo a mí —dijo nuestra camarera, mientras depositaba nuestras colmadas bandejas sobre la mesa. Nos abalanzamos sobre ellas.

—Esto está muy bueno —dijo el médico entre bocado y bocado.

—¿Verdad? Sus bollos son insuperables. El secreto reside en la manteca de cerdo.

Me miró.

—Homer Simpson.

—Muy bien.

—Homer te sale mucho mejor que Garbo.

—Sí. Me pregunto qué revelará eso sobre mí. —Cambié de tema antes de que pudiera contestar—. ¿Piensas alguna vez en el queso?

—Constantemente. De hecho, vivo atormentado. Me despierto de noche, pensando... en queso.

—No, en serio —dije, y pinché mi *fritatta*—. Por ejemplo, ¿quién inventó el queso? ¿Quién dijo: «Hum, apuesto a que esta leche resultaría deliciosa si la dejara pasar hasta que se formara un anillo de moho a su alrededor?» El queso tuvo que ser una equivocación.

—Nunca lo había pensado, pero me he interrogado a menudo sobre el Cheez Whiz.

—¡El plato oficial de Filadelfia!

—¿Has mirado alguna vez la lista de ingredientes del Cheez Whiz? —preguntó—. Es aterradora.

—Si quieres hablar de terrores, te enseñaré el folleto sobre episiotomías que me dio mi doctora —dije. Tragó saliva—. De acuerdo, no lo haré mientras estés comiendo —corregí—, pero en serio, ¿qué le pasa a la profesión médica? ¿Intentáis asustar a la raza humana para que abrace el celibato?

—¿Estás nerviosa por el parto?

—Joder, sí. Intento encontrar un hospital que me dé pastillas para dormir. —Le miré esperanzada—. Tú puedes extender recetas, ¿verdad? Quizá podrías darme algo antes de que empiece la diversión.

Se estaba riendo de mí. Tenía una sonrisa encantadora. Sus labios gruesos estaban rodeados de arrugas provocadas por las carcajadas. Me pregunté qué edad tendría en realidad. Más joven de lo que había pensado al principio, pero probablemente quince años mayor que yo. No llevaba alianza, pero eso no significaba nada. Muchos tíos no la utilizaban.

—Todo irá bien —dijo.

Me dio el resto del bollo y ni siquiera se inmutó cuando pedí chocolate a la taza, e insistió en que al *brunch* invitaba él, y que, de hecho, me lo debía por haberle presentado el restaurante.

—¿Adónde vamos ahora? —preguntó.

—Oh, puedes dejarme en Fresh Fields...

—No, no. Estoy a tu disposición.

Le miré de reojo.

—¿Cherry Hill Mall? —propuse, sin grandes esperanzas.

El Cherry Hill Mall estaba al otro lado del río, en Nueva Jersey. Albergaba un Macy's, dos tiendas de premamá y un M.A.C. Por otra parte, yo le había prestado el coche a Lucy durante todo el fin de semana, pues había conseguido un trabajo de repartidora de flores cantante tras haber asegurado que, sí, tenía medio de transporte propio, mientras esperaba que su carrera de modelo despegara.

—Vamos.

Su coche era una especie de sedán plateado y aerodinámico. Las puertas se cerraron con un ruido autoritario, y el motor sonaba mucho más ostentoso que mi modesto Honda. El interior era inmaculado, y el asiento del pasajero parecía... muy poco utilizado. Como si ninguna nalga humana hubiera tocado todavía el tapizado.

Nos metimos en la 676 y cruzamos el río Delaware, que centelleaba bajo el sol, por el puente Ben Franklin. Los árboles estaban cubiertos de una tenue pelusa verde, y el sol se reflejaba en el agua. Mis piernas estaban agradablemente cansadas del paseo, y me sentía saciada por la comida cuando apoyé las manos sobre el estómago. Experimentaba algo que tardé un momento en identificar. Felicidad, supuse por fin. Me sentía feliz.

Le advertí en el aparcamiento.

—Cuando entremos en las tiendas, tal vez imaginen que eres el, hum...

—¿Padre?

—Hum, sí.

Sonrió.

—¿Cómo quieres que lo afronte?

—Humm. —No había pensado en eso, tan dichosa me sentía de estar en este coche grande, fiable y poderoso, mirando la primavera por la ventanilla—. Improvisemos.

Y no salió nada mal. En los grandes almacenes, donde compré un equipo de embarazo completo (vestido largo, vestido corto, falda, pantalones, blusa, todo fabricado en una tela negra indestructible, elástica y garantizada a prueba de manchas), los pasillos estaban abarrotados y nadie nos hizo caso. Lo mismo en la juguetería «R» Us, donde compré cubos apilables, y en Target, donde tenía cupones dos por uno para toallitas y pañales desechables. Noté que la chica de Baby Gap paseaba la vista entre nosotros mientras tecleaba mis compras en la caja registradora, pero no dijo nada. Al contrario que la mujer de Pea in the Pod, que la semana pasada nos había dicho a Samantha y a mí que éramos muy valientes, o la mujer de Ma Jolie que, dos semanas antes, me había asegurado que «¡A papá le encantarán!» los pantalones que me estaba probando.

Fue muy agradable ir de compras con el doctor K. Circunspecto, pero siempre dispuesto a ofrecer una opinión cuando se la pedía, a cargar con todos mis paquetes y hasta a sostener mi mochila. Me invitó a comer en el snack (suena cutre, pero el snack del Cherry Hill es muy agradable), sin que al parecer le alteraran mis cuatro visitas al lavabo. Durante la última, incluso entró en una tienda de animales y compró un hueso de cuero tan largo como *Nifkin*.

—Así no se sentirá olvidado —explicó.

—Te va a querer mucho —dije—. Será la primera vez. *Nifkin* suele convertirse en la primera línea eliminadora de... —ligues, estaba pensando. Pero esto no era un ligue. Finalmente, dije—: amigos nuevos.

—¿Le gustaba Bruce?

Sonreí, cuando recordé que los dos habían existido en una frágil tregua que desembocaba en una guerra total si yo les daba la espalda el tiempo suficiente. Bruce había permitido a regañadientes que *Nifkin* durmiera en mi cama, tal como estaba acostumbrado, y *Nifkin* había concedido de mala gana a Bruce el derecho de existir, pero en medio se habían encadenado las voces airadas, los insultos, así como zapatos, cinturones y billeteros mordisqueados.

—Creo que Bruce estuvo siempre a dos minutos de abandonar a *Nifkin* en un lugar muy lejano. No le gustaban los perros. Y *Nifkin* no es fácil.

Me recliné en el asiento del coche, que aún olía a nuevo, y sentí la caricia del sol de la tarde sobre mi cabeza.

Me sonrió.

—¿Cansada?

—Un poco —dije, y bostecé—. Descabezaré una siesta cuando llegue a casa.

Le guié hasta mi calle, y asintió en señal de aprobación cuando se desvió por ella.

—Bonita —dijo. La miré, con la intención de adivinar lo que él veía: los árboles acabados de florecer que se arqueaban sobre las aceras, las macetas llenas de flores delante de las casas de ladrillo.

—Sí —dije—. Fue una suerte encontrarla.

Cuando se ofreció a ayudarme a subir las cosas, ni se me ocurrió rechazarle, aunque pensé, mientras cargaba con pañales hasta el tercer piso, qué le parecería mi casa. Debía de vivir en los suburbios, en una de esas grandes casas antiguas de Main Line, con dieciséis habitaciones y un riachuelo que atravesaba el patio delantero, para no hablar de cocinas que no se ufanaban de complementos anteriores a 1978. Al menos, mi piso estaba relativamente limpio, me dije. Abrí la puerta, y *Nifkin* se catapultó hasta el vestíbulo y empezó a dar saltitos en el aire. El doctor K. rió.

—Eh, *Nif* —dijo, mientras *Nifkin* husmeaba el hueso de cuero a través de las bolsas y le daba un ataque de alegría. Dejé caer mis bolsas sobre el sofá y corrí al cuarto de baño, mientras *Nifkin* intentaba abrir la bolsa.

—¡Ponte cómodo! —grité.

Cuando salí, K. estaba en la segunda habitación, donde yo había intentado montar una cuna regalada por una amiga de mi madre. La cuna me había llegado desmontada, sin instrucciones, y tal vez le faltaban piezas importantes.

—Esto no está bien —murmuró—. ¿Te importa si hago una prueba?

—Claro que no —dije, sorprendida y complacida—. Si consigues montarla, estaré en deuda contigo.

Sonrió.

—No me debes nada. Hoy me he divertido.

Antes de que pudiera extraer alguna conclusión, sonó el teléfono. Me excusé, cogí el inalámbrico y me dejé caer sobre el sofá sin la menor elegancia.

—¡Cannie! —canturreó un acento inglés conocido—. ¿Dónde estabas?

—De compras.

Bien, esto también era una sorpresa. Maxi y yo nos habíamos mantenido en contacto por correo electrónico y alguna llamada telefónica desde el trabajo. Hablaba de sus dolores de cabeza en el plató de *PlugIn*, el thriller futurista cuyo coprotagonista era un joven actor de moda que necesitaba no uno, sino hasta tres «mánagers de sobriedad» para mantenerle a raya, y me enviaba por correo electrónico soplos sobre inversiones y artículos sobre cómo abrir una cuenta al niño. Yo le contestaba, hablaba sobre todo de trabajo, y de mis amigos..., y mis planes. No hacía muchas preguntas sobre la inminente llegada. Buena educación, pensaba yo.

—Tengo noticias —dijo—. Grandes. Enormes. La mayor de todas. Tu guión —empezó sin aliento.

Tragué saliva. Mi guión no había salido a colación en todos los meses transcurridos desde nuestro encuentro en Nueva York. Había supuesto que Maxi lo había olvidado, no lo había leído, o lo había leído y decidido que era tan horrible que, por el bien de nuestra amistad, era mejor no volver a hablar del asunto.

—Me encantó —dijo—. El personaje de Josie es una heroína perfecta. Es inteligente, y tozuda, y divertida, y triste, y para mí sería un honor interpretarla.

—Claro —dije, sin comprender todavía lo que estaba pasando—. Empieza a comer.

—Me enamoré del papel —continuó Maxi, sin hacerme caso, hablando cada vez con mayor rapidez—. He llegado a un acuerdo con ese estudio, Intermission... Enseñé el guión a mi agente. Ella se lo enseñó a ellos. También les encantó..., sobre todo la idea de que yo encarnara a Josie. De modo que, con tu permiso..., a Intermission le gustaría comprar tu guión, para que yo fuera la protagonista... Tú estarías implicada desde el primer momento, por supuesto... Creo que las dos podríamos ponernos de acuerdo sobre cualquier cambio en el guión, y en las decisiones importantes sobre el reparto, por no hablar de quién será el director...

Pero yo no estaba escuchando. Estaba tumbada en la cama, y mi corazón se sentía de repente impetuoso, extraño y muy emocionado. Van a hacer mi película, pensé, con una enorme sonrisa en la cara. ¡Oh, Dios mío, va a suceder por fin, alguien va a hacer mi película! ¡Ahora soy una escritora, lo he conseguido, quizá me haga rica!

Y fue entonces cuando lo sentí. Como una ola que creciera en mi interior. Como si yo estuviera en el mar y una ola me meciera, una y otra vez. Dejé caer el teléfono y apoyé ambas manos sobre el estómago, y luego llegaron una serie de golpecitos suaves, casi inquisitivos. Se movía. Mi bebé se estaba moviendo.

—Estás aquí —susurré—. ¿De veras estás aquí?

—¡Cannie! —dijo Maxi—. ¿Te encuentras bien?

—¡Estoy bien! —dije, y me puse a reír—. Estoy perfecta.

CUARTA PARTE
Suzie Lightning

15

Nunca había tenido suerte con Hollywood. Para mí, la industria del cine era como un tipo al que mirabas con lujuria desde la cafetería del instituto, tan apuesto, tan perfecto, que estabas convencida de que nunca se fijaría en ti, y de que si le pedías que firmara en tu anuario en la ceremonia de graduación, te miraría sin comprender y se esforzaría por recordar tu nombre.

Era una relación amorosa no correspondida, pero yo nunca había dejado de probar. Cada pocos meses importunaba a agentes con cartas en que preguntaba si les interesaba mi guión. Lo único que obtenía era un puñado de cartas de rechazo preimpresas («Querida aspirante a escritora», empezaban), o de vez en cuando una carta semipersonal para advertirme de que ya no aceptaban material no solicitado, escritores desconocidos, escritores noveles, escritores sin agente, o el término despectivo de moda que utilizaran en ese momento.

En una ocasión, el año antes de conocer a Bruce, un agente se citó conmigo. Lo que más recuerdo de nuestro encuentro fue que, durante los diez minutos que me concedió, no pronunció mi nombre en ningún momento, ni se quitó las gafas de sol.

—He leído tu guión —dijo, al tiempo que lo empujaba hacia mí sobre la mesa con las yemas de los dedos, como si fuera demasiado repugnante para que su palma entrara en contacto con él—. Es agradable.

—¿Agradable no quiere decir bueno? —pregunté, la conclusión evidente que alguien extraería de la expresión de su rostro.

—Agradable es bueno, para libros infantiles o viernes en la ABC. Para películas, bien... Preferiríamos que tu heroína estrellara algo.

—Dio unos golpecitos con su bolígrafo sobre la página del título. *He-chizo de estrellas*, rezaba. Sólo que había dibujado pequeños colmillos, similares a serpientes, que brotaban de la «s» final—. Además, debo decirte que sólo hay una actriz gorda en Hollywood...

—¡Eso no es verdad! —estallé, al tiempo que abandonaba mi estrategia de sonreír con cortesía y callar la boca, sin saber qué era lo que más me había ofendido, su utilización de la expresión «actriz gorda», o la idea de que sólo había una.

—Una actriz gorda rentable —corrigió—. La verdad es que nadie quiere ver películas sobre gente gorda. ¡Las películas son para evadirse!

Bien.

—¿Qué debo hacer ahora? —pregunté.

Meneó la cabeza, mientras empujaba la silla hacia atrás, cogía su móvil y el vale del aparcamiento.

—No me imagino implicado en este proyecto —dijo—. Lo siento.

Otra mentira de Los Ángeles.

—Somos antropólogos —murmuré a *Nifkin*, y al bebé, mientras volábamos sobre lo que bien podía ser Nebraska. No había traído ningún libro infantil, pero supuse que, si no podía leer, al menos podía explicar—. Considéralo una aventura. Estaremos de vuelta en casa antes de que te des cuenta. En Filadelfia, donde nos aprecian.

Nosotros (yo, *Nifkin* y mi vientre, que había alcanzado un tamaño en que ya lo consideraba como algo aparte) íbamos en primera clase. De hecho, por lo que podía ver, éramos primera clase. Maxi había enviado una limusina a mi apartamento, la cual me había conducido al aeropuerto, que distaba catorce kilómetros, donde habían reservado cuatro asientos a mi nombre, y nadie parpadeó siquiera cuando vio llegar a un pequeño y aterrorizado terrier en una cesta verde de plástico. Estábamos volando a una altitud de nueve mil metros, y tenía los pies apoyados en una almohada, con una manta extendida sobre mis piernas, en la mano un vaso helado de agua mineral con una raja de limón, y un surtido lustroso de revistas en el asiento de al lado, bajo el cual descansaba *Nifkin. Cosmo, Glamour, Mademoiselle, Mirabella, Moxie*. El número de abril de *Moxie*, todavía calentito.

Lo cogí, noté que mi corazón se aceleraba, mi estómago se revolvía, y la nuca se cubría de sudor frío.

Lo dejé sobre el asiento. ¿Por qué debía disgustarme? Era feliz, tenía éxito, volaba a Hollywood en primera clase para recoger un talón como nunca había visto en mi vida, para no hablar de que iba a codearme con superestrellas.

Lo recogí. Lo dejé. Lo recogí de nuevo.

—Mierda —murmuré, a nadie en particular, y busqué la página de «Bueno en la cama».

«Las cosas que ella abandonó», era el título.

«Ya no la quiero», empezaba el artículo.

Cuando despierto por las mañanas, ella no es la primera cosa en que pienso: si está conmigo, cuándo la veré, cuándo podré abrazarla de nuevo. Despierto y pienso en el trabajo, en mi nueva novia, o lo más probable, en mi familia, en mi madre, y en cómo superará el reciente fallecimiento de mi padre.

Soy capaz de oír nuestra canción en la radio y no cambiar de emisora al instante. Soy capaz de ver su nombre y no experimentar la sensación de que algo grande y encolerizado está bailoteando sobre mi corazón. Soy capaz de ir al Tick Tock Diner, donde íbamos con frecuencia a tomar tortillas y patatas fritas por la noche, donde nos sentábamos juntos en un reservado y nos dedicábamos sonrisas estúpidas. Soy capaz de sentarme en el mismo reservado sin recordar que ella se sentaba al principio delante de mí, y luego, a mitad de la cena, se dejaba caer a mi lado. «Sólo quiero ser sociable —decía cada vez—. Vengo de visita. ¡Hola, vecino!», decía, y me besaba, y continuaba besándome hasta que la camarera del cardado rubio y la taza de café en cada mano se paraba y sacudía la cabeza.

He reconquistado el Tick Tock. En un tiempo fue nuestro local, ahora vuelve a ser mío. Me queda en el trayecto del trabajo a casa, y me gusta la tortilla de feta y espinacas, y hasta puedo pedirla a veces sin recordar que ella me enseñaba los dientes en el aparcamiento, y yo me preguntaba si se le habría quedado encajado algún trocito de espinaca.

Son las cosas pequeñas las que pueden conmigo, cada vez.

Anoche estaba barriendo (mi nueva novia iba a venir, y quería que todo estuviera presentable), y descubrí una galletita de perro embutida en una grieta entre las baldosas.

Devolví lo más lógico, las ropas y las joyas, y tiré el resto. Sus cartas están guardadas en una caja, en el armario, y su foto exiliada en el sótano. Pero ¿cómo te defiendes de una galleta de su perro que ha sobrevivido, sin ser detectada, durante meses, y luego reaparece en tu pala de recoger la basura y te da náuseas? ¿Cómo sobrevive la gente a esto?

Cada cual tiene su historia, dice mi novia, con la intención de calmarme. Cada cual tiene su equipaje, cada cual carga con parte de su pasado. Es maestra en un jardín de infancia, estudia sociología, sabe lo que ha de decir. Pero me pone furioso encontrar el protector labial color cereza de C. en mi guantera, un solo guante azul en el bolsillo de mi abrigo. También me enfurecen las cosas que no puedo encontrar: mi camiseta sin mangas personalizada y la camiseta de Quesosaurus Rex que conseguí por enviar tres cajas de macarrones con queso Kraft, porque sé que ella las tiene y nunca me las devolverá.

Creo que, cuando una relación termina, debería declararse el Día de la Amnistía de las Cosas. No enseguida, cuando estás ofendido, dolorido, destrozado y propenso con frecuencia a practicar el sexo con quien no te conviene, sino más adelante, cuando aún puedes comportarte como un ser civilizado, pero antes de que hayas terminado el proceso de convertir a tu ex amada en un simple recuerdo.

Convertir a tu ex amada en un simple recuerdo, pensé con tristeza. De modo que era eso lo que estaba haciendo. Sólo que... Bien, convertir a una ex amada en un recuerdo es una cosa, pero convertir a un niño en una distracción sin importancia, en algo a lo que ni siquiera puedes dedicar un poco de tiempo..., bien, eso es algo muy distinto. Algo enfurecedor. ¡Practicar el sexo con quien no te conviene! ¿Y qué hay de las consecuencias de su desliz?

Pero de momento, he contratado a un equipo de limpieza que se encargue de mi apartamento. Los suelos, les digo, al tiempo que muestro la galletita encontrada, y murmuro calamitosas predicciones sobre cucarachas, ratones y demás bichos. Pero la verdad es que estoy atormentado por los recuerdos.

Ya no la quiero. Pero eso no significa que no haga daño.

Uf. Me recliné en el mullido asiento y cerré los ojos, al tiempo que experimentaba la combinación más potente y horrible de tristeza y furia (y de improviso, de arrolladora esperanza), de manera que por un momento pensé que iba a vomitar. Había escrito el artículo tres meses antes. Era lo que tardaban las revistas en imprimir algo. ¿Había visto mi carta? ¿Sabía que estaba embarazada? ¿Qué sentía ahora?

—Aún me echa de menos —murmuré, con la mano sobre mi estómago.

¿Significaba eso que aún había esperanza? Pensé por un momento que le enviaría su camiseta del Quesosaurus Rex, a modo de señal..., de oferta de paz. Después, recordé que lo último que le había enviado era la noticia de que estaba embarazada de él, y ni siquiera se había molestado en descolgar el teléfono y preguntarme cómo me encontraba.

—Ya no me quiere —me recordé. Y me pregunté qué sentiría E. cuando leyera esto... E., la maestra de jardín de infancia con su dulce conversación sobre equipajes y sus pequeñas y suaves manos. ¿Se preguntaba acaso por qué escribía sobre mí, después de tanto tiempo? ¿Se preguntaba por qué me quería aún? ¿Me quería aún, o era yo quien me hacía ilusiones? Si llamaba, ¿qué me diría?

Me revolví inquieta en el asiento, ahuequé la almohada, la aplasté contra la ventanilla y me recliné sobre ella. Cerré los ojos, y cuando los abrí, el capitán estaba anunciando que descendíamos hacia la hermosa Los Ángeles, donde el sol brillaba y el viento soplaba del sudoeste y la temperatura alcanzaba unos perfectos veintisiete grados.

Bajé del avión con los bolsillos llenos de regalitos que las azafatas me habían dado, paquetes de chicles y chocolatinas, más las toallitas, tubitos de rímel y calcetines de rigor. Yo llevaba la cesta de *Nifkin* en una mano, la bolsa en la otra. En la bolsa llevaba ropa interior para una semana, mi equipo de embarazada, salvo la falda larga y la blusa, que llevaba puestas, y algunos artículos de higiene que había metido en el último momento. Un camisón, varias zapatillas, mi agenda telefónica, mi diario y un ejemplar manoseado de *Tu bebé saludable*.

—¿Cuánto tiempo estarás? —había preguntado mi madre la noche antes de irme. Las cajas y bolsas con mis compras seguían diseminadas por el vestíbulo y la cocina, como cadáveres. Pero observé que la cuna estaba montada a la perfección. El doctor K. debía haberse encargado de ello mientras yo hablaba con Maxi.

—Sólo un fin de semana. Tal vez algunos días más —dije.

—Has hablado a Maxi del bebé, ¿verdad?

—Sí, mamá, se lo dije.

—Y llamarás, ¿verdad?

Puse los ojos en blanco, dije que sí y me fui con *Nifkin* a casa de Samantha, para darle la buena nueva.

—¡Detalles! —exigió, al tiempo que me ofrecía una taza de té y se acomodaba en su sofá.

Le dije lo que sabía: que iba a vender mi guión a un estudio, que necesitaba encontrar un agente, y que me presentarían a los productores. No dije que Maxi me había animado a encontrar un lugar donde alojarme un tiempo, en caso de que quisiera quedarme en California para las inevitables revisiones y reescrituras.

—¡Esto es increíble! —dijo Samantha, y me abrazó—. ¡Es fantástico, Cannie!

Y era fantástico, reflexioné, mientras avanzaba por la pista y la cesta de *Nifkin* me golpeaba la pierna.

—Aeropuerto —murmuré al bebé, y en la puerta estaba April. La reconocí al instante. Las mismas botas de cuero negro hasta las rodillas, sólo que ahora llevaba el pelo recogido en una cola de caballo sobre la cabeza, y algo raro estaba sucediendo entre su nariz y la barbilla. Tardé un minuto en comprender que estaba sonriendo.

—¡Cannie! —dijo, saludó y tomó mi mano—. ¡Es un placer conocerte por fin! —Me miró de arriba abajo tal como recordaba, y se demoró uno o dos segundos en mi estómago, pero su sonrisa seguía en su sitio cuando me miró a los ojos—. Un talento sobresaliente —dictaminó—. Me encantó el guión. Me encantó, me encantó. En cuanto Maxi me lo enseñó, le dije dos cosas. Dije, Maxi, tú eres Josie Weiss, y dije, ardo en deseos de conocer al genio que la ha creado.

Pensé por un momento en decirle que ya nos habíamos conocido, y que había sido la peor experiencia profesional del mes, y tal vez de todo el año. Me pregunté si me habría oído susurrar «hipócrita» al bebé, pero luego pensé: ¿para qué perturbar la armonía? Quizás era cierto que no me había reconocido. Yo no estaba embarazada la última vez que nos habíamos visto, y ella no había sonreído.

April se inclinó para echar un vistazo a la cesta.

—¡Y tú debes ser el pequeño *Nifkin*! —gorjeó. *Nifkin* empezó a gruñir. Dio la impresión de que April no se daba cuenta—. Qué perro tan bonito —dijo.

Yo reprimí una carcajada, y *Nifkin* continuó gruñendo con tal fuerza que la jaula vibró. *Nifkin* tiene muchas cualidades, pero la belleza no se cuenta entre ellas.

—¿Qué tal el vuelo? —preguntó April, al tiempo que parpadeaba con rapidez sin abandonar su sonrisa. Me pregunté si siempre trataba así a sus clientes famosos. Me pregunté si yo ya era una cliente, si Maxi se me había adelantado y firmado un pacto de sangre, o lo que se hiciera cuando alguien adquiría los servicios de alguien como April.

—Bien. Muy bien, en realidad. Nunca había ido en primera clase.

April enlazó mi brazo con el suyo como si fuéramos antiguas compañeras de colegio. Su antebrazo se encajó con firmeza bajo mi pecho derecho. Intenté no hacer caso.

—Acostúmbrate —me aconsejó—. Toda tu vida va a cambiar. ¡Tú limítate a sentarte y disfrutar del viaje!

April me depositó en una suite del Beverly Wilshire, y explicó que el estudio me alojaba en él aquella noche. Aunque sólo fuera por una noche, me sentí como Julia Roberts en *Pretty Woman*, cuando la prostituta acaba preñada y sola, con el único consuelo de su perrito.

La suite bien habría podido ser la utilizada para el rodaje de *Pretty Woman*. Era grande, luminosa y de lujo en todos los aspectos.

Las paredes estaban cubiertas de papel pintado a rayas doradas y crema, los suelos estaban cubiertos de alfombras beis ultramullidas, y el cuarto de baño era una sinfonía en mármol veteado de oro. También, observé, era del tamaño de mi sala de estar, con una bañera lo bastante grande para jugar un partido de waterpolo, si así me hubiera apetecido.

—«Tope luxury» —dije al bebé, abrí un par de puertas cristaleras y descubrí una cama grande como una pista de tenis, toda sábanas blancas y rematada con una colcha rosa y dorada. Todo estaba limpio y olía a nuevo, y era tan espléndido que casi daba miedo tocarlo. También había un fastuoso ramo de flores esperándome al lado de la cama. «¡Bienvenida!», decía la tarjeta de Maxi.

—Ramo —informé al bebé—. Muy caro, probablemente.

Nifkin había salido de su jaula y se dedicaba a olfatear la suite. Me miró un momento, y luego se alzó sobre sus patas traseras para mover el morro hacia el inodoro. Una vez que recibió el visto bueno, entró en el cuarto de baño.

Lo acomodé sobre una almohada en la cama, tomé un baño y me envolví en el albornoz del Wilshire. Llamé al servicio de habitaciones y pedí té caliente, fresas y piña natural, y extraje del minibar una botella de agua mineral y una caja de Choco Leibniz, la reina de todas las galletas, sin ni siquiera palidecer cuando vi el precio (8 dólares), el triple de lo que debían de costar en Filadelfia. Después, me recosté sobre dos de las seis almohadas que venían con la cama, aplaudí y reí.

—¡He triunfado! —grazné, mientras *Nifkin* ladraba para hacerme compañía—. ¡Lo conseguí!

Después, llamé a todas las personas que se me pasaron por la cabeza.

—Si comes en algún restaurante de Wolfgang Puck, pide la pizza de pato —aconsejó Andy, en su papel de crítico gastronómico.

—Envíame un fax antes de firmar nada —me urgió Samantha, y procedió a darme un sermón legal de cinco minutos antes de que pudiera calmarla.

—¡Toma notas! —dijo Betsy.

—¡Toma fotos! —dijo mi madre.

—Te has llevado mis primeros planos, ¿verdad? —preguntó Lucy.

Prometí que haría propaganda de Lucy, tomaría notas con vistas a futuras columnas para Betsy y fotos para mamá, enviaría por fax cualquier cosa de aspecto legal a Samantha, y comería pizza de pato como homenaje a Andy. Entonces, me fijé en la tarjeta apoyada sobre una de las almohadas, grabada con las palabras «Maxi Ryder». Bajo su nombre se veía una única palabra, *Garth*, un número de teléfono y una dirección de Ventura Boulevard. «Preséntate aquí a las siete. Habrá bebidas y diversión», decía.

—«Bebidas y diversión» —murmuré, y me estiré sobre la cama. Percibí el olor de las flores, y capté el tenue ruido de los coches que pasaban treinta y dos pisos más abajo. Después, cerré los ojos y no desperté hasta las seis y media. Me mojé la cara con agua, me puse los zapatos y salí a toda prisa.

Garth resultó ser Garth, peluquero de las estrellas, aunque al principio pensé que el taxi me había dejado en una galería de arte. Era un error fácil de cometer. El salón de Garth carecía de los aderezos habituales: la hilera de piletas, los montones de revistas manoseadas, el mostrador de recepción. De hecho, daba la impresión de que no había nadie dentro de la sala de techo alto, decorada con una sola silla, una sola pileta y un solo espejo antiguo del suelo al techo, excepto... Garth.

Me senté en la silla mientras el hombre que había puesto grumos de mantequilla en las trenzas de Britney Spears, hecho reflejos a Hillary y teñido con *henna* a Jennifer Lopez, levantaba y recolocaba secciones de mi pelo, lo tocaba y escrutaba con la fría indiferencia de un científico, y yo trataba de explicarme.

—No me parece correcto teñirse el pelo cuando estás embarazada —empecé—. Tampoco esperaba quedarme embarazada, de modo que sólo me hice reflejos, y han pasado seis meses y sé que tienen un aspecto terrible...

—¿Quién te hizo esto? —preguntó Garth con suavidad.

—Ehhh, ¿el embarazo o los reflejos?

Me sonrió en el espejo y alzó otra porción de pelo.

—No te los hicieron... aquí, ¿verdad? —preguntó con delicadeza.

—Oh, no. En Filadelfia. —Mirada inexpresiva de Garth—. En Pennsylvania.

La verdad era que me lo habían hecho en la escuela de belleza de Bainbridge Street, y yo pensaba que habían hecho un buen trabajo, pero a juzgar por la expresión de Garth, comprendí que no estaba de acuerdo.

—Oh, Dios —dijo en voz baja. Cogió un peine y una botellita de agua—. ¿Tienes mucho apego a, hum....?

Me di cuenta de que estaba buscando la palabra más amable para describir lo que ocurría encima de mi cabeza.

—Tengo bastantes apegos, pero ninguno por mi pelo —contesté—. Haz conmigo lo que quieras.

Tardó casi dos horas: primero cortar, después peinar, después cortar las puntas, después lavarme la cabeza con una solución rojiza que, juró, era completamente natural, sin productos químicos, derivada de las hortalizas más orgánicas e incapaz de perjudicar a mi hijo nonato.

—¿Eres guionista? —preguntó Garth después de aclararme el pelo. Sostenía mi barbilla y movía mi cabeza de un lado a otro.

—Sin productor, hasta el momento.

—Van a pasarte cosas. Tienes el aura.

—Ah, debe de ser el jabón del hotel.

Se acercó más y empezó a depilarme las cejas.

—No te vengas abajo —dijo. Olía a colonia maravillosa, y pese a estar muy cerca de mi cara, su piel era impoluta.

Una vez que hubo modelado mis cejas a su satisfacción, me enjuagó el pelo, lo secó y dedicó una media hora a aplicar diferentes cremas y polvos a mi cara.

—No llevo mucho maquillaje —protesté—. Chap Stick y rímel. Poca cosa más.

—No te preocupes. Será algo muy sutil.

Yo albergaba mis dudas. Ya había aplicado tres tonos diferentes de sombra alrededor de mis ojos, incluyendo uno que parecía violeta. Pero cuando me quitó la capita y me giró la cara hacia el espejo, lamenté haber dudado de él. Mi piel resplandecía. Mis mejillas exhibían el color de un perfecto albaricoque maduro. Mis labios eran gruesos, de un cálido color vino, y se curvaban en una insinuación de buen humor, aunque no me daba cuenta de que estaba sonriendo. Y no me fijé en la sombra de ojos, sólo en mis ojos, que parecían mucho más grandes, mucho más apremiantes. Me parecía a mí misma, sólo que más..., una versión mejor de mí, más feliz.

Y mi pelo...

—Es el mejor corte de pelo de mi vida —dije.

Me pasé los dedos poco a poco. Había virado de un color castaño ratón con algunos reflejos repartidos al azar, a un color caramelo reluciente, con mechas de oro, bronce y cobre. Lo había dejado corto, los rizos de las sienes apenas rozaban mis mejillas, había recuperado el ondulado natural, y por un lado lo había remetido detrás de la oreja, lo cual me daba aspecto de golfilla. Una golfilla preñada, claro, pero ¿quién era yo para quejarme?

—Es el mejor corte de pelo de la historia.

Sonaron aplausos desde la puerta. Maxi apareció, con un vestido negro de tirantes delgadísimos y sandalias negras. Llevaba clavos en forma de diamante en las orejas y un solo diamante colgado de una cadena de plata alrededor del cuello. El vestido se ceñía al cuello y dejaba su espalda al desnudo, casi hasta la línea divisoria del culo. Vi los tiernos brotes de sus omóplatos, cada vértebra del tamaño de una canica, la mancha simétrica de pecas sobre sus hombros.

—¡Cannie! Dios mío —dijo, mientras estudiaba primero mi pelo, y después mi estómago—. Estás... Caramba.

—¿Creías que bromeaba? —pregunté, y reí de su expresión de estupor.

Se arrodilló delante de mí.

—¿Puedo...?

—Claro —dije. Apoyó una mano sobre mi estómago, y al cabo de un momento, el bebé dio patagitas.

—¡Oh! —exclamó Maxi, y retiró las manos como si se hubiera quemado.

—No te preocupes. No le harás daño a la niña. Ni a mí.

—¿Así que es una niña? —preguntó Garth.

—Nada oficial. Una simple intuición —dije.

Maxi, entretanto, daba vueltas a mi alrededor como si fuera una pieza que pensara comprar.

—¿Qué ha dicho Bruce al respecto? —preguntó.

Sacudí la cabeza.

—Nada, por lo que yo sé. No sé nada de él.

Maxi dejó de dar vueltas y me miró, con los ojos abiertos de par en par.

—¿Nada? ¿Aún?

—No bromeo —dije.

—Podría encargar que lo mataran —se ofreció—. O que le dieran una paliza, al menos. Podría enviar a media docena de enfurecidos jugadores de fútbol americano con bates de béisbol para que le rompieran las piernas...

—O la polla —sugerí—. Eso le dolería aún más.

Maxi sonrió.

—¿Te encuentras bien? ¿Tienes hambre? ¿Tienes sueño? ¿Tienes ganas de salir? Porque si no, ningún problema...

Sonreí, y me atusé mi pelo fabuloso.

—¡Pues claro que quiero salir! ¡Estoy en Hollywood! ¡Me han maquillado! ¡Vámonos!

Tendí a Garth mi tarjeta de crédito, pero él la rechazó, no tenía de qué preocuparme, todo estaba controlado, y si le prometía que volvería dentro de seis semanas para recortarme las puntas, ya se daba por pagado. Le di las gracias una y otra vez, hasta que Maxi me sacó a rastras. Su pequeño coche plateado estaba aparcado en el bordillo. Subí con cuidado, consciente de mi centro de gravedad cambiante..., y también de que, al lado de Maxi, incluso con mi fabuloso pelo nuevo y la espléndida tez potenciada por Garth, incluso con mi blusa negra mate, la falda semichic, y mis zapatos de plataforma negros, todavía me sentía como un dirigible desaliñado. Una golfilla en forma de dirigible, al menos, pensé, mientras Maxi cruzaba tres carriles de airados coches y aceleraba en un semáforo en ámbar.

—Me encargué de que el portero del hotel echara un vistazo a *Nifkin*, por si llegábamos tarde —gritó, mientras el viento calentujo de la noche azotaba nuestros rostros—. También le alquilé una caseta.

—Caramba. Qué suerte la de *Nifkin*.

No se me ocurrió preguntarle adónde íbamos hasta dos semáforos después. Maxi se reanimó al instante.

—¡Al Star Bar! Es uno de mis lugares favoritos.

—¿Hay una fiesta?

—Siempre hay una fiesta. Y un sushi estupendo.

Suspiré. No podía comer pescado crudo ni beber alcohol. Y si bien me entusiasmaba la idea de codearme con las estrellas, sabía que no tardaría mucho en desear acostarme en la cama de la espléndida suite del hotel. Antes del embarazo nunca me había gustado demasiado acostarme tarde ni las fiestas desmadradas, y ahora me hacían menos gracia todavía. Me quedaría un ratito, me dije, y después utilizaría la excusa del cansancio de la embarazada para irme a casa.

Maxi me hizo un resumen de la gente que podría estar en el bar, más el pertinente informe que una novata como yo debía recibir. El famoso actor y la famosa actriz, casados desde hacía siete años, averigüé, escenificaban una farsa.

—Él es gay —murmuró Maxi—, y ella se lo monta con su entrenador personal desde hace años.

—¡Qué tópico! —susurré.

Maxi rió y se inclinó un poco más hacia mí. La ingenua estrella de la segunda película de acción más cara del verano quizá me ofreciera éxtasis en el lavabo de señoras («al menos, a mí me ofreció», dijo Maxi). La princesa del hip-hop, que en teoría no movía un dedo sin contar con su madre baptista y fanática de la Biblia, era un «pendón desorejado» —dijo Maxi—. Se acuesta con chicos, se acuesta con chicas, con ambos al mismo tiempo, mientras mamá preside reuniones evangélicas en Virginia. El director cincuentón acababa de salir de la clínica Betty Ford.[14] Al protagonista cuarentón le habían diagnosticado adicción al sexo durante su última estancia en Hazelden.[15] Y la directora de la galería de arte, sobre la que tantas habladurías corrían, no tenía ni pizca de lesbiana, aunque le encantaba alimentar los rumores.

14. Centro médico especializado en desintoxicaciones de alcohol, drogas, etcétera. *(N. del T.)*

15. Organización centrada en terapias antiadicciones. *(N. del T.)*

—Hétero como la que más —dijo Maxi, en tono de disgusto—.
Creo que hasta tiene un marido escondido en Michigan.

—¡Qué horror!

Maxi lanzó una risita y aferró mi brazo. Las puertas del ascensor
se abrieron, y dos atractivos chicos vestidos con pantalones cortos
blancos y camisa blanca empujaron las puertas de cristal de tres metros
de alto, para revelar una barra que parecía suspendida en el cielo nocturno. La sala estaba rodeada de ventanas. Había docenas de mesitas
con manteles blancos para dos y cuatro personas, adornadas con docenas de velas votivas encendidas. De las paredes colgaban cortinas de
color marfil que la brisa nocturna hacía ondular. La barra estaba iluminada con luz de neón azul, y la camarera era una mujer de un metro
ochenta con un traje ceñido azul noche, que servía martinis con una
cara tan maravillosa y solemne como una máscara africana tallada.
Maxi dio un apretón final a mi brazo, y susurró.

—Vuelvo enseguida.

Salió disparada a dar besos volátiles a gente que yo sólo había visto en el cine. Me apoyé contra una columna y procuré no mirar demasiado fijamente.

Estaba la princesa del hip-hop, con diminutas trenzas que caían
como una cascada desde su cabeza hasta casi la cintura. Estaban las
megaestrellas casadas, que se exhibían ante el mundo como una pareja
devota, y la directora de una galería de arte que no era lesbiana, con
una camisa de esmoquin almidonada y una pajarita roja. Docenas de
camareros y camareras deambulaban por todas partes. Todos iban vestidos de blanco: pantalones blancos, shorts blancos, blusas blancas, zapatillas blancas prístinas. Conseguían que el lugar pareciera el hospital
más chic del mundo, sólo que el personal portaba martinis de gran tamaño en lugar de orinales, y todo el mundo era hermoso. Mis manos
suspiraban por una libreta y un boli. Era absurdo que estuviera en un
lugar como éste, rodeada de gente como ésta, sin tomar notas para
un futuro artículo en el que, tal vez, me mostraría sarcástica. No era mi
ambiente.

Me acerqué a las ventanas, que dominaban una piscina iluminada
en la que nadie nadaba. Había un bar polinesio, con el techo de cañas
y las antorchas de rigor, abarrotado de gente, todos jóvenes, todos gua-

písimos, la mayoría con anillados corporales y tatuajes, con el aspecto de ir a rodar un vídeo musical de un momento a otro. Más allá, contaminación, anuncios de Calvin Klein y las luces centelleantes de la ciudad.

Y allí, dando la espalda a la sala, con una copa en la mano, la vista clavada en la noche, estaba... Oh, Dios, ¿era posible? Sí. Adrian Stadt. Le reconocí por la forma de sus hombros, el porte de sus caderas. Bien sabe Dios el tiempo que he pasado fantaseando sobre sus películas. Llevaba el pelo corto, y su nuca brillaba a la tenue luz de la sala.

Adrian no era apuesto al estilo del clásico protagonista rudo, y tampoco pertenecía a la última cosecha de chicos bonitos andróginos. Era como el vecino de al lado, de estatura mediana, facciones regulares, pelo castaño normal y ojos castaños normales. Lo que le convertía en un ser especial era su sonrisa, la dulce sonrisa torcida que dejaba al descubierto un diente delantero apenas astillado (siempre contaba en las entrevistas que se lo había hecho al caer de una cabaña en un árbol a los nueve años). Además, esos ojos castaños normales podían transmitir mil variaciones de confusión, perplejidad, desconcierto y demás expresiones necesarias para interpretar al protagonista de una comedia romántica. Tomadas de una en una, las piezas no eran nada especial, pero si las montabas encontrabas una estrella de Hollywood de pies a cabeza. Al menos, así le definía *Moxie* en la columna «¡Hombres que adoramos!».

Por suerte, yo había sido inmune a los enamoramientos adolescentes, nunca había empapelado mi taquilla con fotos de New Edition o lo que fuera, pero tenía debilidad por Adrian Stadt. Verle en *Saturday Night!*, cuando entre lamentos y quejidos encarnaba al Chico Elegido en Último Lugar para el Equipo de Fútbol, o cantaba el falsamente operístico «Lamento de las Madres de la Asociación de Padres y Profesores», me había llevado a pensar que, de habernos conocido, habríamos sido amigos..., o algo más. Claro que, a juzgar por su popularidad, millones de mujeres sentían exactamente lo mismo que yo. Pero ¿cuántas estaban en el Star Bar una calurosa noche de abril en Los Ángeles, con su ídolo delante de ellas?

Retrocedí hasta apoyarme contra una columna, con la intención de esconderme para poder mirar, sin que nadie me interrumpiera, la espalda de Adrian Stadt, y tratar de decidir si llamaba primero a Lucy o a Samantha para darles la noticia. Todo iba bien, hasta que una pandilla de chicas esqueléticas con tacones de aguja entró en tromba en la sala y se plantó delante, detrás y alrededor de mí. Me sentí como un elefante que hubiera irrumpido en mitad de una manada de gráciles, veloces y hermosos antílopes, y no veía una forma fácil de escabullirme.

—¿Me aguantas esto un momento? —me preguntó la chica más alta, delgada y rubia, al tiempo que indicaba su *pashmina* plateada. Cogí el chal, la miré y me quedé boquiabierta. Era Bettina Vance, cantante de la banda de punk Screaming Ophelia, una de mis músicas favoritas para bailar las noches que me sentía amargada.

—Me encanta tu música —solté, mientras Bettina se apoderaba de un martini.

Me miró, con los ojos turbios, y suspiró.

—Si me dieran un centavo por cada chica gorda que me dice eso...

Me sentí tan paralizada como si me hubiera echado agua helada a la cara. Tanto maquillaje, mi estupendo corte de pelo, la ropa nueva, mi éxito, y todo cuanto veían las Bettina Vance del mundo era otra chica gorda, sentada sola en su cuarto, escuchando a las estrellas del rock cantar sobre vidas en las que ni siquiera podían soñar, vidas que nunca conocerían.

Sentí las pataditas del bebé en aquel momento, como un puñito que me llamara desde el interior, como un recordatorio. De repente, pensé, a la mierda con ella. Yo también soy alguien, pensé.

—¿Para qué necesitas esa limosna? ¿Es que ya no eres rica? —pregunté. Algunas de las gacelas lanzaron risitas. Bettina puso los ojos en blanco. Busqué en mi bolso y, por suerte, mis dedos se cerraron alrededor de lo que necesitaba—. Toma tu centavo —dije con dulzura—. A lo mejor puedes empezar a ahorrar para tu siguiente esnifada.

Las risitas se convirtieron en carcajadas estentóreas. Bettina Vance me traspasó con la mirada.

—¿Quién eres? —siseó.

Se me ocurrieron algunas respuestas: ¿una ex admiradora? ¿Una chica gorda enfadada? ¿Tu peor pesadilla?

En cambio, me decanté por la respuesta sencilla, modesta y verdadera.

—Soy escritora —dije en voz baja, y me obligué a no retroceder ni apartar la vista.

Bettina me miró durante lo que se me antojó una eternidad. Después, me arrebató el chal de las manos y se alejó, seguida de sus esqueléticas acólitas. Me recosté contra la columna, temblorosa, y pasé una mano sobre mi vientre.

—Puta —susurré al bebé. Uno de los hombres que se hallaban en el borde de la multitud me sonrió, y luego se marchó antes de que pudiera archivar su cara. En el instante que tardé en reconocerle, Maxi se materializó a mi lado.

—¿De qué iba el rollo? —preguntó.

—Adrian Stadt —logré pronunciar.

—¿No te dije que estaba aquí? —preguntó Maxi con impaciencia—. Jesús, ¿qué le pasaba a Bettina?

—Bettina me importa un rábano —murmuré—. ¡Adrian Stadt acaba de sonreírme! ¿Le conoces?

—Un poco. ¿Y tú?

Puse los ojos en blanco.

—Oh, sí —dije—. Participa en mi liga de bolos de Filadelfia.

Maxi compuso una expresión de perplejidad.

—¿No es de Nueva York?

—Era broma. ¡Pues claro que no le conozco! Pero soy una gran admiradora.

Hice una pausa, mientras pensaba si debía confesar a Maxi que Adrian Stadt era la inspiración fundamental de mi guión. Al igual que Josie Weiss era yo, Avery Trace era Adrian Stadt, sólo que con un nombre diferente, y sin la molesta propensión a ligar con supermodelos. Antes de decidir lo que iba a decir, Maxi conectó sus neuronas.

—Es el Avery perfecto —murmuró—. Deberíamos hablar con él.

Se dirigió hacia la ventana. Yo me quedé petrificada. Giró en redondo.

—¿Qué pasa?

—No puedo abordarle y empezar a hablar.

—¿Por qué no?

—Porque estoy... —Intenté imaginar una forma elegante de decir: «en una liga muy diferente de las estrellas de cine guapas y famosas». Me decidí por—: ... embarazada.

—Creo que la gente embarazada aún tiene permiso para hablar con gente no embarazada —dijo Maxi.

Agaché la cabeza.

—Soy tímida.

—Ah, no. ¡Eres periodista, por el amor de Dios!

Tenía razón. Era cierto que, gracias a mi actividad profesional, podía abordar a gente mucho más poderosa, influyente y guapa que yo. Pero a Adrian Stadt, al tipo con el que me había permitido soñar durante cien páginas, no. ¿Y si le caía mal? ¿Y si, en persona, no me gustaba? ¿No era mejor proteger la fantasía?

Maxi se removió inquieta.

—Cannie...

—Me sale mejor por teléfono —murmuré por fin.

Maxi suspiró, de una forma encantadora, como era su estilo.

—Espera aquí —dijo, y corrió a la barra. Cuando regresó, llevaba un móvil en la mano.

—Oh, no —dije cuando lo vi—. Tuve mala suerte con ese teléfono.

—Es un teléfono diferente —dijo Maxi, al tiempo que escudriñaba los números que había apuntado en su mano con algo que parecía perfilador de labios—. Más pequeño. Más liviano. Más caro.

El teléfono empezó a sonar. Me lo tendió. Al otro lado de la sala, delante de las ventanas, Adrian Stadt abrió su teléfono. Vi que sus labios se movían, reflejados en el cristal.

—¿Hola?

—No saltes —dije. Fue lo primero que se me ocurrió. Mientras hablaba, me escondí detrás de una columna cubierta de seda blanca, pero de manera que aún podía ver su reflejo en el cristal—. No saltes —repetí—. No hay para tanto.

Lanzó una breve carcajada.

—Qué sabrás tú —dijo.

—Pues claro que sí —contesté, con el teléfono aferrado en mi mano, de repente sudorosa. No podía creer lo que estaba pasando. Yo estaba hablando (¡incluso flirteando!) con Adrian Stadt—. Eres joven, eres guapo, tienes talento...

—Me halagas —dijo. Tenía una voz maravillosa, modulada y cálida. Me pregunté por qué hablaba siempre con aquel sonsonete lloriqueante en sus películas, cuando en realidad sonaba así.

—¡Pero es verdad! Lo eres. Estás en este lugar maravilloso, y hace una noche preciosa. Se pueden ver las estrellas.

Otro amargo torrente de carcajadas.

—Las estrellas —se burló—. Como si las deseara.

—No me refiero a ésas —dije—. Mira por la ventana. —Vi que sus ojos me obedecían—. Alza la vista. —Ladeó la cabeza—. ¿Ves esa estrella brillante, justo a tu derecha?

Adrian forzó la vista.

—No veo nada. La contaminación —explicó. Se volvió y escudriñó la multitud—. ¿Dónde estás?

Me acurruqué todavía más detrás de mi columna. Cuando tragué saliva, oí el ruido de mi garganta.

—O al menos dime quién eres.

—Una amiga.

—¿Estás en esta sala?

—Quizá.

Su voz adoptó un leve tono burlón.

—¿Puedo verte?

—No. Aún no.

—¿Por qué no?

—Porque soy tímida. ¿No prefieres conocerme así?

Sonrió. Vi que sus labios se curvaban en la ventana.

—¿Cómo sé que eres real? —preguntó.

—No lo sabes. Podría ser un invento de tu imaginación.

Se volvió con celeridad, y por un momento sentí que sus ojos se posaban en mí. Dejé caer el teléfono, lo recogí, lo cerré y se lo devolví a Maxi, todo en un solo movimiento que quise considerar elegante, pero tal vez no lo fue.

Al instante, el teléfono empezó a sonar. Maxi lo abrió.

—¿Hola?

Oí la voz de Adrian.

—¿Invento? ¿Eres tú, invento?

—Cógelo, por favor —dijo Maxi, y me devolvió el teléfono. Me retiré tras mi columna.

—Star 69[16] es la causa de la aflicción de la existencia humana en los noventa —empecé—. ¿Qué ha sido del anonimato?

—Anonimato —repitió poco a poco, como si fuera la primera vez que oía la palabra.

—Piensa —continué— en las generaciones de muchachos púberes que nunca más podrán hacer llamadas obsesivas a las chicas de las que están colgados. Piensa en lo que padecerán.

—Eres divertida —dijo.

—Es un mecanismo de defensa —repliqué.

—¿Puedo verte?

Sujeté el teléfono con todas mis fuerzas y no contesté.

—Voy a seguir llamando hasta que me dejes verte.

—¿Por qué?

—Porque pareces muy agradable. ¿Puedo invitarte a una copa?

—No bebo —dije.

—¿Nunca te entra sed? —preguntó, y yo reí pese a todo—. Déjame verte.

Suspiré, estiré mi blusa, eché un veloz vistazo a mi alrededor para comprobar que Bettina Vance se había esfumado, y luego me acerqué a él por detrás y le di un golpecito en el hombro.

—Eh —dije, con la esperanza de que recibiera todo el impacto del maquillaje y el pelo antes de llegar a mi vientre—. Hola.

Se volvió lentamente. En persona, era adorable. Más alto de lo que había imaginado, y muy mono, muy dulce. Y estaba borracho. Muy, muy borracho.

Me sonrió. Descolgué mi teléfono. Agarró mi muñeca.

—No —dijo—. Cara a cara.

Cerré el teléfono.

De cerca era guapísimo. En la pantalla daba el pego, pero en carne y hueso era asombroso, con sus bonitos ojos castaños y...

—Estás embarazada —soltó de repente.

16. Revista de chismorreos. *(N. del T.)*

Bien, no era la noticia de ultimísima hora, pero no estaba mal.

—Sí —dije—. Estoy embarazada. Me llamo Cannie.

—Cannie —repitió—. ¿Dónde está tu, hum...?

Movió la mano en el aire, ademán que yo traduje como «el padre de la criatura».

—He venido sola —dije, y decidí pasar el tema por alto—. En realidad, he venido con Maxi Ryder.

—Yo he venido solo —dijo, como si no me hubiera oído—. Siempre estoy solo.

—Yo sé que eso no es cierto —dije—. Da la casualidad de que estoy enterada de que sales con una estudiante de medicina alemana llamada Inga.

—Greta —murmuró—. Rompimos. Tienes buena memoria.

Me encogí de hombros e intenté aparentar modestia.

—Soy una admiradora —dije. Estaba intentando decidir si sería prudente pedirle el autógrafo, cuando Adrian tomó mi mano.

—Tengo una idea —dijo—. ¿Quieres salir a la calle?

—¿A la calle?

¿Quería salir a la calle con Adrian Stadt? ¿Llevaba el Pontífice un sombrero grande? Asentí con tal entusiasmo que temí ser víctima de un latigazo cervical, y me interné entre las masas ataviadas con tops sin espalda y minifaldas en busca de Maxi. La localicé por fin apretujada en la barra.

—Escucha —dije—, salgo un momento a la calle con Adrian Stadt.

—Ah, ¿de veras, eh? —dijo con socarronería.

—No es eso.

—Ah, ¿no?

—Parece un poco... solitario.

—Hummm. Bien, recuerda que es un actor. —Meditó un momento—. Bien, en realidad es un comediante que hace películas.

—Sólo vamos a dar un paseo —dijo, desesperada por no ofenderla o irritarla, pero aún más desesperada por volver con Adrian.

—Como quieras —dijo. Escribió su número en una servilleta y extendió la mano para que le devolviera el móvil—. Llámame desde donde estés.

Le di el teléfono, guardé el número en mi bolso y puse los ojos en blanco.

—Oh, claro. Voy a seducirle. Será muy romántico. Nos apretujaremos en el sofá, y yo le besaré, y él me dirá que me adora, y entonces, mi hijo nonato le dará una patada en las costillas.

Maxi abandonó su expresión enfurruñada.

—Y a continuación —proseguí—, filmaré todo el rollo y venderé los derechos a la Fox, y lo convertirán en un especial: *El trío más pervertido del mundo.*

Maxi rió.

—De acuerdo. Pero ve con cuidado.

La besé en la mejilla y, aunque parezca mentira, descubrí que Adrian Stadt continuaba esperándome. Le sonreí, y él me guió hasta el ascensor, y luego hasta la puerta, donde nos encontramos ante algo que parecía una autopista. Ni bancos, ni hierba, ni siquiera una solitaria parada de autobús o una acera por la que pasear.

—Uf —dije.

Entretanto, Adrian parecía mucho más cocido que en el Star Bar. Daba la impresión de que el aire fresco no le despejaba, tal como yo había esperado. Agarró mi mano, pero en realidad rodeó mi muñeca, y me acercó a él..., bien, todo lo que mi vientre le permitió.

—Bésame —dijo, y yo solté una carcajada por lo absurdo de la situación.

¡Bésame! ¡Como en una película! Estaba mirando por encima de su hombro por si veía las inevitables luces brillantes, los extras y el director dispuesto a gritar: «¡Corten!», cuando Adrian deslizó su pulgar sobre mi mejilla, y luego sobre mis labios. Era un movimiento que estaba muy segura de haberle visto hacer en la pantalla, pero descubrí que me importaba un pito.

—Cannie —susurró. Sólo oírle pronunciar mi nombre me despertó lugares que no había esperado sentir hasta después del parto—. Bésame.

Acercó sus labios a los míos, y yo alcé la cabeza hacia arriba, y aparté mi cuerpo, mientras su mano se curvaba tras mi cuello y sostenía mi cabeza como si fuera algo precioso. Oh, qué beso más suave, pensé, y luego sus labios se posaron de nuevo sobre los míos, con más fuerza, su mano más insistente, mientras el tráfico pasaba rugiendo junto a nosotros y yo sentía que me derretía, olvidaba mi determinación, mi historia, mi nombre.

—Ven conmigo —dijo, mientras llovían besos sobre mis mejillas, mis labios, mis párpados.

—Me alojo en un hotel... —murmuré con un hilo de voz, y me di cuenta, en cuanto las palabras surgieron de mi boca, que era la excusa más barata del mundo. Además, ¿qué estaba pasando aquí? ¿Era posible que estuviera tan solo? ¿Tenía debilidad por las mujeres embarazadas? ¿Era ésta, tal vez, su idea de una broma?—. ¿O tal vez quieres...? —Intenté pensar a toda prisa. Si estuviera en Filadelfia, si el objeto de mi deseo, que además estaba muy borracho, me estuviera sobando en una calle cualquiera, ¿qué sugeriría yo? Pero no se me ocurrió nada, claro está. Siempre pasaba lo mismo—. ¿Ir a un bar? —ofrecí por fin—. ¿A un restaurante?

Adrian buscó en su bolsillo y sacó lo que debía ser un vale de aparcamiento.

—¿Qué tal un paseo en coche? —preguntó.

—¿Podemos...? —Pensé a toda pastilla—. ¿Podemos ir a la playa? Hace una noche tan bonita...

Lo cual no era exactamente cierto. La noche era muy brumosa, pero al menos hacía calor, y soplaba un poco de brisa.

Adrian se balanceaba hacia atrás y adelante, y me dedicó una sonrisa dulce, algo bobalicona.

—Eso parece un buen plan —dijo.

Antes que nada, existía el problema nada insustancial de arrebatarle las llaves.

—Ooooh, un descapotable —gorjeé, cuando un pequeño coche rojo llegó al bordillo—. Nunca he conducido uno. —Le dirigí mi mirada más encantadora y retozona—. ¿Me dejas conducirlo?

Me tendió las llaves sin decir palabra, y luego se sentó a mi lado en silencio, y sólo habló para indicarme por dónde debía girar.

Cuando le miré, tenía la mano apretada contra la frente.

—¿Te duele la cabeza? —pregunté. Asintió con los ojos cerrados—. ¿Cerveza antes de licor?

Se encogió.

—Éxtasis antes de vodka, más bien —contestó.

Uf. Supuse que, si iba a quedarme en Hollywood, tendría que acostumbrarme a confesiones sobre el uso de drogas con fines recreativos.

—No pareces muy extático —observé.

Bostezó.

—Tal vez pida que me devuelvan el dinero —dijo, y me miró de reojo—. Así que estás, hum... ¿Cuándo...?

—Cumplo el quince de junio —dije.

—Así que tu marido ha vuelto a...

Decidí terminar con el juego de los interrogantes.

—Soy de Filadelfia, y no tengo marido. Ni novio.

—¡Oh! —exclamó Adrian, como si pisara suelo más firme—. Pero tu compañero está allí, ¿no?

Reí. No pude evitarlo.

—Tampoco existe compañero. Estamos hablando de la típica madre soltera.

Le hice un breve resumen de la historia: Bruce y yo, nuestra ruptura y los veinte minutos de reconciliación, el embarazo, el guión y mi vuelo a California de unas doce horas antes.

Adrian asintió, pero no hizo preguntas, y yo no podía mirarle a la cara para leer su expresión. Tenía que concentrarme en el volante. Por fin, tras una serie de giros y revueltas, nos encontramos aparcados en un risco que dominaba el océano. Pese a la niebla, era magnífico: el olor del agua salada, el sonido rítmico de las olas sobre la orilla, la sensación de la cercanía del agua, tanto poder y movimiento...

Me volví hacia Adrian.

—¿A que es fantástico? —pregunté. No contestó—. ¿Adrian?

Ni el menor movimiento. Me incliné hacia él poco a poco, como un cazador que se acercara a un león. Inmovilidad total. Me acerqué aún más.

—¿Adrian? —susurré. Ni palabras cariñosas murmulladas, ni preguntas sobre mi guión, o mi estilo de vida en Filadelfia. En cambio, oí ronquidos. Adrian Stadt se había dormido.

No pude por menos que reírme de mí. Era el clásico momento de Cannie Shapiro: en la playa con una rutilante estrella de cine, con el viento que azotaba las olas y la luna brillando sobre el agua, un millón de estrellas en el cielo, y él perdía el conocimiento.

Entretanto, no sabía dónde estaba. Y empezaba a hacer frío, con el viento que agitaba el agua. Busqué en el coche una manta o una sudadera, en vano. Nada de nada. Eran las cuatro de la mañana, según las manecillas verdes fluorescentes de mi reloj. Decidí concederle media hora, y si no despertaba y empezaba a moverse..., bien, ya pensaría algo.

Puse el motor en marcha para tener calor, y música del CD de Chris Isaak que contenía el reproductor. Después, me recliné en el asiento, arrepentida de no haber cogido una chaqueta, con un ojo en Adrian, que roncaba con entusiasmo, y el otro en mi reloj. Era..., sí, patético, en realidad, pero también un poco divertido. Mi gran viaje a Hollywood, pensé con tristeza. Mi romance. Tal vez era el tipo de chica que merecía ser el hazmerreír de las revistas, pensé, pero luego negué con la cabeza. Sabía cuidar de mí misma. Sabía escribir. Y me había pasado lo que más deseaba en el mundo: vender mi guión. Tendría dinero, comodidades, cierta fama. ¡Y estaba en Hollywood! ¡Con una estrella de cine!

Miré a mi derecha. La susodicha estrella de cine seguía sin moverse. Me incliné hacia él. La respiración era ronca, y tenía la frente perlada de sudor.

—¿Adrian? —susurré. Nada—. Adrian —dije con voz normal.

No movió ni un párpado. Sacudí sus hombros con delicadeza. No pasó nada. Cuando le solté, se desplomó como un saco en el asiento. Estaba empezando a preocuparme.

Deslicé una mano en su bolsillo, mientras procuraba no pensar en los posibles titulares de la prensa amarilla («¡Estrella de *Saturday Night!* acosada por guionista en ciernes!»), y encontré su móvil. Después de unos cuantos intentos, obtuve el tono de marcar. Estupendo. Y ahora, ¿qué?

Entonces, tuve una inspiración. Busqué en mi bolso y saqué la tarjeta del doctor K. del billetero. En una sesión de la clase de Control del Peso nos había dicho que no dormía mucho, y solía estar en su consulta a las siete de la mañana, y en la Costa Este ya era más tarde.

Contuve el aliento. Y tecleé el número.

—¿Hola? —dijo su voz profunda.

—Hola, doctor. Soy Cannie Shapiro.

—¡Cannie! —dijo, contento de oírme, sin demostrar alarma por el hecho de la llamada a larga distancia, y de que para mí eran las tantas de la madrugada—. ¿Cómo fue tu viaje?

—Bien —dije—. Hasta el momento. Sólo que ahora tengo un problema.

—Dime.

—Bien, yo, hum... —Hice una pausa para pensar—. He hecho un nuevo amigo.

—Eso es bueno —dijo, alentador.

—Estamos en la playa, en su coche, y está como desmayado, y no consigo despertarle.

—Eso es malo.

—Sí —admití—, y ni siquiera es mi peor ligue. En circunstancias normales, le dejaría dormir, pero me dijo que antes había estado bebiendo, y que había tomado éxtasis...

Hice una pausa, y no oí nada.

—No es lo que piensas —dije, si bien no tenía ni idea de lo que estaba pensando, sólo que debía ser una combinación de mi nombre y palabras como «casquivana».

—¿Así que ha perdido el conocimiento? —preguntó el doctor K.

—Bueno, sí. En esencia. —Suspiré—. Y yo que pensaba ser bastante divertida.

—Pero ¿respira?

—Respira, pero suda —expliqué—. Y no se despierta.

—Toca su cara, y descríbeme el tacto de su piel.

Obedecí.

—Caliente —informé—. Sudoroso.

—Mejor que frío y húmedo. Eso no sería bueno. Intenta esto. Quiero que conviertas la mano en un puño...

—Hecho —informé.

—Ahora, masajea su esternón con los nudillos. Es el hueso del pecho. Hazlo con fuerza... Lo que queremos saber es si así reacciona.

Me incliné y seguí sus instrucciones. Adrian se encogió y dijo una palabra que habría podido ser «madre». Me volví a acomodar en el asiento y conté al doctor K. lo sucedido.

—Muy bien —dijo—. Creo que tu caballero acompañante se pondrá bien, pero deberías hacer dos cosas.

—Adelante —dije. Encajé el teléfono bajo la barbilla y me volví hacia Adrian.

—Primero, ponle de costado. De esta forma, si vomita, no se atragantará.

Empujé a Adrian hasta colocarle como me indicaban.

—Ya está —dije.

—Lo segundo es quedarte con él. Échale un vistazo cada media hora o así. Si se pone frío o empieza a temblar, o si el pulso es irregular, yo llamaría al 911. Si no, por la mañana debería encontrarse bien. Tal vez sienta náuseas, o le duela la cabeza —avisó—, pero no existirán daños permanentes.

—Fantástico —dije, y me encogí por dentro cuando pensé en lo que ocurriría por la mañana, cuando Adrian se despertara con la madre de todas las resacas y se encontrara a mi lado.

—No estaría mal que mojaras un paño en agua fría, lo escurrieras y se lo aplicaras en la frente —dijo el doctor—. En el caso de que te sientas compasiva.

Me puse a reír. No pude evitarlo.

—Gracias —dije—. De veras. Muchísimas gracias.

—Espero que la situación mejore —dijo—, pero parece que la tienes controlada. Llámame y dime cómo van las cosas.

—Desde luego. Gracias otra vez.

—Cuídate, Cannie. Llámame si necesitas algo más.

Colgamos, y medité. ¿Un paño? Miré en la guantera y sólo encontré un contrato de alquiler del coche, varios estuches de CD y dos bolígrafos. Miré en mi bolso: el lápiz de labios que Garth me había regalado, el billetero, llaves, agenda, un salvaeslip que *Lo que hay que esperar cuando esperas* me aconsejaba llevar encima.

Miré a Adrian. Miré el salvaeslip. Ojos que no ven, corazón que no siente, de manera que bajé del coche, me acerqué con cuidado al agua, mojé el salvaeslip, volví arriba y lo apoyé con ternura sobre su frente, conteniendo la risa.

Adrian abrió los ojos.

—Eres tan dulce —dijo, arrastrando las palabras.

—¡Hola, Bella Durmiente! —dije—. ¡Estás despierto! Estaba empezando a preocuparme...

Por lo visto, Adrian no me oyó.

—Apuesto a que serás una madre estupenda —dijo, y cerró los ojos de nuevo.

Sonreí, y me recliné en el asiento. Una madre estupenda. Era la primera vez que pensaba en eso, en el hecho de ser madre. Había pensado en el parto, claro está, y también en la logística de cuidar de un recién nacido, pero nunca me había parado a reflexionar sobre la clase de madre que yo, Cannie Shapiro, de casi veintinueve años, podría ser.

Rodeé mi estómago con las manos mientras Adrian roncaba a mi lado. Una buena madre, pensé, estupefacta. Pero ¿de qué clase? ¿Sería una de esas madres guay que caían bien a todos los críos del barrio, que servían ponche de frutas y galletas, en lugar de leche desnatada y fruta, que llevaban tejanos y zapatos a la moda, y que eran capaces de hablar con los críos, en lugar de largarles sermones? ¿Sería divertida? ¿Sería la clase de madre que nombrarían madre de la clase, o que aparecería el Día de la Carrera? ¿O tal vez sería una de esas madres preocupadas, siempre pegada a la puerta, a la espera de que el hijo llegara a casa, siempre corriendo detrás de él, con un jersey, una gabardina, un paquete de pañuelos de papel?

«Tú serás tú», dijo una voz en mi cabeza. La voz de mi madre. La reconocí al instante. Yo sería yo. No había otra posibilidad. Tampoco estaba tan mal. Me había portado muy bien con *Nifkin*, razoné. Por algo se empezaba.

Apoyé la cabeza contra el hombro de Adrian, en la convicción de que no le importaría. Fue entonces cuando pensé en otra cosa.

Recuperé su teléfono de mi bolso, saqué la servilleta con el número de Maxi y contuve el aliento hasta que oí su alegre voz de acento inglés.

—Hola.

—Hola, Maxi —susurré.

—¡Cannie! —gritó—. ¿Dónde estás?

—En la playa —dije—. No sé muy bien dónde, pero...

—¿Estás con Adrian? —preguntó.

—Sí —susurré—, pero se ha desmayado.

Maxi se puso a reír..., y yo también.

—Ayúdame. ¿Qué debo hacer? ¿Me quedo? ¿Me voy? ¿Le dejo una nota, por ejemplo?

—¿Dónde estás, exactamente?

Miré a mi alrededor en busca de un letrero, una luz, algo.

—Recuerdo que la última calle por la que pasamos era Del Rio Way —dije—. Y estamos en lo alto de un risco, tal vez a unos veinticinco metros del agua...

—Sé dónde es —dijo Maxi—. Eso creo, al menos. Fue donde rodó la escena de amor de *Los ojos de Estella*.

—Fantástico —dije, e intenté recordar quién se había desmayado en esa escena concreta—. ¿Qué debería hacer?

—Voy a indicarte cómo llegar a mi casa. Estaré esperando.

Las instrucciones de Maxi fueron perfectas, y al cabo de veinte minutos estábamos entrando en el camino de acceso de una casita de la playa con techo de chilla. Era la clase de lugar que yo habría elegido, obedeciendo a mis preferencias, y contando con varios millones de dólares.

Maxi estaba esperando en la cocina. Se había cambiado el vestido por unas mallas negras y una camiseta, y se había recogido el pelo en unas trenzas, lo cual habría resultado ridículo en un 99,9 por ciento de la población femenina, pero ella estaba adorable.

—¿Sigue desmayado?

—Ven a ver —susurré.

Volvimos al coche, donde Adrian continuaba derrumbado en el asiento del pasajero, con la boca abierta, los ojos cerrados y mi salvaeslip depositado sobre su frente.

Maxi estalló en carcajadas.

—¿Qué es eso?

—Lo mejor que pude encontrar —contesté, a la defensiva.

Sin dejar de reír, Maxi cogió un ejemplar de *Variety* de su contenedor de basura ecológico, lo enrolló y dio unos golpecitos en el brazo de Adrian. Nada. Bajó la revista y le dio unos golpecitos en el estómago. Ninguna reacción.

—Uf —dijo Maxi—. Bien, no creo que esté agonizando, pero tal vez deberíamos entrarle.

Poco a poco y con mucho cuidado, con gran aparato de gruñidos y risitas, sacamos a Adrian del coche y lo depositamos en el sofá de la sala de estar de Maxi, un magnífico mueble de cuero blanco que, esperé, Adrian no mancillaría.

—Deberíamos ponerle de lado, por si vomita... —sugerí, y miré a Adrian—. ¿De veras crees que está bien? Tomó éxtasis...

—Supongo que sí —contestó Maxi, como sin darle importancia—. Pero quizá deberíamos quedarnos con él. —Me miró—. Debes de estar agotada.

—Tú también. Siento todo esto...

—¡No te preocupes, Cannie! ¡Estás haciendo una buena obra!

Paseó la mirada entre Adrian y yo.

—¿Vamos a dormir? —preguntó.

—Parece un buen plan —contesté.

Mientras Maxi desaparecía, supuse que para hacer las camas, le quité a Adrian los zapatos y los calcetines, así como el cinturón, le desabotoné la camisa y sustituí el salvaeslip por un paño que encontré en la cocina.

Después, mientras Maxi apilaba mantas y almohadas en el suelo, me quité el maquillaje, me puse una camiseta prestada por Maxi y pensé en qué podía colaborar.

Había una chimenea en el centro de la sala de estar, una chimenea de aspecto perfecto, prístina, con un montón de troncos de abedul en el centro. Yo sabía hacer fuego. La combinación perfecta.

No encontré periódicos, de modo que arranqué páginas de *Variety*, las retorcí, las coloqué debajo de la leña, comprobé que el cañón estuviera abierto, me aseguré de que la leña fuera leña de verdad, y no una reproducción decorativa en cerámica, y luego encendí una cerilla de la caja que había cogido en el Star Bar, con la esperanza de demostrar a Samantha, Andy y Lucy que había estado en el local. El papel prendió, los troncos empezaron a arder, y yo me mecí sobre los talones, satisfecha.

—Caramba —dijo Maxi, al tiempo que se tumbaba sobre su pila de mantas y volvía la cabeza hacia el fuego—. ¿Cómo aprendiste a hacerlo?

—Mi madre me enseñó —dije.

Ella me miró expectante, así que le conté la historia... a Maxi, y a mi bebé también, pensé, de cuando todos íbamos a pescar a Cape Cod, y mi madre encendía un fuego para calentarnos, nos sentábamos en círculo (mi padre, mi hermana, mi hermano y yo), asábamos malvaviscos y veíamos a mi madre de pie en el agua, lanzando el hilo plateado en las aguas negrogrisáceas, con los pantalones arremangados y las piernas fuertes, bronceadas y sólidas.

—Buenos tiempos —repitió Maxi, rodó de costado y se quedó dormida. Yo me quedé un rato con los ojos abiertos en la oscuridad, escuchando la respiración profunda de Maxi y los ronquidos de Adrian.

«Bien, aquí estás», me dije. El fuego se estaba apagando, apenas ardían unas brasas. Mis manos y pelo olían a humo, y oía el movimiento de las olas en la orilla, y veía que el cielo iba virando de negro a gris. «Aquí estás», pensé. «Has llegado.» Rodeé el vientre con las manos. La niña se volvió, nadó en su sueño. «La niña», pensé. Sin la menor duda.

Envié una oración de buenas noches a *Nifkin*, que por una noche estaría bien en su lujoso hotel. Después, cerré los ojos y conjuré el rostro de mi madre sobre aquellos fuegos de Cape Cod, tan feliz y en paz. Y, como me sentía feliz y en paz, me dormí por fin.

16

Cuando desperté, eran las diez y media de la mañana. El fuego se había apagado. Adrian y Maxi seguían durmiendo.

Subí al segundo piso con el mayor sigilo posible. Suelos de madera dura pulidos, estanterías y cómodas modernas de arce, casi todas vacías. Me pregunté cómo se sentía Maxi, habitando y abandonando una serie de casas, como una oruga que abandonara su capullo. Me pregunté si le molestaba. Sabía que a mí sí me afectaría.

El cuarto de baño rebosaba de toda clase de toallas esponjosas, y jabones y champús en frascos del tamaño de muestras. Tomé una ducha larga y cálida, me cepillé los dientes con uno de los cepillos nuevos de trinca, todavía envueltos en plástico, que encontré en el botiquín, y después me vestí con la camiseta y los pantalones de pijama nuevos que encontré en un cajón de la cómoda. Estaba segura de que necesitaba un secador, y tal vez un ayudante que intentara reproducir lo que Garth había hecho con mi pelo la noche anterior, pero no encontré ninguno de ambos. En consecuencia, me tiré hacia atrás secciones de mi pelo, los sujeté con horquillas y rematé la jugada con unas gotas de una poción francesa que olía de maravilla. Bien, al menos eso pensé que era. A instancias de mi padre, había estudiado latín en el instituto. Útil para sacar sobresaliente en el examen de aptitud escolar, inútil para esas mañanas en que, de forma inesperada, tenías que traducir los nombres de los artículos de tocador de una estrella de cine.

Cuando volví abajo, Maxi seguía dormida, aovillada como una gatita adorable sobre un montón de mantas, pero de Adrian sólo encontré una hoja de papel.

La recogí. «Querida Cassie —empezaba, y me reí. Bien, al menos no ha errado mucho. Cosas peores me habían llamado—. Muchas gracias por cuidar de mí esta noche. Sé que no nos conocemos bien...».

Volví a resoplar. ¡No nos conocemos bien! ¡Apenas habíamos intercambiado cinco frases cuando se desmayó!

«... pero sé que eres una buena persona. Sé que serás una madre maravillosa. Siento haberme tenido que marchar con tantas prisas, y no poder vernos hasta dentro de cierto tiempo. Esta mañana vuelo a Toronto para rodar exteriores. Espero que te lo pases bien en California.»

Pues vaya. Desdoblé la nota por completo, y una llave cayó en los restos de mi regazo. La llave de un coche. «El alquiler termina el mes que viene —había escrito Adrian en el reverso de la hoja, junto con el nombre y la dirección de un vendedor de coches de Santa Mónica—. «Devuélvelo cuando vayas a regresar a casa. ¡Y disfrútalo!»

Me puse poco a poco en pie, me acerqué a la ventana y contuve el aliento cuando subí las persianas. Allí estaba el cochecito rojo. Paseé la vista entre la llave que sostenía en la mano y el coche aparcado en el camino de entrada, y me pellizqué, imaginando que despertaría y descubriría que todo era un sueño..., que aún seguía en mi cama de Filadelfia, con un montón de libros sobre planificación materna en la mesita de noche y *Nifkin* hecho un ovillo sobre la almohada de al lado.

Maxi bostezó, se levantó con agilidad y se acercó.

—¿Qué pasa? —preguntó.

Le enseñé el coche, la llave y la nota.

—Es como estar soñando —dije.

—Era lo menos que podía hacer —dijo Maxi—. Bastante suerte ha tenido de que no le registraras los bolsillos y le sacaras fotos desnudo.

Le dirigí una mirada inocente.

—¿Debía hacer eso?

Maxi sonrió.

—Siéntate —dijo—. Voy a buscar a tu perro, y después planearemos tu conquista de Hollywood.

Había esperado que la alacena de Maxi estuviera vacía, salvo por los alimentos de los que subsistían las estrellas: pastillas de menta Altoids, agua mineral con gas, tal vez algún brebaje de hierbas que los gurús de las dietas hubieran decretado.

Pero las estanterías de Maxi estaban repletas de productos básicos, desde caldo de pollo hasta harina, azúcar y especias, y la nevera contenía manzanas y naranjas, leche y zumo, mantequilla y queso cremoso.

Quiche, decidí, y ensalada de fruta. Estaba troceando kiwis y fresas cuando Maxi regresó. Se había puesto pantalones de lycra negros y una camiseta rojo cereza, con unas gafas de sol gigantescas y lo que me parecieron prendedores rubí en el pelo, y *Nifkin* exhibía un collar de cuero rojo tachonado de las mismas joyas, con una correa roja a juego. Ambos tenían un aspecto magnífico. Serví a Maxi y, a falta de galletas, di a *Nifkin* un trocito de quiche.

—Esto es tan bonito —dije, mientras admiraba el reflejo del sol en el agua, la brisa fresca que agitaba el aire.

—Deberías quedarte una temporada —sugirió Maxi.

Negué con la cabeza.

—He de ultimar algunas cosas y volver... —empecé, y luego callé. ¿A qué venían tantas prisas? El trabajo podía esperar. Aún me quedaban días de vacaciones. Saltarse algunas clases de premamá no significaría el fin del mundo. Una habitación con vistas al mar era tentadora, sobre todo teniendo en cuenta la primavera caprichosa y cambiante de Filadelfia. Maxi me estaba leyendo los pensamientos.

—¡Será estupendo! Tú escribirás, yo iré a trabajar, haremos fiestas y hogueras. *Nifkin* se lo pasará en grande... Te ...

Me vinieron ganas de dar saltitos de alegría, pero no estaba segura de que el bebé lo aprobara. Sería increíble estar aquí. Podría mecerme en el oleaje. *Nifkin* se dedicaría a perseguir gaviotas. Maxi y yo cocinaríamos. Habría que atar algunos cabos. No se me ocurrían cuáles, o dónde. En aquella mañana, con el sol brillando y las olas lamiendo la orilla, parecía más fácil dejar que esta aventura maravillosa siguiera su curso que perder más tiempo intentándolo.

Los acontecimientos se precipitaron a partir de ese momento. Maxi me acompañó en coche a un rascacielos de paredes de cristal de un azul plateado, con un elegante restaurante en la planta baja.

—Quiero que conozcas a mi agente —explicó, mientras apretaba el botón de la séptima planta.

Me devané los sesos en busca de las preguntas adecuadas.

—¿Se ocupa de... escritores? —pregunté—. ¿Es buena?

—Sí, y mucho —dijo Maxi, mientras me guiaba por el pasillo. Llamó con los nudillos a una puerta abierta y asomó la cabeza.

—¡Y una mierda! —decía la voz de una mujer—. Terence, eso es una chorrada. Se trata del proyecto que andas buscando, y ha de estar terminado la semana que viene...

Miré sobre el hombro de Maxi, imaginando que la voz pertenecía a una mujer que fumaba sin parar, de pelo rubio platino y hombreras, con un cigarrillo sin filtro en una mano y una taza de café en la otra..., una versión femenina del tío reptiliano con gafas de sol que me había dicho que no había actrices gordas en Hollywood. En cambio, detrás de un gigantesco escritorio, había una pelirroja menuda de piel cremosa y pecas. Vestía un pichi verde claro, una camiseta color lila y unas zapatillas Keds en sus piececitos infantiles. Llevaba el pelo recogido en un moño caótico. Aparentaba unos doce años de edad.

—Ésa es Violet —dijo Maxi con orgullo.

—¡Y UNA MIERDA! —repitió Violet. Reprimí el deseo de apoyar las manos sobre mi vientre, donde imaginaba que estaban las orejas del bebé.

—¿Qué opinas? —susurró Maxi.

—Es..., hum —dije—. ¡Se parece a Pipi Calzaslargas! ¿Ya tiene edad para hablar así?

Maxi se partió de risa.

—No te preocupes —dijo—. Parece una *girl scout*, pero es muy dura.

Con un «y una mierda» de despedida, Violet colgó el teléfono, se puso en pie y extendió la mano.

—Cannie. Es un placer —dijo, como una persona normal, en lugar del dragón rugiente que había estado acosando a Andrew Dice

Clay sólo unos momentos antes—. Me gustó mucho tu guión. ¿Sabes lo que me gustó más?

—¿Los tacos? —aventuré.

Violet rió.

—No, no —dijo—. Me gustó que tu protagonista tuviera tanta fe en sí misma. En muchas comedias románticas, da la impresión de que la protagonista siempre ha de ser rescatada..., mediante el amor, el dinero o un hada madrina. Me encantó que Josie se rescatara a sí misma, y creyera en ella en todo momento.

Caramba. Nunca lo había pensado así. Para mí, la historia de Josie era el cumplimiento de un deseo puro y duro. La historia de lo que podía pasar si una de las estrellas a las que entrevistaba en Nueva York me miraba y veía algo más que un pastelito de hojaldre en potencia con forma femenina de talla extragrande.

—A las mujeres les va a encantar esta película, joder —predijo Violet.

—Me alegro de que pienses eso —dije.

Violet asintió, se quitó el *scrunchy* del pelo, se pasó los dedos por él y recogió los rizos en una versión algo más ordenada del mismo moño.

—Hablaremos más tarde —dijo, mientras recogía una libreta, un puñado de bolígrafos, una copia de mi guión y lo que parecía una copia de un contrato—. De momento, vamos a conseguirte un poco de dinero.

Al final, resultó que la pequeña Violet era una negociadora implacable. Tal vez debido al sonido de su voz metálica y a la ristra incesante de obscenidades, el trío de jovencitos ataviados con elegantes trajes acabaron asumiendo que mi guión valía la pena. Al final, la cantidad de dinero que me dieron (una parte sería entregada a los cinco días de firmar, la otra cuando empezara a rodarse la película, y la tercera por el «primer vistazo» a todo lo que escribiera en adelante) fue increíble. Maxi me abrazó, y Violet nos abrazó a las dos.

—Ahora, haced que me sienta orgullosa —dijo antes de volver a su oficina, con su aspecto de colegiala.

A las cinco de la tarde estaba sentada en la terraza de Maxi con un cuenco de uvas heladas en el regazo y una copa de zumo de uva espumoso sin alcohol en la mano, invadida por un alivio inmenso. Ahora podría comprar la casa que me diera la gana, contratar a una niñera, incluso tomarme un año entero de permiso cuando la niña naciera. Y aunque tuviera que reescribir el guión, nunca sería tan espantoso como enfrentarme a Gabby y a su ristra de críticas incesantes, tanto cara a cara como a mis espaldas. No sería tan espantoso como repasar el séptimo borrador de mi carta a Bruce. Esas cosas eran trabajo. Ésta sería pura diversión.

Aquella tarde hablé durante horas, y grité las buenas nuevas a mi madre, Lucy y Josh, Andy y Samantha, parientes y colegas varios, a cualquiera que deseara compartir mi felicidad. Después llamé al doctor K. a su consulta.

—Soy Cannie —dije—. Sólo quiero que sepas que todo va bien.

—¿Tu amigo se encuentra mejor?

—Mucho mejor —dije, y le expliqué que Adrian se había recuperado, yo había decidido quedarme en casa de Maxi, y que la pequeña Violet me había conseguido un montón de dinero.

—Será una gran película —dijo el doctor K.

—No puedo creerlo —dije, tal vez por trigésima vez aquel día—. Ni siquiera me parece real.

—Bien, limítate a disfrutar el momento. Da la impresión de que no has podido tener mejor comienzo.

Maxi contemplaba la escena como aturdida, y se dedicaba a tirar una pelota de tenis a *Nifkin*, hasta que éste se derrumbó, jadeante, junto a un montón de algas.

—¿Quién es ése? —preguntó, y yo me expliqué.

—Es..., bien, era mi médico, cuando intentaba perder peso, antes de quedar embarazada. Ahora, supongo que es un amigo. Le llamé anoche para pedirle consejo sobre Adrian.

—Me ha parecido que te gusta —dijo Maxi, al tiempo que enarcaba las cejas al estilo de Groucho Marx—. ¿Visita a domicilio?

—No tengo ni idea —dije—. Es muy simpático. Es alto.

—Eso está bien. Y ahora, ¿qué?

—¿Cena? —sugerí.

—Estupendo. Olvidé que eres polivalente. Sabes escribir, y también cocinar.

—No te hagas falsas esperanzas. Voy a ver qué hay en la nevera.

Maxi sonrió.

—Creo que antes deberíamos hacer otra cosa.

El guardia jurado que había en la puerta de la joyería nos saludó con un cabeceo, y abrió de par en par la pesada puerta de cristal.

—¿Qué estamos haciendo aquí? —susurré.

—Vamos a comprarte un regalo —contestó Maxi—. Y no hace falta que hables en voz baja.

—¿Qué eres, mi papá querido? —la reprendí.

—Oh, no —dijo Maxi con expresión muy seria—. Vas a comprarte algo.

La miré.

—¿Qué? ¿Por qué? ¿No deberías animarme a ahorrar? Estoy esperando un bebé...

—Pues claro que vas a ahorrar —dijo Maxi, en el tono más sensato—, pero mi madre siempre me decía que todas las mujeres deberían comprarse un objeto perfecto..., y tú, querida, estás en condiciones de hacerlo.

Respiré hondo, como si fuera a sumergirme en aguas profundas, en lugar de entrar en una joyería. La sala estaba llena de vitrinas, a la altura de donde antes se encontraba mi cintura, y cada vitrina contenía un tesoro en adornos, dispuestos con sentido artístico en estuches de terciopelo color tórtola. Había anillos de esmeraldas, anillos de zafiros, delgados brazaletes de platino incrustados de diamantes. Había pendientes de ámbar y broches de topacio, pulseras de una malla de plata tan fina que apenas se podían distinguir los eslabones, y gemelos de oro trabajado. Había pulseras de dijes centelleantes con diminutas zapatillas de ballet y llaves de coche en miniatura... Pendientes de plata de ley en forma de gordos corazones de San Valentín... Brazaletes entrelazados de oro rosa y amarillo... Broches centelleantes en forma de mariquitas y caballitos de mar... Pulseras de diamantes como las que llevaba la madre de Bruce... Me detuve y me apoyé en un mostrador, abrumada.

Una vendedora con un traje azul marino apareció como si se hubiera teleportado.

—¿En qué puedo ayudarla? —preguntó con suma amabilidad.

Señalé vacilante unos pendientes de diamantes diminutos.

—Enséñeme éstos, por favor —pedí.

Maxi miró por encima de mi hombro.

—Ésos no —resopló—. ¡Son diminutos, Cannie!

—¿No crees que algo de mi cuerpo debería ser diminuto?

Maxi me miró, perpleja.

—¿Por qué?

—Porque...

Me quedé sin voz.

Maxi agarró mi mano.

—¿Sabes una cosa? —dijo—. Creo que tienes buen aspecto. Creo que tienes un aspecto maravilloso. Pareces feliz..., saludable... y embarazada...

—No te olvides de eso —reí.

Mientras tanto, la vendedora estaba desenvolviendo un rollo de terciopelo negro, y colocando pendientes encima de la vitrina, el par que yo había pedido primero, y otro par que debía medir el doble. Los diamantes eran cada uno del tamaño de una uva pasa, y los acuné en mi mano, contemplé sus destellos azul y violeta.

—Son fantásticos —dije en voz baja, y los alcé hasta mis orejas.

—Le sientan muy bien —dijo la dependienta.

—Nos los quedamos —dijo Maxi con absoluta seguridad—. No hace falta que los envuelva. Se los llevará puestos.

Más tarde, en el coche, con mis nuevos pendientes que proyectaban los colores del arco iris sobre el techo, siempre que la luz del sol se reflejaba en ellos, intenté darle las gracias, por aceptarme como amiga, por comprarme el guión, por hacerme creer en un futuro en el que merecía esas cosas, pero Maxi desechó mis palabras con un ademán.

—Te mereces cosas bonitas —dijo—. No debería sorprenderte, Cannie.

Respiré hondo. «Amiga», susurré al bebé.

—Voy a prepararte la mejor cena de tu vida —dije a Maxi.

—No entiendo esto —dijo mi madre, durante su sesión diaria de llamada telefónica/interrogatorio—. Tengo cinco minutos para averiguarlo.

—¿Cinco minutos? —Apreté el teléfono contra el pecho y escudriñé los dedos de mis pies, con el fin de decidir si era posible sobrevivir en Hollywood con las uñas mal manicuradas, o si la policía de la pedicura me pondría una multa—. ¿A qué vienen tantas prisas?

—Pretemporada de softball —dijo mi madre—. Nos enfrentamos a las Lavender Menace.

—¿Son buenas?

—El año pasado sí, pero estás cambiando de tema. Bien, estás viviendo con Maxi... —empezó mi madre, y calló esperanzada. O al menos, eso creí detectar.

—Sólo somos amigas, mamá. Una relación platónica.

Suspiró.

—Nunca es demasiado tarde.

Puse los ojos en blanco.

—Siento decepcionarte.

—¿Qué estás haciendo?

—Me divierto. Me lo paso pipa.

Apenas sabía por dónde empezar. Llevaba en California casi tres semanas, y cada día daba la impresión de que Maxi y yo emprendíamos una aventura, un pequeño viaje en el descapotable rojo de Adrian, que cada vez parecía más un carruaje encantado, o una alfombra mágica. Anoche, después de cenar, habíamos ido a pie hasta el muelle de Santa Mónica, y habíamos comprado patatas fritas aceitosas y limonada rosa helada, que habíamos tomado con los pies colgando sobre el agua. El día anterior habíamos ido a un mercadillo de productos naturales del centro, donde habíamos llenado una mochila con frambuesas, zanahorias baby y melocotones de viña, que Maxi distribuyó a sus compañeros de reparto (excepto al protagonista porque, razonó, consideraría los melocotones una invitación a hacer Bellinis, «y esta vez no quiero ser la responsable de que se caiga del remolque»).

Había cosas de California a las que todavía no me había acostumbrado: la belleza uniforme de las mujeres, para empezar, el hecho de que todas las personas que veía en las cafeterías o las mantequerías de lujo se me antojaban vagamente familiares, como si hubieran interpretado a la novia o el mejor amigo del chico en alguna comedia de situaciones de 1996, suspendida al poco de empezar. Por otra parte, la cultura del coche me asombraba. Todo el mundo iba motorizado a todas partes, de modo que no había aceras ni carriles bici, tan sólo interminables embotellamientos de tráfico, una contaminación tan espesa como mermelada, aparcacoches por doquier, incluso en una de las playas a las que habíamos ido, aunque parezca increíble.

—Ahora, oficialmente, ya lo he visto todo —informé a Maxi.

—No, ni hablar —contestó ella—. En el Third Street Promenade hay un perro salchicha disfrazado con mallas adornadas con lentejuelas, que colabora en un acto de malabarismo. En cuanto hayas visto eso, lo habrás visto todo.

—¿Trabajas en algo? —preguntó mi madre, a quien las historias de perros salchicha malabaristas y melocotones de viña no parecían impresionar.

—Cada día —le dije, lo cual era cierto.

Entre aventura y salida, dedicaba al menos tres horas al día a trabajar con mi portátil. Violet me había enviado un guión tan trufado de notas que era prácticamente ilegible. «QUE NO CUNDA EL PÁNICO —había escrito con tinta azul espliego en la página del título—. Las notas púrpura son mías, las notas rojas son de un lector contratado por el estudio, las negras son del tipo que tal vez acabe dirigiendo la película, y casi todo lo que dice son chorradas, creo. Tómatelo con calma, ¡SÓLO SON SUGERENCIAS!» Me iba abriendo paso entre el bosque de notas garrapateadas al margen, tachones, flechas y agregados en papeles autoadhesivos.

—¿Cuándo vendrás a casa? —preguntó mi madre.

Me mordí el labio. Aún no lo sabía, y tenía que tomar una decisión... pronto. Mi trigésima semana se estaba acercando a la velocidad del rayo. Después, debería buscar un médico en Los Ángeles y dar a luz en la ciudad, o descubrir una forma de volver a casa que no fuera en avión.

—Infórmame de tus planes, por favor —dijo mi madre—. Me haría muy feliz trasladarte del aeropuerto a casa, y hasta echar un vistazo a mi nieto o nieta antes de su primer cumpleaños...

—Mamá...

—¡Sólo era una advertencia materna! —dijo, y colgó.

Me levanté y caminé hasta la arena. *Nifkin* trotaba detrás de mí, con la esperanza de que tendría que ir a buscar su pelota de tenis al agua.

Sabía que debía tomar una decisión pronto, pero todo marchaba tan bien que resultaba difícil pensar en otra cosa que no fuera el siguiente día soleado perfecto, la siguiente comida deliciosa, la siguiente expedición de compras, picnic o paseo por la playa bajo el cielo estrellado. Aparte del ocasional recuerdo de Bruce y nuestros tiempos felices juntos, y la incertidumbre de no saber qué sería de mi vida, el tiempo que pasaba en la casa de la playa me deparaba una felicidad sin límites.

—Deberías quedarte aquí —decía Maxi. Yo nunca contestaba que sí, pero tampoco que no. Intentaba llegar a una conclusión de la misma manera que en otro tiempo había investigado a mis novias, dando vueltas a las preguntas en mi cabeza. ¿Estaba hecha para esta vida? ¿Podía vivir de esta manera?

Lo pensaba de noche, cuando había terminado mi trabajo y la cena se estaba haciendo, y *Nifkin* y yo paseábamos por la orilla del agua. «¿Quedarme o marcharme?», preguntaba, a la espera de una respuesta, del perro, del bebé, del Dios que no me había dado instrucciones en noviembre. Pero no había respuesta, sólo las olas, y al final, la noche estrellada.

La mañana del tercer sábado de mi estancia en California, Maxi entró en el cuarto de invitados, descorrió las cortinas y llamó a *Nifkin* con un chasquido de dedos. El perro corrió a su lado, con las orejas bien tiesas, como si fuera el perro guardián más pequeño del mundo.

—¡Arriba todos! —gritó Maxi, mientras se balanceaba sobre sus pies—. ¡Vamos al gimnasio!

Me incorporé con un gran esfuerzo.

—¿El gimnasio? —pregunté.

Maxi iba vestida para la ocasión, con sus rizos pelirrojos recogidos en una cola de caballo, el maillot negro ceñido, calcetines blancos y zapatillas blancas relucientes.

—No te preocupes —dijo Maxi—. No será agotador. —Se sentó sobre mi cama y señaló un calendario de un sitio llamado Centro Educativo de la Luz Interior—. ¿Lo ves?

«Autorrealización, meditación y visualización», rezaba la descripción del curso.

—¿Seguidos de masturbación? —pregunté.

Maxi me miró airada.

—No te burles —dijo—. Esto funciona.

Fui a la cómoda y empecé a buscar un atuendo apropiado para la autorrealización. Supuse que les seguiría la corriente, y utilizaría la sesión de meditación para ver si podía pensar en un diálogo plausible entre Josie, la heroína de mi guión y su futuro ex novio. O bien contemplaría mi futuro, y lo que haría con él. La autorrealización y la visualización me sonaban como estupideces de la Nueva Era, pero al menos no iba a perder el tiempo.

El Centro Educativo de la Luz Interior era un edificio de madera blanca situado en lo alto de una colina. Tenía amplios ventanales y una superficie rodeada de hierba y macetas de balsaminas. Por suerte, no había aparcador.

—Te va a gustar mucho —dijo Maxi, mientras nos encaminábamos a la puerta.

Yo llevaba una camiseta extragrande de Maxi, que cada día se adecuaba más a mi talla, mallas, zapatillas de deporte y la obligatoria gorra de béisbol con visera, la única parte de su apariencia física a la que había podido adaptarme.

—En Filadelfia, un lugar como éste sería una hamburguesería —gruñí.

Entramos en una sala grande y ventilada, con espejos en las paredes, un piano en un rincón y olor a sudor, y más tenue, a incienso. Maxi y yo encontramos sitio en la parte posterior, y cuando Maxi fue a buscar colchonetas de espuma plegables, eché un vistazo a los congregados. Había un grupo de jovencitas con pinta de supermodelo en la primera fila, pero también algunas mujeres mayores (una con el pelo gris sin teñir), y un tío con una barba larga y abundante, y una camiseta que decía: «I Got the Crabs at Jimmy's Crab Shack [Conseguí los camarones en el chiringuito de Jimmy]». Muy diferente del Star Bar, pensé, contenta, cuando la monitora entró.

—Pongámonos en pie —dijo, y se inclinó para introducir un disco compacto en el reproductor.

Miré y parpadeé, porque delante de mí había una Mujer Rolliza..., con unas mallas azul eléctrico y un maillot negro ajustado, nada más y nada menos. Tendría unos diez años más que yo, muy bronceada, de cabello castaño que le caía hasta la mitad de la espalda, retirado de su cara ancha sin arrugas con una banda elástica que hacía juego con las mallas. Su cuerpo me recordó aquellas muñecas de la fertilidad que los arqueólogos rescataban de las ruinas: pechos caídos, caderas anchas, curvas inapelables. Llevaba lápiz de labios rosa y un diminuto clavo en la nariz, y parecía... a gusto. Segura de sí misma. Feliz. La miré, sin poder evitarlo, y me pregunté si alguna vez tendría yo ese aspecto de felicidad, si aprendería a ser feliz, y cuál sería mi apariencia con un clavo en la nariz.

—Soy Abigail —anunció. ¡Abigail! ¡Mi nombre femenino favorito para la niña! Tenía que ser una señal. De qué, no estaba segura, pero tenía que ser buena—. Y esto es autorrealización, meditación y visualización. Si os habéis equivocado de lugar, podéis marcharos. —Nadie lo hizo. Abigail sonrió y oprimió un botón del estéreo. Un sonido de flautas, acompañadas de un suave tamborileo, invadió la sala—. Vamos a empezar con algunos estiramientos y respiraciones profundas, y después haremos lo que se llama meditación guiada. Os sentaréis en la postura que os resulte más cómoda, cerraréis los ojos, y yo os guiaré mientras imagináis situaciones diferentes, posibilidades diferentes. ¿Empezamos?

Maxi me sonrió. Yo le devolví la sonrisa.

—¿Preparada? —susurró, y yo asentí, y antes de darme cuenta estaba sentada con las piernas cruzadas sobre una colchoneta, con los ojos cerrados, arrullada por el sonido de las flautas y los tambores.

—Imaginad un lugar seguro —empezó Abigail. Hablaba en voz baja y relajante—. No intentéis elegirlo. Cerrad los ojos, a ver qué aparece.

Pensé que vería la terraza de Maxi, o quizá su cocina, pero lo que vi, en tanto Abigail repetía «lugar seguro», fue mi cama..., mi cama de casa. La colcha azul, las almohadas de alegres colores, *Nifkin* tumbado sobre ellas como un adorno peludo, parpadeando mientras me miraba.

A juzgar por la inclinación de la luz que penetraba a través de las persianas, estaba anocheciendo, la hora en que volvía a casa del trabajo. Hora de pasear al perro, hora de llamar a Samantha para saber cuándo quería ir al gimnasio, hora de echar un vistazo a mi correo, colgar mi ropa y descansar... Y de repente, me embargó tal morriña, tal anhelo de mi ciudad, mi apartamento, mi cama, que me sentí débil.

Me puse en pie con un gran esfuerzo. Por mi cabeza no paraban de desfilar imágenes de la ciudad: la cafetería de la esquina, donde Samantha y yo compartíamos capuchinos con hielo, confidencias e historias de terror sobre hombres... La Reading Terminal por la mañana, invadida por el perfume de flores recién cortadas y bollos de canela... Independence Mall, camino de casa después de dejar la oficina, los jardines verdes abarrotados de turistas que se esforzaban por ver la Campana de la Libertad, los cornejos llenos de frutos color rojo oscuro... Penn's Landing los sábados, con *Nifkin* tirando de la correa, intentando perseguir a las gaviotas que volaban a escasa distancia del agua. Mi calle, mi apartamento, mis amigos, mi trabajo...

—Mi casa —susurré, al bebé, a mí. Susurré «lavabo» a Maxi y salí.

Me paré bajo el sol y respiré hondo. Un momento después, sentí una palmada en el hombro. Vi a Abigail con un vaso de agua en la mano.

—¿Te encuentras bien?

Asentí.

—Estaba empezando a sentir..., bien, añoranza de mi casa, supongo —expliqué.

Abigail asintió con aire pensativo.

—Tu casa —dijo, y yo asentí a mi vez—. Bien, eso es bueno. Si tu casa es un lugar seguro, es algo maravilloso.

—¿Cómo te...?

No encontré las palabras. ¿Cómo encuentras la felicidad en un cuerpo como el tuyo..., como el mío? ¿Cómo encuentras la valentía de seguir adelante, si crees que no encajas en este mundo?

Abigail sonrió.

—Maduré —dijo, en respuesta a la pregunta no verbalizada—. Aprendí cosas. Tú también lo harás.

—¿Cannie?

Maxi me estaba mirando bajo la luz del sol, preocupada. La saludé con la mano. Abigail asintió.

—Buena suerte —dijo, y volvió al interior, meneando las caderas, con los pechos bamboleantes, orgullosa y sin vergüenza. La seguí con la mirada, con el deseo de poder susurrar «modelo que imitar» al bebé.

—¿Qué ha pasado? —preguntó Maxi—. ¿Te encuentras bien? Como no volvías supuse que estabas dando a luz en un puesto ambulante o algo por el estilo...

—No. Todavía no. Estoy bien.

Volvimos a casa, mientras Maxi explicaba que se había imaginado ganando un Oscar, circunstancia que aprovechaba para denunciar con gusto, elegancia y énfasis a cada uno de sus ex novios desde el escenario.

—¡Casi me puse a reír cuando visualicé la cara de Kevin! —graznó, y me miró en el siguiente semáforo en rojo—. ¿Tú qué viste, Cannie?

No quería contestarle... No quería herir sus sentimientos, diciendo que, en mi opinión, mi felicidad se hallaba a unos cuatro mil quinientos kilómetros de distancia de la casa de la playa y la costa de California, y de la propia Maxi.

—La casa —dije en voz baja.

—Bien, pronto llegaremos —contestó Maxi.

—Can-nie —aulló Samantha por teléfono a la mañana siguiente, en un tono indigno de una abogada—. ¡Esto es ridículo! Insisto en que regreses. Están pasando cosas. Rompí con mi profesor de yoga y ni siquiera estabas aquí para escucharme...

—Cuéntame —la animé, reprimiendo una punzada de culpabilidad.

—Da igual —dijo Samantha, como sin darle importancia—. Estoy segura de que mis padecimientos no son tan interesantes como tus amigas del cine y sus rupturas...

—Ya sabes que eso no es verdad, Sam. Eres mi mejor amiga, y quiero saberlo todo acerca de ese malvado profesor...

—Da igual —repitió Sam—. Preferiría hablar de ti. ¿Cómo va todo? ¿Te has tomado vacaciones permanentes? ¿Vas a quedarte ahí para siempre?

—Para siempre, no. Es que... no estoy muy segura de lo que voy a hacer.

Y en aquel momento, no tenía el menor deseo de hablar de ello.

—Te echo de menos —dijo Sam en tono plañidero—. Hasta echo de menos al chiflado de tu perro.

—Algún día volveré —dije. Era lo único de lo que estaba segura.

—De acuerdo, cambio de tema —dijo Samantha—. Adivina quién me ha llamado. El médico con el que nos topamos en Kelly Drive.

—¡El doctor K.! —exclamé, y experimenté una súbita oleada de felicidad al oír su nombre, junto con una punzada de culpa por no haberle llamado desde el día en que había firmado el contrato con Violet—. ¿Cómo ha conseguido tu número?

La voz de Samantha adquirió un timbre gélido.

—Es evidente —dijo— que, pese a mi petición explícita, me apuntaste como tu contacto de emergencia cuando le llenaste algún formulario.

Era un punto delicado. Siempre apuntaba a Samantha como contacto de emergencia cuando salía de excursión en bicicleta. A Samantha no le hacía mucha gracia.

—La verdad, Cannie, ¿por qué no das el teléfono de tu madre? —preguntó, y reiteró la queja que había formulado muchas veces anteriormente.

—Porque me preocupa que Tanya conteste al teléfono y mande sepultar mi cadáver en el mar.

—En cualquier caso, llamó porque quería saber cómo iba todo, y por si yo tenía tu dirección. Creo que quiere enviarte algo.

—¡Fantástico! —dije, y me pregunté qué sería.

—¿Cuándo vuelves?

—Pronto —contesté.

—¿Prometido?

Apoyé las manos sobre el estómago.

—Prometido —dije, a las dos.

A la tarde siguiente, el buzón contenía una caja de Mailboxes & More, de Walnut Street, Filadelfia.

La llevé a la terraza y la abrí. Lo primero que vi fue una postal con la foto de un perrito de ojos abiertos de par en par y aspecto angustiado, muy parecido a *Nifkin*. Le di la vuelta. «Querida Cannie —empezaba—, Samantha me dice que estarás una temporada en Los Ángeles, y pensé que tal vez te apetecería leer algo (por ahí leen, ¿verdad?). Te adjunto tus libros y algunas cosas que te recuerden tu casa. Llámame cuando quieras saludarme.» Estaba firmada «Peter Krushelevansky (de la Universidad de Filadelfia)». Bajo la firma había una posdata: «Samantha me ha dicho que *Nifkin* también ha ido a la Costa Oeste, así que le envío algo de paso».

Dentro de la caja encontré una postal de la Campana de la Libertad, y una de Independence Hall. Había una caja de lata con *pretzels* cubiertos de chocolate negro, de Reading Terminal, y una sola Tastykake, algo chafada. En el fondo de la caja mis dedos encontraron algo redondo y pesado, envuelto en capas y capas del *Philadelphia Examiner* («Cotilleando con Gabby», observé, estaba dedicado a la última película para televisión de Angela Lansbury). Dentro encontré un cuenco de comida para perros de cerámica. La letra *N* estaba grabada en el interior, pintada de un rojo brillante con bordes amarillos. En la parte exterior había pintados varios retratos de *Nifkin*, todos muy precisos y certeros. *Nifkin* corriendo, *Nifkin* sentado, *Nifkin* en el suelo mordisqueando un hueso de cuero. Me reí, muy complacida.

—¡*Nifkin*! —dije, y *Nifkin* ladró y vino corriendo.

Dejé el cuenco en el suelo para que *Nifkin* lo olfateara. Después llamé al doctor K.

—¡Suzie Lightning! —dijo a guisa de saludo.

—¿Quién? ¿Eh?

—Es una canción de Warren Zevon —dijo.

—Ah —dije.

La única canción de Warren Zevon que conocía era una que iba de abogados, pistolas y dinero.

—Es sobre una chica que... viaja mucho —explicó.

—Suena interesante —dije, y tomé nota mental de buscar la letra—. Te llamo para agradecerte tus regalos. Son maravillosos.

—De nada. Me alegro de que te gustaran.

—¿Pintaste a *Nifkin* de memoria? Es asombroso. Tendrías que haber sido artista.

—Soy un simple aficionado —admitió, y sonó como el Doctor Maldad en el que se desdobla Austin Powers. Me partí de risa—. De hecho, tu amiga Samantha me prestó unas cuantas fotografías, pero no las utilicé mucho. Tu perro tiene un aspecto muy especial.

—Eres demasiado amable —dije de todo corazón.

—Han abierto un taller de pintura infantil en la esquina del campus —explicó—. Lo hice allí. Era la fiesta del quinto cumpleaños de un crío, de modo que había ocho niños de cinco años pintando tazones de café, más un servidor.

Sonreí cuando me lo imaginé: el doctor K., alto y con su voz profunda, plegado en una silla, pintando a *Nifkin* mientras los niños le miraban boquiabiertos.

—¿Cómo va todo por ahí?

Le ofrecí una versión condensada: las compras con Maxi, los platos que cocinaba, el mercadillo de productos naturales que había descubierto. Describí la casita de la playa. Le dije que California se me antojaba maravillosa e irreal a la vez. Le dije que paseaba cada mañana, trabajaba cada día, y que *Nifkin* había aprendido a atrapar pelotas de tenis en medio de las olas.

El doctor K. emitió ruidos que transmitían interés, hizo las preguntas pertinentes y atacó la más importante.

—¿Cuándo volverás?

—No estoy segura —dije—. Tengo permiso sin sueldo, y aún hay que arreglar algunas cosas del guión.

—Así que... ¿darás a luz ahí?

—No lo sé —dije poco a poco—. No creo.

—Bien —fue todo cuanto dijo—. Deberíamos desayunar otra vez cuando vuelvas.

—Claro —contesté, con una repentina añoranza del Morning Glory de Sam. No había un sitio semejante aquí—. Sería fantástico. —Oí el coche de Maxi en el garaje—. Oye, he de irme...

—Ningún problema. Llama cuando quieras.

Colgué el teléfono, sonriente. Me pregunté cuántos años tendría en realidad. Me pregunté si me consideraba algo más que una paciente, algo más que una de las chicas gordas que entraban y salían arrastrando los pies de su consulta, cada una con su mal rollo a cuestas. Y decidí que me gustaría volver a verle.

A la mañana siguiente, Maxi propuso otra excursión.

—Todavía me cuesta creer que tengas un cirujano plástico —gruñí, mientras subía al coche, pensando que únicamente en esta ciudad, en este preciso momento de la historia, una actriz de veintisiete años y facciones perfectas tendría a mano un cirujano plástico.

—Un mal necesario —dijo Maxi, mientras adelantaba a varios vehículos de menos potencia y se metía en el carril más rápido.

La sede del cirujano era una sinfonía en gris y malva, con suelos de mármol, paredes lustrosas y recepcionistas todavía más lustrosas. Maxi se quitó sus gafas de sol gigantescas y habló en voz baja con la mujer que había detrás del mesón de recepción, mientras yo paseaba y examinaba las fotos tamaño cartel de los médicos colgadas en la pared, y me pregunté cuál de ellos tendría el placer de aumentar los labios de Maxi y borrar las arrugas invisibles de los ojos. El doctor Fisher era un Ken[17] rubio. La doctora Rhodes era una morenaza de cejas arqueadas que parecía de mi edad, pero tal vez no lo fuera. El doctor Tasker era el jovial Papá Noel del grupo, salvo por las mejillas regordetas y la doble papada. Y el doctor Shapiro...

Me quedé petrificada, contemplando la foto de mi padre. Estaba más delgado, y se había afeitado la barba, pero no cabía duda de que era él.

Maxi se acercó, y sus tacones repiquetearon en el suelo. Cuando vio la expresión de mi cara, agarró mi codo y me guió hasta una silla.

—¿Qué pasa, Cannie? ¿Es el bebé?

Volví hacia la pared con piernas que parecían pedazos de madera fosilizada, y señalé.

—Ése es mi padre.

17. El novio de la muñeca Barbie. *(N. del T.)*

Maxi contempló la foto, y luego me miró.

—¿No sabías que estaba aquí? —preguntó.

Negué con la cabeza.

—¿Qué deberíamos hacer?

Indiqué la puerta con un cabeceo y empecé a caminar con la mayor rapidez posible.

—Irnos.

—De modo que así ha terminado —dije. Maxi, *Nifkin* y yo estábamos en la terraza, bebiendo té de frambuesa helado—. Liposucción en Los Ángeles. Parece el principio de un chiste malo, ¿verdad?

Maxi desvió la vista. Sentí pena por ella. Nunca me había visto tan disgustada, y no tenía ni idea de cómo ayudarme. Yo no sabía qué decirle.

—Sigue sentada —dije, al tiempo que me levantaba—. Voy a dar una vuelta.

Paseé junto al agua, dejé atrás a las patinadoras en biquini, los partidos de voleibol, los niños gritones. Dejé atrás a los vendedores sobre zancos, los puestos de anillado corporal, los vendedores de calcetines a diez dólares los cuatro pares, los adolescentes con peinado rastafari que tocaban la guitarra sentados en los bancos del parque, y los sin techo envueltos en capas y capas de ropa, espatarrados como cadáveres debajo de las palmeras.

Mientras caminaba, intenté organizar mis pensamientos, como cuadros en una galería, enmarcados y colgados de una pared.

Imaginé mi familia tal como había sido en otro tiempo: los cinco en el jardín durante la celebración de Rosh Hashanah, el Año Nuevo judío, posando con nuestras mejores prendas. Mi padre con la barba recién cortada y las manos sobre mi hombro. Yo con el pelo echado hacia atrás mediante pasadores, los pechos incipientes tensando el jersey, los dos sonrientes.

Nos imaginé cinco años después: mi padre, desaparecido. Yo, gorda, malhumorada y asustada. Mi madre, histérica. Mi hermano, desdichado. Y Lucy con su *mohawk*, sus anillados corporales y los tíos que la llamaban a altas horas de la madrugada.

Más imágenes: mi graduación universitaria. Mi madre y Tanya, abrazadas, en su partido del campeonato de liga de softball. Josh, un metro ochenta de estatura, alto y solemne, cortando el pavo el Día de Acción de Gracias. Años de vacaciones, los cuatro distribuidos alrededor de la mesa del comedor, mi madre en la cabecera y mi hermano frente a ella, diversos novios y novias que hacían acto de presencia y desaparecían, todos intentando aparentar que no faltaba nada.

Avancé en el tiempo. Orgullosa delante de mi primer apartamento, sujetando una copia de mi primer artículo periodístico, señalando el titular: «Aplazado el debate sobre los presupuestos». Yo y mi primer novio. Yo y el novio de la universidad. Yo y Bruce en el mar, riendo a la cámara, con los ojos entornados a causa del sol. Bruce en el concierto de Grateful Dead, con un pie extendido como a punto de lanzar una patada, una cerveza en la mano y el cabello suelto sobre los hombros. Después me obligué a retroceder y seguí adelante.

Dejé que el mar acariciara mis pies y sentí... nada. O quizás era el final del amor lo que sentía, el lugar frío y vacío que queda en tu interior cuando desaparecen el calor, el dolor y la pasión, el beso de la arena mojada cuando las olas se retiran.

De acuerdo, pensé. Has llegado. Has Triunfado. Y continúas adelante porque las cosas son así. Es la única manera de funcionar. Continúas avanzando hasta que deja de doler, o hasta que encuentras cosas que todavía duelen más. Así es la condición humana, todos arrastrándonos hacia adelante cargados con nuestras miserias privadas, porque así son las cosas. Porque, imagino, Dios no nos dio otra alternativa. Maduras, recuerdo que me dijo Abigail. Aprendes.

Maxi seguía sentada en la terraza, esperando.

—Hemos de ir de compras —dije.

Se puso en pie al instante.

—¿Adónde? —preguntó—. ¿Para qué?

Me reí, y oí las lágrimas dentro de la carcajada, y me pregunté si ella también las habría percibido.

—He de comprarme un anillo de boda.

17

La recepcionista de la consulta de mi padre no pareció preocupada por la larga pausa que hice antes de explicar por qué llamaba.

Tenía una cicatriz, expliqué por fin, y quería que el doctor Shapiro le echara un vistazo. Di el número del móvil de Maxi, y Lois Lane —la novia de Supermán— como nombre, cosa que no despertó la curiosidad de la recepcionista. Me citó a las diez de la mañana del viernes, y me advirtió de que el tráfico podía ser brutal.

El viernes por la mañana me puse en acción a una hora muy temprana. Llevaba el pelo recién cortado (cortesía de Garth, aunque no habían pasado seis semanas, sino sólo cuatro), y en la mano derecha no exhibía el sencillo anillo de oro que había imaginado, sino un diamante de una enormidad tan impresionante, de un tamaño tan improbable, que apenas era capaz de mantener los ojos clavados en la carretera.

Maxi lo había traído del plató, tras prometer que nadie lo echaría de menos, y era el elemento perfecto para anunciar a mi padre en particular, y al mundo en general, que había triunfado.

—Deja que te haga una pregunta —empezó aquella mañana, mientras desayunábamos gofres y té de melocotón y jengibre—. ¿Por qué quieres que tu padre crea que estás casada?

Me levanté y descorrí las cortinas. Miré el agua.

—La verdad es que no lo sé. Ni siquiera sé si llevaré el anillo cuando vaya a verle.

—Lo habrás reflexionado a fondo —dijo Maxi—. Tú lo reflexionas todo.

Miré los anillos de mis dedos.

—Supongo que es porque dijo que nadie me querría nunca, que nadie me desearía. Tengo la sensación de que si voy a verle, embarazada y sin estar casada..., será como darle la razón.

Maxi me miró como si fuera la cosa más triste que hubiera oído en su vida.

—Pero tú sabes que eso no es cierto, ¿verdad? Sabes que mucha gente te quiere.

Respiré hondo.

—Oh, claro —dije—. Es que... con este... cuesta ser razonable. —La miré—. Cosas de la familia, ¿sabes? ¿Quién es razonable con los asuntos familiares? Sólo... quiero saber por qué hizo lo que hizo. Al menos, quiero hacerle la pregunta.

—Tal vez carezca de respuestas —dijo Maxi—. Y si las tiene, quizá no sean las que deseas oír.

—Quiero oír algo —dije con voz trémula—. Me siento como... Sólo se tiene un padre y una madre, y mi madre es... —Hice un ademán vago que indicaba el lesbianismo y una compañera de la vida impresentable. Mi dedo centelleó a la luz del sol—. Creo que debo intentarlo.

La enfermera que me condujo al cubículo tenía unos pechos tan simétricos y redondos como las dos mitades iguales de un melón cantalupo. Me tendió un esponjoso albornoz y una tablilla llena de formularios que debía rellenar.

—El doctor vendrá enseguida —dijo, mientras encendía una luz potente para iluminar mi cara, donde me había inventado una cicatriz—. Ajá —dijo, al tiempo que examinaba la cicatriz—. No parece gran cosa.

—Pero es profunda —dije—. Se ve en las fotos.

Asintió como si fuera de lo más lógico y salió de la habitación.

Me senté en una butaca beis, inventé mentiras para rellenar el formulario y lamenté no tener una cicatriz de verdad, una marca que pudiera enseñar al mundo, y a él, símbolo de lo que había padecido, de que había sobrevivido. Veinte minutos después, alguien llamó a la puerta con decisión, y mi padre entró.

—¿Qué la trae por aquí, señorita Lane? —preguntó, con los ojos clavados en la tablilla.

Yo no dije nada. Al cabo de un momento, levantó la vista. Una expresión irritada apareció en su cara, como diciendo «no me hagas perder el tiempo», una expresión que reconocí de mi infancia. Me miró durante un minuto, sin que su rostro transparentara otra cosa que fastidio. Entonces cayó en la cuenta.

—¿Cannie?

Asentí.

—Hola —le dije.

—Dios mío, ¿qué...? —Mi padre, un hombre que tenía un insulto para cada ocasión, se había quedado por una vez sin habla, gracias a Dios—. ¿Qué haces aquí?

—Concerté una cita.

Se encogió, se quitó las gafas y se pellizcó el puente de la nariz, otra pose que recordaba bien. Por lo general presagiaba un estallido de ira, o algo por el estilo.

—Desapareciste como por arte de magia —dije. Empezó a negar con la cabeza y a abrir la boca, pero no iba a permitir que hablara sin haber soltado antes mi discurso—. Ninguno de nosotros sabía dónde estabas. ¿Cómo pudiste hacer eso? ¿Cómo pudiste dejarnos plantados así? —No dijo nada. Se limitó a mirarme, como si fuera transparente, como si fuera una paciente histérica, gritando que sus muslos seguían rollizos o que el pezón izquierdo estaba más alto que el derecho—. ¿Es que no te importamos nada? ¿No tienes corazón? ¿O es una estupidez preguntar eso a alguien que se gana la vida succionando celulitis de los muslos?

Mi padre me traspasó con la mirada.

—No es necesario que te des aires de superioridad.

—No, lo que necesitaba era un padre —dije. No me había dado cuenta de lo furiosa que estaba con él hasta que lo vi, con su inmaculada bata blanca de médico, las uñas manicuradas, su bronceado y el pesado reloj de oro.

Suspiró, como si la conversación lo aburriera. Como si yo también lo aburriera.

—¿Para qué has venido?

—No he venido a buscarte, si es eso lo que preguntas. Una amiga mía tenía una cita, y la he acompañado. Vi tu foto. No ha sido muy inteligente por tu parte, ¿verdad? Para alguien que intenta esconderse.

—No intento esconderme —dijo, airado—. Eso son estupideces. ¿Te lo dijo tu madre?

—Entonces, ¿por qué ninguno de nosotros sabía dónde estabas?

—Tampoco os habría importado —murmuró, levantando la tablilla con la que había entrado.

Me quedé tan estupefacta, que no pude hablar hasta que apoyó la mano en el pomo de la puerta.

—¿Estás loco? Claro que nos habría importado... Eres nuestro padre...

Se volvió a calar las gafas. Vi sus ojos detrás de los cristales, de un castaño acuoso.

—Y ahora, todos sois personas maduras.

—¿Crees que porque somos mayores nos importa un pito lo que hiciste? ¿Crees que necesitar a los padres es algo que desechas en la madurez, como una manta de actividades o una trona?

Se irguió en toda su estatura, un metro setenta y cinco, y se arropó en la capa de autoridad que le confería su condición de médico, de una forma tan palpable como si se hubiera puesto un abrigo de invierno.

—Creo —dijo, pronunciando lenta y claramente las palabras— que montones de personas se sienten decepcionadas por la forma en que han evolucionado sus vidas.

—¿Eso es lo que quieres ser para nosotros? ¿Una decepción?

Suspiró.

—No puedo ayudarte, Cannie. No sé lo que quieres, pero te diré una cosa: no tengo nada que daros. A ninguno de vosotros.

—No queremos tu dinero...

Me miró casi con ternura.

—No estoy hablando de dinero.

—¿Por qué? —pregunté. Mi voz se quebró—. ¿De qué sirve tener hijos, si luego los abandonas? Eso es lo que no comprendo. ¿Qué hicimos...? —Tragué saliva—. ¿Qué atrocidad cometimos para que no quisieras volver a vernos?

Aun antes de terminar la frase, supe que era ridícula. Sabía que ningún hijo podía ser tan malo, tan decepcionante, tan feo, para provocar que un padre se marchara. Sabía que no era culpa nuestra. Podía deshacerme del peso, podía ser libre.

Sólo que saber algo en tu cabeza no es lo mismo que sentirlo en el corazón. En aquel momento, supe que Maxi tenía razón. Las respuestas, excusas o razonamientos de mi padre no me satisfarían. Nunca serían suficientes.

Lo miré. Esperé a que me preguntara algo, qué había sido de mí. Dónde vivía, qué hacía, con quién había decidido compartir la vida. En cambio, volvió a mirarme, meneó la cabeza y se volvió hacia la puerta.

—¡Eh! —dije.

Se volvió para mirarme, y sentí un nudo en la garganta. ¿Qué quería decirle? Nada. Quería que él me preguntara cosas: cómo estás, quién eres, qué ha sido de ti, en quién te has convertido. Yo sostuve su mirada, pero él no dijo nada. Simplemente, se marchó.

No pude evitarlo. Extendí la mano hacia él, en busca de alguna señal, algo, mientras salía por la puerta. Las yemas de mis dedos rozaron la bata blanca. No dejó de andar en ningún momento. No disminuyó el paso.

Cuando regresé, guardé los anillos en su estuche de terciopelo. Me quité el maquillaje de la cara y el gel de mi pelo. Después llamé a Samantha.

—No te lo vas a creer —empecé.

—No me extrañaría —dijo—. Cuenta.

Lo hice.

—No me hizo ni una sola pregunta —concluí—. No quiso saber qué estaba haciendo allí, ni cómo me iba la vida. Creo que ni siquiera se fijó en que estaba embarazada. No le importó.

Samantha suspiró.

—Es espantoso. No puedo ni imaginar cómo te sientes.

—Me siento... —Miré el agua, y luego el cielo—. Me siento preparada para volver a casa.

Maxi asintió cuando se lo dije, entristecida, pero no me pidió que prolongara mi estancia.

—¿Has acabado el guión? —preguntó.

—Hace unos cuantos días —contesté.

Inspeccionó la cama, donde yo había esparcido mis cosas: la ropa, los libros, el osito de peluche que había comprado una tarde para el bebé en Santa Mónica.

—Ojalá hubiéramos podido hacer algo más —dijo con un suspiro.

—Hemos hecho cantidad de cosas —contesté, y ella me abrazó—. Hablaremos..., y nos «emiliaremos»..., y vendrás a verme cuando nazca el niño...

Los ojos de Maxi se iluminaron.

—Tía Maxi —anunció—. Tendrás que convencerle de que me llame tía Maxi. ¡Voy a malcriarlo a conciencia!

Sonreí para mí, cuando imaginé a Maxi tratando al pequeño Max o a la pequeña Abby como a un *Nifkin* de dos patas, vistiendo al niño con ropas que hicieran juego con las de ella.

—Vas a ser una tía fabulosa.

Insistió en acompañarme en coche al aeropuerto, me ayudó a facturar el equipaje, y esperó conmigo en la puerta, aunque todo el mundo, desde las azafatas hacia abajo, la miraban como si fuera el espécimen más raro del zoo.

—Esto acabará en *Inside Edition* —le advertí, riendo y llorando al mismo tiempo mientras nos abrazábamos por enésima vez. Maxi me besó en la mejilla, después se agachó y saludó a mi estómago.

—¿Tienes el billete? —me preguntó.

Asentí.

—¿Tienes suelto para caprichitos?

—Oh, sí —sonreí, a sabiendas de que era cierto.

—Bien, en ese caso, ya puedes irte.

Asentí, sorbí por la nariz y la abracé con fuerza.

—Eres una amiga maravillosa —le dije—. Eres la mejor.

—Cuídate —contestó—. Buen viaje. Llámame en cuanto llegues.

Asentí, sin decir nada, porque no confiaba en mi voz, di media vuelta, en dirección al pasillo, el avión y mi casa.

Esta vez, la sección de primera clase estaba más abarrotada que en el viaje de ida. Un tío más o menos de mi edad y del mismo peso, de cabello rubio rizado y ojos de un azul brillante, se sentó a mi lado, mientras yo me esforzaba en abrocharme el cinturón de seguridad (esta vez mucho más tenso). Nos saludamos con un cabeceo. Después, extrajo un fajo de documentos legales, de aspecto importante, con «Confidencial» estampado en todos ellos, y yo saqué mi *Entertainment Weekly*. Miró de soslayo mi lectura y suspiró.

—¿Celoso? —pregunté. Sonrió, asintió y sacó un rollo de caramelos del bolsillo.

—¿Te apetece un Mento? —preguntó.

—¿De veras son tan buenos? —pregunté, y cogí uno.

El hombre miró el rollo, me miró y se encogió de hombros.

—Es una buena pregunta —dijo.

Me recliné en el asiento. No estaba mal, medité, y debía tener un buen trabajo, o al menos eso insinuaba la documentación. Eso era lo que necesitaba: un tipo normal con un buen trabajo, un tipo que viviera en Filadelfia, leyera libros y me adorara. Eché otra mirada al señor Mento y sopesé la idea de darle mi tarjeta..., y entonces oí la voz de mi madre, y la voz de Samantha, las dos convergiendo en mi cabeza al mismo tiempo en un único grito desesperado: *¿Estás loca?*

Tal vez en otra vida, decidí, mientras me subía la manta hasta la barbilla. Claro que ésa saldría perfecta. Tal vez mi padre no volvería a ser mi padre, tal vez mi madre seguiría unida eternamente a Tanya, la Horrible Lesbiana. Tal vez mi hermana siempre sería inestable, y tal vez mi hermano no aprendería nunca a sonreír. Pero aún podría encontrar cosas buenas en el mundo. Y algún día, me dije, antes de caer dormida, quizás encontraría otra persona a la que amar.

—Amor —susurré al bebé. Y entonces, cerré los ojos.

Si deseas algo con todas tus fuerzas, nos enseñan los cuentos de hadas, al final lo obtienes. Pero pocas veces tal como lo habías imaginado, y los finales no siempre son felices. Durante meses, había deseado a Bruce, soñado con Bruce, conjurado el recuerdo de su rostro delante de mí mientras me dormía, incluso cuando no lo intentaba. Al final, era casi como si hubiera deseado que cobrara forma, y al soñar con él tan a menudo y con tanta intensidad, no tuvo otro remedio que materializarse ante mí.

Sucedió tal como Samantha había predicho.

«Volverás a verle —me había dicho aquella mañana, varios meses antes, cuando le conté que estaba embarazada—. He visto suficientes culebrones para garantizártelo.»

Bajé del avión, bostecé para destaparme los oídos, y allí, en la zona de espera que había delante de mí, bajo un letrero que indicaba «Tampa/St. Pete's», estaba Bruce. Noté que mi corazón aleteaba, pensando que había venido a buscarme, hasta que le vi acompañado de una chica que yo nunca había visto. Bajita, pálida, con melena de paje. Tejanos claros, camisa Oxford amarillo pálido. Vulgar, ropa vulgar, facciones vulgares y cuerpo vulgar. Nada destacable, salvo sus cejas hirsutas. Mi sustituta, supuse.

Me quedé petrificada, paralizada por la horrible coincidencia, la indignante desgracia. Pero si tenía que ocurrir, sería en este lugar, el gigantesco y despiadado Aeropuerto Internacional de Newark, donde viajeros procedentes de Nueva York, Nueva Jersey y Filadelfia coincidían en busca de vuelos transatlánticos o vuelos interiores baratos.

Durante unos cinco segundos permanecí como anestesiada, y recé para que no me vieran. Intenté deslizarme pegada al borde de la sala, con la idea de que podría llegar a la escalera mecánica, coger mis bolsas y escapar. Pero en aquel momento, los ojos de Bruce se encontraron con los míos, y comprendí que era demasiado tarde.

Se inclinó, susurró algo a la chica, que volvió la cabeza antes de que pudiera verla bien. Después, Bruce cruzó la explanada en dirección a mí, con una camiseta roja contra la que me había refrotado un centenar de veces y unos pantalones cortos azules que recordaba haberle visto ponerse, o quitarse, con la misma frecuencia. Envié una veloz oración de gracias por el corte de pelo de Garth, por mi bronceado, por mis pendientes de diamantes, y experimenté una punzada de desdicha por no llevar el anillo de diamantes. Sabía que todo era superficial, pero confié en tener buen aspecto. Tan bueno como podía exhibir una embarazada de siete meses y medio después de un vuelo de seis horas.

Y entonces, Bruce se plantó delante de mí, pálido y solemne.

—Eh, Cannie —dijo. Sus ojos se posaron en mi estómago como atraídos por un imán—. Así que...

—Exacto —repliqué con frialdad—. Estoy embarazada.

Me erguí en toda mi estatura y sujeté con fuerza la jaula de *Nifkin*. *Nifkin*, por supuesto, había olido a Bruce, y trataba de salir para saludarle. Oí que su cola rebotaba contra las paredes mientras lloriqueaba.

Bruce alzó los ojos hacia el tablón informativo digital situado sobre la puerta que yo acababa de cruzar.

—¿Vienes de Los Ángeles? —preguntó, demostrando que leía tan bien como antes de separarnos.

Asentí de nuevo, y esperé que no se fijara en mis rodillas temblequeantes.

—¿Qué haces aquí? —pregunté.

—Vacaciones —contestó—. Nos vamos a pasar el fin de semana a Florida.

Nos, pensé con amargura, y le miré. No había cambiado. Tal vez un poco más delgado, con las mismas hebras grises en su coleta, pero el mismo Bruce de siempre, el mismo olor, la misma sonrisa, las zapatillas de baloncesto con los cordones atados a medias.

—Bien por ti —dije.

Bruce no mordió el anzuelo.

—¿Has ido a Los Ángeles por trabajo?

—Tenía algunas reuniones en la costa —dije. Siempre había deseado decir eso a alguien.

—¿El *Examiner* te envió a California?

—No. Eran reuniones sobre mi guión.

—¿Vendiste tu guión? —Parecía contento de verdad—. ¡Eso es fantástico, Cannie!

No dije nada, sino que me limité a fulminarle con la mirada. De todo lo que necesitaba de él (amor, apoyo, dinero, el simple reconocimiento de mi existencia, de que nuestro hijo existía, y de que a él le importaba), sus felicitaciones eran lo último.

—Yo... lo siento —articuló por fin.

Me enfurecí al instante. Será impresentable, pensé, aparecer en el aeropuerto para llevarse de vacaciones a la señorita Paje, tartamudear sus patéticas disculpas, como si pudieran borrar los meses de silencio, las preocupaciones que me habían asaltado, la angustia de echarle de menos y calcular cómo iba a mantener a un hijo sin ayuda. Y también estaba furiosa por su autosuficiencia. Le importábamos una higa, el niño y yo. Nunca había llamado, nunca había preguntado, nunca se había preocupado. Nos había abandonado, a los dos. ¿A quién me recordaba esto?

Supe en aquel momento que no estaba furiosa con él, sino con mi padre, por supuesto, el Abandonador Original, el autor de todas mis inseguridades y miedos. Pero mi padre se hallaba a cuatro mil quinientos kilómetros de distancia, dándome la espalda para siempre. De haber sido capaz de retroceder un paso y mirarle con detenimiento, habría visto que Bruce era un tío como tantos otros, incluida la hierba, la coleta y la vida perezosa, incluida la tesina que nunca terminaría, la librería que nunca había construido, la bañera que nunca había limpiado. Los tíos como Bruce abundaban tanto como los calcetines de algodón blancos que se vendían en paquetes de seis en el Wal-Mart, aunque no tan limpios, y me bastaría con aparecer en un concierto de Phish y sonreír para adquirir otro.

Pero Bruce, al contrario que mi padre, estaba delante de mí..., y distaba mucho de ser inocente. Al fin y al cabo, él también me había abandonado, ¿no?

Dejé a *Nifkin* en el suelo y me volví hacia Bruce, y sentí que todos los años de furia se concentraban en mi pecho y ascendían hasta la garganta.

—¿Que lo *sientes*? —escupí.

Retrocedió un paso.

—Lo siento —dijo, con una voz tan triste como si lo estuvieran destripando—. Sé que tendría que haberte llamado, pero... Es que...

Entorné los ojos. Dejó caer las manos.

—Era demasiado —susurró—. Con la muerte de mi padre y toda la pesca.

Puse los ojos en blanco para explicar lo que opinaba de su excusa, y para dejar claro que él y yo no íbamos a intercambiar tiernos recuerdos de Bernard Guberman, o de lo que fuera, en mucho tiempo.

—Sé que eres fuerte —dijo—. Sabía que te lo montarías bien.

—Bueno, por fuerza, ¿verdad, Bruce? No me dejaste muchas alternativas.

—Lo siento —repitió Bruce, cada vez más desdichado—. Espero que... seas feliz.

—Noto los buenos deseos que irradian de ti —repliqué—. Ah, espera. Me he equivocado. Es efecto de la hierba.

Tuve la sensación de que una parte de mí se había separado de mi cuerpo, flotaba hasta el cielo y contemplaba el desarrollo de la escena, aterrorizada... y muy triste. *Cannie, oh, Cannie*, murmuró una vocecilla, *no es esta persona la que despierta tu furia.*

—¿Sabes una cosa? —le pregunté—. Siento lo de tu padre. Era un hombre. Tú no eres más que un chico de pies grandes y vello facial. Nunca serás nada más que eso. Nunca serás más que un escritor de tercera fila en una revista de segunda división, y que Dios te ayude cuando no puedas vender más recuerdos de nuestra relación.

La novieta se materializó a su lado y le cogió la mano. Yo seguí hablando.

—Nunca serás tan bueno como yo, y tú siempre sabrás que yo he sido lo mejor que te ha pasado en la vida.

La novieta intentó decir algo, pero yo no me iba a callar.

—Siempre serás un cretino con un montón de cintas en cajas de zapatos. El tipo de los periódicos enrollados. El tipo con los piratas de Grateful Dead. El bueno de Bruce. Pero esa forma de ser fatiga después de segundo de carrera. Envejece, de la misma forma que envejeces tú. No mejora, como tu escritura. ¿Sabes una cosa más? —Avancé un paso, de forma que nuestros pies casi se tocaron—. Nunca vas a terminar la tesina. Y siempre vas a vivir en Nueva Jersey.

Bruce estaba pasmado. Boquiabierto, literalmente. No le favorecía, teniendo en cuenta su barbilla huidiza y la red de arrugas alrededor de los ojos.

La novieta me miró.

—Déjanos en paz —dijo con voz chillona.

Mis nuevos zapatos Manolo Blahnik me concedían siete centímetros más, y me sentía como una amazona, poderosa, indiferente a esa cosilla insignificante que apenas me llegaba a los hombros. La miré como diciendo «cierra el pico y deja hablar a la gente inteligente», técnica que había perfeccionado durante años con mis hermanos. Me pregunté si alguna vez habría oído hablar de las pinzas para depilar. Claro que, a juzgar por el modo en que me miraba, tal vez se estaba preguntando si yo había oído hablar alguna vez de las dietas..., o del control de natalidad. Descubrí que me importaba un pimiento.

—Creo que no estaba hablando contigo —dije, y tomé prestada una frase de la Marcha «Recupera la noche», fechada hacia 1989—. No creo en culpar a la víctima.

Eso devolvió a Bruce a la realidad. Apretó la mano de la chica con más fuerza.

—Déjala en paz —dijo.

—Oh, Jesús —suspiré—. Como si os estuviera haciendo algo a cualquiera de los dos. Para tu información —dije a la novieta—, le escribí una carta cuando descubrí que estaba embarazada. Una sola carta. Y no volveré a hacerlo. Tengo dinero por un tubo, y un empleo mejor que el de él, por si se olvidó decírtelo cuando te contó nuestra historia, y me va a ir de coña. Espero que seáis muy felices juntos. —Recogí a *Nifkin*, agité mi espectacular peinado y pasé como una flecha junto a un guardia de seguridad—. Yo registraría su equipaje —dije, en voz lo bastante alta para que Bruce me oyera—. Seguro que lleva algo de matute.

Y después, todavía embarazada, fui a mear al lavabo.

Las rodillas me fallaban y tenía las mejillas al rojo vivo. Ja, pensé. ¡Ja!

Abrí la puerta del cubículo. Y allí estaba la novieta, con los brazos cruzados sobre su pecho esquelético.

—¿Sí? —pregunté con cortesía—. ¿Algún comentario?

Torció la boca. Observé que tenía un hueco entre los dientes.

—Te crees muy lista —dijo—. Él nunca te quiso de verdad. Me lo dijo.

Estaba alzando la voz. Cada vez más chillona. Parecía un animalito disecado, de esos que balan cuando lo estrujas.

—Mientras que tú —dije— eres el verdadero amor de su vida.

En el fondo de mi corazón, sabía que no me estaba peleando con ella, pero no podía evitarlo.

Su labio se torció, literalmente, como el de *Nifkin* cuando jugaba con sus juguetes esponjosos.

—¿Por qué no nos dejas en paz? —siseó.

—¿Dejaros en paz? —repetí—. ¿Dejaros en paz? Te has aficionado a ese sonsonete, y no lo entiendo. No os estoy haciendo nada. Vivo en Filadelfia, por el amor de Dios...

Y entonces, lo vi. Algo en su cara, y supe qué era.

—Sigue hablando de mí, ¿verdad? —pregunté.

Abrió la boca para decir algo. Decidí que no tenía ganas de oírlo. De pronto, me sentí muy cansada. Ardía en deseos de dormir en mi cama, en casa.

—No —empezó ella.

—No tengo tiempo para esto —la interrumpí—. Mi vida es mi vida.

Intenté avanzar, pero ella estaba justo al lado del lavabo, y no me dejó pasar.

—Apártate —dije.

—No. ¡Escúchame!

Apoyó las manos sobre mis hombros, con la intención de inmovilizarme, y me empujó un poco. Al instante, mi pie resbaló en un charco de agua. El tobillo se dobló bajo mi cuerpo. Caí de lado y me golpeé el estómago contra el borde del lavabo.

Sentí un gran dolor, y me encontré caída de espaldas, caída en el suelo, con el tobillo torcido en un ángulo que no presagiaba nada bueno, y ella se erguía sobre mí, jadeando como un animal, con las mejillas teñidas de rojo.

Me incorporé, con las palmas de las manos apoyadas sobre el suelo, quise agarrarme al lavabo, y de repente sentí un calambre lacerante. Cuando bajé los ojos, vi que estaba sangrando. No mucho, pero... Bien, nunca te gusta ver sangre por debajo de tu estómago, cuando sólo te falta un mes y medio para parir.

Conseguí ponerme en pie. Me dolía tanto el tobillo que tenía ganas de vomitar, y noté que resbalaba sangre por mi pierna.

La miré. Ella me devolvió la mirada, y bajó la vista hacia la sangre. Entonces, se llevó una mano a la boca, dio media vuelta y salió corriendo.

Se me empezaba a nublar la vista, y oleadas de dolor recorrían mi estómago. Había leído cosas al respecto. Sabía lo que significaba, y sabía que era demasiado pronto, que tenía problemas.

—Socorro —intenté decir, pero nadie me oyó—. Socorro... —repetí, el mundo se tiñó de gris, y luego de negro.

QUINTA PARTE
Joy

18

Cuando abrí los ojos, estaba bajo el agua. ¿En una piscina? ¿En el lago de un campamento de verano? ¿En el mar? No estaba segura. Veía la luz sobre mí, filtrada a través del agua, y notaba el tirón de lo que había debajo, las profundidades oscuras que no podía distinguir.

Había pasado casi toda mi vida nadando con mi madre, pero fue mi padre quien me enseñó a nadar, cuando era pequeña. Había tirado un dólar de plata al agua, y yo lo había seguido, aprendido a contener la respiración, a hundirme más de lo que creía posible, a propulsarme hacia la superficie. «Húndete o nada», decía mi padre cuando emergía con las manos vacías, escupiendo y quejándome de que no podía. *Húndete o nada.* Y volvía a sumergirme. Quería el dólar de plata, pero más que nada, quería complacerle.

Mi padre. ¿Estaba aquí? Di la vuelta frenéticamente, chapoteé, intenté izarme hacia el origen de la luz, pero me estaba mareando. Me costaba seguir chapoteando, me costaba flotar, y notaba que el fondo del mar tiraba de mí, y pensé que sería estupendo dejar de moverme, hundirme hasta el fondo, en el lodo blando formado por millares de conchas trituradas, dormir...

Húndete o nada. Vive o muere.

Oí una voz, procedente de la superficie.

¿Cómo te llamas?

Déjame en paz, pensé. *Estoy cansada, muy cansada.* Notaba que la oscuridad tiraba de mí, y anhelaba abandonarme.

¿Cómo te llamas?

Abrí los ojos, los entorné a causa de la brillante luz blanca.

Cannie, murmuré. *Soy Cannie, déjame en paz.*

Quédate con nosotros, Cannie, dijo la voz. Negué con la cabeza. No quería estar aquí, fuera donde fuera. Quería volver al agua, donde era invisible, donde era libre. Quería ir a nadar otra vez. Cerré los ojos. El dólar de plata centelleó a la luz del sol, describió un arco en el aire, se hundió en el agua, y yo lo seguí hasta el fondo.

Cerré de nuevo los ojos y vi mi cama. No mi cama de Filadelfia, con su relajante colcha azul y las almohadas de alegres colores, sino la cama de cuando era niña, estrecha, hecha con pulcritud, cubierta con una colcha roja y marrón, y un montón de libros encuadernados en tapa dura debajo. Parpadeé y vi la niña acostada en la cama, una muchacha robusta de rostro serio, ojos verdes y cabello castaño recogido en una coleta que se derramaba sobre sus hombros. Estaba tumbada de costado, con un libro abierto ante ella. ¿Yo?, me pregunté. ¿Mi hija? No estaba segura.

Recordaba aquella cama. Había sido mi refugio cuando era niña, el único lugar donde me sentía a salvo cuando era adolescente, el lugar al que mi padre nunca acudía. Recordaba haber pasado horas allí los fines de semana, sentada con las piernas cruzadas en compañía de una amiga, con el teléfono y un cuartillo de helado derretido entre nosotras, hablando de chicos, del colegio, del futuro, de cómo serían nuestras vidas, y deseaba volver a ese tiempo, lo deseaba con todas mis fuerzas, antes de que las cosas se torcieran, antes de la huida de mi padre y la traición de Bruce, antes de conocer el desenlace.

Bajé la vista, la niña de la cama alzó los ojos del libro, y sus ojos eran grandes y claros.

Miré a la niña, y ella me sonrió. *Mamá*, dijo.

¿Cannie?

Gemí como si despertara del sueño más delicioso y abrí los ojos de nuevo.

Aprieta mi mano si puedes oírme, Cannie.

La estreché sin apenas fuerzas. Oí voces sobre mí, oí algo acerca del grupo sanguíneo, algo acerca del monitor fetal. ¿Era esto el sueño, y la chica de la cama era real? ¿O el agua? Quizá había ido a nadar, quizá había ido demasiado lejos, me había cansado, quizá me estaba ahogando en este preciso momento, y la imagen de mi cama era algo que mi cerebro había improvisado como postrera diversión.

¿Cannie?, repitió la voz, casi al borde de la histeria. *¡Quédate con nosotros!*

Pero yo no quería estar allí. Quería volver a la cama.

La tercera vez que cerré los ojos, vi a mi padre. Me hallaba en su consulta de California, sentada muy tiesa en su mesa de examen. Sentía el peso de los diamantes en mi dedo, en mis orejas. Sentía el peso de su mirada sobre mí, cálida y llena de amor, tal como la recordaba de veinte años antes. Estaba sentado delante de mí, con su bata blanca, sonriente. *Cuéntame cómo te ha ido*, dice. *Cuéntame qué es de tu vida.*

Voy a tener un hijo, le dije, y él asintió. *¡Eso es maravilloso, Cannie!*

Soy reportera de un periódico. He escrito el guión de una película, le dije. *Tengo amigos. Un perro. Vivo en la ciudad.*

Mi padre sonrió. *Estoy muy orgulloso de ti.*

Extendí la mano y él la tomó. *¿Por qué no me lo dijiste antes?*, pregunté. *Lo habría cambiado todo, de haber sabido que te importaba...*

Me sonrió, con expresión de perplejidad, como si yo hubiera dejado de hablar en inglés, o él hubiera dejado de entenderme. Cuando retiró su mano, abrí la mía y descubrí un dólar de plata en la palma. *Es tuyo*, dijo. *Lo has encontrado. Siempre pudiste hacerlo.*

Pero mientras hablaba, ya se iba dando la vuelta.

Quiero preguntarte algo, dije. Estaba en la puerta, tal como yo recordaba, con la mano sobre el pomo, pero esta vez se volvió y me miró.

Yo le devolví la mirada, sentí la garganta seca, no dije nada.

¿Cómo pudiste hacerlo?, fue lo que pensé. *¿Cómo pudiste abandonar a tus hijos?* Lucy sólo tenía quince años, y Josh nueve. ¿Cómo pudiste hacer eso, cómo pudiste marcharte?

Las lágrimas resbalaron sobre mi cara. Mi padre se acercó a mí. Sacó un pañuelo doblado con sumo cuidado del bolsillo superior de la bata, donde siempre lo llevaba. Olía a la colonia que siempre usaba, como a limón, y al almidón de la tintorería china. Mi padre se inclinó y secó mis lágrimas.

Después nuevamente se hizo la oscuridad debajo de mí, y brilló luz encima.

Húndete o nada, pensé con tristeza. ¿Y si deseara hundirme? ¿Qué podía mantenerme a flote?

Pensé en la mano de mi padre sobre mi mejilla, y pensé en la firme mirada de la chica de la cama. Pensé en la sensación de tomar una ducha caliente después de una larga excursión en bicicleta, o de bañarse en el mar un día caluroso de verano. Pensé en el sabor de las fresas diminutas que Maxi y yo habíamos encontrado en el mercadillo de productos ecológicos. Pensé en mis amigos, y en *Nifkin*. Pensé en mi cama, cubierta con sábanas de franela que los viajes a la tintorería habían adelgazado, con un libro sobre la almohada y *Nifkin* tumbado a mi lado. Y pensé un momento en Bruce..., no en Bruce concretamente, sino en la sensación de enamorarse, de ser amada, de ser valiosa. *Atesorada*, oí decir a Maxi.

De acuerdo, pensé. Estupendo. Nadaré. Por mí, y por mi hija. Por todas las cosas que amo, y por toda la gente que me ama.

Cuando volví a despertar, oí voces.

—Esto no tiene buen aspecto —dijo una—. ¿Estás seguro de que cuelga como es debido?

Mi madre, pensé. ¿Quién más?

—¿Qué es esta cosa? —preguntó otra voz, joven, femenina, hosca: Lucy—. Budín, probablemente.

—No es budín.

Oí un gruñido ronco. Tanya.

Después:

—¡Lucy! ¡Saca el dedo del desayuno de tu hermana!

—Si no va a comerlo —dijo Lucy, malhumorada.

—No sé por qué se empeñan en traer comida —rugió Tanya.

—Ve a buscar la gaseosa —dijo mi madre—. Y cubitos de hielo. Dicen que puede tomar cubitos de hielo cuando despierte.

Mi madre se acercó. Percibí su olor, una combinación de Chloe, protector solar y champú Pert.

—¿Cannie? —murmuró.

Abrí los ojos, esta vez de verdad, y vi que no estaba debajo del agua, o en mi antiguo dormitorio, ni en la consulta de mi padre. Estaba en un hospital, en una cama. Tenía una intravenosa clavada en el dorso de la mano, un brazalete de plástico con mi nombre alrededor de la muñeca, un semicírculo de máquinas que gorjeaban y pitaban a mi alrededor. Levanté la cabeza y miré hacia abajo. Mi estómago no sobresalía entre la cara y los pies.

—Bebé —dije.

Mi voz sonó extraña y estridente. Alguien salió de las sombras. Bruce.

—Eh, Cannie —dijo, con aspecto tímido, desdichado y horriblemente avergonzado.

Le indiqué que se marchara con un ademán de la mano que no llevaba la intravenosa.

—Tú no —dije—. Mi bebé.

—Iré a buscar al médico —dijo mi madre.

—No, ya voy yo —dijo Tanya.

Las dos se miraron, y luego salieron en silencio de la habitación como de mutuo acuerdo. Lucy me dirigió una mirada indescifrable y las siguió. De forma que Bruce y yo nos quedamos solos.

—¿Qué ha pasado? —pregunté.

Bruce tragó saliva.

—Será mejor que te lo diga el médico.

Estaba empezando a recordar: el aeropuerto, el lavabo, su novieta. La caída. Y después, la sangre.

Intenté incorporarme. Unas manos volvieron a tumbarme.

—¿Qué ha pasado? —pregunté, con una voz cercana a la histeria—. ¿Dónde estoy? ¿Dónde está mi bebé? ¿Qué ha pasado?

Una cara entró en mi campo de visión. Un médico, sin duda, con bata blanca, el estetoscopio de rigor y una placa de plástico con su nombre.

—¡Veo que estás despierta! —dijo con cordialidad. Yo le miré con el ceño fruncido—. ¿Cómo te llamas?

Respiré hondo, consciente de repente del dolor que sentía. Desde el ombligo hacia abajo, era como si me hubieran abierto en canal, y luego cosido de cualquier manera. El tobillo latía al unísono con el corazón.

—Soy Candace Shapiro —empecé—, y estaba embarazada...
—Mi voz se estranguló—. ¿Qué ha pasado? —supliqué—. ¿Se encuentra bien mi bebé?

El doctor carraspeó.

—Ha padecido lo que se denomina *placentae abruptio* —empezó—. Lo cual significa que tu placenta se separó por completo del útero. Eso provocó la hemorragia... y el parto prematuro.

—Así que mi bebé... —susurré.

El médico compuso una expresión sombría.

—Tu bebé llegó aquí en estado grave. Hicimos una cesárea, pero
como no teníamos el monitor fetal conectado, no estamos seguros de
si se quedó sin oxígeno, y en tal caso, durante cuánto tiempo.

Siguió hablando. Peso escaso. Prematura. Pulmones subdesarro-
llados. Respirador artificial. Unidad de Cuidados Intensivos. Me dijo
que el útero se desgarró durante el parto, que sangraba mucho, y que
tuvo que tomar «medidas radicales». Radical significaba que me había
extirpado el útero.

—Detestamos hacer eso a mujeres jóvenes —dijo con seriedad—,
pero las circunstancias no nos dejaron otra alternativa.

Siguió perorando sobre asesoría, terapia, adopción, cultivo de
óvulos e hijos adoptados, hasta que me dieron ganas de gritar, tirarme
a su cuello, obligarle a contestar a la única pregunta que me importaba. Miré a mi madre, que se mordió el labio y apartó la vista cuando intenté incorporarme. El médico pareció alarmado, y trató de acostarme,
pero yo no se lo permití.

—Mi bebé —dije—. ¿Es chico o chica?

—Chica —dijo, a regañadientes, pensé.

—Una niña —repetí, y me puse a llorar. Mi hija, pensé, mi pobre
hija, a la que no había podido proteger, ni siquiera cuando llegó al
mundo. Miré a mi madre, que había vuelto y estaba apoyada contra la
pared, sonándose. Bruce apoyó una mano torpe sobre mi brazo.

—Aléjate de mí —lloré—. Vete. —Me sequé los ojos, me remetí
el pelo detrás de las orejas y miré al médico—. Quiero ver a mi bebé.

Me acomodaron en una silla de ruedas, dolorida y cosida, y me con-
dujeron a la Unidad de Cuidados Intensivos Neonatal. No podía entrar,
explicaron, pero podría verla por la ventana. Una enfermera la señaló.

—Allí —indicó.

Apreté la frente contra el cristal. Era muy pequeña. Un pomelo rosado y arrugado. Con extremidades no más grandes que mi meñique, las manos del tamaño de mi pulgar, una cabeza del tamaño de la nectarina más diminuta. Los ojitos cerrados, con una expresión indignada en la cara. Una pelusilla negra en la cabeza, con un gorrito beis sobre ella.

—Pesa casi kilo y medio —dijo la enfermera.

Nena, susurré, y tamborileé con los dedos sobre la ventana, manteniendo un ritmo suave. No se había movido, pero cuando di los golpecitos, agitó los brazos. Me estaba saludando, imaginé. *Hola, nena*, dije.

La enfermera me observaba con atención.

—¿Se encuentra bien?

—Le hace falta un gorro mejor —dije, con un nudo en la garganta, transida de pena, y resbalaban lágrimas sobre mi rostro, pero no lloraba. Era como si rezumaran. Como si yo estuviera llena de tristeza y una especie de esperanza tuviera que abrirse paso hacia fuera—. En casa, en su cuarto, el cuarto amarillo con la cuna, en la cómoda, en el cajón de arriba, tengo montones de gorros. Mi madre tiene las llaves...

La enfermera se inclinó.

—He de llevarla a su habitación —dijo.

—Por favor, que le pongan un gorro más bonito —repetí. Estúpida, obstinada. No necesitaba un tocado elegante, sino un milagro, y hasta yo me daba cuenta.

La enfermera se acercó un poco más.

—Dígame el nombre de la nena —dijo. Había una hoja de papel pegada con cinta adhesiva en un extremo de la incubadora. «NIÑA SHAPIRO», rezaba.

Abrí la boca, sin saber lo que iba a pasar, pero cuando la palabra llegó supe al instante, en el fondo de mi corazón, que era la correcta.

—Joy –dije—. Se llama Joy.[18]

18. En inglés, «alegría, gozo». *(N. del T.)*

Cuando volví a mi habitación, Maxi había llegado. Un cuarteto de ayudantes de enfermería se apelotonaban ante la puerta de mi habitación, con rostros como flores, o globos apretujados. Maxi corrió una cortina blanca alrededor de mi cama para aislarme. Iba vestida con una sobriedad inaudita en ella (tejanos negros, zapatillas negras, sudadera con capucha), y traía rosas, un ridículo cargamento de rosas, el tipo de guirnaldas con el que rodeas el cuello del caballo que ha ganado la carrera. O depositas sobre un ataúd, pensé con aprensión.

—He venido en cuanto me enteré —dijo, con expresión contrita—. Tu madre y tu hermana están afuera. Sólo nos dejan entrar de una en una.

Se sentó a mi lado y tomó mi mano, la del tubo, y no pareció alarmarse cuando no la miré, y ni siquiera le estreché la mano.

—Pobre Cannie —dijo—. ¿Has visto al bebé?

Asentí, mientras secaba las lágrimas de mis mejillas.

—Es muy pequeña —conseguí articular, y me puse a llorar.

Maxi se encogió, con aspecto de impotencia, y desolada por ser impotente.

—Bruce ha venido —dije entre sollozos.

—Espero que le dijeras que se fuera al infierno.

—Algo así. —Me pasé la mano libre por la cara y lamenté no tener un Kleenex—. Esto es repugnante —dije, sollozando—. Esto es patético y repugnante.

Maxi se inclinó y acunó mi cabeza en su brazo.

—Oh, Cannie —dijo con tristeza. Cerré los ojos. No me quedaba nada más que preguntar, nada más que decir.

Después de que Maxi se fuera, dormí un rato, de costado. Si soñé, no recordé nada. Y cuando desperté, Bruce estaba en la puerta.

Parpadeé y le miré.

—¿Puedo hacer algo? —preguntó. Yo seguí mirando, sin decir nada—. ¿Cannie? —preguntó, inquieto.

—Acércate —pedí—. No muerdo. Ni empujo —añadí a propósito.

Bruce caminó hacia mi cama. Estaba pálido, nervioso, incómodo en su piel, o quizá desdichado por estar cerca de mí otra vez. Observé un montón de espinillas en su nariz, y adiviné por su postura, por la forma de embutir las manos en sus bolsillos y clavar la vista en el linóleo, que esto le estaba matando, que desearía estar en cualquier sitio excepto aquí. *Bien*, pensé, y sentí que la rabia se acumulaba en mi pecho. Que sufra.

Se sentó en la silla, al lado de la cama, y me dirigió veloces miradas. Los tubos de drenaje que surgían de debajo de las sábanas, la bolsa de la intravenosa. Deseé que sufriera náuseas. Deseé que se asustara.

—Puedo decirte con toda exactitud cuántos días han pasado desde la última vez que hablamos —dije.

Bruce cerró los ojos.

—Puedo decirte con toda exactitud cómo es tu dormitorio, lo que dijiste la última vez que estuvimos juntos.

Extendió las manos hacia mí, como un ciego.

—Cannie, por favor —dijo—. Por favor. Lo siento. —Palabras por las que en otro tiempo yo habría dado cualquier cosa. Se puso a llorar—. Nunca quise... Nunca quise que esto sucediera...

Le miré. Ya no sentía amor, ni odio. No sentía nada, salvo un cansancio infinito. Como si de repente tuviera cien años, y supe en aquel momento que debería vivir cien años más, cargada con mi dolor como una mochila llena de piedras.

Cerré los ojos, y supe que era demasiado tarde para nosotros. Habían ocurrido demasiadas cosas, y ninguna buena. Un cuerpo en movimiento permanece en movimiento. Yo había iniciado el problema cuando le dije que necesitaba un respiro. O quizá lo había iniciado él cuando me pidió que saliéramos juntos. ¿Qué más daba ya?

Volví la cabeza hacia la pared. Al cabo de un rato, Bruce dejó de llorar. Y un poco después, le oí salir.

Desperté a la mañana siguiente con el sol sobre la cara. Al instante, mi madre entró por la puerta a toda mecha y acercó una silla a mi cama. Parecía incómoda. Era una experta en contar chistes, reírse de todo, aguantar lo que fuera sin chistar y seguir adelante costara lo que costara, pero las lágrimas le podían.

—¿Cómo estás? —preguntó.

—¡Hecha una mierda! —chillé, y mi madre retrocedió tan deprisa, que su silla provista de ruedas salió despedida hasta el centro de la habitación. Ni siquiera esperé a que volviera a acercarse para continuar mi perorata—. ¿Cómo crees que estoy? He dado a luz algo que parece un experimento científico de instituto, me han rajado de arriba abajo y me duele...

Apoyé la cara en las manos y lloré un momento.

—Hay algo en mí que no funciona —sollocé—. Soy defectuosa. Tendrías que haberme dejado morir...

—Oh, Cannie, no hables así...

—Nadie me quiere —grité—. Ni papá, ni Bruce, ni...

Mi madre acarició mi pelo.

—No hables así —repitió—. Tienes un hermoso bebé. Pequeño, eso sí, de momento, pero hermoso.

Carraspeó, se levantó y empezó a pasear de un lado a otro, el comportamiento típico de ella cuando algo doloroso se avecinaba.

—Siéntate —le dije con voz cansada, y obedeció, pero vi que sacudía un pie frenéticamente.

—He hablado con Bruce —dijo.

Exhalé un profundo suspiro. Ni siquiera quería oír ese nombre. Mi madre lo adivinó por la cara que puse, pero siguió hablando.

—Con Bruce —continuó—, y con su nueva novia.

—¿La Empujadora? —pregunté, en voz alta, aguda e histérica—. ¿La viste?

—Se siente fatal, Cannie. Los dos.

—No me extraña —dije airada—. Bruce no me llamó ni una sola vez durante todo el embarazo, luego la Empujadora hace su número...

Mi madre parecía estupefacta por mi tono.

—Los médicos no están seguros de que eso causara tu...

—Da igual —repliqué—. Yo creo que sí, y espero que esa puta estúpida también.

Mi madre estaba asombrada.

—Cannie...

—Cannie ¿qué? ¿Crees que voy a perdonarlos? Nunca los perdonaré. Mi bebé casi murió, yo casi morí, nunca tendré más hijos, y ahora, sólo porque lo sienten, ¿hay que olvidarlo todo? Nunca los perdonaré. Nunca.

Mi madre suspiró.

—Cannie —dijo con dulzura.

—¡No puedo creer que te pongas de su parte! —chillé.

—No me pongo de su lado, Cannie, claro que no. Estoy de tu parte. Pero creo que no es sano para ti estar tan furiosa.

—Joy casi murió.

—Pero no lo hizo. No murió. Se pondrá bien...

—No lo sabes —repliqué con furia.

—Cannie, le falta peso, y sus pulmones están poco desarrollados...

—¡Se quedó sin oxígeno! ¿No lo oíste? ¡Se quedó sin oxígeno! ¡Podría tener infinidad de problemas!

—Se parece a ti cuando naciste —dijo mi madre, impaciente—. Se pondrá bien. Lo sé.

—¡Ni siquiera sabías que eras gay hasta cumplir los cincuenta y seis años! —grité—. ¿Cómo voy a creer que sepas algo?

Señalé la puerta.

—Vete —dije, y me puse a llorar.

Mi madre meneó la cabeza.

—No pienso irme —dijo—. Habla conmigo.

—¿Qué quieres oír? —dije, mientras intentaba secarme la cara y hablar con voz normal—. La nueva novia del capullo de mi ex novio me empujó, y mi hija casi murió...

Pero el meollo del asunto, aquello que no me decidía a reconocer, era que le había fallado a Joy. No había logrado ser lo bastante buena, lo bastante guapa, lo bastante delgada, lo bastante adorable, para retener a mi padre. O a Bruce. Y ahora, no había logrado proteger a mi hija.

Mi madre se acercó de nuevo y me abrazó.

—No me la merecía —lloré—. No supe protegerla, dejé que se expusiera al peligro...

—¿De dónde has sacado esa idea? —susurró en mi pelo—. Fue un accidente, Cannie. No fue culpa tuya. Vas a ser una madre maravillosa.

—Si tan fantástica soy, ¿por qué no me quiso? —lloré, aunque no sabía muy bien de quién estaba hablando. ¿De Bruce? ¿De mi padre?—. ¿Qué me pasa?

Mi madre se levantó. Vi que miraba el reloj de pared. Ella captó mi mirada. Se mordió el labio.

—Lo siento —dijo en voz baja—, pero he de irme unos minutos.

Me sequé los ojos para ganar tiempo, para intentar procesar lo que me había dicho.

—Has de...

—He de recoger a Tanya en su clase de educación continuada.

—¿Qué pasa, Tanya ha olvidado cómo se conduce?

—Tiene el coche en el taller.

—¿Y qué estudia hoy? ¿Qué faceta de sí misma está potenciando? ¿Nietas dependientes de abuelos emocionalmente distantes?

—Déjalo ya, Cannie —replicó con brusquedad mi madre, y me quedé tan estupefacta que ni siquiera pude pensar en ponerme a llorar otra vez—. Sé que no te cae bien, y estoy harta de oírlo.

—Ah, ¿y has decidido sacarlo a colación ahora? ¿No podías esperar a que tu nieta saliera de cuidados intensivos?

Mi madre se humedeció los labios.

—Hablaremos más tarde —dijo, y se encaminó hacia la puerta. Con la mano en el pomo, se volvió una vez más—. Sé que no lo crees, pero te pondrás bien. Tienes todo cuanto necesitas. Pero es necesario que lo sepas en el fondo de tu corazón.

Fruncí el ceño. «Saberlo en el fondo del corazón.» Sonaba a basura Nueva Era, como algo pirateado de uno de los estúpidos libros de autoayuda de Tanya.

—Claro —dije—. ¡Vete! Llevo bien lo de que me abandonen. Estoy acostumbrada.

No se volvió. Suspiré, clavé la vista en la manta y confié en que ninguna enfermera me oyera declamar aquellos diálogos de culebrón de tercera. Me sentía muy desdichada. Me sentía vacía, como si me hubieran arrancado las entrañas y sólo quedara un gran hueco, agujeros negros vacíos. ¿Cómo iba a comportarme como una buena madre, teniendo en cuenta las alternativas que habían tomado mis padres?

«Tienes todo cuanto necesitas», me había dicho. Pero no entendía a qué se refería. Reflexionaba sobre mi vida y sólo veía lo que faltaba: padre, novio, promesas de salud y bienestar para mi hija. Todo cuanto necesito, pensé con tristeza, y cerré los ojos, confiando en que soñaría otra vez con mi cama, o con agua.

Cuando la puerta se abrió de nuevo, una hora después, ni siquiera levanté la vista.

—Díselo a Tanya —anuncié, aún sin abrir los ojos—. Porque no quiero oírlo.

—Bien, yo lo haría —dijo una profunda voz familiar—, pero creo que a ella no le va mi sexo..., y además, no hemos sido presentados.

Alcé los ojos. Vi al doctor K., con una caja blanca de pastelería en una mano y una bolsa de lona negra en la otra. Daba la impresión de que la bolsa de lona se agitaba.

—He venido en cuanto me enteré —empezó, mientras se plegaba en la silla que mi madre había ocupado poco antes. Dejó la caja en la mesita de noche y la bolsa sobre su regazo—. ¿Cómo te encuentras?

—Bien —dije. Me miró con detenimiento—. O sea, fatal.

—Lo creo, después de lo que has pasado. ¿Cómo está...?

—Joy —dije. Utilizar su nombre me resultaba extraño..., presuntuoso casi, como si desafiara al destino pronunciándolo en voz alta—. Es pequeña, y tiene los pulmones poco desarrollados, y respira con asistencia mecánica... —Hice una pausa y me pasé la mano sobre los ojos—. Además, me han hecho la histerectomía, y tengo la impresión de que no paro de llorar.

Carraspeó.

—¿Demasiada información? —pregunté entre sollozos.

Negó con la cabeza.

—En absoluto —dijo—. Puedes hablarme sobre todo lo que quieras.

La bolsa de lona negra saltó de su regazo. Me pareció tan divertido que casi sonreí, pero era como si mi cara hubiera olvidado la técnica.

—¿Llevas una máquina de movimiento perpetuo en la bolsa, o es que se alegra de verme?

El doctor K. echó un vistazo a la puerta cerrada. Después se inclinó hacia mí.

—Era peligroso —susurró—, pero pensé...

Dejó la bolsa sobre la cama y abrió la cremallera. Asomó el morro de *Nifkin*, seguido por las puntas de sus orejas, y después, enseguida, todo su cuerpo.

—¡*Nifkin*! —exclamé, mientras el animal se acomodaba sobre mi pecho y procedía a lamerme toda la cara. El doctor K. le sujetaba, para alejarle de mis diversos tubos y conexiones.

—¿Cómo conseguiste...? ¿Dónde estaba?

—Con tu amiga Samantha. Está esperando fuera.

—Gracias —dije, a sabiendas de que las palabras eran incapaces de expresar la felicidad que me había deparado—. Muchísimas gracias.

—Ningún problema —dijo el doctor—. Mira... Hemos estado practicando. —Levantó a *Nifkin* y lo dejó en el suelo—. ¿Lo ves?

Me apoyé sobre los codos y asentí.

—*Nifkin*... ¡SIÉNTATE! —dijo el doctor K., con una voz tan profunda y autoritaria como la de James Earl Jones anunciando al mundo que esto es... la CNN. El trasero de *Nifkin* besó el linóleo a la velocidad del rayo, y meneó la cola a triple velocidad de la habitual—. *Nifkin*... ¡TÚMBATE! —Y *Nifkin* se aplastó contra el suelo, en tanto miraba al doctor K. con ojos centelleantes y su lengua rosada colgaba mientras jadeaba—. Y ahora, nuestro acto final... ¡EL MUERTO!

Nifkin se derrumbó de costado, como si le hubieran disparado.

—Increíble —dije. Era cierto.

—Aprende rápido —dijo el doctor K., al tiempo que metía el perro dentro de la bolsa. Se inclinó hacia mí—. Ánimo, Cannie —dijo, y apoyó una mano sobre la mía.

Salió, y entró Samantha, que corrió hacia mi cama. Iba vestida de abogada: traje negro, botas de tacón alto, maletín de color caramelo en una mano y las gafas de sol y las llaves del coche en la otra.

—Cannie —dijo—. He venido...

—... en cuanto te has enterado —terminé.

—¿Cómo te encuentras? ¿Cómo está la niña?

—Yo me encuentro bien, y la niña... Bien, está en la unidad de cuidados intensivos. Hay que esperar.

Samantha suspiró. Cerré los ojos. De repente, me sentí agotada por completo. Y hambrienta.

Me incorporé, y puse otra almohada bajo mi espalda.

—Eh, ¿qué hora es? ¿Cuándo se come aquí? No llevarás un plátano en el bolso, o algo por el estilo, ¿verdad?

Samantha se puso en pie, agradecida de poder hacer algo, supuse.

—Iré a ver... Eh, ¿qué es esto?

Señaló la caja de la pastelería que había dejado el doctor K.

—No lo sé —dije—. La trajo el doctor K. Echa un vistazo.

Sam rompió el cordel y abrió la caja, y dentro había un bollo de crema de la Pink Rose Pastry Shop, un triángulo de budín de chocolate de Silk City, un *brownie* envuelto todavía en el papel de Le Bus, y una caja de frambuesas.

—Increíble —murmuré.

—¡Yum! —dijo Samantha—. ¿Cómo sabe lo que te gusta?

—Se lo dije —contesté, conmovida por el hecho de que se hubiera acordado—. En la clase de Control del Peso teníamos que escribir cuáles eran nuestros platos favoritos.

Sam me cortó un pedazo del bollo, pero me supo a polvo y piedras. Lo tragué por educación, bebí un poco de agua, y después le dije que estaba cansada, que quería dormir.

Estuve recuperándome en el hospital otra semana, mientras Joy crecía y se fortalecía.

Maxi aparecía cada mañana durante una semana, se sentaba a mi lado y leía artículos de *People*, *In Style* y *Entertainment Weekly*, que embellecía con su colección particular de anécdotas. Mi madre y mi hermana se quedaban conmigo de día, trababan conversación, y procuraban abreviar las pausas que se producían cuando yo decía alguna gilipollez. Samantha venía cada noche después del trabajo, y me deleitaba con habladurías de Filadelfia, criticaba las entrevistas a estrellas anticuadas que hacía Gabby y explicaba que *Nifkin* había adoptado la costumbre de pararse ante mi edificio de apartamentos, y luego se negaba a avanzar ni un paso más. Andy vino con su esposa, una caja de galletas de chocolate de Famous Fourth Street y una tarjeta que todos los miembros de la sala de redacción habían firmado. «Ponte bien pronto», decía. No creía que fuera así, pero tampoco se lo dije.

—Están preocupados por ti —susurró Lucy cuando mi madre estaba en el pasillo, comentando algo con las enfermeras.

La miré y me encogí de hombros.

—Quieren que hables con un psiquiatra.

No dije nada. El semblante de Lucy era muy serio.

—Es la doctora Melburne —explicó—. Me trató una temporada. Es horrible. Será mejor que te animes y empieces a hablar más, de lo contrario te interrogará acerca de tu infancia.

—Cannie no tiene que hablar si no lo desea —dijo mi madre, mientras servía un vaso de gaseosa que nadie bebió. Enderezó mis flores, ahuecó mis almohadas por enésima vez, se sentó, volvió a levantarse y buscó algo más que hacer—. Cannie sólo ha de descansar.

Tres días después, Joy respiró por primera vez sin respirador artificial.

Y me dejaron sostenerla por fin, levantar su cuerpecito de dos kilos y medio y acunarla, acariciar sus manos, cada uña imposiblemente perfecta y diminuta. Se agarró con fuerza a mi dedo con los suyos. Noté los huesos, el pulso de la sangre bajo la piel. *Cógete*, le transmití. *Cógete, pequeña. El mundo es duro muchas veces, pero también tiene cosas buenas. Y yo te quiero. Tu madre te quiere, pequeña Joy.*

Estuve sentada con ella durante horas, hasta que me obligaron a volver a la cama, y antes de marcharme llené su certificado de nacimiento, y mi letra era clara y firme. Joy Leah Shapiro. Leah por Leonard, el segundo nombre del padre de Bruce. Leah [Lía], la segunda hermana, con la que Jacob no quería casarse.

Apuesto a que la vida de Leah fue más interesante, susurré a mi hija, cogiendo su mano, yo en la silla provista de ruedas y ella en su caja de cristal, que yo me esforzaba en no ver como un ataúd. Apuesto a que Leah iba de excursión con sus amigas y tomaba palomitas de maíz y margaritas para cenar, si así lo deseaba. Apuesto a que iba a nadar desnuda y dormía bajo las estrellas. Era muy probable que Raquel comprara los CD de Celine Dion y los platos coleccionables de Franklin Mint. Debía de ser aburrida, incluso para ella misma. Nunca salía a la aventura, nunca se arriesgaba. Pero tú y yo, nena, vamos a vivir aventuras. Te enseñaré a nadar, a navegar, a hacer un fuego..., todo lo que mi madre me enseñó, y todo lo demás que he aprendido. Consigue salir de aquí, pensé con todas mis fuerzas. Vamos a casa, Joy, y las dos estaremos bien.

Dos días después, obtuve parte de mi deseo. Me enviaron a casa, pero decidieron que Joy debía quedarse.

—Unas cuantas semanas más —dijo el médico, con lo que debía considerar un tono tranquilizador—. Queremos estar seguros de que sus pulmones maduren... y de que haya ganado el peso necesario.

Estallé en amargas carcajadas.

—Si sigue el ejemplo de su madre —anuncié—, eso no debería representar ningún problema. Se pondrá como una vaca.

El doctor me dio lo que debía considerar una palmadita tranquilizadora en el hombro.

—No te preocupes —dijo—. Todo irá bien.

Salí cojeando del hospital, parpadeé bajo el cálido sol de mayo, y subí al coche de mi madre. Guardé silencio durante el trayecto hasta casa. Vi las hojas, la fresca hierba verde, las colegialas del St. Peter con sus pulcros pichis. Lo vi, pero sin verlo. Para mí, todo el mundo parecía gris. Era como si no quedara más espacio en mi interior que para la furia y el miedo.

Mi madre y Lucy descargaron mis bolsas del maletero y me acompañaron hasta el edificio. Lucy cargó con mis bolsas. Mi madre caminaba con lentitud junto a mí, y Tanya arrastraba los pies detrás de nosotras. Sentía los músculos de las piernas débiles e infrautilizados. Me dolían los puntos, me picaba el tobillo en su yeso. Resultó que sólo me había torcido el tobillo al caer, pero nadie pensó en echar un vistazo a mis piernas hasta días después, de modo que el pie había seguido torcido, y los tendones rotos, lo cual significó un yeso durante seis semanas. *Peccata minuta* comparado con todo lo demás.

Busqué en mi bolso. Mi billetero, el paquete medio vacío de chicles, la barra de protección labial y una caja de cerillas del Star Bar parecían reliquias de otra vida. Estaba tanteando en busca de las llaves, cuando Lucy introdujo su llave en la puerta del primer piso.

—Yo no vivo aquí —dije.

—Ahora sí —contestó Lucy. Me dedicó una amplia sonrisa. Mi madre y Tanya también.

Atravesé cojeando el umbral y parpadeé.

El apartamento (gemelo del mío del tercer piso, todo madera oscura y apliques años setenta) había sido transformado.

La luz del sol entraba a chorros por unas ventanas que antes no existían, y se reflejaba en los suelos de arce prístinos y pulidos que no lo eran cuando había visto por última vez el piso.

Entré con paso lento en la cocina, moviéndome como si estuviera bajo el agua. Armaritos nuevos de color miel. En la sala de estar había un sofá y confidente nuevos, mullidos y cómodos, tapizados en algodón amarillo crema, bonitos pero robustos, recuerdo haber dicho a Maxi, mientras le enseñaba las cosas que me gustaban del último número de *Martha Stewart Living*, una tarde perezosa. Una bonita alfombra tejida en granate, azul oscuro y oro cubría el suelo. Había un televisor de pantalla plana y un nuevo estéreo en el rincón, y montones de libros infantiles en las estanterías.

Lucy casi bailaba de pura alegría.

—¿A que es increíble, Cannie? ¿No es asombroso?

—No sé qué decir —dije, mientras avanzaba por el pasillo.

El cuarto de baño estaba irreconocible. El papel pintado color pastel que se remontaba a la época de la administración Carter, el feo tocador de madera oscura, los baratos apliques de acero inoxidable y el retrete agrietado, todo había desaparecido. Todo era de azulejos blancos, con pinceladas doradas y azul marino. La bañera era de burbujas, con dos duchas, por si quería bañarme acompañada. Había armaritos nuevos con espejos, lirios en un jarrón, una profusión de las toallas más esponjosas que había visto jamás, en un toallero nuevo de trinca. Una bañerita blanca para bebés descansaba sobre una repisa, junto con un surtido de juguetes de baño, esponjitas cortadas en forma de animales, y una familia de patitos de goma.

—¡Ya verás la habitación de la niña! —graznó Lucy.

Las paredes estaban pintadas de amarillo limón, como yo había hecho arriba, y reconocí la cuna que el doctor K. había montado, pero los demás muebles eran nuevos. Vi un cambiabebés muy adornado, una cómoda, una mecedora de madera blanca. «Antigüedades», jadeó Tanya, mientras pasaba un grueso dedo sobre la madera curva, pintada de un rosa muy tenue. Había ilustraciones enmarcadas en las paredes: una sirena nadando en el mar, un velero, elefantes que desfilaban de dos en dos. Y en un rincón había lo que parecían los juguetes más pequeños del mundo. Estaban todos los juguetes que yo había visto, más algunos que no. Un juego de bloques para construir edificios. Sonajeros. Pelotas. Juguetes que hablaban, ladraban o lloraban cuando los apretabas o tirabas de sus cordones. El mismo caballito mecedor que había visto en Santa Mónica dos meses antes. Todo.

Me hundí poco a poco en el confidente de algodón amarillo, bajo el móvil de delicadas estrellas, nubes y medias lunas, junto a un oso de peluche de un metro de altura.

—Hay más —dijo Lucy.

—No te lo vas a creer —añadió mi madre.

Volví al dormitorio. Mi sencillo armazón de metal había sido sustituido por una magnífica cama de hierro forjado con dosel. Mis sábanas rosa habían sido sustituidas por algo más hermoso: franjas blancas y doradas, rosas diminutas.

—Es de algodón puro —se jactó Lucy, y procedió a enumerar los méritos de mis nuevas sábanas. Indicó las fundas de almohada, la alfombra tejida a mano (amarilla, con un borde de rosas rojas), y abrió el vestidor para exhibir más muebles antiguos: una cómoda de nueve cajones, una mesita de noche coronada por un ramo de narcisos trompeteros en un jarrón azul gengibre.

—Abre las persianas —dijo Lucy.

Obedecí. Había una nueva terraza al otro lado de la ventana del dormitorio. Había una enorme maceta de arcilla con geranios y petunias, bancos y una mesa de picnic, una parrilla a gas del tamaño de un Volkswagen Escarabajo en el rincón.

Me senté (en realidad, me desplomé) en la cama. Había una diminuta tarjeta sobre la almohada, como las que acompañan a los ramos de flores. La abrí con la uña del pulgar.

«Bienvenida a casa —decía por un lado—. De tus amigos», decía el otro.

Mi madre, Lucy y Tanya se habían puesto en fila, mirándome, esperando mi aprobación.

—¿Quién...? —empecé—. ¿Cómo...?

—Tus amigos —dijo Lucy, impaciente.

—¿Maxi?

Las tres intercambiaron una mirada furtiva.

—Venga ya. Mis demás amigos no pueden permitirse estas cosas.

—¡No pudimos impedírselo! —exclamó Lucy.

—Es cierto, Cannie —dijo mi madre—. No aceptó un no como respuesta. Conoce a todos estos contratistas... Llamó a un decorador para que buscara todas estas cosas... Había gente trabajando aquí día y noche...

—A mis vecinos les habrá encantado —comenté.

—¿Te gusta? —preguntó Lucy.

—Es... —Levanté las manos, y las dejé caer en mi regazo. Mi corazón latía a demasiada velocidad, distribuía dolor a todas las partes de mi cuerpo lastimadas. Pensé en la palabra que necesitaba—. Es asombroso —dictaminé por fin.

—¿Qué quieres hacer? —preguntó Lucy—. Podríamos ir a comer a Dmitri's...

—Hay un documental sobre lesbianas en el Ritz —graznó Tanya.

—¿Vamos de compras? —preguntó mi madre—. Si quieres comprar artículos de alimentación, te ayudaremos a cargarlos.

Me puse en pie.

—Creo que tengo ganas de ir a pasear —dije.

Mi madre, Lucy y Tanya me miraron con curiosidad.

—¿A pasear? —repitió mi madre.

—Cannie, aún llevas el pie enyesado —señaló mi hermana.

—Pero tengo ganas de andar —repliqué.

Quería sentirme exultante. Quería sentirme feliz. Estaba rodeada de gente a la que quería. Vivía en un piso magnífico. Pero experimentaba la sensación de que estaba mirando mi nuevo apartamento a través de un espejo sucio, de que palpaba los algodones y la mullida alfombra con unos gruesos guantes de goma. Era por Joy, por no tener a Joy. Nada me consolaría hasta que ella no estuviera en casa, pensé, y de repente sentí tal furia que noté una gran debilidad en los brazos y las piernas, y mis puños y pies ardieron en deseos de propinar puñetazos y patadas. Bruce, pensé, Bruce y la jodida Empujadora. Éste debería ser mi triunfo, maldita sea, pero ¿cómo puedo ser feliz con mi bebé en el hospital todavía, cuando Bruce y su nueva amiguita habían sido los culpables de esa circunstancia?

—Bien —dijo mi madre, inquieta—. Iremos a pasear.

—No —dije—. Sola. Quiero estar sola.

Todas se quedaron perplejas, incluso preocupadas, mientras salían por la puerta.

—Llámame —dijo mi madre—. Avísame cuando quieras que *Nifkin* vuelva.

—Lo haré —mentí. Quería que se marcharan ya, de mi casa, de mi pelo, de mi vida. Me sentía a punto de estallar. Miré por la ventana hasta que subieron al coche y se perdieron de vista. Después, saqué un sujetador de jogging, una camiseta raída, unos pantalones cortos, unas sencillas zapatillas, y salí a las aceras calurosas, decidida a no pensar en mi padre, en Bruce, en la niña, en nada. Sólo quería pasear. Y después, tal vez podría dormir de nuevo.

Mayo dio paso a junio, y todos mis días giraban en torno a Joy. Iba al hospital a primera hora de la mañana, recorría a pie las treinta manzanas que distaba el Hospital de Niños de Filadelfia en cuanto salía el sol. Con bata, mascarilla y guantes me sentaba a su lado en la mecedora esterilizada de la Unidad de Cuidados Intensivos de Neonatos, sostenía su manita, rozaba sus labios con las yemas de los dedos, cantaba las canciones que habíamos bailado meses antes. Eran los únicos momentos en que no sentía la rabia que me consumía. Las únicas veces que podía respirar.

Y cuando notaba que volvía la rabia, cuando sentía un ahogo en el pecho y mis manos deseaban golpear algo, me iba. Marchaba a casa para pasear de un lado a otro y extraer leche de mis pechos, para limpiar y restregar suelos y encimeras que ya había limpiado y restregado el día anterior. Daba largos y furiosos paseos por la ciudad, con mi tobillo embutido en un yeso cada vez más mugriento, cruzaba los semáforos en ámbar y lanzaba miradas siniestras a cualquier coche que osaba avanzar unos centímetros.

Me acostumbré a la vocecilla de mi cabeza, la del aeropuerto, la que había flotado hasta el techo y presenciado mi ataque de rabia contra Bruce, mientras lamentaba en silencio que no fuera el destinatario de su ira. Me acostumbré a la vocecilla que preguntaba «¿por qué?» cada mañana, cuando me ataba las zapatillas y me probaba una sucesión de camisetas..., y preguntaba «¿por qué?» otra vez por la noche, cuando escuchaba mis mensajes (diez, quince mensajes de mi madre, mi hermana, Maxi, Peter Krushelevansky, de todos mis amigos), y borraba todos sin contestar, hasta el día que empecé a borrarlos sin escucharlos. «Estás demasiado triste», murmuraba la voz, mientras yo avanzaba como una exhalación por Walnut Street. «Tómatelo con calma», decía la voz, mientras yo engullía café ardiente, taza tras taza, a modo de desayuno. «Habla con alguien», decía la voz. «Deja que te ayuden.» Hice caso omiso. ¿Quién podía ayudarme ahora? ¿Qué me quedaba, sino las calles y el hospital, mi apartamento silencioso, mi cama vacía?

Dejé que el buzón de voz grabara mis llamadas. Avisé a la oficina de correos de que estaría ausente de la ciudad durante un período indefinido de tiempo, y de que guardaran mi correo. Dejé que mi ordenador acumulara polvo. Dejé de mirar mi correo electrónico. Durante uno de mis paseos, tiré mi busca al río Delaware sin ni siquiera disminuir el paso. Empecé a dar paseos más largos, cuatro horas, seis horas, por los peores barrios de la ciudad, entre traficantes de crack, putas de ambos sexos, pichones muertos en las alcantarillas, los esqueletos quemados de coches, sin ver nada, sin miedo. ¿Cómo podía perjudicarme esto, después de lo que había perdido ya? Cuando me crucé con Samantha en la calle, le dije que estaba demasiado ocupada para salir, mientras me removía inquieta y clavaba los ojos en el horizonte, para no tener que ver su expresión preocupada. Estaba preparando las cosas, expliqué, ansiosa por salir pitando. La niña vendrá a casa pronto.

—¿Puedo verla? —preguntó Sam.

Negué con la cabeza al instante.

—No estoy preparada... Quiero decir, ella no está preparada.

—¿Qué quieres decir, Cannie?

—Su salud es frágil todavía —dije, intentando repetir lo que había oído en la Unidad de Cuidados Intensivos.

—Pues me quedaré fuera y miraré por la ventana —dijo Sam, perpleja—. Y luego, iremos a desayunar. ¿Te acuerdas de nuestros desayunos? Era nuestra comida favorita.

—He de irme —dije con brusquedad, intentando pasar de largo, pero Samantha no se movió.

—¿Qué te está pasando en realidad, Cannie?

—Nada —dije, y la aparté de un empujón, con la vista clavada en el frente—. Nada, nada, todo va bien.

19

Caminaba y caminaba, y era como si Dios me hubiera proporcionado unas gafas especiales, gracias a las cuales podía ver las cosas malas, las cosas tristes, el dolor y la desdicha de la vida urbana, la basura arrojada a patadas en las esquinas, en lugar de ver las flores plantadas en jardineras. Veía maridos y mujeres que se peleaban, en lugar de abrazarse o cogerse de la mano. Veía niños correr por las calles en bicicletas robadas, lanzando insultos y blasfemias, y adultos que sonaban como si estuvieran desayunando sus propios mocos, mirando a las mujeres con ojos desvergonzados y lascivos. Percibía el hedor de la ciudad en verano: orina de caballo, alquitrán recalentado y los gases de escape grisáceos de los autobuses. Las tapas de las bocas de alcantarilla dejaban escapar vapor, las aceras eructaban calor procedentes del metro.

Mirara a donde mirara, sólo veía vaciedad, soledad, edificios con ventanas rotas, drogadictos piojosos con las manos extendidas y los ojos muertos, dolor, mugre y podredumbre.

Pensaba que el tiempo me curaría y los kilómetros calmarían mi dolor. Esperaba con ansia la mañana que despertaría y no imaginaría al instante a Bruce y la Empujadora padeciendo muertes horripilantes..., o aún peor, perdiendo a mi bebé, perdiendo a Joy.

Llegaba al hospital al amanecer, y a veces antes, y daba vueltas al aparcamiento hasta que me calmaba lo suficiente para entrar. Me sentaba en la cafetería, engullendo vaso tras vaso de agua, intentaba sonreír y parecer normal, pero, por dentro, mi cabeza daba vueltas con furia, pensando, ¿cuchillos?, ¿pistolas?, ¿accidente de tránsito? Sonreía y decía hola, pero en realidad, mi mente estaba planeando la venganza.

Imaginé que llamaba a la universidad donde Bruce daba clases de inglés a los de primero, y les revelaba que había superado la prueba de drogodependencias ingiriendo litros y litros de infusión de ranúnculo, que compraba de estrangis llamando a un teléfono anunciado en las últimas páginas de *High Times*. «Orina de la suerte» se llamaba el mejunje. Les diría que se presentaba «colocado» a trabajar. Lo hacía con frecuencia, y era probable que continuara con la costumbre, y si le examinaban con atención, se darían cuenta. Llamaría a su madre, llamaría a la policía de su ciudad, conseguiría que lo detuvieran, que lo encarcelaran.

Imaginé que escribía a *Moxie*, incluida una foto de Joy en la Unidad de Cuidados Intensivos, cada vez más grande, cada vez más fuerte, pero todavía una visión patética, entubada, respirando mediante un respirador artificial casi siempre, con horrores sin cuento acechando en su futuro: parálisis cerebral, deficiencias de aprendizaje, ceguera, sordera, retraso mental, toda una gama de desastres que los médicos no habían mencionado. Me conectaba a Internet, entraba en sitios con nombres como prematuros.com, leía historias contadas en primera persona por padres cuyos hijos habían sobrevivido, horriblemente lesionados, que habían llegado a casa con botellas de oxígeno, monitores de apnea o traqueotomías. Leía artículos sobre críos que crecían con epilepsia, deficiencias del aprendizaje, que nunca maduraban. Y leía artículos sobre bebés que morían: al nacer, en la UCI, en casa. «Nuestro precioso ángel», rezaba un titular. «Nuestra querida hija».

Quería copiar estas historias y mandarlas por correo electrónico a la Empujadora, junto con una fotografía de Joy. Quería enviarle una foto de mi hija. Ni cartas, ni palabras, sólo la foto de Joy, enviarla a su casa, enviarla a su escuela, enviarla a su jefe, a sus padres si podía localizarlos, enseñar a todo el mundo lo que había hecho, aquello de lo que era responsable. Me descubrí planificando paseos que me conducían cerca de tiendas de armas. Me descubría mirando los escaparates. Aún no me decidía a entrar, pero sabía que sería el siguiente paso. Y luego, ¿qué?

No me permití contestar a la pregunta. No me permití pensar más allá de la imagen que había atesorado: el rostro de Bruce cuando abría la puerta y me veía con una pistola en la mano. El rostro de Bruce cuando yo decía: «Yo te enseñaré a lamentarlo».

Una mañana, pasé junto a un quiosco y vi el nuevo número de *Moxie*, el ejemplar de agosto, aunque sólo estábamos en julio, y hacía tanto calor que el aire rielaba y las calles se volvían pegajosas bajo el sol. Me apoderé de un ejemplar.

—¿Piensa pagarlo, señorita?

—No —rugí—, voy a robarlo.

Tiré dos pavos y monedas sobre el mostrador y empecé a pasar con furia las páginas, mientras me preguntaba cuál sería el titular. «¿Mi hija el vegetal?» «¿Cómo joder de verdad la vida de tu ex?»

Dentro vi una sola palabra, una sombría incongruencia en la línea frívola y distendida de *Moxie*. «Complicaciones», decía.

«Embarazada», dice la carta, y ya no puedo leer más. Es como si la sola palabra me haya desnucado y dejado paralizado, salvo por el hielo que repta por mi nuca, el principio del miedo.

«No encuentro una forma sencilla de decírtelo —ha escrito—, así que lo diré sin más. Estoy embarazada.»

Hace dieciséis años, recuerdo que estaba sobre el *bimah* de mi sinagoga de Short Hills, cuando miré a la multitud de amigos y parientes y pronuncié aquellas palabras reverenciadas por el tiempo: «Hoy soy un hombre». Ahora, cuando siento el escalofrío que recorre mi estómago, cuando siento que las palmas de mis manos empiezan a sudar, sé la verdad: hoy soy un hombre. Y esta vez, va en serio.

—No creo —dije, en voz tan alta que los sin techo dispersos por la calle se detuvieron y miraron. No creo. Un hombre. Un hombre me habría llamado. ¡Habría enviado una postal, como mínimo! Devolví mi atención a la página.

Pero no soy un hombre. Resulta que soy un cobarde. Metí la carta en una agenda, guardé la agenda en el cajón de un escritorio, cerré con llave el cajón y, por culpa de un accidente premeditado, perdí la llave.

Dicen (el plural se refiere a los grandes filósofos, o quizás al reparto de *Seinfeld*) que romper es como volcar una máquina de Coca-Cola. No puedes hacerlo así como así, has de mover el aparato, balancearlo de un lado a otro varias veces. Para C. y para mí no fue así. Fue una ruptura limpia y rápida. Un trueno. Intenso, espantoso y concluido en cuestión de segundos.

Mentiroso, pensé. Menudo mentiroso. No fue un trueno, ni siquiera una ruptura. ¡Sólo te dije que quería un poco de tiempo!

Después, menos de tres meses más tarde, mi padre murió.

Deambulaba de un lado a otro con el teléfono en la mano, y su número aún era el primero de la memoria. ¿La llamo? ¿No la llamo? ¿Era mi ex o mi amiga?

Al final, opté por la amistad. Y más tarde, cuando un montón de personas estaban merendando en la cocina de mi madre, opté por algo más.

Y ahora, tres meses después, todavía lloro la muerte de mi padre, pero tengo la sensación de que he terminado con C. por completo. Ahora sé lo que es la tristeza verdadera. La exploro cada noche como un niño que ha perdido un diente y no puede parar de tocar con la lengua el espacio vacío donde estaba.

Sólo que ahora está embarazada.

Y no sé si se ha propuesto engañarme o atraparme, si soy el padre, ni siquiera si está embarazada de veras.

—Oh, esto es increíble —anuncié a toda Broad Street—. ¡Esto es increíble, joder!

Y la cuestión es que soy demasiado cobarde para preguntar.

Es tu elección, imagino que digo con mi silencio. Tu decisión, tu juego, tu movimiento. Consigo silenciar a la parte de mí que se interroga, que quiere saber cómo eligió: si fue a la clínica de Locust Street y pasó delante de los manifestantes con sus pancartas de bebés muertos cubiertos de sangre; si lo hizo en la consulta del médico, si fue con una amiga, un nuevo amante o sola. O si está paseando por su ciudad natal en este momento con un estómago tan grande como una pelota de playa y libros llenos de nombres de niños.

No pregunto, ni llamo. No envío un cheque, una carta, ni siquiera una postal. Estoy acabado, vacío, seco y sin lágrimas. No queda nada para ella o el niño, si es que existe.

Cuando me permito pensar al respecto, me enfurezco conmigo mismo (¿cómo pude ser tan idiota?) y con ella (¿cómo pudo dejarme?) Pero no me lo permito demasiado. Me despierto, voy a la oficina, actúo observando todos los formulismos, intento mantener alejada la punta de mi lengua del agujero de mi sonrisa. Pero en el fondo, sé que no puedo postergar esto mucho tiempo más, que ni siquiera mi cobardía puede aplazar lo inevitable. En mi escritorio, encajada en una agenda y cerrada con llave en un cajón, hay una carta con mi nombre escrito.

—¡Llega tarde! —me reprendió la jefa de enfermeras, y sonrió para demostrar que no lo decía en serio. Yo llevaba el ejemplar de *Moxie* enrollado como si tuviera la intención de pegar a un perro con él.

—Tome —dije, y se lo ofrecí. La mujer apenas le dedicó una mirada.

—No leo estas cosas —dijo—. Es basura.

—Estoy de acuerdo —dije, y me dirigí a la sala infantil.

—Alguien ha venido a verla —avisó la mujer.

Llegué a la sala y vi a una mujer ante mi ventana, la ventana situada delante de la incubadora de Joy. Vi un pelo gris corto, impecablemente peinado, un elegante traje de pantalón negro, un brazalete de diamantes alrededor de una muñeca. Un tenue aroma a Allure impregnaba el aire, sus uñas manicuradas brillaban bajo las luces fluorescentes. La Siempre Exquisita Audrey se había puesto el conjunto adecuado para ir a visitar a la primogénita prematura ilegítima de su hijo.

—¿Qué haces aquí? —pregunté.

Audrey lanzó una exclamación ahogada y retrocedió dos gigantescos pasos. Su cara palideció dos tonos más que su base Estée Lauder.

—¡Cannie! —dijo, y apretó una mano contra su pecho—. Me has..., me has asustado.

La miré sin decir nada, mientras sus ojos me repasaban de arriba abajo, incrédulos.

—Estás muy delgada —dijo por fin.

Bajé la vista y observé sin mucho interés que era cierto. Tanto andar, tanto conspirar, comiendo tan sólo un pedazo de *wagel* o de plátano, y taza tras taza de café sin azúcar, porque el sabor era igual a mi estado de ánimo. Mi nevera contenía botellas de leche materna y poco más. No podía recordar la última vez que había comido como un ser humano. Se me marcaban los huesos de la cara y de las caderas. De perfil, era Jessica Rabbit, ese personaje sexy de un cómic: culo inexistente, estómago liso, busto improbable, gracias a la leche. Si no te acercabas lo suficiente para observar que mi pelo estaba sucio y deslustrado, que tenía gigantescos círculos negros bajo los ojos y, sobre todo, que olía fatal, era un auténtico bombón.

No se me escapaba la ironía: después de una vida obsesionada por contar calorías, Weight Watchers y StairMasters, había encontrado la forma de deshacerme de aquellos kilos para siempre. De liberarme de la grasa y la celulitis. Debía comercializar el método, pensé histéricamente. La Dieta de la *Placentae Abruptio*, la Histerectomía de Urgencia y el Bebé con Posibles Daños Cerebrales. Me haría rica.

Audrey acarició su brazalete, nerviosa.

—Supongo que te estarás preguntando... —empezó.

Yo no dije nada, pues sabía muy bien cuánto le había costado dar este paso. Lo sabía, y me importaba un bledo. Una parte de mí deseaba verla retorcerse de angustia, buscar las palabras. Una parte de mí deseaba que sufriera.

—Bruce dice que no quieres hablar con él.

—Bruce tuvo la oportunidad de hablar conmigo. Le escribí para decirle que estaba embarazada. No me llamó.

Sus labios temblaron.

—No me lo dijo —susurró, casi para sí—. Cannie, lamenta mucho lo sucedido.

Resoplé con tal fuerza que tuve miedo de molestar a los bebés.

—Bruce llega tarde.

La mujer se mordió el labio, y dio vueltas al brazalete.

—Quiere hacer lo correcto.

—¿Y qué es? ¿Impedir a su novieta que vuelva a atentar contra la vida de mi hija?

—Dijo que fue un accidente —susurró.

Puse los ojos en blanco.

—Quiere hacer lo correcto —repitió—. Quiere ayudar...

—No necesito dinero —dije con deliberada grosería—. Ni el tuyo ni el de él. He vendido mi guión.

Su rostro se iluminó, contenta de que abordáramos un tema agradable.

—¡Eso es maravilloso, cariño!

Yo no dije nada, con la esperanza de que mi silencio la desmoronara, pero Audrey era más valiente de lo que yo sospechaba.

—¿Puedo ver a la niña? —preguntó.

Me encogí de hombros y señalé la ventana. Joy estaba en el centro de la sala infantil. Ya parecía menos un pomelo airado, más un melón cantalupo, tal vez, pero todavía era diminuta, frágil, con el respirador de aspecto futurista sujeto a su cara más a menudo que no. La gráfica que colgaba en el extremo de la cuna rezaba: «Joy Leah Shapiro». Sólo llevaba un pañal, más calcetines a rayas rosas y blancas, y un gorrito rosa coronado por un pompón. Había entregado mi colección a las enfermeras, para que cada mañana le pusieran un gorro diferente. Era el bebé de la UCI mejor tocada.

—¿Saldrá adelante?

—No lo sé —dije—. Es probable. Dicen que es probable. Todavía es pequeña, y ha de aumentar de tamaño, y sus pulmones han de crecer hasta que pueda respirar sin ayuda. Después irá a casa.

Audrey se secó los ojos con el pañuelo que había sacado de su bolso.

—¿Te quedarás aquí? ¿La criarás en Filadelfia?

—No lo sé —dije, sincera en demasía—. No sé si quiero volver al periódico, o regresar a California. Tengo amigos allí.

Pero mientras pronunciaba estas palabras, me pregunté si era cierto. Después de pergeñar una formularia nota de agradecimiento, que no lograba expresar ni una mínima parte de la gratitud que debería sentir por todo lo que había hecho por mí, había deparado a Maxi el mismo silencio que a mis demás amigos. ¿Quién sabía lo que pensaba, o si se seguía considerando amiga mía?

Audrey enderezó los hombros.

—Me gustaría ser su abuela —dijo con cautela—, con independencia de lo sucedido entre Bruce y tú...

—Lo sucedido —repetí—. ¿Te dijo Bruce que me practicaron una histerectomía? ¿Que no volveré a tener hijos? ¿Te lo mencionó, por casualidad?

—Lo siento, Cannie —repitió de nuevo, con voz chillona, impotente y algo asustada.

—Vete —le dije—. Por favor. Ya hablaremos de esto en otro momento, pero ahora no. Estoy demasiado cansada.

Apoyó una mano en mi hombro.

—Deja que te ayude —dijo—. ¿Puedo traerte algo? ¿Un poco de agua?

Negué con la cabeza, me desprendí de su mano y volví la cara.

—Por favor —dije—, vete.

Me quedé inmóvil, con los ojos cerrados, hasta que oí las suelas de sus zapatos alejarse por el pasillo. Así fue como me encontró la enfermera, apoyada contra la pared y llorando, con las manos convertidas en puños.

—¿Se encuentra bien? —preguntó, y tocó mi hombro. Asentí, y me volví hacia la puerta.

—Volveré después —le dije—. Voy a dar un paseo.

Aquella tarde caminé horas y horas, hasta que las calles, las aceras y los edificios se convirtieron en una mancha gris. Recuerdo que compré una limonada en algún sitio, y unas horas después paré en una estación de autobús para mear, y recuerdo que, en un momento dado, el tobillo que había llevado enyesado empezó a doler. No hice caso. Seguí andando. Caminé hacia el sur, luego hacia el este, atravesé barrios desconocidos, pisé vías de tranvía, pasé ante farmacias apagadas, fábricas abandonadas, la curva lenta y nauseabunda del Schuylkill. Pensé que, quizá, seguiría andando hasta Nueva Jersey. «Mira», diría, parada en el vestíbulo del edificio de apartamentos de Bruce como un fantasma, como un pensamiento culpable, como una herida antigua que hubiera empezado a sangrar de repente. «Mira en qué me he convertido.»

Caminé y caminé, hasta que sentí algo extraño, una sensación desconocida. Un dolor en el pie. Bajé la vista, levanté el pie izquierdo y observé confusa que la suela se desprendía poco a poco de la mugrienta zapatilla y caía al suelo.

Un tipo sentado en la entrada de una casa de la acera de enfrente se puso a reír.

—¡Eh! —gritó, mientras yo paseaba la mirada entre el zapato y la suela, como idiotizada, intentando extraer alguna conclusión—. ¡La nena necesita un par de zapatos nuevos!

Mi nena necesita un par de pulmones nuevos, pensé, en tanto paseaba la vista a mi alrededor. ¿Dónde estoy? No conocía el barrio. No me sonaban los nombres de las calles. Y estaba oscuro. Consulté mi reloj. Las ocho y media, y por un momento no supe si era de día o de noche. Estaba sudada, sucia y agotada..., y perdida.

Registré mis bolsillos en busca de respuestas, o al menos de dinero para un taxi. Encontré un billete de cinco dólares, algo de calderilla y diversos hilos.

Busqué un punto de orientación, una cabina telefónica, algo.

—Eh —grité al tipo de la acera de enfrente—. ¿Dónde estoy?

El hombre rió y se meció sobre sus talones.

—¡Powelton Village! ¡Estás en Powelton Village, nena!

Por ahí se empezaba.

—¿Por dónde se va a University City? —pregunté.

Meneó la cabeza.

—¡Te has perdido, nena! ¡Vas en dirección contraria! —Su voz era profunda y resonante, con acento del sur. Se levantó y caminó hasta mí, un negro de edad madura con una camiseta blanca y pantalones caqui. Escudriñó mi cara—. ¿Estás enferma? —preguntó por fin.

Negué con la cabeza.

—Sólo perdida —aclaré.

—¿Vas a la universidad? —continuó, y yo volví a negar con la cabeza, y él se acercó todavía más, con expresión más preocupada—. ¿Estás borracha? —preguntó, y me vi obligada a sonreír.

—Pues no —dije—. Salí a dar un paseo y me perdí.

—Bien, será mejor que te encuentres —dijo.

Por un terrible y angustioso momento, estuve convencida de que iba a empezar a hablarme de Jesús. Pero no lo hizo. En cambio, procedió a un largo y cuidadoso inventario de mi persona, empezando por las zapatillas destrozadas, siguiendo con las pantorrillas amoratadas, los pantalones cortos que había doblado dos veces en la cintura para que no resbalaran por mis caderas, la camiseta que no me había cambiado en cinco días, y el pelo, que me llegaba más abajo de los hombros por primera vez desde hacía más de diez años y, debido a que no me lo había cepillado ni lavado en días, colgaba en plan rastafari.

—Necesitas ayuda —dijo, por fin.

Incliné la cabeza y asentí. Ayuda. Era verdad. Necesitaba ayuda.

—¿Tienes gente?

—Sí —le dije—. Tengo una hija —empecé, y se me hizo un nudo en la garganta.

Alzó el brazo y señaló.

—Por ahí se va a University City —dijo—. Vas hasta la esquina de la Calle 45, y el autobús te lleva directo. —Rebuscó en su bolsillo, extrajo un pase de autobús algo arrugado y me lo dio. Después, se agachó y examinó mi zapato—. Quédate aquí —dijo.

Permanecí inmóvil, temerosa de mover un solo músculo. Aunque no estaba muy segura de qué tenía miedo.

El hombre salió de su casa con un rollo plateado de cinta adhesiva en la mano. Levanté el pie, y él sujetó la suela con cinta.

—Ve con cuidado —dijo—. Ahora eres madre, y has de ir con cuidado.

—Lo haré —dije. Empecé a cojear hacia la esquina que había señalado.

Pese a mi aspecto desastrado, nadie me dedicó ni una sola mirada en el autobús. Todo el mundo estaba demasiado absorto en sus pensamien-

tos, después de salir del trabajo: la cena, los hijos, la programación te-
levisiva, las minucias de sus vidas cotidianas. El autobús atravesaba
poco a poco la ciudad. Empecé a reconocer las cosas. Vi el estadio, los
rascacielos, la lejana torre blanca del edificio del *Examiner*. Y después,
vi la oficina de Trastornos Alimentarios de la Universidad de Filadelfia, donde había ido un millón de años antes. Cuando lo único que me
preocupaba era no estar delgada.

Encuéntrate, pensé, y tiré del cordón de parada con tanta fuerza,
que por un momento pensé que lo había arrancado. Subí en ascensor
hasta la séptima planta, pensando que encontraría todas las luces apagadas y las puertas cerradas con llave, mientras me preguntaba por qué
me tomaba la molestia.

Pero su luz estaba encendida, y la puerta abierta.

—¡Cannie! —dijo el doctor K., sonriente. Sonriente hasta que se
levantó, rodeó el escritorio y percibió mi hedor. Y me miró de cerca.

—Soy un éxito —dije, e intenté sonreír—. ¡Mírame! ¡Veinte kilos
de sebo perdidos en un mes! —Me pasé una mano sobre los ojos—.
Estoy delgada —dije, y me puse a llorar—. Sí, yo.

—Siéntate —dijo, y cerró la puerta. Pasó un brazo alrededor de
mis hombros y me guió hasta el sofá, donde me senté, sorbiendo por la
nariz y patética.

—Dios mío, Cannie, ¿qué te ha pasado?

—Fui a dar un paseo —empecé. Sentía la lengua hinchada y
como cubierta de sarro, y los labios agrietados—. Me perdí —dije. Hablaba con voz extraña y ronca—. Fui a dar un paseo, y me extravié.
Ahora intento encontrarme.

Apoyó una mano sobre mi cabeza y la acarició con dulzura.

—Deja que te acompañe a casa.

Dejé que me guiara hasta el ascensor, y luego hasta su coche.
Mientras salíamos, se paró en una máquina dispensadora y compró
una lata fría de Coca-Cola. La agarré sin preguntar y me la zampé
toda. Él no pronunció palabra, ni siquiera cuando eructé ruidosamente. Paró en un súper y salió con una botella de agua y un polo de naranja.

—Gracias —grazné—, eres muy amable.

Bebí el agua y chupé el polo.

—Llevo unos días intentando localizarte —dijo—. En casa y en el trabajo.

—Estoy muy ocupada —recité.

—¿Joy ya está en casa?

Negué con la cabeza.

Me miró.

—¿Te encuentras bien?

—Ocupada —volví a graznar. Me dolían las tetas. Bajé la vista y no me sorprendió ver dos manchas circulares debajo de la V de sudor que empezaba en la clavícula.

—¿Ocupada en qué? —preguntó.

Cerré la boca. No había pensado en continuar el diálogo después de «ocupada».

En un semáforo, me miró y escrutó mi rostro.

—¿Te encuentras bien?

Me encogí de hombros. El coche de detrás tocó la bocina, pero él no se movió.

—Cannie —dijo con voz cariñosa. Una sola lágrima resbaló por mi mejilla. Extendió la mano para secarla. Yo me eché hacia atrás como si me hubieran quemado.

—¡No! —grité—. ¡No me toques!

—Por Dios, Cannie, ¿qué pasa?

Sacudí la cabeza, contemplé mi regazo, donde las ruinas del polo se estaban fundiendo. Continuamos un rato en silencio, mientras el coche ronroneaba debajo de nosotros y el aire acondicionado susurraba sobre mis rodillas y hombros.

Volvió a hablar en otro semáforo.

—¿Cómo está *Nifkin*? ¿Recuerda algo de lo que le enseñé? —Me dirigió una veloz mirada—. Te acuerdas de cuando fuimos a verte, ¿verdad?

Asentí.

—No estoy loca.

Pero no sabía si eso era cierto. ¿Sabían los locos que lo estaban? ¿O creían que eran perfectamente normales, al tiempo que no cesaban de cometer locuras, como ir por ahí sucios, con los zapatos destrozados y la cabeza tan llena de rabia que parecía a punto de estallar?

—¿Adónde vamos? —articulé por fin—. Debería ir a casa. O al hospital. Debería volver allí.

Frenamos en un semáforo en rojo.

—¿Trabajas ya? —me preguntó—. No he visto tu nombre...

Había pasado tanto tiempo desde que había entablado esta especie de conversación normal con alguien, que tardé un poco en elegir las palabras correctas.

—Estoy de permiso.

—¿Comes bien? —Me miró de reojo en la oscuridad—. Aunque tal vez debería preguntar si comes algo.

Me encogí de hombros.

—Es difícil. Con la niña. Con Joy. Voy a verla al hospital dos veces al día, y estoy preparando las cosas en casa... Camino mucho —concluí.

—Ya lo veo.

Unas cuantas manzanas más de silencio, otro semáforo en rojo.

—He estado pensando en ti —dijo—. Confiaba en que te dejarías caer, o llamarías...

—Bien, lo he hecho, ¿no?

—Pensaba que tal vez podríamos ir al cine. O volver a aquel restaurante.

Me sonó tan raro que casi reí. ¿Hubo un tiempo en que había ido a restaurantes, al cine, cuando todos mis pensamientos no giraban alrededor de la niña y mi rabia?

—¿Adónde ibas cuando te extraviaste?

—A pasear —dije con un hilo de voz—. Sólo a pasear.

Meneó la cabeza, pero no preguntó nada.

—¿Por qué no dejas que te lleve a mi casa? Te prepararé la cena.

Medité.

—¿Vives cerca del hospital?

—Aún más cerca que tú. Te llevaré en cuanto quieras.

Asentí una vez y cedí.

Estuve callada mientras el ascensor nos subía hasta el piso dieciséis, callada mientras él abría la puerta con su llave, se disculpaba por el desorden, preguntaba si aún me gustaba el pollo y si quería hablar por teléfono. Asentí para el pollo, meneé la cabeza para el teléfono, y atravesé poco a poco su sala de estar, pasé la mano por los lomos de sus libros, examiné las fotos familiares enmarcadas, mirando sin ver. Desapareció en la cocina, y luego salió con una pila de cosas dobladas: una toalla blanca esponjosa, unos pantalones de chándal y una camiseta, pastillas de jabón y frascos de champú en miniatura de un hotel de Nueva York.

—¿Te apetece darte una ducha? —preguntó.

El cuarto de baño era grande y limpio. Me despojé de la camisa, después de los pantalones cortos, mientras intentaba recordar sin muchas ganas cuándo habían estado limpios. A juzgar por la apariencia y el olor, deduje que había transcurrido bastante tiempo. Los doblé, volví a doblarlos, y luego decidí que a la mierda con ellos y los tiré a la basura. Permanecí bajo el agua mucho rato, con los ojos cerrados, y sólo pensé en la sensación del agua en la cara. *Encuéntrate*, me dije. *Intenta encontrarte.*

Cuando salí de la ducha, vestida, con el pelo seco, él estaba poniendo la comida en la mesa.

—Bienvenida —sonrió—. ¿Te parece bien esto?

Había una ensalada variada, un picantón asado y una bandeja de pasteles de patata, que no había visto servir fuera del Hanukah en años. Me senté. La comida olía bien. La primera vez que algo me había olido bien desde hacía tiempo.

—Gracias —dije.

Llenó mi plato, y no habló mientras yo comía, aunque me observaba con atención. De vez en cuando alzaba la vista y le veía... no mirando, exactamente. Sólo me observaba.

Por fin, aparté mi plato.

—Gracias —repetí—. Estaba todo muy bueno.

Me condujo hasta el sofá y me ofreció un cuenco de cerámica lleno de helado de chocolate y sorbete de mango.

—De Ben and Jerry —explicó. Le miré, con las neuronas todavía desconectadas, recordando que me había llevado ese postre al hospital en una ocasión—. ¿Te acuerdas de cuando hablamos de los helados en clase?

Le miré sin comprender.

—Cuando hablamos de comidas pulsionales —me animó. Y entonces me acordé, sentados alrededor de una mesa un millón de años antes, hablando de las cosas que me gustaba comer. Se me antojó increíble que alguna vez me hubiera gustado algo..., que me hubieran gustado las cosas normales. Comida, amigos, ir a pasear y al cine. ¿Volvería a vivir de esa manera?, me pregunté. No estaba segura..., pero pensé que quizá debería intentarlo.

—¿Recuerdas todos los platos favoritos de tus pacientes? —pregunté.

—Sólo de mis pacientes favoritos —replicó. Estaba sentado en la butaca, frente a mí, mientras yo comía, saboreando cada bocado. Suspiré cuando terminé. Había pasado mucho tiempo desde la última vez que había comido tan bien. Mucho tiempo desde que algo me había sabido bien.

Carraspeó. Imaginé que era como una señal para irme. Debía de tener planes para la noche. Hasta una cita, tal vez. Me devané los sesos y traté de recordar. ¿Qué día era? ¿Ya había llegado el fin de semana?

Bostecé, y el doctor K. me sonrió.

—Pareces muy cansada —dijo—. ¿Por qué no descansas un rato? Su voz era cálida, relajante.

—Te gusta el té, no el café, ¿verdad? —Asentí—. Vuelvo enseguida.

Fue a la cocina y yo estiré mis piernas sobre el sofá, y cuando volvió ya estaba medio dormida. Los párpados me pesaban. Bostecé, y traté de incorporarme cuando me dio el tazón.

—¿Adónde ibas hoy? —preguntó.

Volví la cabeza, en busca de la manta colgada sobre el respaldo del sofá.

—Sólo fui a dar un paseo. Supongo que me perdí, o algo por el estilo. Pero estoy bien. No deberías preocuparte. Estoy bien.

—No lo estás —replicó; había irritación en su voz—. Eso es evidente. Estás medio muerta de hambre, vagas por la ciudad sin rumbo, dejas tu trabajo...

—Permiso —corregí—. Estoy de permiso por compasión.

—No debería avergonzarte pedir ayuda.

—No necesito ayuda —dije instintivamente. Porque ése era mi reflejo condicionado desde la adolescencia, alimentado con los años. *Estoy bien. Puedo arreglármelas. Estoy bien*—. Lo tengo todo controlado. Estoy bien. Estamos bien. Yo y mi hija. Estamos bien.

Meneó la cabeza.

—¿Cómo vas a estar bien? No eres feliz...

—¿Por qué debería ser feliz?

—Tienes una niña hermosa...

—Sí, pero no gracias a los demás.

Me miró. Yo le devolví la mirada, furiosa. Después, dejé el té y me levanté.

—Debo irme.

—Cannie...

Busqué mis calcetines y los zapatos sujetos con cinta adhesiva.

—¿Puedes llevarme a casa?

Parecía afligido.

—Lo siento... No quería que te enfadaras.

—No me he enfadado. No estoy enfadada. Pero quiero ir a casa.

Suspiró, y luego se miró los pies.

—Yo pensaba... —musitó.

—¿Pensabas qué?

—Nada.

—¿Pensabas qué? —repetí, con más insistencia.

—Era una mala idea.

—¿Pensabas qué? —repetí, en un tono que no aceptaba el no como respuesta.

—Pensaba que si venías aquí, te relajarías. —Meneó la cabeza, como estupefacto por sus esperanzas, sus suposiciones—. Pensaba que quizá querrías hablar de cosas...

—No hay nada de qué hablar —dije, pero con más dulzura. Me había dado cena, ropa limpia, un polo de naranja, me había acompañado en coche—. Estoy bien. De veras.

Nos quedamos en silencio unos momentos, y algo pasó entre nosotros, la tensión se apaciguó. Sentí las ampollas de mis pies, las mejillas tensas y doloridas por el sol. Sentí el algodón delgado y fresco de su camiseta en mi espalda, y lo agradable que era, y mi estómago lleno de buena comida, y lo agradable que era. Y sentí mis pechos, aquejados de un dolor sordo.

—Eh, ¿no tendrás un sacaleches por casualidad? —pregunté. Mi primer intento de bromear desde que había despertado en el hospital.

Negó con la cabeza.

—¿Ayudaría un poco de hielo? —preguntó.

Asentí y volví a sentarme en el sofá, adonde me trajo hielo envuelto en una toalla. Le di la espalda y me puse el hielo debajo de la camiseta.

—¿Cómo está *Nifkin*? —preguntó.

Cerré los ojos.

—Está con mi madre —murmuré—. Lo envié con ella una temporada.

—Bien, que no se prolongue demasiado. Olvidará sus trucos. —Tomó un sorbo de té—. Iba a enseñarle a hablar, si hubiéramos pasado más tiempo juntos.

Asentí. Me volvían a pesar los párpados.

—Tal vez en otro momento —dijo. Mantenía los ojos cortésmente apartados, mientras yo iba moviendo el hielo—. Me gustaría volver a ver a *Nifkin*. —Hizo una pausa y carraspeó—. También me gustaría verte a ti, Cannie.

Le miré.

—¿Por qué? —Una pregunta grosera, lo sabía, pero tenía la sensación de que me había desprendido de los buenos modales..., de todos, en realidad—. ¿Por qué yo?

—Porque te aprecio.

—¿Por qué?

—Porque eres... —Se interrumpió. Cuando le miré, estaba moviendo las manos en el aire, como si intentara esculpir frases en el aire—. Eres especial.

Negué con la cabeza.

—Lo eres.

Especial, pensé. Yo no me sentía especial. En realidad, me sentía ridícula. Me sentía como un fantoche, una llorica, un monstruo. ¿Qué aspecto debo de tener?, me pregunté. Me imaginé en la calle aquella noche, con mi zapato descuajaringado, sudorosa y mugrienta, los pechos rezumando leche. Deberían tomar una foto, colocar mi cartel en todos los institutos, clavarlo con chinchetas en las librerías junto a las novelas de *Harlequin* y los libros de autoayuda acerca de encontrar a tu alma gemela, el compañero de tu vida, tu verdadero amor. Podría convertirme en una advertencia. Podría conseguir que las chicas eludieran mi destino.

Debí de adormecerme en aquel momento, porque cuando desperté con un sobresalto, con la mejilla apoyada sobre la manta y la toalla llena de hielo fundiéndose en mi regazo, estaba sentado delante de mí.

Se había quitado las gafas, y sus ojos eran bondadosos.

—Toma —dijo. Tenía algo en los brazos, acunado como un bebé. Almohadas. Mantas—. Te he preparado el cuarto de invitados.

Caminé hacia la habitación como envuelta en una bruma, muerta de cansancio. Las sábanas eran frescas y limpias, las almohadas como un abrazo. Dejé que retirara la colcha, me ayudara a tumbarme, me cubriera con las mantas y las alisara. Su rostro parecía mucho más dulce sin las gafas, en la oscuridad.

Se sentó en el borde de la cama.

—¿Me dirás por qué estás tan furiosa? —preguntó.

Estaba muy cansada, y sentía la lengua pesada y lenta. Era como estar drogada, o hipnotizada. Como soñar bajo el agua. O quizá se lo habría dicho a cualquiera, si le hubiera dejado acercarse lo suficiente para preguntar.

—Estoy furiosa con Bruce. Estoy furiosa porque la novieta me empujó, y estoy furiosa porque no me quiere. Estoy furiosa con mi padre, supongo.

Enarcó una ceja.

—Lo vi... en California... —Hice una pausa para bostezar, para reprimir las palabras—. No quiso reconocerme. —Pasé las manos sobre el vientre, o lo que quedaba de él—. La niña... —Me pesaban los párpados, de manera que apenas podía abrir los ojos—. No quiso saber nada.

Me acarició la mejilla con el dorso de la mano, y yo me apoyé contra ella como una gatita, sin pensar.

—Lo siento mucho —dijo—. Hay mucha tristeza en tu vida.

Aspiré, expulsé el aire, mientras meditaba sobre esta realidad.

—No es una noticia de última hora —dije.

Sonrió.

—Sólo quería que lo supieras. Quería verte, para poder decirte...

Le miré con los ojos abiertos de par en par en la oscuridad.

—No has de hacer todo sola —dijo—. Hay gente que te quiere. Has de dejar que te ayuden.

Entonces me senté. Las sábanas y las mantas cayeron sobre mi vientre.

—No —le dije—. Eso es un error.

—¿Qué quieres decir?

Meneé la cabeza, impaciente.

—¿Sabes lo que es el amor?

Meditó sobre la pregunta.

—Creo que en una ocasión oí una canción al respecto.

—El amor —dije— es la alfombra que te quitan de los pies para que te caigas. El amor es Lucy, que siempre levanta la pelota de fútbol en el último momento para que Charlie Brown se caiga de culo. El amor es algo que, cada vez que crees en él, se desvanece. El amor es para los gilipollas, y yo no pienso volver a ser una gilipollas.

Cuando cerré los ojos, me vi como era unos meses antes, tendida en el suelo de un lavabo, con reflejos en el pelo y maquillaje en la cara; los zapatos caros, la ropa elegante y los pendientes de diamantes no habían podido protegerme, no habían alejado al lobo de mi puerta.

—Quiero una casa con suelos de madera dura —dije—, y no quiero que entre nadie más.

Él estaba tocando mi pelo, diciendo algo.

—Cannie —repitió.

Abrí los ojos.

—No ha de ser así.

Le miré en la oscuridad.

—¿De qué otra forma podría ser?

Se inclinó hacia adelante y me besó.

Me besó, y al principio me quedé demasiado sorprendida para hacer algo, demasiado sorprendida para moverme, demasiado sorprendida para hacer otra cosa que continuar sentada, muy quieta, cuando sus labios tocaron los míos.

Apartó la cabeza.

—Lo siento —dijo.

Me incliné hacia él.

—Suelos de madera dura —susurré, y me di cuenta de que le estaba tomando el pelo, y de que estaba sonriendo, y de que hacía mucho tiempo que no sonreía.

—Te daré lo que pueda —dijo, y me miró de una manera indicadora de que, oh, milagro de los milagros, se lo estaba tomando muy en serio. Y después, me volvió a besar, subió las sábanas hasta mi barbilla, apoyó su mano cálida sobre mi frente y salió de la habitación.

Oí que la puerta se cerraba, y que acomodaba su cuerpo larguirucho en el sofá. Escuché hasta que apagó las luces y su respiración se hizo profunda y regular. Escuché, con las sábanas apretadas contra mi cuerpo, atesorando la sensación de estar protegida, de que alguien cuidaba de mí. Y entonces pensé con claridad, por primera vez desde que Joy había nacido. Decidí, en aquella cama extraña, en la oscuridad, que podía seguir asustada eternamente, que podía seguir paseando, que podía cargar con mi rabia a todas partes, concentrada en mi pecho. Pero tal vez existía otra forma. «Tienes todo lo que necesitas», había dicho mi madre. Y, tal vez, todo lo que necesitaba era la valentía de admitir que necesitaba a alguien en quien apoyarme. Y después sería capaz de hacerlo: podría ser una buena hija, y una buena madre. Y hasta feliz. Quizá.

Bajé de la cama. Sentí la frialdad del suelo bajo mis pies. Avancé con cautela a oscuras, salí de la habitación, cerré la puerta a mi espalda. Me acerqué al sofá, donde él se había quedado dormido con un libro que estaba resbalando de sus dedos. Me senté en el suelo a su lado y me acerqué tanto, que mis labios casi tocaron su frente. Después, cerré los ojos, respiré hondo y me lancé al vacío.

—Socorro —susurré.

Abrió los ojos al instante, como si no estuviera dormido, sino esperando, y tocó mi mejilla.

—Socorro —repetí, como si fuera una niña, como si acabara de aprender esta palabra y no pudiera cesar de repetirla—. Ayúdame. Socorro.

Dos semanas después, Joy fue a casa. Tenía ocho semanas, pesaba tres kilos y medio, y respiraba, por fin, sin ayuda.

—Todo irá bien —dijeron las enfermeras.

Pero yo aún no había decidido que estaba preparada para ser la de siempre. Estaba demasiado herida todavía, demasiado triste.

Samantha me ofreció su casa. Cogería permiso, dijo, había acumulado semanas libres, haría lo posible por poner el piso en condiciones. Maxi se ofreció a venir, o a trasladarnos a las dos en avión a Utah, donde estaba rodando una epopeya de vaqueras bautizada con el peculiar título de *Buffalo Girls 2000*. Peter, por supuesto, fue el primero en decirnos que podíamos quedarnos con él o, si yo quería, se quedaría en mi casa con nosotras.

—Olvídalo —le dije—. He aprendido que no se puede dar leche gratis a los hombres y esperar que después compren la vaca.

Su rostro se tiñó de púrpura.

—Cannie —empezó—, no era mi intención...

Entonces me reí. Era agradable reír. Había pasado demasiado tiempo sin hacerlo.

—Era una broma —dije, y me miré con tristeza—. Créeme, no estoy en forma para pensar en eso durante un tiempo.

Al final, decidí ir a casa, a casa de mi madre y la horrible Tanya, que había accedido a guardar en un almacén su telar durante mi estancia y devolvernos a Joy y a mí a la Habitación Antes Conocida como la Mía. De hecho, las dos se alegraron de darnos asilo.

—¡Es tan agradable volver a abrazar a un niño! —dijo mi madre, sin tener en cuenta el hecho de que la diminuta, frágil y enfermiza Joy, con su monitor de apnea y miríadas de preocupaciones por su salud, no era el tipo de bebé con el que una abuela soñaría.

Pensaba que estaríamos una o dos semanas, una buena oportunidad de restablecerme, de descansar, de acostumbrarme a cuidar de la niña. Al final, nos quedamos tres meses, yo en la cama que había usado cuando era una niña, y Joy en una cuna a mi lado.

Mi madre y Tanya me dejaron en paz. Me traían a la puerta bandejas de comida y tazas de té. Recuperaron mis CD y media docena de libros de mi apartamento, y Tanya me regaló una colcha púrpura y verde.

—Para ti —dijo con timidez—. Siento lo sucedido.

Y me di cuenta de que lo decía en serio. Lo sentía, y se estaba esforzando. Hasta había dejado de fumar. Por la niña, me dijo mi madre. Fue muy amable por su parte.

—Gracias —dije, mientras me envolvía en ella. Sonrió como una salida de sol.

—De nada.

Samantha venía varias veces a la semana, y me traía golosinas de la ciudad: hojas de parra a la brasa del puesto vietnamita de Reading Terminal, ciruelas de una granja de Nueva Jersey. Peter también venía a verme, cargado de libros, periódicos, revistas (nunca *Moxie*, me agradó observar) y pequeños regalos para Joy, incluyendo una diminuta camiseta que decía «Girl Power».

—Es fantástica —dije.

Peter sonrió, y hundió la mano en el maletín.

—A ti también te he traído una —dijo.

—Gracias.

Joy se agitó en su sueño. Peter la miró, y después a mí.

—¿Cómo estás, en realidad?

Estiré los brazos sobre la cabeza. Estaba muy, muy bronceada, de tanto tiempo que había pasado caminando bajo el sol, pero las cosas estaban empezando a cambiar. Para empezar, me duchaba. Y comía. Estaba recuperando las caderas y los pechos, y me parecía estupendo..., como si volviera a reconocerme. Como si estuviera recuperando no sólo mi cuerpo, sino la vida que había dejado atrás. En conjunto, no había sido una vida tan mala. Había perdido cosas, cierto, y había gente que no me volvería a querer, pero también existían... posibilidades, pensé, y sonreí a Peter.

—Mejor —dije—. Creo que estoy bastante mejor.

Una mañana de septiembre desperté con ganas de pasear otra vez.

—¿Quieres compañía? —graznó Tanya.

Negué con la cabeza. Mi madre me miró con el ceño fruncido mientras me ataba los cordones de las zapatillas.

—¿Quieres llevarte a la niña? —preguntó.

Miré a Joy. Ni siquiera lo había pensado.

—Un poco de aire puro no le sentaría mal —dijo mi madre.

—No creo —contesté poco a poco.

—No se romperá —dijo mi madre.

—No estés tan segura —dije, y sentí que mis ojos se llenaban de lágrimas—. Estuvo a punto.

—Los bebés son más fuertes de lo que pensamos. A Joy no le pasará nada..., y no puedes tenerla encerrada eternamente.

—¿Ni siquiera si la llevo de casa al colegio y viceversa?

Mi madre sonrió y me dio el portabebés. Lo sujeté sobre mi pecho con movimientos torpes y acomodé a Joy.

Era tan pequeña todavía, tan pequeña, que pesaba como una hoja de otoño. *Nifkin* me miró y acarició mi pierna con la pata, al tiempo que lloriqueaba en voz baja. Le puse la correa y también me lo llevé. Bajamos con parsimonia hasta el borde del camino de entrada y salimos a la calle, a un paso que habría convertido a un artrítico en un corredor de fondo. Era la primera vez que salíamos a la calle desde que habíamos llegado, y me sentía aterrorizada, de los coches, de la gente, de todo, pensé con tristeza. Joy se apretaba contra mí con los ojos cerrados. *Nifkin* andaba a mi lado, gruñendo a los coches que pasaban.

—Mira, nena —susurré a la cabeza de Joy—. Mira el mundo.

Cuando regresamos de nuestro paseo matutino, el coche de Peter estaba aparcado en el camino de entrada. Mi madre, Tanya y Peter estaban sentados a la mesa de la cocina.

—¡Cannie! —dijo mi madre.

—Hola —dijo Peter.

—Estábamos hablando de ti —dijo Tanya. Aunque llevaba casi un mes sin fumar, su voz aún sonaba como la de las hermanas de Marge Simpson.

—Eh —dije a Peter, contenta de verle.

Moví la mano en un saludo general, saqué a Joy de la mochila, la envolví en una manta y me senté con ella en mi regazo. Mi madre sirvió té mientras Joy miraba a Peter con los ojos abiertos de par en par.

Ya había venido en otras ocasiones, pero Joy siempre había estado dormida. Éste era su primer encuentro real.

—Hola, nena —dijo Peter con solemnidad. Joy arrugó la cara y se puso a llorar. Peter compuso una expresión compungida.

»Lo siento —empezó.

—No te preocupes —dije, y di la vuelta a Joy para que estuviera de cara a mí, la mecí hasta que sus sollozos se transformaron en gemiditos, después en hipidos, y por fin calló.

—No está acostumbrada a los hombres —dijo Tanya. Se me ocurrieron al menos seis réplicas groseras, pero mantuve la boca cerrada prudentemente.

—Creo que los niños se asustan de mí —dijo Peter, contrito—. Debe de ser mi voz.

—Joy ha oído toda clase de voces —dije con ironía.

Mi madre me dirigió una mirada asesina. Tanya no pareció darse cuenta.

—No está asustada —dije. De hecho, estaba dormida, con los labios entreabiertos y las pestañas largas y oscuras apoyadas sobre sus mejillas sonrosadas, donde las lágrimas aún se estaban secando—. ¿Lo ves?

Le sequé la cara y la incliné hacia él, para que pudiera verla. Peter se inclinó y la miró.

—Caramba —dijo con reverencia. Extendió un dedo largo y delgado y le acarició la mejilla. Sonreí a Joy, que se despertó al instante, miró a Peter y empezó a bramar de nuevo.

—Lo superará —dije—. ¡Niña grosera! —susurré en su oído.

—A lo mejor tiene hambre —sugirió Tanya.

—O el pañal mojado —dijo mi madre.

—O le ha decepcionado la programación del horario de máxima audiencia de la ABC —dije.

Peter se partió de risa.

—Bien, es una espectadora muy perspicaz —dije, mientras acunaba a Joy sobre mi hombro—. Le gustó mucho *Sports Night*.

Una vez tranquilizada, me serví té y un puñado de galletas de chocolate. Añadí una manzana del frutero y puse manos a la obra.

Peter me dirigió una mirada de aprobación.

—Tienes mucho mejor aspecto —anunció.

—Dices eso cada vez que me ves.

—Es que es verdad —insistió—. Mucho más saludable.

Y era verdad. Con tres comidas al día, más algunos aperitivos, estaba recuperando a toda prisa mis proporciones anteriores a la dieta. Y continuaba recibiendo los cambios con agrado. Ahora lo veía todo de una forma diferente. Mis piernas eran robustas y fuertes, no gordas o desproporcionadas. Mis pechos tenían ahora un propósito, además de tensar mis jerséis y dificultar la compra de un sujetador que no fuera beis. Hasta mi cintura y mis caderas, surcadas de estrías plateadas, sugerían vigor y contaban una historia. Tal vez fuera una chica grande, razoné, pero no era lo peor del mundo. Yo era un puerto seguro y un lugar de descanso mullido. Hecha para la comodidad, no para la velocidad, pensé, y reí para mí. Peter sonrió.

—Mucho más saludable —repitió.

—Te echarán a patadas del centro dietético si corre la voz de que me dices eso.

Se encogió de hombros, como si no importara.

—Creo que tienes un aspecto excelente. Siempre lo pensé.

Mi madre estaba radiante. Le comuniqué con la mirada que se metiera en sus asuntos y acomodé a Joy en mi regazo.

—Bien —dije—, ¿qué te trae por estos pagos?

—Pues verás —dijo Peter—, me estaba preguntando si a ti y a Joy os apetecería ir a dar un paseo en coche.

Sentí que mi pecho se tensaba otra vez. Joy y yo no habíamos ido en coche desde su llegada, excepto para los reconocimientos periódicos en el hospital.

—¿Adónde? —pregunté, en tono indiferente.

—A la orilla —dijo, utilizando la típica expresión de Filadelfia—. Es un paseo corto.

Sonaba bien. Y también aterrador.

—No estoy segura —dije con pesar—. No estoy segura de que la niña esté preparada.

—¿Ella, o tú? —inquirió mi servicial madre. Volví a indicarle, con una mirada todavía más furibunda, que se metiera en sus asuntos.

—Estaré con vosotras, por si necesitas asistencia médica —dijo Peter.

—Venga, Cannie —dijo mi madre.

—Te sentará bien —me apremió Tanya.

Le miré. Él sonrió. Suspiré, sabiendo que estaba derrotada.

—Un paseo corto —dije, y él asintió, más contento que unas pascuas, y se levantó para ayudarme.

Tardamos un rato en marchar, por supuesto, tres cuartos de hora, para ser exacta, y tres bolsas llenas de pañales, gorros, jerséis, el cochecito, biberones, mantas y demás parafernalia, todo embutido en el maletero. Acomodamos a Joy en su asiento especial, yo me senté en el asiento del pasajero, Peter se puso al volante y nos dirigimos a la playa de Jersey.

Peter y yo hablamos un poco al principio, de su trabajo, de Lucy, de Maxi, de que Andy había recibido amenazas de muerte después de publicar una crítica muy negativa de una famosa marisquería de Filadelfia, la cual se había aprovechado de su reputación y su sopa de tortuga mediocre durante cuatro décadas. Después, cuando entramos en la autovía de Atlantic City, sonrió, tocó un botón del tablero de mandos y el techo se abrió.

—¡Un techo deslizante! —dije, impresionada.

—¡Sabía que te gustaría! —gritó.

Miré a Joy, encajada en su asiento, y me pregunté si tendría demasiado aire, pero daba la impresión de que estaba disfrutando. La cinta rosa que había atado en su pelo, para que todo el mundo supiera que era una niña, se agitaba, y tenía los ojos abiertos de par en par.

Fuimos hasta Ventnor y aparcamos a dos manzanas de la playa. Peter desdobló el complicado cochecito de Joy, mientras yo bajaba del coche, la envolvía en más mantas de las que merecía el caluroso día de septiembre y la colocaba en el cochecito. Caminamos con parsimonia hasta el agua, yo empujando, Peter a mi lado. La luz del sol era como miel sobre mis hombros, y mi cabello brillaba.

—Gracias —dije. Se encogió de hombros, como violento.

—Me alegro de que te guste —contestó.

Anduvimos sobre el paseo de tablas, unos veinte minutos en una dirección, otros veinte minutos en la otra, porque había decidido que no quería que Joy pasara más de una hora fuera de casa. Sólo que el aire salado no parecía molestarla. Se había quedado dormida como un tronco, con la boquita relajada, la cinta rosa algo suelta y el fino cabello castaño rizado alrededor de sus mejillas. Me incliné para oírla respirar, y para echar un vistazo al pañal. Ningún problema.

Peter volvió a mi lado con una manta en los brazos.

—¿Quieres sentarte en la playa? —preguntó.

Asentí. Desdoblamos la manta, desaté a Joy, caminamos hasta el agua y nos sentamos, contemplando las olas que rompían. Hundí los dedos de los pies en la arena caliente y escudriñé la espuma blanca, las profundidades verdeazuladas, el borde negro del océano cuando se encontraba con el horizonte, y pensé en todo lo que no podía ver: tiburones, caballitos y estrellas de mar, las ballenas que se cantaban unas a otras, vidas secretas que nunca conocería.

Peter pasó otra manta sobre mis hombros, y dejó apoyadas sus manos unos segundos.

—Cannie —empezó—, quiero decirte algo.

Le dirigí lo que supuse una sonrisa de aliento.

—El día aquel en Kelly Drive, cuando Samantha y tú estabais paseando... —dijo, y carraspeó.

—Me acuerdo. Sigue.

—Bien, yo, eeeeh... no suelo correr.

Le miré, confusa.

—Es que.., bien, recuerdo que dijiste en clase que ibas a dar paseos en bicicleta y a pie por allí, y pensaba que no podía llamarte...

—¿Y te pusiste a correr?

—Cada día —confesó—. Mañana y noche, y a veces a la hora de comer. Hasta que te vi.

Me dejó sorprendida el alcance de su devoción, a sabiendas de que en mi caso, por más que deseara ver a la otra persona, no sería suficiente para animarme a correr.

—Yo, humm, tengo las espinillas hechas trizas ahora —musitó, y yo estallé en carcajadas.

—¡Bien merecido! Podrías haberme llamado...

—Pero no podía. Para empezar, eras una paciente...

—Era una paciente.

—Y estabas, humm...

—Embarazada de otro hombre —terminé.

—¡Eras indiferente! —exclamó—. ¡Indiferente por completo! ¡Eso era lo peor! Allí estaba yo, soñando contigo, con las espinillas entablilladas...

Reí otra vez.

—Para empezar, estabas triste por Bruce, que hasta yo sabía que no te convenía...

—No eras muy objetivo —repuse, pero aún no había terminado.

—Y luego te fuiste a California, cosa que tampoco te convenía...

—California es muy bonita —dije en defensa de California.

Se sentó a mi lado y pasó los brazos alrededor de mis hombros. Nos apretó a las dos contra él.

—Pensaba que nunca ibas a volver —dijo—. No podía soportarlo. Pensaba que nunca te volvería a ver, y no sabía qué hacer conmigo.

Sonreí, y me volví para poder mirarle a los ojos. El sol se estaba poniendo, y las gaviotas chillaban y volaban sobre las olas.

—Pero volví —dije—. ¿Lo ves? Lastimarse las espinillas no era necesario.

—Me alegro —dijo, y me recosté contra él, dejé que me apoyara, con el sol poniente brillando en su pelo, la arena caliente que acunaba mis pies, y mi hija, Joy, sana y salva en mis brazos.

—Bien, supongo que la pregunta es —empecé, mientras volvíamos a casa—, ¿qué voy a hacer con mi vida a partir de ahora?

Me sonrió durante un momento, antes de volver los ojos hacia la carretera.

—Yo estaba pensando en si querías parar a cenar.

—Claro —dije. Joy dormía en su asiento. Habíamos perdido su cinta rosa, pero vi que la arena destellaba en sus pies descalzos—. Ahora que hemos llegado a ese acuerdo...

—¿Quieres volver a trabajar? —preguntó.

Pensé unos momentos.

—Creo que sí —dije—. Con el tiempo. Lo echo de menos. —Sabía que era verdad—. Creo que nunca había pasado tanto tiempo sin escribir. Que Dios me ayude, hasta echo de menos a mis novias.

—¿Qué quieres escribir? ¿Sobre qué?

Medité sobre la pregunta.

—¿Artículos periodísticos? ¿Otro guión? ¿Un libro?

—Un libro —me burlé—. ¡Como si pudiera!

—Podría suceder.

—Creo que no llevo dentro un libro —dije.

—Si lo hicieras —dijo muy en serio—, dedicaría toda mi preparación médica a sacarlo.

Reí. Joy despertó y emitió un ruido inquisitivo. La miré y agité la mano para saludarla. Ella me miró, bostezó y volvió a dormirse.

—Un libro quizá no —dije—, pero me gustaría escribir algo sobre esto.

—¿Un artículo de revista? —sugirió.

—Quizá.

—Estupendo —dijo, como si estuviera decidido de una vez por todas—. Ardo en deseos de leerlo.

A la mañana siguiente, después de salir a pasear con Joy, de desayunar con Tanya, de hablar por teléfono con Samantha y de hacer planes con Peter para vernos la noche siguiente, bajé al sótano y busqué el pequeño Apple que me había acompañado durante cuatro años en Princeton. No esperaba gran cosa, pero cuando lo enchufé, resopló, pitó y se encendió. Y aunque notaba raro el teclado bajo mis dedos, respiré hondo, limpié el polvo de la pantalla y me puse a escribir.

Amar a una mujer rolliza
por Candace Shapiro

Cuando tenía cinco años aprendí a leer. Los libros constituían un milagro para mí: páginas blancas, tinta negra, nuevos mundos y diferentes amigos en cada uno. Hasta el día de hoy, disfruto de la sensación de romper una faja por primera vez, la impaciencia de saber adónde iré y a quién encontraré dentro.

Cuando tenía ocho años aprendí a montar en bicicleta. También esto abrió mis ojos a un nuevo mundo, que podía explorar sola: el arroyo que atravesaba un solar, dos calles más arriba, la heladería que vendía cucuruchos caseros por un dólar, el huerto que bordeaba un campo de golf y que olía como a sidra, debido a las manzanas que caían al suelo en otoño.

Cuando tenía doce años descubrí que era gorda. Mi padre me lo dijo, señalando la parte interior de mis muslos y la parte inferior de mis brazos con el mango de su raqueta de tenis. Recuerdo que habíamos estado jugando, y yo estaba congestionada y sudorosa, contenta por mover el cuerpo. Tendrás que vigilar eso, me dijo, y me dio unos golpecitos con el mango, de manera que la carne superflua se agitó. A los hombres no les gustan las mujeres gordas.

Y aunque esto resultó no ser cierto del todo (hubo hombres que me quisieron, y gente que me respetó), cargué con estas palabras hasta la edad adulta como una profecía, y veía el mundo a través del prisma de mi cuerpo, y de la predicción de mi padre.

Aprendí a seguir dietas, y por supuesto, a engañarlas. Aprendí a sentirme desdichada y avergonzada, a esconderme de los espejos y las miradas de los hombres, a prepararme para los insultos que siempre creía que se avecinaban: la líder de la tropa de Girl Scouts que me ofrecía palitos de zanahoria, mientras las demás recibían leche y galletas; la profesora bienintencionada que me preguntó si había pensado en hacer aeróbic. Aprendí una docena de trucos para hacerme invisible, a mantener una toalla arrollada alrededor de mi estómago en la playa (pero siempre sin nadar), a deslizarme hasta la última fila de cualquier fotografía de grupo (sin sonreír nunca), a vestirme con tonos grises, negros y marrones, a pensar en mí exclusivamente como un cuerpo, más que eso, un cuerpo que no daba la talla, que se había convertido en algo horrible, desagradable, despreciable.

Había mil palabras que habrían podido describirme: inteligente, divertida, amable, generosa. Pero la palabra que elegí (la palabra que, en mi opinión, el mundo había elegido para mí) era *gorda*.

Cuando tenía veintidós años salí al mundo con una armadura invisible, esperando que me dispararan, pero decidida a no caer. Conseguí un trabajo maravilloso, y por fin me enamoré de un hombre que, pensaba, me amaría hasta el fin de mis días. No fue así. Y después, por accidente, me quedé embarazada. Cuando mi hija nació, casi con dos meses de antelación, descubrí que hay cosas peores que sentir aversión por tus muslos o tu culo. Hay cosas más aterradoras que probarse trajes de baño delante de espejos triples de los grandes almacenes. Existe el miedo de ver a tu hija respirando con dificultad, en el centro de una cuna de cristal, sin poder tocarla. Existe el terror de imaginar un futuro en que no será fuerte ni sana.

Y descubrí, por fin, que existe el consuelo. El consuelo de acudir a la gente que te quiere, el consuelo de pedir ayuda, y de darse cuenta, al fin, de que soy valorada, atesorada, amada, aunque nunca usaré una talla inferior a la 40, aunque mi historia nunca tendrá un final feliz estilo Hollywood, en que pierdo treinta kilos y el Príncipe Azul decide que, al fin y al cabo, me quiere.

La verdad es que estoy bien como estoy. Siempre, desde el primer momento. Nunca seré delgada, pero seré feliz. Me querré, y a mi cuerpo también, por lo que es capaz de hacer, porque es lo bastante fuerte para levantar cosas, para caminar, para subir una colina en bicicleta, para abrazar a la gente que quiero y alimentar una nueva vida. Me querré porque soy robusta. Porque no me romperé.

Saborearé mi comida y saborearé mi vida, y si el Príncipe Azul no aparece nunca (o peor aún, si pasa a mi lado, me dirige una mirada fría y calculadora, y me dice que tengo una bonita cara y que si alguna vez he pensado en los biomananes), me sentiré en paz conmigo misma.

Y lo más importante, querré a mi hija tanto si es grande como si es pequeña. Le diré que es hermosa. Le enseñaré a nadar, a leer y a montar en bicicleta. Y le diré que, tenga la talla que tenga, podrá ser feliz, y fuerte, y que encontrará amigos, y éxito, e incluso amor. Se lo susurraré en el oído cuando esté durmiendo. Se lo diré. Nuestras vidas, tu vida, serán extraordinarias.

Lo leí dos veces, corregí la puntuación y las numerosas palabras mal tecleadas. Después, me levanté y estiré, apoyé las palmas de las manos sobre la región lumbar. Miré a mi hija, que estaba empezando a parecerse a un bebé de la especie humana, en lugar de una especie de híbrido en miniatura. Y me miré: caderas, tetas, culo, estómago, todas las zonas problemáticas que antes me habían desesperado, el cuerpo que me había causado tanta vergüenza, y sonreí. Pese a todo, iba a ser feliz.

—Las dos —dije a Joy, que no se movió.

Llamé a información, y marqué un número de Nueva York.

—Hola, *Moxie* —dijo una alegre secretaria. Mi voz no tembló un ápice cuando pedí que me pusiera con el director ejecutivo.

—¿Le importaría decirme el motivo? —gorjeó la secretaria.

—Me llamo Candace Shapiro —empecé—. Soy la ex novia del columnista de «Bueno en la cama».

Oí que la secretaria inhalaba aire con fuerza al otro extremo de la línea.

—¿Usted es C.? —preguntó con voz ahogada.

—Cannie —corregí.

—¡Ohdiosmío! ¡Es alguien real!

—Y mucho —dije. Me estaba divirtiendo cantidad.

—¿Tuvo el hijo?

—Sí. Ella está aquí, dormida.

—Caramba. Estábamos intrigados por el desenlace.

—Bien, por eso llamo —dije.

20

Lo bueno de las ceremonias de dar nombre a las niñas judías es que no están ligadas a una época determinada. Con un niño, ha de ser al cabo de siete días del parto. En el caso de las niñas, puede ser al cabo de seis semanas, tres meses, cuando sea. Es un servicio nuevo, algo no sujeto a formalidades, y los rabinos que se ocupan de estas ceremonias suelen ser complacientes, un poco al estilo Nueva Era.

Le dimos nombre a Joy el 31 de diciembre, una mañana fresca y perfecta de Filadelfia. A las once, con un *brunch* a continuación.

Mi madre fue de las primeras en llegar.

—¿Quién es mi chica? —cloqueó, mientras levantaba a Joy de la cuna—. ¿Quién es mi alegría?

Joy rió y agitó los brazos. Mi hermosa hija, pensé, con un nudo en la garganta. Tenía casi ocho meses, y cada vez que la veía aún pensaba que era un milagro.

Y hasta los desconocidos decían que su belleza era milagrosa, con su piel de melocotón, los grandes ojos, las extremidades robustas provistas de rollos de grasa, y la felicidad que emanaba. No habría podido darle un nombre más adecuado. A menos que tuviera hambre, o el pañal estuviera mojado, Joy siempre sonreía, siempre reía, observaba el mundo con atención a través de sus ojos expectantes. Era el bebé más feliz que yo conocía.

Mi madre me la tendió, y luego nos abrazó a las dos.

—Estoy muy orgullosa de ti —dijo.

Yo le devolví el abrazo.

—Gracias —susurré, con el deseo de poder decirle lo que deseaba en realidad, de poder darle las gracias por quererme cuando era niña, y por respetarme ahora que era una mujer—. Gracias —repetí. Mi madre me dio un achuchón final y besó a Joy en la cabeza.

Llené la bañera blanca de Joy con agua caliente y la bañé. Emitió toda clase de ruiditos mientras yo lavaba sus piernas, sus pies, sus dedos, su tierno traserito. Le apliqué loción, talco, le puse un vestido de punto blanco y un sombrero blanco con rosas bordadas en el borde.

—Nena —susurré en su oído—. Nena Joy.

Joy agitó los puños en el aire como la atleta vencedora más pequeña del universo, y soltó una serie de sílabas, como si estuviera conversando en un idioma que ninguno de nosotros había aprendido.

—¿Sabes decir mamá? —pregunté.

—¡Ahhh! —anunció Joy.

—Ni por asomo —dije.

—Oh —dijo, y me miró con sus grandes ojos claros, como si comprendiera cada palabra.

Después, la entregué a Lucy y fui a ducharme, a lavarme el pelo y maquillarme, y a practicar el discurso que había estado escribiendo durante días.

Oía el timbre de la puerta, la puerta que se abría y cerraba, la gente que entraba. Primero habían llegado los del servicio de comidas, y luego Peter, con dos cajas envueltas en papel de plata y un ramo de rosas.

—Para ti —dijo, y puso las flores en un jarro. Luego, sacó a pasear a *Nifkin* y vació el lavaplatos, mientras yo terminaba de controlarlo todo.

—Qué amor —dijo una de las chicas del servicio de comidas—. Creo que mi marido ni siquiera sabe dónde está el lavavajillas.

Sonreí para darle las gracias sin molestarme en corregirla. Todo era demasiado confuso para explicarlo a desconocidos..., como si les hubiera dicho que había ido todo el día con la ropa al revés. Primero llega el amor, luego viene el matrimonio, y por fin el bebé en su cochecito. Hasta los niños sabían que ése era el orden habitual. Pero ¿qué podía hacer yo?, razoné. Las cosas pasan. No podía deshacer mi historia. Y si me había dado a Joy, no quería hacerlo de ninguna manera.

Entré en la sala de estar con Joy en brazos. Estaba Maxi, que me sonrió, con el saludo más discreto. Samantha estaba a su lado, y al lado de Sam mi madre y Tanya, Lucy y Josh, Betsy y Andy, y Ellen, la esposa de Andy, y dos enfermeras del hospital que habían cuidado de Joy. Y en una esquina, Audrey, vestida impecablemente con un vestido de algodón color crema. Peter estaba a su lado. Todos mis amigos. Me mordí el labio y bajé la vista para no llorar. La rabina pidió silencio, y luego solicitó a cuatro personas que se adelantaran para sostener las varas del *huppah*.[19] Vi que era el de mi abuela, pues reconocí el bonito encaje antiguo de las bodas de mis primas. Era el *huppah* bajo el cual yo me habría casado, si las cosas hubieran seguido el orden habitual. En las ceremonias de dar nombre, el *huppah* se utiliza para proteger al bebé, el esposo y la esposa, pero yo había tomado medidas, y a petición de la rabina todo el mundo se agrupó bajo el *huppah* conmigo. Mi hija recibiría su nombre rodeada de toda la gente que nos había querido y apoyado, decidí, y la rabina dijo que le parecía estupendo.

Joy estaba despierta y muy alerta, tomando nota de todo, sonriente como si supiera que era el centro de atención, como si no cupiera duda de que ése era su lugar. *Nifkin* estaba sentado educadamente a mis pies.

—¿Empezamos? —preguntó la rabina.

Pronunció un breve discurso sobre Israel y la tradición judía, y dijo que Joy era bienvenida a la religión heredada de Abraham, Isaac y Jacob, y también de Sara, Rebeca y Lía. Cantó una oración, recitó plegarias sobre el pan y el vino, mojó un paño en Manischevitz y lo apretó contra los labios de Joy.

—¡Ohhh! —cloqueó Joy, y todo el mundo se puso a reír.

—Y ahora —dijo la rabina—, la madre de Joy, Candace, nos explicará cómo eligió el nombre.

Respiré hondo. Joy me miró con sus grandes ojos. *Nifkin* estaba muy quieto contra mi pierna. Saqué una libreta del bolsillo.

—Este año he aprendido muchas cosas —empecé. Respiré hondo otra vez. «No llores», me dije—. He aprendido que las cosas no siempre salen como habíamos planeado, o como creemos que deberían salir.

19. Palio bajo el que se celebran las bodas judías. *(N. del T.)*

También he aprendido que hay cosas que salen mal y no hay manera de arreglarlas, ni vuelven a ser como antes. He aprendido que hay cosas que se rompen y así se quedan, y he aprendido que puedes superar los malos momentos y seguir buscando otros mejores, siempre que haya gente que te quiera. —Paré y me pasé las manos sobre los ojos—. He llamado Joy a mi hija porque es la alegría de mi vida, y se llama Leah por el padre de su padre. Su segundo nombre era Leonard, y era un hombre maravilloso. Amaba a su esposa, y a su hijo, y sé que también habría amado a Joy.

Y eso fue todo. Me puse a llorar. Audrey estaba llorando, mi madre y Tanya se abrazaban, e incluso Lucy, que a veces no reaccionaba en los momentos de tristeza («Es por el Prozac», explicaba), se estaba secando las lágrimas. La rabina observaba la escena, pensativa.

—Bien —dijo, por fin—, ¿vamos a comer?

Después de los *bagels* y la ensalada de esturión, después de las galletas de mantequilla, el pastel de manzana y las *mimosas*, después de que *Nifkin* hubiera devorado cien gramos de salmón ahumado y vomitado detrás del inodoro, después de abrir los regalos y dedicar un cuarto de hora a intentar convencer a Maxi de que Joy no iba a necesitar un collar de perlas cultivadas hasta que cumpliera dieciocho años, como mínimo, después de retirar el papel de envolver, guardar las sobras, y después de que Joy y yo hiciéramos una siesta, Peter, Joy y yo bajamos hasta el río para esperar el fin del siglo.

Me sentía bien por el modo en que iba todo, pensé, mientras arropaba a Joy en su cochecito. Había empezado la preproducción de mi película. Mi versión de «Amar a una mujer rolliza» había salido a finales de noviembre, en sustitución de la columna de Bruce. La respuesta, me dijo la directora ejecutiva, había sido abrumadora, pues todas las mujeres que alguna vez se habían sentido demasiado gordas, demasiado feas o raras para sentirse aceptadas o merecedoras de amor, habían escrito para ensalzar mi valentía, para criticar el egoísmo de Bruce, para contar la odisea que suponía ser gorda y mujer en Estados Unidos, y para ofrecer sus mejores deseos a Joy.

—Nunca había visto nada semejante —dijo la directora ejecutiva, mientras describía los montones de correo, mantas de bebé, libros infantiles, ositos de peluche y diversos amuletos de la buena suerte religiosos y laicos que habían invadido la sala de correo de *Moxie*—. ¿Te gustaría escribir para nosotros con regularidad? —Ya lo había pensado todo. Enviaría informes mensuales desde la perspectiva de una madre soltera, con datos puestos al día sobre mi vida y la de Joy—. Quiero que nos cuentes lo que supone vivir en tu cuerpo: trabajar, ligar, compaginar tus amigos solteros con tus obligaciones de madre.

—¿Qué hay de Bruce? —pregunté.

Me entusiasmaba la idea de escribir para *Moxie* (y aún más cuando me dijeron lo que pagaban), pero no así el hecho de ver mis artículos aparecer al lado de los de Bruce cada mes, ver que hablaba a los lectores de su vida sexual, mientras yo les informaba acerca de papillas, pañales, y de las dificultades de encontrar trajes de baño de mi medida.

—El contrato de Bruce no ha sido renovado —dijo. De lo cual me alegré, dije, y acepté las condiciones.

Pasé diciembre instalándome en mi nuevo apartamento, y en mi vida. Me lo tomé con calma. Me levantaba por la mañana, me vestía y vestía a la niña, ponía la correa a *Nifkin*, acomodaba a Joy en el cochecito, caminábamos hasta el parque, nos sentábamos al sol. *Nifkin* corría a buscar su pelota, los vecinos venían a saludar a Joy. Después, me encontraba con Samantha para tomar café y practicaba el deporte de estar en público, entre coches, autobuses, desconocidos y las cien mil otras cosas de las que había aprendido a tener miedo cuando Joy llegó al mundo con tal brusquedad.

También encontré una terapeuta: una mujer cariñosa de la edad de mi madre, provista de un talante confortador y una enorme cantidad de Kleenex, que no pareció nada alarmada cuando pasé las dos primeras sesiones llorando sin parar, y la tercera contando la vieja historia de lo mucho que mi padre me había querido y lo mucho que me había dolido su partida, en lugar de atacar los problemas que parecían más pertinentes.

Llamé a Betsy, mi directora, y llegamos al acuerdo de que trabajaría a tiempo parcial, que me dedicaría a proyectos importantes, y que trabajaría desde casa si era necesario. Llamé a mi madre y formalizamos un pacto: cada viernes por la noche iría a cenar a su casa, y Joy y yo nos quedaríamos a dormir, para poder ir a la mañana siguiente a las clases de natación del Centro Judío. Joy se sentía en el agua como en casa, como un patito.

—Nunca había visto algo parecido —gruñía Tanya, mientras Joy chapoteaba, adorable en su traje de baño rosa con volantes en el trasero—. ¡Nadará como un pez!

Llamé a Audrey y me disculpé..., bien, me disculpé en lo posible, entre su sucesión de disculpas por Bruce. Lamentaba su comportamiento, lamentaba que no me hubiera apoyado, lamentaba sobre todo no haberse enterado, porque le hubiera obligado a portarse como una persona decente. Lo cual no era posible, por supuesto. No puedes obligar a los adultos a hacer lo que no quieren. Pero no se lo dije.

Le dije que sería un honor para mí concederle un papel en la vida de Joy. Preguntó, muy nerviosa, si albergaba la intención de conceder a Bruce un papel en la vida de Joy. Le dije que no..., pero también que las cosas cambian. Un año antes no habría podido imaginarme con un hijo. ¿Quién sabe? El año que viene, tal vez Bruce vendrá a comer o a dar un paseo en bicicleta, y Joy le llamará papá. Todo es posible, ¿verdad?

No llamé a Bruce. Lo pensé y lo pensé, le di mil vueltas en la cabeza, lo analicé desde cada ángulo posible, y al final decidí que no podía. Había sido capaz de expulsar mucha furia..., pero no toda. Quizá también era cuestión de tiempo.

—¿No has hablado con él? —preguntó Peter, mientras caminaba a mi lado, con una mano sobre el cochecito de Joy.

—Ni una vez.

—¿Sabes algo de él?

—Me han contado... cosas. Es un sistema muy pintoresco. Audrey se lo cuenta a mi madre, que se lo cuenta a Tanya, que se lo cuenta a todos sus conocidos, incluida Lucy, que me lo cuenta a mí.

—¿Qué sientes al respecto?

Le sonreí, bajo el cielo, que se había ennegrecido por completo.

—Ya pareces mi psiquiatra. —Respiré hondo y expulsé el aire, que se convirtió en una nube plateada y se disipó—. Al principio, fatal, y ahora, sólo a veces.

Su voz era muy cariñosa.

—Pero ¿sólo a veces?

Sonreí.

—Casi nunca. —Cogí su mano y él apretó mis dedos—. Las cosas pasan, ¿sabes? Es la gran lección que he extraído de la terapia. Las cosas pasan, y no puedes impedirlo. No puedes hacer retroceder el reloj, y lo único que puedes cambiar, lo único que debe preocuparte, es permitir que te afecten.

—¿Cómo permites que te afecte esto?

Le sonreí de reojo.

—Eres muy insistente.

Me miró con seriedad.

—Tengo motivos ocultos.

—Ah, ¿sí?

Peter carraspeó.

—Me pregunto si... me tomarías en cuenta.

Ladeé la cabeza.

—¿Para el puesto de consultor dietista de puertas adentro?

—Cualquier cosa de puertas adentro —murmuró.

—¿Cuántos años tienes, por cierto? —bromeé. Era el único tema que no habíamos atacado durante nuestras excursiones a librerías, a la playa y al parque con Joy.

—¿Cuántos años crees que tengo?

Efectué un cálculo objetivo y le rebajé cinco años.

—Cuarenta.

Suspiró.

—Tengo treinta y siete años.

Me quedé tan sorprendida, que no pude disimularlo.

—¿De veras?

Su voz, por lo general lenta, profunda y segura de sí misma, sonó más aguda y vacilante.

—Es que soy muy alto, creo..., y el pelo empezó a encanecer cuando tenía dieciocho años..., y como soy profesor, todo el mundo hace ciertas suposiciones...

—¿Tienes treinta y siete años?

—¿Quieres que te enseñe el permiso de conducir?

—No, no. Te creo.

—Lo sé —empezó—. Sé que todavía soy demasiado mayor para ti, y que no soy lo que tenías en mente.

—No seas tonto...

—Soy torpe y patoso. —Se miró los pies y suspiró—. Camino lenta y pesadamente.

—Sobre todo ahora, con las espinillas hechas polvo —murmuré.

—Yo... Quiero decir, la verdad...

—¿Has llegado a la parte sentimental del discurso? —pregunté, todavía bromeando—. ¿No te importa que sea una mujer rolliza?

Rodeó mi muñeca con sus dedos largos.

—Creo que pareces una reina —dijo, con tal pasión que me quedé asombrada..., y muy satisfecha—. Creo que eres la mujer más asombrosa y excitante que he conocido en mi vida. Creo que eres inteligente, divertida, y tienes un corazón maravilloso... —Hizo una pausa y tragó saliva—. Cannie...

Entonces, calló.

Sonreí (una sonrisa secreta, satisfecha), mientras él esperaba mi respuesta. Y supe cuál era, pensé, mientras le observaba mirarme. La respuesta era que le quería..., que era el hombre más bondadoso, considerado y adorable que podía desear. Que tenía un corazón de oro, y era honrado, y dulce, y que viviríamos aventuras juntos..., yo, Peter y Joy.

—¿Quieres ser el primer hombre al que beso en este milenio? —pregunté.

Peter se acercó más. Sentí su aliento cálido en la mejilla.

—Quiero ser el único hombre que beses en este milenio —dijo con firmeza.

Rozó mi cuello con los labios..., la oreja..., la mejilla. Reí hasta que besó mis labios para silenciarme. Apretada entre nosotros, Joy lanzó un gritito y agitó un puño en el aire.

—¿Cannie? —susurró Peter en mi oído, con una mano en el bolsillo de la chaqueta.

—Shhh —dije, pues sabía cuál era la pregunta, y cuál sería la respuesta. *Sí*, pensé. *Sí, quiero*—. Shhh, ya van a empezar.

Sobre nuestras cabezas estallaron fuegos artificiales, grandes estallidos de luz y color. Cayó hacia el río una lluvia de chispas plateadas, y la noche se llenó de explosiones y silbidos, cuando los petardos gastados surcaron la noche y se hundieron en el agua. Bajé la vista. Joy estaba fascinada, con los ojos abiertos de par en par y los brazos extendidos, como si intentara apoderarse de lo que estaba viendo. Sonreí a Peter, levanté un dedo y le pedí con la mirada que esperara. Desaté a Joy de la mochila, pasé los brazos por debajo de sus axilas y la sostuve delante de mí mientras me ponía en pie. Sin hacer caso de los gritos bienintencionados de «¡Agáchese!» y «¡Vaya con cuidado, señora!», me erguí en el reborde, dejé que el frío y las luces bañaran mi pelo, mi cara y a mi hija. Levanté los brazos sobre mi cabeza y alcé a Joy hacia la luz.

Agradecimientos

Bueno en la cama no habría sido posible sin mi brillante, paciente y devota agente, Joanna Pulcini, quien sacó a Cannie de la oscuridad, la adecentó y le encontró un hogar. Agradezco la cuidadosa lectura y los buenos consejos de Liza Nelligan. También doy las gracias a mi editora, Greer Kessel Hendricks, cuyo ojo clínico y sugerencias inestimables contribuyeron a mejorar muchísimo este libro.

Gracias a la ayudante de Greer, Suzanne O'Neill, y a la ayudante de Joanna, Kelly Smith, que contestaron a mil preguntas y sostuvieron mi mano.

Gracias a Linda Michaels y Teresa Cavanaugh, que ayudaron a Cannie a ver el mundo, y a Manuela Thurner, la traductora alemana de *Bueno en la cama*, quien pilló una docena de discrepancias y aprendió el significado de *Tater Tot* (pastel de patatas).

Desde la escuela elemental hasta la universidad, tuve la suerte de encontrar a profesores que creyeron en mí, y en el poder de las palabras: Patricia Ciabotti, Marie Miller y, en especial, John McPhee.

Trabajo con, y he aprendido de, la mejor gente de la profesión en el *Philadelphia Examiner*. Gracias a Beth Gillin, directora extraordinaria, y a Gail Shister, Jonathan Storm, Carrie Rickey, Lorraine Branham, Max King y Robert Rosenthal.

Gracias a mis amigos, que me inspiraron y divirtieron, en especial Susan Abrams, Lisa Maslankowski (por la asesoría médica), Bill Syken, Craig y Elizabeth LaBan y Scott Andron. Gracias a mi hermana Molly, mis hermanos Jake y Joe, y mi abuela Faye Frumin, que siempre creyó en mí, y a mi madre, Frances Frumin Weiner, que aún no puede creerlo. Gracias a Caren Morofsky, por ser tan buena «colegui».

Gracias a mi musa, Wendell, Rey de Todos los Perros.

Y por fin, gracias a Adam Bonin, primer lector y compañero de viaje, quien logró que el periplo valiera la pena.

Una conversación con Jennifer Weiner

P: Cannie es una creación maravillosa: ojos claros, divertida y perspicaz. ¿Cuál fue la inspiración de su historia? ¿Los matices de su discurso llegaron con facilidad?

R: ¡Venga ya! ¡Me voy a sonrojar! Porque, básicamente, la verdad es que Cannie es una versión mucho más divertida, mucho más sincera, de mí.

La historia empezó de la manera siguiente: me dejaron plantada. Mejor dicho, rompí con un novio de mucho tiempo, y poco después, decidí que era el amor de mi vida, y que no podía vivir sin él (sé que parece una locura, pero creo que sucede muy a menudo).

Pero —y levanta la mano si lo venías venir— mi ex novio no quiso saber nada de mí, en parte porque le había herido, creo, y en parte porque los motivos de terminar la relación eran válidos. No nos iba a resultar fácil construir un futuro juntos, y ambos lo sabíamos. Además, actuando con una celeridad y agudeza que pocas veces había exhibido durante los años que pasamos juntos, se echó una novia nueva. De un día para otro.

Y así me quedé, suspirando de la manera más lamentable por un tío que no quería saber nada de mí. Leía su horóscopo cada día, contaba los días transcurridos desde la última vez que habíamos hablado, celebraba cada aniversario sin importancia, y me comportaba de una manera patética en general. Peor aún, incidía en todos los tópicos. Como escritora, te has preparado para eliminar los tópicos de tu obra..., pero no hay maneras originales de tener el corazón roto.

Decidí que, si tenía que vivir con esta desdicha, podía intentar imprimirle un giro positivo, al menos. Decidí escribir la historia de una chica que tenía el corazón roto como yo, pero le concedería una vida mucho más interesante y movida que la mía. Le insuflaría todos mis demonios, y le garantizaría un final feliz (algo que no tenía muy claro conseguir en la vida real). Empezó como una historia que yo me estaba contando para distraerme de la desdicha de estar separada del señor Imperfecto, para impedir que le siguiera llamando, escribiendo o pensando en lo que habría podido ser y no fue.

Así nació Cannie. En cuanto tuve esa voz en mi cabeza (esa voz triste de alguien que experimenta sus pérdidas de una forma atroz, como recién padecidas), la cuestión era imaginar cómo conducirla hacia ese final feliz que yo había prometido. En ese momento, el libro se convirtió en un ejercicio de «¿qué pasaría si?» «¿Qué pasaría si mi ex y yo nos reconciliáramos?» «¿Qué pasaría si esa estrella de cine que había conocido en Nueva York se hiciera amiga mía?» La voz llegó con mucha facilidad. Di a Cannie lo que yo llamo mi voz de las 3 de la mañana; es decir, todas las cosas ingeniosas, inteligentes y arrolladoras que se me ocurren a las 3 de la mañana (por lo general, una semana, más o menos, después de que tuviera lugar el acontecimiento en cuestión), las puse en su boca.

Fue muy divertido escribir con la voz de Cannie, y contar la historia de *Bueno en la cama*. En ocasiones, experimentaba la sensación de estar escribiendo mi propio futuro, como si el final feliz que escribí para ella fuera a convertirse en mi propio final feliz (¡por desgracia, nadie ha redecorado todavía mi apartamento!)

P: Muchos autores dicen que es más difícil escribir comedia que tragedia. ¿Estás de acuerdo? ¿Cuáles son los retos de mezclar humor y drama? ¿Por qué crees que las novelas «cómicas» y «reales como la vida misma», por bien trabajadas y logradas que estén, suelen considerarse al margen del canon literario «serio»?

R: No puedo hablar sobre si es más difícil escribir comedia que tragedia, o cómo mezclarlas con eficacia, porque creo que casi todo lo que he escrito es una mezcla de ambas. Nunca he intentado decirme: «ahora voy a escribir una escena divertida», o «de acuerdo, ahora voy a ponerme sentimental». Se trata de «ahora voy a contar la historia de esta mujer», y la historia contiene comedia y tragedia, como todas las vidas, y suelen aparecer al mismo tiempo.

Debo decir que cuando el libro estuvo terminado, mi agente intentó decidir si atraería a editoriales más «literarias» (las casas que publican libros de gente que saca másters en literatura en Iowa y publica su primer relato corto en *The New Yorker*), o a «editoriales comerciales» (Judith Krantz, Susan Isaacs...) Las casas literarias nos rechazaron enseguida. Recibimos cantidad de comentarios del tipo «es bueno, pero no entra en nuestros parámetros». No sé si fue por culpa del humor, o por el final de cuento de hadas tan poco de moda, tan diferente de casi todo lo que he leído en el *New Yorker*, en que los relatos cortos suelen terminar con alguien contemplando las paredes blancas de una habitación blanca, y tú crees que algo ha pasado, pero no sabes muy bien qué.

Estoy de acuerdo en que las cosas divertidas no suelen considerarse «literarias» o «serias» en estos tiempos, pero escribí *Bueno en la cama* como una historia que me contaba a mí misma, y como el tipo de libro que me apetecía leer, y hasta el momento estoy muy contenta con el resultado, y con la reacción de los lectores.

P: Sólo con la fuerza de su humor, *Bueno en la cama* es una gran lectura, pero la historia de Cannie es mucho más que una viñeta cómica alargada. Háblanos de los temas y problemas concretos que abordas en tu retrato de Cannie y su trayectoria como mujer urbanita y soltera.

R: Primero y ante todo, domina el tema de encontrar amor, y de construir una familia a tu gusto, pese a una historia desgraciada. Durante años, hemos leído investigaciones sobre los efectos del divorcio en la gente, el daño que les causa, o en el caso de las mujeres jóvenes, la falta de confianza en inspirar amor duradero. Por mi experiencia, sé que esto es muy cierto.

Que un padre te abandone es una de las cosas más desgarradoras que puedo imaginar. En cierto sentido, creo que es peor que un padre muera o enferme, porque hay cosas que las personas no pueden controlar, mientras que el divorcio es una opción, y se me antoja el tipo de rechazo más desgarrador: esa persona pudo haberse quedado, pero no lo hizo, por lo tanto la culpa es mía. El divorcio es duro, pero parte de la trayectoria de Cannie consiste en superar ese dolor, y aprender que existe la posibilidad del amor en su vida, pese a los mensajes que su padre le envíe, pese a los mensajes que la cultura le envíe. El segundo tema es igualmente importante: la idea de hacerse adulto y elegir tu familia, de encontrar buenos amigos y convertirlos en tus hermanos y hermanas. Cannie tiene una amiga del alma, su perro y Maxi, que interpreta el papel de hada madrina. Tiene a su madre, y a Tanya (¡para bien o para mal!), a su hermana y a su hermano. Una de las imágenes más conmovedoras y potentes, en mi opinión, es la de la ceremonia de dar nombre a Joy, cuando Cannie congrega a sus seres queridos bajo la *huppah*. La *huppah* es típica de las bodas judías, por supuesto, y da cobijo a la familia nuclear básica: los novios, los padres del novio y los padres de la novia. En el caso de Cannie, yo quería reinventar esa imagen, y hacer que la *huppah* cobijara a todas las personas que ha escogido para que la acompañen en la vida, y en la vida de su hija, con el fin de significar que la familia puede abarcar algo más que los parientes biológicos. Puede incluir a todos los seres que amamos.

P: Es muy refrescante leer una novela protagonizada por una «mujer rolliza», que no es sólo el contrapunto cómico de la ingenua esbelta. Y aún mejor, no termina con Cannie adelgazando siete

tallas, tan feliz y contenta. ¿Escribiste en parte el libro para llenar un hueco en las estanterías?

R: Una de mis grandes frustraciones como lectora ha sido la escasez de personajes parecidos a mí. Hay libros en que la protagonista empieza gorda, pero por un milagro de la ficción, el *deus ex machina* de una dieta, acaba flaca al final del libro (por ejemplo, *She's Come Undone*, ¡una de mis favoritas!) Hay muchos libros en que la protagonista cree que es gorda, pero no lo es (como en *El diario de Bridget Jones*), y se pasa el tiempo obsesionada por ello. Pero nunca he leído un libro en que la protagonista fuera grande, «rolliza», alegremente rechoncha, gorda, o como quieras llamarlo, y terminara feliz sin adelgazar. Nunca he leído un libro que expresara la realidad de lo que significa vivir en un cuerpo más grande de lo normal. Mi experiencia ha sido ésta: no ser como una actriz de *Friends* implica desdicha, porque eso es lo que el mundo espera de las mujeres. Como Cannie, he sido un soldado de infantería en las guerras del cuerpo. Como Cannie, he vivido con envidia, y con la certeza de que mi cuerpo me convierte en una indeseable, una rebelde de facto en un mundo en que las mujeres han de ser delgadas, o esforzarse con desesperación por serlo. Como Cannie, he sufrido con la cultura que nunca muestra a mujeres como yo, a menos que traten con desesperación de tener otro aspecto, o sean el contrapunto cómico (dejé de ver *Friends* cuando, una noche, vi a un personaje que se parecía a mí. «Por fin», dije..., y luego me di cuenta de que era Courteney Cox caracterizada de gorda durante un flashback).

     Es cierto que ser gorda puede depararte toda clase de desdichas, pero eso no significa que estés destinada a una vida de infelicidad y/o contrapunto cómico. Hay períodos de tiempo (minutos, horas, días, semanas) en que mi cuerpo es algo en lo que vivo, y no estoy obsesionada por él ni deseo que fuera diferente, porque estoy ocupada escribiendo, trabajando o paseando en bicicleta.

     Es posible que las mujeres gordas tengan papeles cómicos en las películas o la televisión, pero en la vida real tienen trabajos, bebés, amantes y maridos, y ninguna de nosotras va a acabar con varias tallas menos. Cuando me puse a escribir *Bueno en la cama*, no cabía duda de que Cannie iba a ser de mi talla, y no cabía duda de que su realidad iba a reflejar mi realidad. Quería describir la desdicha de vivir en un cuerpo de talla extra grande, pero también demostrar que no se trata de una desdicha pura y dura. Quería abarcar todo: el éxito profesional, amistades recompensadoras, una familia cariñosa aunque fastidiosa, un perro raro, grandes banquetes, grandes aventuras, y amor, autoaceptación al final. Si viene a llenar un hueco en las librerías, o en la colección personal de los lectores, lo ignoro, pero sé que a mí me llenó un hueco.

P: **Cannie Shapiro: ¿heroína feminista? ¿Es *Bueno en la cama* una novela con «mensaje»? ¿Las etiquetas son tan reductoras?**

R: Bien sabe el Señor que no me senté ante mi portátil y dije: «Voy a escribir una novela política que empujará a las mujeres a las barricadas y logrará que la industria de las dietas se ponga de rodillas». Sólo quería contar una historia extraída de mi propia experiencia, y con un final feliz (cuando la estaba escribiendo, no estaba segura de que mi vida gozaría de un final feliz, por lo cual quería estar muy segura de que mi heroína conseguiría lo que ansiaba con tanta desesperación). Además, sabía que terminar delgada no iría incluido en el lote del final feliz de Cannie. Por otra parte, empecé a escribir en pleno escándalo Lewinsky, que me irritó sobremanera. Había problemas de perjurio, de infidelidad, de tratar a los empleados de una manera que habría provocado el despido de cualquier director general, ¿y qué hacía nuestra cultura? Chistes sobre gordas. Comentar que el presidente habría podido traicionar a su esposa con una belleza más estereotipada. Decir cosas horribles sobre el aspecto de Monica Lewinsky y Linda Tripp, y tratar los problemas que yo consideraba fundamentales como si fueran irrelevantes. Me enfureció... y me entristeció. Porque si eres alguien cuyo cuerpo se parecía más al de Monica o al de Linda Tripp, el mensaje te llegaba claro y fuerte: no vales nada. No mereces respeto, no mereces amor, ni siquiera mereces ser deseada.

El mensaje no era intencionado, pero cuando terminé de escribir el libro, vi con claridad que transmitía uno..., y por suerte, yo estaba de acuerdo con él (creo que habría sido muy decepcionante que el cambio de Cannie hubiera terminado, no en una autoaceptación radical, sino en la supremacía blanca o algo por el estilo).

P: «A las mujeres les va a encantar esto», dice Violet acerca del guión de Cannie. Lo mismo puede decirse de *Bueno en la cama*, sin duda. Pero ¿qué me dices de los hombres? Como es lógico, abordarán *Bueno en la cama* desde una perspectiva totalmente diferente. ¿Hubo algún lector masculino del manuscrito, antes de su publicación?

R: Un momento, ¿qué dices? ¿Vamos a permitir que los hombres lean este libro? De acuerdo. Lo siento... Supongo que los hombres pueden comprar lo que les dé la gana. La verdad es que *Bueno en la cama* no tuvo lectores previos. Lo escribí sola, en mi austero dormitorio, y no estaba segura de si le interesaría a alguien. Cuando lo terminé, hice cuatro copias y envié tres a varios agentes de Nueva York, cuyos nombres había visto en las dedicatorias de libros que me habían gustado. Di la cuarta copia al hombre que por aquel entonces era mi novio, y ahora mi marido. Él fue mi primer lector. Me enviaba correos electrónicos o me llamaba todo el día para decirme cuánto le gustaba, y siempre le preguntaba en qué página estaba, porque quería localizar el momento exacto en que decidiría que yo estaba loca, o era patética, y ya no quisiera volver a salir conmigo. Creo que el segundo tío que lo leyó fue mi hermano Jake. Fue bastante violento. Quería darle una versión expurgada, con todas las escenas de sexo tachadas, pero creo que lo manejé bien. No paraba de repetirle: «¡Es ficción! ¡No te preocupes! ¡Me lo he inventado todo!» En este momento ignoro cómo reaccionarán frente al libro los hombres con los que no tengo relación o piensan casarse conmigo. Espero que les aporte una visión de la vida que no habían imaginado. Los hombres de nuestra cultura todavía son juzgados por sus actos, sus éxitos y sus ingresos, mientras que las mujeres todavía son juzgadas por sus cuerpos, sus rostros, o su éxito o fracaso en conformarse a lo que el mundo dice que es «bello», y creo que los hombres no cesan de sorprenderse y horrorizarse de lo dura que puede ser la vida para las mujeres que no encajan en esas definiciones.

P: **Maxi, Samantha, la madre de Cannie y Tanya son personajes maravillosamente desarrollados, de lo más creíble (también me encantó la breve aparición de Violet). ¿Se basan en personas reales?**

R: A lo largo de los años he conocido a muchas mujeres interesantes, divertidas e inteligentes (y también algunas que no), y creo que hay pedazos de personas reales en todas las mujeres de *Bueno en la cama*. Samantha se basa en parte en mi amiga Susan, y la madre de Cannie, Ann, se parece mucho a mi madre, Fran. En cuanto a Violet, la Increíble Agente Blasfema, admito que recuerda un poco a mi agente, la divina y bondadosa Joanna Pulcini, pero nunca he oído decir a Joanna nada más fuerte que «maldita sea». Además, los lectores deberían saber que el resultado de introducir personas reales (aunque sólo sean fragmentos) en tus novelas es que la gente se pone muy rara. Mi familia, por ejemplo. «¡OH, NO!», exclamarán a pleno pulmón, «¡ES JEN! ¡NO HABLES CON ELLA! ¡TE SACARÁ EN UN LIBRO!»

P: **¿Cómo empezaste a escribir? ¿Tus padres tuvieron un papel en tus aspiraciones?**

R: Escribo desde que aprendí a hacerlo. No recuerdo una época en que no estuviera interesada en escribir poemas y contar historias, cuando no me importaba el lenguaje, los personajes y los mundos que sólo existían en papel. Mis padres me alentaron a escribir, pero sobre todo me alentaron a leer. Mi padre me leía cuando era pequeña, y tanto él como mi madre me proporcionaban libros sin cesar, procedentes de la biblioteca local y de las librerías. Nuestra casa estaba llena de libros, y me dejaban leer los que quisiera, siempre que fuera capaz de dar una explicación aceptable de lo que estaba leyendo, para demostrar que lo comprendía. Esto fue el origen de momentos muy interesantes. Algunos de los libros eran textos médicos de mi padre, llenos de seductoras ilustraciones de todas las enfermedades más grotescas conocidas por el hombre, y algunas que a estas alturas ya se pueden curar. A veces me provocaban pesadillas, pero continuaba mirando las ilustraciones.

P: ¿Cómo influye tu trabajo en el *Philadelphia Examiner* en tu trabajo de novelista, y viceversa?

R: Mi trabajo en el *Inquirer*, y como periodista en general, me ha proporcionado una forma de ver el mundo que poca gente posee. Me deja al margen de tragedias, comedias y reuniones de la junta escolar muy aburridas, y me permite conocer a gente con la que nunca habría podido ponerme en contacto, que es lo mejor que cualquier novelista podría pedir. Me ha facilitado incontables ejemplos... Por ejemplo, la horrible April es una amalgama de todas las espantosas publicistas con las que he tenido que lidiar a la hora de entrevistar a estrellas de cine.

P: ¿Quién sería la Cannie Shapiro en una adaptación cinematográfica?

R: Si quieres que te diga la verdad, no se me ocurre ninguna actriz adecuada, lo cual considero una de las tragedias de Hollywood. A este respecto, Janeane Garofalo ha seguido otra de sus dietas a base de café y cigarrillos, de manera que está descartada. Kate Winslet también se ha puesto a régimen (concedió una penosa entrevista en la que dijo que se odiaba por hacerlo, pero de lo contrario no obtenía papeles), así que olvídala. Creo que Drew Barrymore posee el espíritu y coraje apropiados, pero es bastante menos rolliza que mi Cannie. Tengo ganas de venderla como sea, pero si alguna vez *Bueno en la cama* se convierte en una película (lo cual no parece probable, por el problema de la gordura), insistiría

en que la actriz que la interpretara fuera de su misma talla, no sólo
Renee Zellweger con seis kilos de más, ni tampoco Gwyneth Pal-
trow disfrazada de gorda.

   Y si bien me han desalentado, incluso disgustado, algunas respuestas llegadas de Hollywood (la frase sobre la «única actriz gorda comercial» que pronuncia la babosa agente en la novela es una
cita de lo que me dijo un agente, igualmente baboso, sobre un primer borrador de *Bueno en la cama*), aún confío en que *Bueno en la
cama* se convierta en una película, o en un telefilm, sobre todo
porque creo que, al mismo tiempo que Hollywood me está diciendo que no hay actrices de talla XL, tengo la sensación de que
están diciendo a las actrices de talla XL que deberían adelgazar,
de lo contrario se quedarán sin trabajo.

P: **Llena los espacios en blanco: 1) Nunca me pierdo una nueva novela de... 2) He perdido la cuenta de las veces que he releído..., de
mi autor favorito... 3) La banda sonora que oían los lectores
cuando leían *Bueno en la cama* debería incluir música de...**

R: No esperarás que desvele a mis favoritos... ¡es como pedir a una
madre que elija entre sus hijos! Pero ahí va: nunca me pierdo la
nueva novela de Susan Issacs, Andrew Vachss, John Irving y Nicholas Christopher. He perdido la cuenta de las muchas veces que
he releído *Pearl*, de Tabitha King, y *Oración por Owen Meany*, de
John Irving. Una buena banda sonora debería incluir música de
Liz Phair (*Exile in Guyville* y *Whitechocolatespaceegg*), Emmylou
Harris, Dar Williams, Richard Thompson, bastante Ani DiFranco y, por supuesto, Warren Zevon y Bruce Springsteen.

P: **Háblanos de los epígrafes de la novela. Philip Larkin y Liz Phair
forman una pareja intrigante.**

R: Cuando iba a la universidad, seguí un curso de Poetas Ingleses
Modernos. Larkin era mi favorito, poque era la primera vez que
me topaba con poesía capaz de hacerme reír a carcajadas..., para
cinco minutos después, darme cuenta de que acababa de leer algo

estremecedor. El poema que Cannie y sus hermanos citan (el que empieza, «te joden, tu papá y tu mamá, no es su intención, pero lo hacen») es un ejemplo perfecto. Por una parte, te quedas asombrado y estimulado al encontrar un taco en un poema «serio», y asientes con la cabeza y ríes de la verdad que encierra, porque todo el mundo que tiene padres sabe que te joden, y no, no es su intención, pero sí, eso es lo que sucede, tal como una canción infantil se te mete en la cabeza, como una rima de baño de burbujas. Pero cuando llegas al final (la imagen de la desdicha que «profundiza como el bajío costanero», y esa amarga advertencia que cierra el poema), es como si te hurgaran el corazón con un cuchillo, después de que las carcajadas te hayan dejado indefenso. Ése era el efecto que yo andaba buscando para mi novela, algo que fuera divertido, pero que también hurgara en la herida. Liz Phair es una de mis heroínas. Creo que sus letras son brillantes y valientes, y escuchaba su canción «Polyester Bride» casi de manera constante durante los primeros meses de escribir *Bueno en la cama*..., pero «Polyester Bride» parecía demasiado obvia, y el verso sobre que el amor «no se parece en nada, nada, nada a lo que dicen» encajaba con el tono y la historia de *Bueno en la cama*.

P: ¿Cómo crees que son tus lectores? ¿Qué desean de una novela? Describe a tu lector ideal.

R: Mi lector ideal es cualquier mujer que alguna vez haya sentido la necesidad de desnudarse a oscuras, cualquier mujer que se haya sentido desdichada por el tamaño de sus caderas, la forma de su cara o la textura de su pelo..., lo cual quiere decir, por desgracia, cualquier mujer soltera de Estados Unidos, y tal vez de otros países, a juzgar por la acogida dispensada a *Bueno en la cama* en el extranjero.

Creo que la gente espera divertirse con una novela, antes que nada, personajes con los que puedan identificarse, personajes con los que quieran pasar unos ratos, y un mensaje que refuerce la verdad que ya conocen. Las lectoras de *Bueno en la cama* se parecerán mucho a Cannie: inteligentes, un poco cínicas, educadas en una cultura que les dice que no son lo bastante buenas, y desean abrir sus corazones a las posibilidades del amor, aunque sólo en la ficción.

P: **¿Ha terminado la historia de Cannie? ¿Habrá una secuela? ¿En qué trabajas actualmente?**

R: Me lo han preguntado muchas veces («¿Volveremos a ver a Cannie?»). Para citar a *Los Simpson*, respuesta breve, no, respuesta larga, sí con un quizá. La cuestión es que Cannie es feliz ahora. Ha terminado su viaje, y ha acabado en un lugar maravilloso, justo donde necesita estar. Lo cual es fabuloso para ella como personaje, pero no tanto para mí como novelista, porque los personajes felices no son tan interesantes como los que viven alguna extravagante crisis vital.

Pero no la hemos perdido de vista del todo. Cannie, Joy y *Nifkin* aparecen en un libro en el que estoy trabajando ahora, titulado en principio *En su lugar*. No es una secuela (se trata de una historia sobre dos hermanas que no se llevan bien, y que al final hacen las paces), pero está ambientada en la misma Filadelfia que habita Cannie, de modo que volverá.

Queridos lectores:

¡Saludos desde Filadelfia! Antes que nada, quiero daros las gracias por leer *Bueno en la cama*. Espero que seguir la experiencia de Cannie os haya divertido tanto como a mí crearla.

Quería informaros de que estoy trabajando con ahínco en mi nuevo libro, la historia de dos hermanas sin nada en común y la abuela que nunca han conocido. Se titula *En su lugar*, y será publicada la primavera de 2003. No es una secuela de la historia que acabáis de leer, aunque algunos personajes hacen apariciones especiales, de modo que gozaréis de la oportunidad de ver dónde se encuentran Cannie, Peter, *Nifkin* y Joy unos años más tarde.

Por fin, si queréis hacerme preguntas o comentarios (o si por algún extraño motivo quisierais saber más de mi vida, o en qué estoy trabajando..., o si queréis echar un vistazo a los primeros capítulos de *En su lugar*), entrad en mi web, www.jenniferweiner.com, o escribidme algo a jen@jenniferweiner.com.

¡Una vez más, gracias por leer! Cuidaos,

JENNIFER WEINER